한설

20   년   월   일

_____ 님께

_____ 드림

한설

초판 1쇄 발행 2014년 6월 1일

지 은 이 장한성
발 행 인 권선복
편   집 김정웅
디 자 인 최새롬
정   리 김호연
마 케 팅 서선교
전 자 책 신미경
표지글씨 김영미
발 행 처 도서출판 행복에너지
출판등록 제315-2011-000035호
주   소 (157-010) 서울특별시 강서구 화곡로 232
전   화 0505-613-6133
팩   스 0303-0799-1560
홈페이지 www.happybook.or.kr
이 메 일 ksbdata@daum.net

값 15,000원
ISBN 979-11-5602-058-5   03810

Copyright ⓒ 장한성, 2014

도서출판 행복에너지는 독자 여러분의 아이디어와 원고 투고를 기다립니다. 책으로 만들기를 원하는 콘텐츠가 있으신 분은 이메일이나 홈페이지를 통해 간단한 기획서와 기획의도, 연락처 등을 보내주십시오. 행복에너지의 문은 언제나 활짝 열려 있습니다.

한설 寒雪

장한성 지음

도서
출판 행복에너지

추천사

이영재
서울디지탈산업단지(G밸리) 경영자협의회 회장
하이서울브랜드 대표자협의회 회장
한일월드 주식회사 대표이사

　평소 G밸리경영자협의회 자문위원으로 많은 활동하고 있는 장한성 회계사가 어느 날 소설을 출간하는데 추천사를 부탁했다. 회계감사와 세무 등 딱딱한 계산적인 직업을 가진 회계사가 쓴 소설에 대하여 큰 기대를 하지 않고 읽기 시작한 소설은 눈을 뗄 수 없는 전개와 재미에 푹 빠질 수밖에 없었다. 전체적으로 전문 작가가 쓰지 않아 거칠지만 현실과 허구를 가미하여 스피드와 긴장감을 부여한 능력에 감탄하지 않을 수 없었다. 특히 독백조로 절제하듯 쓴 소설은 읽는 내내 긴 터널을 지나가는 느낌을 받았고 마지막 부분에서 상상을 초월하는 스케일과 반전에 다시 한번 놀라지 않을 수 없었다. 또한 우리가 그동안 잊고 지내던 백범의 사상 등을 소설의 일부분으로 녹아냄에 따라 한번쯤 다시 생각하게 하고 회계사 전공을 살려 기업 M&A과정도 재미있게 표현함으로써 지혜도 제공하고 있다.
　항상 밝은 미소와 정성을 다해 기업 경영의 자문을 제공하고 있는 장한성 회계사에게 격려를 보내고 이 소설이 많은 독자들을 만나기를 기원한다.

　인생을 살아오면서 책을 읽는 것은 약간 좋아했지만 내가 소설을 쓸 것이라고는 단 한 번도 생각해 본 적이 없었다. 아니 소설은 달나라에 있는 사람들의 전유물처럼 생각하고 살아왔다. 현재의 직업도 소설가와 완전히 동떨어진 공인회계사로 구로구 신도림동 소재 진일회계법인에서 활동하고 있다. 2013년 10월경 학창시절 좋아했던 태백산맥의 저자 조정래 선생님의 정글만리를 읽고 나서 갑자기 소설을 쓰고 싶다는 생각이 들었다. 알 수 없는 충동에 이끌려 백지상태에서 컴퓨터 앞에 앉아 스토리도 없이 손이 가는 대로 자판기를 치기 시작했다. 자판기를 치다 보니 다음의 스토리가 계속 생각나면서 한 달 만에 이 소설의 뼈대를 완성할 수 있었다. 이 소설은 저자가 처음부터 어떠한 계획과 의도를 가지고 쓴 글이 아니기 때문에 거창한 작가 정신이나 시대에 대한 풍자 등은 없다. 단지 저자의 기억과 상상을 주인공을 통하여 독백하듯 풀어낸 작품이라고 할 수 있을 것이다. 어려서부터 상처받은 영혼을 간직한 우리 주변의 평범한 소시민이 대학 때 아름다운 첫사랑을 소중하게 간직하고 그 첫사랑에 대한 믿음에 보답하기 위하여 변화하는 과정을 재미를 가미하여 풀어냈다. 또한 세상에 어둠이 있으면 언젠가는 빛이 있고 잃은 것이 있으면 얻은 것이 있다는 작은 희망의 메시지를 전하고 싶었다. 소설의 주인공 장도진은 허구의 인물이나 상당 부분은 작가의 분신으로 젊을 때부터 느껴왔던 작은 감정과 경험의 기억이 소설을 통해 전달되고 있다는 것도 부인하고 싶지 않다. 그리고 구석기시대 유물인 사상 이념으로 갈라져 서로를 주적으로 간주하고 아직도 총부리를 겨누고 있는 단군의 자손에 대한 안타까움이 집필 내내 마음속 깊이 자리 잡고 있었다.

세상에 내놓기 부끄러운 책이지만 이 책을 소설의 배경인 광양만의 가난한 어부였던 아버님과 어머님에게 제일 먼저 바치고 싶습니다. 부족한 둘째 아들에게 항상 배려와 용기를 준 부모님께 다시 한 번 감사의 인사를 드립니다. 그리고 항상 묵묵히 남편을 내조해 온 아내 오세인에게 작은 감정의 위로를, 현재 중학교 3학년인 사랑하는 아들 장유완과 초등학생인 조카 장유찬에게 세상은 용기와 믿음만 있다면 외롭고 힘들더라도 아무런 두려움 없이 살 수 있다는 신념을 주고 싶다.

무인헬기로 소설의 배경 사진을 항공 촬영해준 주식회사 에어로캠 이수진 사장님과 김수겸 실장님께 감사의 인사를 드립니다. 또한 남기권 대표님과 배영석 대표님을 포함한 진일회계법인의 회계사님과 직원들에게도 인사를 드립니다. 마지막으로 소설이 출간될 수 있도록 힘써 주신 행복에너지 권선복 사장님과 김정웅 편집장님 그리고 디자인을 담당한 최새롬님에게 지면을 빌어 감사의 마음을 전합니다.

2014년 4월 말일

맹골수도의 세월호 어린 영혼들을 추모하며…

목동아파트 자택에서

장 한 섭

7

목차

1

장수지

초로의 남자가 염창동 한강변 요양병원에 누워있다. 그는 하루 종일 움직이지 못하고 그저 세상을 무관심하게 바라볼 뿐이었다. 삶에 관심이 없는 것인지 아니면 사물을 알아보지 못하는 것인지 아무도 알지 못했다. 환갑이 약간 넘어 보이지만 외모에서 풍겨지는 질곡은 그가 살아온 삶에 고난이 가득했었다는 것을 보여주고 있었다. 누군가를 몹시 그리워해서인지 아니면 남들이 모르는 가슴이 아픈 사연이 있는지 모르지만 눈은 항상 촉촉이 젖어 있었다.

그는 이십 년 전 무기징역을 선고받고 대전교도소에 복역 중 예순 하나의 나이에 뇌종양 말기 판정을 받았다. 이미 심한 치매 증상으로 정상적인 생활이 불가능하여 혼자서는 아무것도 할 수 없었다. 다른 사람의 부축이 있어야 간신히 걸을 수 있었고 그렇게 무기징역에서 감형되어 석방되었다. 하지만 뇌종양으로 몸과 정신이 병들어 감옥 밖 세상에 대한 설렘과 두려움, 어떤 감정도 느낄 수 없는 상태였다. 석방되었을 때 마누라와 딸이 두부를 가지고 마중을 나왔다는 것조차도 기억이 가물가물했다. 우리가 가정이라고 부르는 집으로 가지 못하고 요양병원으로 옮겨 하루하루 죽음을 기다리는 신세가 되었다. 의사는 한 달을 넘기기 힘들다고 했다.

그는 식은땀을 잔뜩 흘리며 아직 어둠이 뒤덮고 있는 새벽녘에 잠에서 깨어났다. 꿈속에서 그는 자신의 고향 전라남도 여수시 묘도의 모습을 생생하게 보았다. '아직 죽은 건 아니겠지? 죽었다면 세상이 이렇게 어둠만 가득하진 않을 거야.' 조금 시간이 지나자 다시 의미 없는 아침이 찾아왔고 환한 빛이 눈까풀 사이로 스며들었다. 발길에 바삭거리는 낙엽소리와 따스하지만 조금은 시린 햇빛으로 정겨운 늦가을이라는 것을 느낄 수 있었다. 그렇게 아무것도 먹지 못한 채 자신의 팔로 뚝뚝 떨어지는 포도당에 의지하여 의미 없는 삶을 하루하루 연명해 가고 있었다. '오늘은 누구를 볼 수 있을까? 마누라와 딸이 보고 싶다.' 한동안 그를 괴롭히던 치매가 오늘은 찾아오지 않았다. 가족이라고 부르는 그들에게 해준 게 없어 미안한 마음이 들었다.

결혼식을 올린 여자를 우리는 마누라라 부른다. 지금껏 살았지만 마누라의 어원을 모르고 죽는다고 생각하니 지적 호기심이 발동하는 것이 느껴져 속으로 실소를 금할 수 없었다. 마누라만 보고 싶은가? 정자, 소영 그리고 첫사랑 한설도……. 다 보고 싶다. 그러나 부질없는 욕망일 뿐…. 인생에 흔적을 남긴 모두를 본다고 해서 무슨 의미가 있겠는가? 그를 바라보는 연민의 눈동자만 느껴질 것이다. 또한 그들은 도덕적 방문에 만족하고 병원을 나서는 순간 그를 영원히 지워 버릴 것이다.

한설이 떠올랐다. 자신의 첫사랑이자 마지막 사랑, 한설. 그녀와의 마지막 만남을 그는 기억해냈다. 이십일 년 전, 프랑스 행 비행기에 몸

12

을 싣던 그녀에게 손을 흔들어 준 것이 그녀와의 마지막이었다. 겨울
을 재촉하던 가을비가 처량하게 내리던 날이었다.

한설과의 헤어짐을 예고라도 하듯이 가을비가 끝없이 내리고 있었
다. 비에 젖은 새까만 도시의 새벽 분위기는 그의 마음만큼 무거워 보
였다. 그는 한잠도 자지 못하고 새벽에 출근하여 평상시처럼 일을 보
았지만 머릿속은 온통 한설에 대한 생각만 가득했다. 보잘것없는 노숙
자 신세였던 그에게 처음으로 믿음과 사랑의 마음을 심어준 설이었다.
머릿속 사고는 그에게 회사와 설을 떠나라고 하고 있었지만 가슴속
감정은 거부할 수 없는 운명을 받아들이라고 소리치고 있었다. 자신
의 내부에서 이성과 감정의 격렬한 분열이 일어나고 있었다. 설은 둘
이서 여수 여행을 다녀온 이후 아무 말도 하지 않았고 색깔 없는 얼굴
표정과 깊은 우물처럼 알 수 없는 서글픔을 망막을 통하여 내비치는
것 같았다. 농구게임 '슬램덩크'로 대박을 터트린 주식회사 포유의 김
대표도 신경이 쓰였다. 평소 그를 형님처럼 믿고 따랐던 김 대표도 이
엄청난 사건으로부터 자유로울 수가 없을 것이다. 조그맣고 소중한
시간이 덧없이 흘러갔다.
오늘 설과 김성일은 프랑스로 출장을 떠난다. 공항으로 가는 자동
차 안에서 설은 서글픔이 가득했던 지난 얼굴과는 달리 앞 거울을 통
하여 그에게 자주 웃음을 보였다. 하지만 설의 웃음은 분명 그동안에
보여주었던 것과는 다른 웃음이었다. 프랑스 행 비행기에 탑승 수속
을 하면서도 계속 뒤를 돌아보며 웃음을 보였지만 그것은 웃음이라기
보다 서글픔이라는 생각이 들었다. 저 멀리 사라지는 설의 뒷모습에
서 어둠이 내리기 전 고요하고 적막한 석양의 모습이 그에게 보였다.
설은 떠났다.

운명의 날은 생각보다 일찍 다가올 것 같다는 예감이 밀려왔다. 퇴근시간이 한참 지났으나 텅 빈 설의 집무실에서 오랫동안 앉아 있었다. 시간이 지날수록 비바람이 거세게 몰아쳤다. 걷고 싶었다. 비와 바람에 온몸을 맡기고 싶었다. 상처 입은 짐승처럼 날뛰고 울부짖는 비바람이 얼굴을 칼로 도려내듯 훑었다. 그 고통이 마음과 가슴의 슬픔을 치유하는 것 같았다. 오히려 고통은 슬픔보다 작은 아픔에 불과했다.

흠뻑 젖어 도곡동 집에 도착하니 밤 11시였다. 아내와 딸은 벌써 잠든 것 같았다. 실체 없는 복잡한 감정으로 가득 찬 몸과 마음을 샤워로 깨끗이 씻어 보내려고 노력했다. 그는 비에 젖은 새까만 도시를 응시하면서 시계를 보았다. 새벽 2시. 최근에 산 새 옷으로 갈아입고 집을 나서면서 한참 동안을 현관 앞에서 머물렀다. 비바람이 거세고 눈물이 앞을 가려 시야는 흐렸지만 자동차는 광폭한 야생마가 초원을 누비듯 달렸다. 비가 오는 날에 그가 자주 듣던 노래인 Tish Hinojosa(티씨 이노호사)의 'Donde Voy'가 CD에서 흘러나오고 있었다. 노래는 그의 마음을 진하게 울려왔다.

Madrugada me ve corriendo	희미한 새벽 달려가는 그림자
Bajo el cielo que empieza color	붉은 노을 저 하늘 아래
No me salgas sol a nombrar me	태양이여, 부디 나를 비추지 말아줘
A la fuerza de la migaracion	국경의 냉혹한 밤
Un dolor que siento en el pecho	가슴속에 느껴지는 이 고통은
Es mi alma que llere de amor	쓰라린 사랑의 상처
Pienso en ti y tus brazos que esperan	당신의 품이 그리워
Tus besos y tu pasion	당신의 키스와 열정이

Donde voy, Donde voy   어디로 어디로, 난 어디로 가야 하나

Esperanza es mi destinacion   희망을 찾아 헤매고 있어

Solo estoy, solo estoy   나홀로, 외로이

전남 광양시 구봉산 정상에 도착했을 때에는 비바람이 어느 정도 그쳐 희미한 여명이 느껴졌고 가까이 고향 묘도가 눈에 들어왔다. 그는 한참을 먼 곳만 멍하게 바라보았다. '무엇을 보고 싶은 것일까? 마음은 무엇을 원하는 것일까? 아무것도 남을 게 없는데. 아니 조금 있으면 모든 것을 잃을 것인데……'

차를 몰고 이순신대교를 건너 묘도 옛집 뒷동산에 올랐다. 편의점에서 산 소주 두 병과 과자 몇 봉지가 그의 손에 들려 있었다. 그의 집 뒷동산에 잡초가 가득한 세 개의 묘가 나란히 자리 잡고 있었다. 사랑하는 아버지와 어머니 그리고 형의 묘지다. 뒤뜰에 가득한 소나무는 차가운 가을바람에 흔들리며 음울한 소리를 내는데 그에게 왜 이제 왔냐며 소리치는 것처럼 들렸다. 한 병의 소주를 아버지와 형 주변에 뿌렸고 엄마에게는 과자를 놓았다. '엄마를 위해서 꽃이라도 사 올걸.' 하는 후회가 들었다. 까맣게 파도치는 광양만의 바다를 바라보면서 소주 한 병을 병나발로 들이켰다. 어제부터 아무것도 먹지 않아서인지 창자가 꼬이는 듯했다. 그는 다시 한 번 생각했다. 고통은 분명 슬픔보다 작은 아픔이라는 것을, 아니 고통은 슬픔보다는 기쁨에 가까운 감정이라는 것을. 소주 한 병을 다 마시고 비가 갠 차가운 가을 하늘을 보고 누웠다. 아직 한바탕 더 가을비가 내릴 참인지 까만 구름이 가득 자리 잡고 있었다. 잠이 몰려왔다. 편안한 이 기분. 달콤한 잠이 쏟아졌다.

'얼마가 지났을까?'

누군가 잠들어 있는 그의 손에 수갑을 채웠다.

'올 것이 왔구나.'

그는 속으로 행복하게 운명을 받아들였지만 그들이 깨울 때까지 그대로 누워 있었다. 사랑하는 아버지, 엄마 그리고 형과 함께 조금이라도 더 있고 싶었다.

'잡히지 않고 잘 도피했겠지.'

그는 그 순간에도 설이 걱정됐고 공항에서 손을 흔들던 그녀의 서글픈 눈동자가 생각났다. 철창 안에는 많은 사람들이 잡혀와 있었다. 조직폭력배 두목인 김창일과 친구인 이기상도 잡혀와 있었다. 설과 김성일은 보이지 않았다. 다행이라는 생각이 들었다.

「이게 어떻게 된 거야? 깡패들 다시 삼청교육대 보내는 건가? 그런데 너는 왜 잡혀온 거야?」

달려온 기상은 얼굴이 빨갛게 상기된 채 부산을 떨었다. 그는 아무 말도 할 수 없었다. 두목도 아무 말도 하지 않았다. 그는 속으로 생각했다. '첫사랑 설과의 두 번째 만남은 번개처럼 번쩍거리며 다가왔지만 이별은 천둥처럼 굴곡 있는 소리만 남기고 사라졌다.' 철창 안에서 눈을 감고 형의 누명을 벗기기 위해 살았던 삶과 첫사랑 설을 만나 행복했던 시간들을 소중하게 간직하고 모든 것을 운명으로 받아들였다. 사건의 전말이 드러났고 그는 마흔의 나이에 5개의 죄목으로 무기징역을 선고받았다. 상상할 수 없는 거대한 음모에 대한민국이 식은땀을 흘리던 날이었다.

오랜만에 너무나 많은 기억을 떠올려서인지 그는 머리가 아팠다. 어쩌면 죽을 날이 다가왔기에 잠시 기억이 되돌아온 것이라는 쓸쓸한 생각도 들었다. 교도소에서의 오랜 생활과 악화된 병은 그를 더욱 죽음으로 몰아가고 있었다. 며칠이 지났지만 아무도 찾아오는 사람이 없었다. 이제는 마누라와 딸의 방문도 뜸해졌다. 살아 움직이는 모든 것에게서 그는 잊혀지고 있었다. 눈을 떴다. 석양이 가득한 느낌이 드는 것을 보니 해가 지고 있는 모양이었다. 그런데 눈앞에 젊은 여자가 애잔한 눈빛으로 그를 바라보고 있었다.

'한설, 첫사랑 설이 아닌가? 그녀가 어떻게 여기 나타날 수 있단 말인가? 대학 때 그 모습 그대로 나타날 수 있단 말인가?'

그는 현실이 아니라 꿈이라고 생각했다.

그녀의 손에는 조정래의 소설 태백산맥 1권이 들려 있었다. 그녀는 소설 태백산맥의 표지를 넘기더니 '그날을 위해'라고 쓴 글씨를 보여주었다. 태백산맥은 대학시절 설이 독일로 떠나기 전에 책 표지 다음 장에 '그날을 위해'라고 써서 그가 선물한 책이었다.

그녀는 잘 듣지 못하는 그를 위해 큰 도화지에 유성매직으로 「저는 장수지에요.」라고 썼다.

'분명 한설인데 장수지라고 한다.'

그는 이건 꿈이 아니라고 생각했다.

수지는 한참이 흐르고 나서 「당신이 저의 아빠입니다.」

또 시간이 흐르고 나서 「아빠 보고 싶었어요.」라고 썼다.

수지는 하염없이 눈물을 흘리면서 오랫동안 그의 손을 꼭 잡고 있었다.

「한설이 보고 싶지 않으세요?」

수지는 엄마를 한설이라고 했다.

그는 있는 힘을 다해 눈까풀을 껌벅였으나 역부족이었다.

「엄마는 삼 년 전에 돌아가셨어요. 돌아가시기 전에 아빠에 대하여

17

말씀해 주셨어요. 좋은 분이시라고.」

수지는 서글픈 표정을 지으면서 오랫동안 도화지를 들고 있었다. 수지의 얼굴에는 눈물이 흐르고 있었다. 엄마 한설에 대한 그리움과 병들어 누워있는 아빠에 대한 연민으로 눈물을 더 이상 참을 수 없었던 것 같았다. 수지는 이슬 가득 담은 눈으로 아빠의 얼굴을 사랑스럽게 바라보았다. 그리고 그에게 태백산맥은 머리맡에 두고 가겠다고 했고 죄송하지만 다시 올 수 없을 거라고 했다.

한설 아니, 장수지는 떠났다.

떠나는 수지의 뒷모습은 매우 쓸쓸해 보였지만 그 뒷모습에서 알지 못할 강인함을 그는 느낄 수 있었다. 수지가 떠난 후, 병실엔 이제 아무도 찾아오지 않았다. 그는 오늘도 태백산맥을 꼭 안고 하루를 보냈다. 하루가 또 지나갔다. 힘없이 내려앉는 눈까풀로 인해 이젠 더 이상 빛을 볼 수 없을 것 같았다. 아주 가느다란 숨은 어둠 속에서 이승과 저승의 중간에 있었다. 빛이 있는 곳에서는 설을 볼 수 없지만 어둠 속에서는 항상 설을 만날 수 있어 행복했다. 수지를 만난 뒤 가슴속에 행복감이 가득했고 살고 싶다는 삶의 본능은 바람에 휘날리는 먼지처럼 사라져 갔다.

주마등처럼 형과 어머니의 죽음 그리고 우연한 사고로 절름발이로 살았던 어린 시절과 학창시절이 그의 기억을 스쳐 지나갔다. 감정의 억압과 삶의 존재에 대한 결핍 때문에 죽음을 수없이 고민했던 삶, 아니 차라리 죽음을 동경했다는 말이 더 어울릴 것 같은 삶이었다. 운명 같은 사랑과 이별의 기억이 민들레 꽃씨처럼 바람에 날리면서 아득하게 기억의 저편으로 사라지고, 그는 차가운 눈(寒雪)이 가득한 벌판을 건너 저승의 문턱으로 환하게 웃으면서 걸어가고 있었다.

2
상경

　86년 2월, 걸음걸이가 약간 어색해 보이는 청년이 전남 여천군 쌍봉역*에 도착했다. 그의 몸은 바람이 불면 날아갈 듯 말라 있었고 누추한 옷은 어머니의 손이 타지 않았음을 알 수 있었다. 그날따라 겨울바람은 성난 말울음 소리를 내고 진눈깨비는 그의 얼굴을 사정없이 채찍질했다. 그에게 서울에서 정신 차리고 살라고 하는 것 같았다.

　「동생, 서울 가서 열심히 공부해. 고생하시는 작은 아부지를 생각해서라도.」

　작은 큰집의 넷째 도지 형이 배를 타고 나와 시골의 작은 기차역까지 오토바이로 태워주면서 용돈까지 주었다. 그는 고향을 떠난다는 생각과 사촌 형의 배려에 눈물이 핑 돌면서 감정이 복받쳤지만 꾹 참고 고개를 끄덕였다. 촌 동네 간이역에 정차하는 서울행 기차는 저녁

---

* 현재 여천군은 여수시로 통합되고 쌍봉역은 여천역으로 변경

19

9시 30분 통일호 열차밖에 없었다. 열차는 오래되었는지 냄새도 나고 난방은 짜증날 정도로 뜨겁게 나왔다. 여기저기 사람들이 널브러져 있었고 도시에 있는 자식들에게 주려는 것인지 보자기가 터지도록 묶은 짐들과 박스들이 빽빽하게 자리 잡고 있었다.

서울 영등포역 도착 예정 시간은 새벽 3시 50분. 서울은 태어나서 한 번도 가본 적이 없는 곳이지만 걱정보다는 설렘이 훨씬 컸다. 다만 서울에서는 눈 감으면 코 베어 간다는 말을 몇 번이나 들었기에 좌우를 주시하며 가방을 꼭 안고 있었다. 가방 안에 들어있는 물건은 그에게 무엇보다도 소중한 물건이었다. 그 안에는 세상에서 가장 소중한 책 두 권과 매화를 수놓은 수건으로 감싸인 망치가 들어있었다.

책은 12살 차이가 나는 형이 그가 어렸을 때 준 선물이었다. 형은 그가 이번에 합격한 대학 경제학과에 다녔었다. 어렸을 땐 아무 의미를 알 수 없는 책이었지만 가족을 잃고 사고를 당한 이후 그에게 그것은 형의 마지막 유품이 되었고, 그에겐 마치 형의 분신과도 같은 존재였다. 그는 항상 두 권의 책을 읽으면서 형을 그리워했다. 그가 초등학교 1학년 때 가난한 집안의 기둥이었던 형은 간첩죄를 뒤집어쓰고 죽고 말았다. 어려서부터 학교의 상을 석권하면서 우등생의 길을 걸어왔던 형을 의지하고 있었던 어머니는 형이 간첩으로 몰려 죽음을 맞았다는 사실에 충격을 받고 그만 앓아눕고 말았다. 어머니에게 형은 자신의 영혼이자 삶의 전부나 다름없었기에 그 상심은 어머니를 죽음으로 몰아갔다. 어렸던 그는 모든 걸 그저 무기력하게 지켜볼 수밖에 없었다. 그렇게 어머니까지 잃은 그는 어느 날, 설상가상으로 교통사고를 당해 절름발이로 살게 되었다. 어린 마음은 결코 회복할 수 없는 상처를 입고 말았다. 삶의 존재에 대한 결핍만 가득했던 시절이었다. 언제나 죽음이 자신을 노려보고 있다고 그는 생각했다.

그러나 죽음에 자신을 내어주려고 결심을 하면서도 그는 두 가지 이유 때문에 끈질기게 삶을 붙잡았다. 하나는 혼자인 아버지에 대한 연민이었다. 모든 걸 다 잃어버린 아버지에게 자신마저 잃어버릴 것을 강요할 수는 없었다. 그건 아버지에게 너무 지독한 형벌과도 다름 없었다. 또 다른 하나는 어머니까지 빼앗아간 형의 죽음에 대한 의문을 꼭 풀고자 함이었다. 고등학교 때 공부한 이유도 그 죽음의 이유를 밝히고자 형이 다녔던 대학에 합격하고자 함이었을 뿐, 부귀나 성공에 대한 감정은 털끝만큼도 없었다. 그 염원을 어머니가 들어주셨는지 그는 형이 다녔던 대학 심리학과에 간신히 합격할 수 있었다. 심리학과를 지원한 것도 형의 죽음에 대한 의문을 풀기 위해서는 인간의 심리에 대하여 알아야 한다는 단순한 생각에서였다.

사실 그는 이제 절름발이가 아니었다. 영원히 절룩거릴 줄 알았던 다리는 중학교 2학년 때 키가 자라고 다리에 근육이 붙으면서 정상이 되었다. 그는 형의 죽음에 대한 비밀을 반드시 밝혀내리라 속으로 각오를 다지며 가방에 들어있는, 매화가 수놓아진 수건으로 감싼 망치를 꼭 쥐었다. 초등학교 6학년 때 그 사건 이후, 항상 몸의 일부인 양 한시도 떼지 않고 망치를 가지고 다녔다. 수건으로 감싼 망치도 형의 책처럼 몸과 정신의 일부였다.

다시 한 번 그는 가방을 꼭 안았다. 기차는 한 시간 반가량 달렸고 그 동안 여러 역을 멈춰서면서 사람들이 타고 내렸다. 구례구역을 지나는데 얼핏 예뻐 보이는 아가씨가 기차에 타더니 주위를 둘러보고는 그의 옆자리에 앉았다. 그를 한번 훑어보고는 옅은 미소를 지으며 앉는 것이었다. 여자는 날씬한 몸매에 검은색 원피스를 입고 있었고 맨살이 비치는 커피색 스타킹을 신고 있었다. 화장을 하지 않은 수수한 모습을 하고 있었지만 그녀가 움직일 때마다 숨길 수 없는 관능이 드러나고 있었다. 살짝 올라간 입꼬리 하며, 눈으로 짓는 교태가 섹시함을 발산하고 있었다.

「어디까지 가세요?」

여자는 껌을 짝짝 씹으면서 그에게 물었다. 여자는 은은한 향수 냄새를 풍겼는데 싫다는 느낌이 들진 않았다. 인생에서 친척이 아닌 여자가 이렇게 가까이에서 향수와 살 냄새를 풍기며 앉은 적은 한 번도 없었다. 벌써 몸에 야릇한 변화가 느껴졌다.

「영등포역까지 갑니다.」

그는 아무런 관심이 없다는 듯 퉁명스럽게 말하고 창밖을 바라보았다.

「나도 거기까지 가는데.」

여자는 그의 얼굴을 똑바로 쳐다보았다.

「고등학생인가?」

그의 모습이 어려 보였는지 여자는 반말을 했다.

「아니, 고등학생은 아니고……. 대학 진학하려고…….」

그는 대충 둘러대고 무관심한 척 눈을 감았다. 여자도 피곤한 듯 눈을 감았지만 좌석이 불편한지 잠을 이루지 못해 이리저리 뒤척이는 것 같았다. 잠들기를 포기한 듯 여자는 묻지도 않았는데도 그에게 자기소개를 했다. 22살이고 이름은 소정자라고 했다. 갑자기 정자란 이름에 분위기가 확 깼다. 학교 다닐 때 영자, 정자, 금자, 선자, 경자, 미자1, 미자2, 미자3……. 뒤에 자(子) 자가 붙은 이름은 촌스러움의 극치였다. 그 이름의 정점은 '말자(末子)'다. '말자'는 그래도 '끝자'가 더 예쁘다고 '끝자'라고 불러달라고 했던 기억이 나 피식 웃음을 지었다.

「왜 그렇게 웃으시나?」

여자는 그가 만만하다고 생각했는지 거침없이 반말을 했다. 여자는 본인의 이름이 소정자라고 해서 그가 웃는다고 생각한 모양이었다. 참 그 많은 이름 중에 소정자라고 이름을 지었을까? 갑자기 소정자의 아버지란 사람이 궁금해졌다. 여자도 소정자라고 이름을 지은 아버지를 한때 증오했지만 지금은 괜찮다고 약간 웃음을 지으면서 말했다.

「학생, 서울 가면 어디로 가?」

「구로동 이모 집이요. 한 번도 가 본 적은 없지만.」

「그냥 여관에서 자면 될 것 가지고 왜 새벽에 이모 집에 가는 거야?」

'이년 뭐야. 그럼 어쩌라고. 서울 여관비가 얼마인지도 모르는데?'

사실 아버지의 건강 악화와 계속 늘어나는 빚으로 인해 그는 대학 갈 형편이 못 되었다. 그러나 어머니와 형까지 잃고 사고로 절름발이로 살아온 외아들에 대한 아버지의 마지막 배려로 대학을 가는 것이었다. 그만큼 호주머니는 가벼웠고 사촌 형이 용돈을 주지 않았다면 여관에서 잔다는 것은 어림도 없는 일이었다.

그리고 여관에서 자는 것이 처음이라는 게 싫기도 했다. 그에게 여관이든 여자든 모든 것이 다 처음이었다. 지독할 만큼 홀로 고립되어 지낸 학창 시절 때문이었다. 어려서부터 쌓여온 세상에 대한 분노는 시도 때도 없이 불끈불끈 올라왔고 그때마다 가방 속에 있는 망치를 매만지면서 분노를 가라앉혔다. 그에게 망치는 억압과 분노, 결핍으로부터의 해방이자 정의와 같은 존재였다.

초등학교 때 절름발이라고 놀리는 놈을 그 망치로 똑같이 절름발이로 만들고 정학을 당한 의미 깊은 물건이었다. 약자를 모멸한 놈을 응징한 물건. 책이 형의 분신이라면 이것은 아버지와 어머니의 분신이었다. 매화가 수놓아진 수건은 어머니가 주셨고 망치는 아버지가 망치의 자루를 깎아 만든 것이었다. 충격을 주되 직접적인 상처를 주지

23

않기 위하여 망치의 머리 부분만 어머니의 수건으로 감싼 다음 작은 못으로 고정하여 가방의 가장 깊은 곳에 넣고 그날부터 가지고 다녔다.

「그냥요. 이모가 꼭 오라고 해서요.」

그는 무조건 가야 한다는 모범생 같은 투로 대답했다.

「말만 그렇게 하는 거야. 안 가는 것이 도와주는 거야.」

소정자는 세상을 다 안다는 표정이었다.

「그래도 오라고 했는데…….」

그는 소정자의 말이 맞을 수도 있겠다는 생각이 들었다.

「누나 말 믿어. 이모는 절대 오는 걸 바라지 않을 거야. 낮에 잠깐 들러서 인사하는 정도는 원하겠네. 그리고 이모는 학생이 이모 집에 눌러앉지 않을까 조마조마하고 있을걸.」

그에게 '누나 말 믿어.'라는 그 말이 진실되게 느껴졌다.

「누나, 정말 그럴까요?」

그의 입에서 본인도 모르게 누나라는 말이 나왔다. 실은 그가 합격한 대학에는 기숙사가 없었다. 집안 사정을 고려하면 기숙사가 있는 학교를 선택해야 했으나 형의 죽음에 대한 의문을 풀기 위해서 형이 다녔던 대학에 지원했다. 하숙이나 자취 주거에 관한 아무런 계획도 없이 상경하고 있는 것이고 고등학교 때처럼 친척집에 빌붙고자 하는 철모르는 본능이 마음속을 지배하고 있었다.

「여관 아는 데 있으세요?」

그는 그 말을 하고는 얼굴이 확 달아올랐다. 촌놈에다 순진하기까지 하다는 것이 확인되는 순간이었다. '이게 뭔 개쪽이야.' 속으로 생각하고 있는데 아니나 다를까.

「꺄르륵, 여관 아는 데 있냐는 말이 똥이냐 된장이냐?」

소정자가 재미있다는 듯 정신없이 웃었다.

「아니 아니, 아는 데가 아니고 그래도 깨끗한 데 알고 있냐고 물은 건데.」

그는 당황해서 둘러댔다. 소정자는 서울에는 온통 여관이니 걱정하지 말라고 했다.

'그런데 여관비는 얼마야. 휴, 그래도 사촌형이 10만원 더 챙겨준 것이 있어서 걱정은 안 해도 될 것 같네. 참나, 가시나 말 한마디에 이리저리 왔다 갔다 하고. 에라, 못난 놈.'

그는 속으로 중얼거렸다. 하지만 정자의 말이 맞을 수도 있다는 생각이 들었다. 이모란 엄마의 언니라 언어적으로는 가깝지만 심정적으로는 얼마나 가까울까? 서로 왕래한 적도 별로 없고 누나, 형들의 이름은 알지만 지금까지 얼굴 한 번도 본 적이 없었다. 큰형은 공고를 나와 구미에서 회사를 다니고, 둘째형은 우리나라 최고 명문 서울대학교에 다닌다고 들은 것 같고, 나머지는 이름도 헷갈렸다. 우리 시골 장씨 집안에서야 대학에 들어간 것이 형이 처음이고 그가 다음이었지만 외가 쪽은 명문대를 다니는 사촌들이 제법 있다고 들었다.

열차는 어느새 수원역을 지나고 있었다. 기차 안이라 새벽공기를 느낄 수 없었지만 새벽만의 조용한 생동감이 느껴지는 것 같았다. 죽은 형의 의문을 밝혀내어 돌아가신 어머니의 한을 풀겠다는 일념으로 상경하고 있는 그였기에 성공이나 부귀라는 단어는 너무나 생소했다.

「어이, 천만 명이 사는 서울에 다 와 가는데 느낌이 어때?」

소정자는 서울에 사는 것이 벼슬이나 되는 것처럼 뻐기며 으스대는 것 같았다.

'지는 얼마나 서울에 살았다고. 그래 봤자 네년도 지리산 촌년 아니냐.'

구례구역에서 타서 잠시 그렇게 속으로 생각했지만 사실 소정자는 촌스럽지 않고 세련되어 보였다.

「당신도 보기에는 엊그제까지는 촌…….」

「까르르, 촌년이라고 말하지 왜 말꼬리는 얼버무리는 거야. 의외로 귀여운 구석이 있는 녀석이네. 너 연애 한 번도 안 해봤지, 촌놈.」

　그는 연애란 말만 들었는데도 얼굴이 빨개졌다.

「촌놈이라고 연애 못 한다는 법이 세상에 어디 있어요. 구례보다 여수가 훨씬 더 큰 도시…….」

「얼굴에 딱 부적이 붙어있네. 모태총각이라고.」

「무슨 모태총각? 말은 잘도 지어내시네.」

　그에게 모태총각이라는 말은 즐겁게 들리지 않았다. 그동안 총각 딱지도 못 뗀 모자란 놈이라고 말하는 것 같았다. 농담을 툭툭 던지는 사이 열차는 목적지 영등포역에 도착하고 있었다. 정확히 새벽 3시 55분, 초겨울 새벽이라 아직 깜깜한 밤이었다. 열차에서 내리면서 소정자는 자기한테 꼭 붙어야지 무사히 역을 떠날 수 있다고 조언을 했다.

　'이년 이거 무슨 귀신 씻나락 까먹는 소리야. 아무리 나를 무시해도 유분수지, 완전히 바보 취급하네.'

　그는 속으로 중얼거렸다. 자기랑 팔짱을 낀 채 나가야 한다는 소정자의 말을 무시한 채 씩씩하게 앞장서서 빠른 걸음으로 대합실을 빠져나갔다. 그런데 으악, 소정자의 말을 이해하는 데 일 분이 채 걸리지 않았다. 웬 새벽에 여자들이 40미터 정도 양쪽으로 줄을 서서 열차에서 내리는 사람들을 기다리고 있었다. 순간적으로 당황하여 소정자를 기다렸지만 사람들이 한꺼번에 쏟아져 나오는 바람에 찾을 수가 없었다.

　그 순간 이 여자들은 몸 파는 창녀라는 것을 알 수 있었다. 고등학교 다닐 때 학교 근처에 창녀촌이 있는데 좀 논다는 애들이 그곳에 갔다 와서 자랑스럽게 이야기했으나 그에게는 그저 달나라 이야기였다. 가자는 놈도 없고 혼자서 갈 용기도 없었다. 젊은 남자 위주로 팔짱을 끼고 실랑이를 하는 모습이 여기저기서 보였다. 30미터 정도 왔을 때까지 그에게는 아무도 추파를 던지지 않았다. 그는 속으로 '나는 남자도 아닌가?' 하는 생각이 들었다. 호주머니가 가벼운 것이 걱정이 되어 한편으로는 잘되었다는 생각을 하는 순간 웬 날벼락. 아줌마와 아가씨가 그에게 팔짱을 끼면서 놀다 가라는 거였다.

「어이, 총각 잘해줄 테니까 놀다 가.」

여자들한테서 강한 향수 냄새가 역하게 풍겨왔다.

'근데 이거 얼마인지 알아야 따라가든지 말든지 계산이 서지. 가격을 물어보는 순간 꼼짝없이 따라가야 하니 물어볼 수도 없잖아.'

그는 속으로 생각하면서 「저 지금 바빠서 가야 해요.」라고 소리쳤다. 그러면서 '이 시간에 바쁜 놈이 누가 있어. 네가 정주영이냐.' 또 스스로 중얼거렸다.

여자들은 더욱 힘을 주더니 완력으로 끌고 갈 태세였다. 그 순간 그는 갑자기 더러운 감정이 확 올라와 「이런 갈보 같은 년들이, 이거 안 놔!」 순진한 촌놈은 하지 말아야 할 말을 던지고 말았다. 이젠 둘 중에 하나다. 조용히 따라가든지 아니면 완력으로 여자들을 밀치고 도망을 치든지 해야 했다.

분위기는 이미 험악해졌다. 여자들은 「너 지금 그 말 다시 해 봐. 이 새끼야.」하면서 그를 험하게 다루는 것이 아닌가. 방법이 없다. '될 대로 되라지.' 하고 마음먹는 순간 소정자가 불쑥 나타났다.

「어이, 그 손 놓으시지. 내가 6시간 동안 뜸 들인 물건인데 니들이 채가면 안 되지.」

소정자는 삐딱한 자세로 담배를 꼬나물고 말했다.

'무슨 뜸을 들여. 이건 또 뭔 소리인가. 하여튼 말하는 것 하고는.'

소정자와 그 여자들이 서로 아는 사이라는 것을 느낄 수 있었다. 여자들은 순순히 떨어져 다른 촌놈을 잡기 위해 역전으로 달려갔다.

「촌놈, 그렇게 신신당부했는데 말 안 듣더니 쌤통이다.」

「아 씨발, 어디 갔다가 이제 온 거야?」

그는 소정자에게 짜증을 부렸다.

「모태총각이 욕도 할 줄 아네. 촌놈, 뭐가 그리 아깝다고 그 난리야. 따라가서 빨랑 싸고 갈 것이지. 왜 이 험한 꼴을 당하고 있는지, 쯔쯔.」

소정자는 한심하다는 표정을 지었다.

「가격이 얼마인지도 모르는데 따라갔다가 다 털리고 니들처럼 딴 데로 팔려 가면 내 인생 쫑 나잖아.」

「어디서 이상한 말은 들어가지고 우리가 팔려서 여기 왔다는 이야기는 들었는가 보네.」

소정자는 너털웃음을 지었다.

「뭐 고등학교 다닐 때 조금 놀던 놈들이…….」

「여관 가려면 따라오고 이모 집 가려면 좀 더 기다렸다가 전철 타고 가. 아님 택시 타고 가든지.」

소정자의 말투는 냉랭했다. 그는 고등학교 다닐 때 친척집에 빌붙어 살았기에 그 느낌을 알고 있었다. 그 때문에 이모가 싫어할 것이라는 소정자의 말이 틀리지 않을 수도 있다고 생각했다. 그는 소정자를 믿는다는 표정으로 따라붙었다. 역전 도로를 건너고 옆길로 접어드니 서울 한복판에 빨간색 아니, 핏빛 아니, 선홍빛 불빛의 집들이 줄지어 있었다.

고깃집이 아니고 세상에서 가장 오래된 직업 중 하나인 창녀들의 동네. 인간 욕정의 해방구. 윤리와 도덕으로 갇힌 쾌락을 향한 욕정이 밤의 세계에서 아름다운 자유를 만나 그 족쇄를 풀고 하늘 높이 날 수 있는 공간이다. 족히 100미터는 넘어 보였는데 선홍색 조명에 하얀 드레스를 입은 여자들이 서 있었고 탐욕스러운 표정을 한 포주는 한 근의 고기라도 더 팔려는 눈빛으로 부산스럽게 눈동자를 여기저기 날리고 있었다.

'소정자 저년, 여관 가자는데 이런 곳을 가로질러 가면 어쩌자는 거야. 또 여기저기 아는 척도 하고 웃어 가면서. 빨랑 뛰어가도 시원찮을 판에 뭐가 그리 대단한 직업이라고…….'

그는 소정자가 이해가 가지 않았으나 한편으로는 생전 처음 보는 광경에 호기심이 생겨서 이리저리 눈길을 기웃거렸다.

「여관은 아직 멀었어요?」

그는 일부러 태연한 척을 하려고 짜증스러운 표정을 지었다.

「천천히 구경하면서 따라와. 너처럼 어린애들은 혼자 오면 혼구녕나.」

정자의 뒤를 따라가면서 눈치껏 흘겨보았는데 하나같이 예쁜 영계 느낌이 나는 아가씨들이었다. 입에 침이 고였다. 마지막 집에 도착할 즈음 그에게 조금만 기다리라고 하고 소정자는 가게로 들어가더니 10분 후 아까보다 더 짧은 미니스커트를 입고는 스타킹을 벗은 맨살의 다리로 나왔다. 그 순간 그는 자신도 모르게 헉, 하고 숨이 터져 나왔다. 미니스커트가 찢어질 듯 팽팽하게 소정자의 몸매를 감싸고 있었고, 소정자가 움직일 때마다 육감적인 엉덩이와 쫙 빠진 하얀 허벅지가 섹시하게 움직이고 있었다. 그는 자기도 모르게 바지 한가운데가 뜨겁게 곤두서는 것을 느낄 수 있었다.

「쇼트타임으로 여관에서 쉬면 아마 아침이 될 거야. 여관에서 좀 쉬

29

다가 아침 먹고 이모 집에 가면 되겠네.」

그는 분위기가 대충 뭐가 뭔지 알 것 같았다.

'저년이 아침밥까지 먹자는데 설마 바가지 씌우려고.'

그렇게 생각하면서 한 100미터 정도를 걸어가니 여관들이 즐비하
게 있었다. 술 먹고 뻗어 여자한테 부축 받아 여관으로 들어가는 놈들
이 한두 놈 여기저기 보였다.

'정신 나간 놈들. 지금 몇 시인데 이 시간에 저 모양이야.'

남자여관이라는 데로 들어가는데 소정자가 여관비를 계산하는 게
아닌가? 그런데 간판이 오래되어서 남자가 아니고 난자라고 보였다.
'정자와 난자.' 잘 어울린다는 생각을 하면서 그는 속으로 피식 웃었다.

「빨리 안 들어오고 뭐해. 참, 여관 처음이라고 그랬지. 하여튼 촌놈.」

여관에 들어서는 순간 이제는 오직 소정자를 품을 생각만 들었다.
특히 풍만한 엉덩이로부터 쭉 뻗어 내린 하얗고 탄탄한 허벅지에서
눈이 떠나지 않았고 숨이 멎을 정도로 긴장되었다. 그는 첫 경험을 할
생각에 가슴이 설렜다.

'구멍이나 잘 찾을 수 있으려나?' 하는 두려운 감정도 상존했다. 방은
정육점처럼 선홍빛 등을 사용하고 있었다. 괜스레 '정육점의 불빛이
빨간 것은 고기를 싱싱하게 보이게 할 목적이라는데 여자도 싱싱하게
보이려고 그런 게 아닐까?' 하는 생각이 들었다.

여관에 들어서자마자 「촌놈, 먼저 샤워해.」 소정자가 나지막하게 말
했다.

여관에 들어서서도 그가 가방을 꼭 안고 놓지 않자 소정자가 물
었다.

「가방 안에 금덩이라도 들었남? 여관비도 없게 생긴 놈이. 걱정 말
고 안심하고 샤워하러 들어가.」

샤워를 하면서 온갖 상상으로 몸이 팽팽히 긴장되는 바람에 그 짓을 하기도 전에 사정할 것만 같은 느낌이 들었다. '참아야 한다.' 생전 처음 여자를 경험한다는 생각에 비누로 정성을 다해 온몸을 깨끗하게 씻은 뒤 옷을 갈아입고 나왔다. 소정자는 맥주와 노가리로 술판을 거하게 벌려 놓고 기다리고 있었다. 맥주가 열 병이나 되고 벌써 한 병은 다 마시고 두 병째 까고 있는 중이었다.

「술도 한 번 안 먹어본 거 아니야, 모태?」

소정자는 술도 한 번 안 먹어 보았을 것이라는 확신에 찬 목소리로 그를 바라보았다.

「이래도 내가 중학교 때부터 술 먹은 사람이야.」

사실 중학교 때 고종사촌이자 친구인 기상이랑 고모 집에서 동동주를 먹어본 이후에 술을 먹어본 경험이 없었다. 하지만 술은 자신 있었다. 우리 장 씨 집안은 술병으로 죽은 친척이 대부분일 만큼 술을 좋아했다.

'근데 이 여자 줄 거면 빨리 주지.'

술잔을 주고받으면서 다섯 병째 비우는데 취기가 얼큰하게 오르고 소정자의 얼굴도 빨갛게 달아오르면서 혀도 조금씩 꼬이는 것 같았다.

'아 목욕하고 딱 준비하고 있는데 줄 생각을 안 하냐? 화장실 앞에서 똥 나오는데 안에서 똥 누는 놈이 신문 보면서 안 나올 때 딱 그 기분이네.' 그는 속으로 생각했다.

「야, 촌놈. 궁금한 것 있으면 누나한테 물어봐.」

그러면서 소정자는 남자 새끼들은 그 짓하러 왔으면 빨리 싸고 갈 것이지 '왜 이런데서 몸을 파니 어쩌니?' '이름이 왜 소정자냐?' 왜 묻고 지랄인지 모르겠다고 투덜거렸다.

「직업으로 남자랑 하면 기분이 어때요?」

「촌놈, 너 같으면 좋겠냐?」

「남자 새끼들이야 쌀 때 소리치고 혼자 죽어 버리니 직업으로는 이 짓은 못 하겠네.」

소정자는 서울이 집이고 구례는 할머니가 혼자 지내시다가 돌아가셔서 장례를 치르고 올라오는 길이라고 하였다. 자기는 학교 다닐 때 얼굴은 남보다 조금 예쁘고 몸매도 풍만했지만 공부에 관심이 없었고 아무 생각 없이 학창 시절을 보냈다고 했다. 미래에 대한 꿈도 없었고 특별히 하고 싶은 일도 없었단다. 그는 속으로 진심으로 본인의 이야기를 하는 소정자를 보자 기분이 좋아졌다. 그도 형의 죽음에 대한 의문을 풀기 위해 공부를 한 것 이외에 어떠한 꿈도 학창 시절에 가지지 않았다. 소정자는 술이 어느 정도 취하자 자기가 이 길로 접어든 사연에 대하여 주절주절 떠들어댔다.

「실은 고등학교 이 학년 여름 방학 때 독서실 화장실에서 교복을 입은 채 팬티만 내리고 동네 대학생 오빠랑 그 짓을 했는데 처음부터 끝까지 황홀한 거야. 의미 없는 삶 속에서도 그 짓을 하면 마음의 허무함을 그나마 덜 수 있었고, 몇 끼 굶었다가 밥을 먹은 것처럼 행복한 포만감이 밀려왔어.」

소정자는 약간은 서먹한 표정으로 말했다. 날마다 밥은 안 먹어도 되는데 그 짓을 안 하면 거기가 근질근질해서 잠을 잘 수가 없어서 그 오빠랑 못 할 때면 학교 친구나 후배를 꼬드겨 매일매일 그 짓을 해야 스트레스도 풀리고 잠도 편히 잘 수 있었다고 했다.

「그러다 보니 동네에 소문 파다하게 났지. 걸레라고. 먼저 보는 놈이 임자니, 물침대니 하면서. 씨발, 그러다 보니 오십 먹은 놈이나 육십 먹은 놈이나 나만 보면 눈이 뻘개가지고 침을 질질 흘리는 거야. 어떤 늙은 놈은 꼬깃꼬깃한 천 원짜리 한 장 찔러주면서 엉덩이를 만지는 거야. 결국 아버지한테 죽어라 쳐 맞고는 학교 그만두고 짐 싸서 집을 나와 버렸지, 뭐.」

소정자는 전생에 선녀였는데 그 선녀가 이승까지 붙어 다니면서 시샘도 많이 하고 예뻐 보이려고 남자를 꼬드긴다고 무당이 굿을 해야 한다고 한 적도 있었다고 했다.

분명 사람에게는 팔자라는 것이 있긴 있는가 보다. 소정자의 사주팔자에는 분명 화(花)가 아니 도화(桃花)가 있을 것이다. 어릴 적 땡중이 그의 사주팔자를 풀이해 보더니 사람으로 흥하고 사람으로 망하는 팔자라고 하면서 크게 성공할 수도 있고 크게 망가질 수도 있다고 했다. 木木水土(목목수토)라고 창호지에 적어 그에게 주면서 나무와 흙과 물이 있으니 나쁜 팔자는 아니라는 것이었다. 첫 번째 木은 자신이고 두 번째 있는 木이 좋은 인간이면 울창한 수풀(林)을 이루겠지만 그 木이 나쁜 인간이라면 물과 흙의 영양분을 갈취당할 팔자라고 했다. 세상은 좋은 일도 있고 나쁜 일도 있으나 나쁜 일이 인생에 크게 영향을 미치는 것이 세상의 이치이므로 남에 의해 인생을 망칠 수 있으니 조심하라고 신신당부한 기억이 정자를 보면서 떠올랐다.

「촌놈, 뭔 생각을 골똘하게 하는 거야? 술은 왜 안마시고 나만 다 푸고 있잖아. 나는 내일까지 휴가라 죽어라 마시고 푹 자빠져 자면 돼. 한 잔 따라 봐. 촌놈.」

정자는 많이 마셨는지 혀 꼬인 목소리로 말했다. 이젠 할 말도 없을 뿐 아니라 그 짓 할 생각도 없어지고 잠이 몰려왔다.

'아, 뭐여. 아버지는 서울 가서 공부 열심히 하라고 없는 돈 모아서 주었는데 이거 도착하자마자 창녀랑 여관에서 술판이나 벌이고 있다니. 에라, 모자란 놈아.' 그는 속으로 속삭였다.

정자는 술 한 병을 남기고 샤워를 하고 나왔다. 수건 하나 딸랑 걸치고 나오면서 돈을 안 받고 총각딱지 떼어 주겠다며 엄청 선심 쓰는 척을 했다. 시간이 많이 지났는지 벌써 훤하게 날이 새고 있었다. 여기저기서 자동차 소리가 시끄럽게 경적을 울리고 부산한 사람들의 움직임도 느낄 수가 있었다. 그는 잠들은 정자의 모습을 바라보고 여관을 나와 햇빛을 온몸으로 느끼면서 서울에서의 첫째 날을 맞이하였다.

그는 8시에 아침밥을 먹고 오전에 이모 집을 방문한 다음 학교에 가서 일을 처리할 예정이었다. 그는 기숙사가 없다는 것을 알고 있었지만 그동안 새로 생겼을지도 모른다는 허황된 상상을 했다. 그만큼 묘도에 계시는 아버지는 금전적으로 힘든 상태였다. 그러나 기숙사는 분명 없을 것이다. 최저 가격으로 자취를 할지 독서실에서 생활해야 할지를 결정하고 아버지께 전화하여 생활비를 부탁하여야 할 판이었다. '아, 모의고사 정도로만 성적이 나왔어도 장학생으로 다닐 수 있었을 텐데.' 아버지에 대한 미안함으로 자신에게 짜증이 확 몰려왔다.

영등포역에서 전철을 타고 2호선 구로공단역에 내려 10분 정도 걸어서 주소에 있는 5층 빌라에 도착했다. 어린 시절 동네 어떤 누나가 서울 구로공단에 취직했다고 잔치는 아니더라도 그 집 아버지가 막걸리를 한턱 쏜다고 자랑하던 소리를 들은 적이 있었다. 이모 집은 5층이었다. 엘리베이터가 없어서 걸어서 5층까지 올라갔는데 어떻게 하면 이 집에 빌붙어서 학교를 다닐 수 있을까 하는 생각에 마음이 편치 않았다. 어제 저녁 소정자의 말이 가슴을 콕콕 찌르고 있었다.

초인종을 누르자 이모가 반갑게 맞이해 주었다. 20평쯤 될까. 아니, 더 작은 느낌이 들었고 방 두 개에 아주 좁은 거실이 있는데 여기에 다섯 명이 살고 있었다. 속으로 틀렸다고 생각했다.

'코딱지만 한 집에 어떻게 빌붙는단 말인가.' 그는 속으로 생각했다.

이모네는 1녀 4남이였다. 큰 형은 공고를 나와서 일찍 취직하여 지금은 구미에서 살고 있고 나머지는 이 좁은 빌라에 살고 있었다. 큰누나는 여상을 졸업하고 은행에 근무하고 있었고 둘째 형은 서울대학교에 다니고 있었다. 이름도 헷갈리던 셋째 형은 서강대학교에 다니고 막내는 아직 중학생이라고 했다.

「어느 대학 합격했니?」 누나가 그에게 물었다.

「제 친형 도현 형이 다녔던 대학에 합격했어요.」라고 그는 말했다.

「네 형이랑 같은 학교구나. 그러나 저러나 도현이 오빠가 참 안됐어.」

누나는 도현 형을 잘 안다는 눈치로 말했다.

「어디서 학교 다닐 거니? 다닐 데는 있고?」

이모는 진심으로 걱정이 되는 듯 물었다.

「아니요. 학교에 기숙사가 없어서 이번에 집을 알아볼 생각입니다.」

「우리 집에서 다녀. 좁지만 어쩌겠니. 너희 집 형편 내가 더 잘 아는데…….」

이모가 말끝을 흐렸다. 그를 보자 이모는 일찍 죽은 동생인 엄마가 생각났는지 눈물을 훔쳤다. 대답을 할 수 없었고 순간적으로 누나와 형들의 미묘한 얼굴과 눈의 변화 특히 동공의 움직임을 느끼려고 집중했다. 확실히 알 수 있는 것은 이모가 말하는 사이에 누나는 계속해서 이모에게 눈빛으로 반대 의사를 전하고 있다는 것을 느낄 수 있었다. 감사하다며 먼저 선수를 칠까 하다가 찬스를 놓치고 다음 기회를 노리기로 하였다.

「보듯이 동생이 들어와서 같이 살기에는 너무 좁지 않겠니. 서로 불편할 것 같고.」

그런데 그가 찬스를 놓치자마자 기회라는 듯 누나가 바로 돌 직구를 날렸다. 그는 아까 고맙다는 말을 하지 않은 것에 대한 후회가 밀려왔다. 코딱지만 한 빌라에 빌붙으려는 속마음이 들켰다는 느낌이 들어 더욱더 수치스러웠다. 그는 알량한 자존심을 내세워 무심코 말을 꺼냈다.

「그럼요, 누나. 너무 좁아서 제가 어떻게 같이 지내겠어요. 제 걱정은 마세요. 어떻게든 스스로 알아서 할게요.」

누나는 금방 화색이 되어서 「그래. 나가서 살면 더 자유롭고 편할 거야. 여기서 사람들 눈치보고 살려면 얼마나 힘들겠니.」 이런 말들을 했다. 그가 거의 포기하고 있을 즈음 갑자기 둘째 형이 불편하더라도 같이 지내자고 누나를 설득하는 것이 아닌가? 둘째 형이 너무 고마웠다. 이 상황에서 어떻게 같이 살자고 말을 할 수 있단 말인가? 셋째 형도 옆에서 거들었다. 누나는 얼굴을 붉히며 소리 지르기 일보 직전이었다. 누나의 강렬한 눈빛 공세에 둘째 형과 셋째 형은 더 이상 강하게 주장을 하지 못하고 있었다. 그는 둘째 형과 셋째 형의 따뜻한 마음을 알고는 용기를 얻어 말을 했다.

「누나, 너무 화내지 마세요. 괜히 저 때문에 싸우시지 마시고요. 그런데 누나, 부탁이 하나 있어요. 한 달만 이모 집에서 학교 다니다 나갈게요. 한 달 뒤에 학교생활이 익숙해지면 살 곳을 정하고 나가면 좋을 것 같아서요.」

이 말에 누나도 더 이상 반대할 수가 없었다. 속으로 소기의 목적은 달성했다고 생각했다. 어차피 불편한 것은 그도 마찬가지였다. 그러나 지금 아무 정보가 없는 상태보다는 한 달 정도 지나면 좀 더 좋은 조건으로 하숙이나 자취집을 구할 수 있을 거라 생각했다.

한 달 동안 이모 집에서 생활하면서 그는 본인이 아는 것 이상의 세상이 존재한다는 것을 처음으로 알게 되었다. 그리고 이것이 형의 죽음과도 연관되어 있다는 것을 본능적으로 알 수 있었다. 특히 셋째 형은 학교에서 골수 운동권이었는데 여러 번 고문도 당했다고 했다. 둘째 형은 군대 갔다 와서 학교를 들어갔기 때문에 셋째 형보다 정신적으로 더 골수였지만 행동은 유보하고 있었다. 집안의 책장에는 온통 마르크스·엥겔스 혁명론, 레닌, 민중해방, 노동자혁명, 공산주의, 사회주의, 제국주의, 군부독재타파, 5·18 광주항쟁 등 이런 종류의 책들이 가득 채워져 있었다. 그는 형이 준 백범일지 이후에 처음으로 이런 종류의 책들을 만났고 그 책들은 그의 호기심을 자극했다. 뇌가 굶주린 것처럼 책들을 읽어 나갔다. 한 달 만에 50여 권이 넘는 책들을 다 읽을 수가 있었다. 그는 여전히 뭐가 뭔지 알 수는 없었지만 내면으로부터 세상은 생각보다는 훨씬 더 복잡하다는 것을 느낄 수 있었고 형의 죽음에 대한 의문을 풀기 위해서라도 사상과 이념 그리고 현실에 대한 이해는 꼭 필요하다고 생각했다.

3
민들레

그가 초등학교 1학년 때, 서울 마포 소재 대학 경제학과 학생이었던 형은 집안의 기둥이고 부모님의 자랑이었다. 형은 어려운 집안 환경을 생각해서 4년 장학생으로 대학에 합격했고 행정고시에 꼭 합격해서 부모님을 기쁘게 해드리겠다고 했었다. 그런 형이 간첩 행위를 하다 사고로 싸늘한 시신이 되어 고향으로 돌아왔다. 그리고 얼마 지나지 않아 형을 따라 어머니도 하늘나라로 떠났다. 또한 초등학교 4학년 때 당한 교통사고로 중학교 때까지 절름발이 생활을 한 그에게 세상에 의지할 수 있는 것은, 무뚝뚝하고 밤마다 술에 취해서 들어오는 아버지 한 분밖에 없었다.

그때부터 그는 자신도 모르게 상대방의 동공과 시선의 움직임을 관찰하는 버릇이 생겼다. 눈빛으로 상대방의 생각을 읽으려는 것이었다. 상처받은 영혼의 자기 방어 본능이 아니었을까. 인간은 의식하지 못하는 사이에 눈으로 많은 것들을 전달한다. 또 눈의 변화는 인간의 가장 밑바닥에 있는 원초적 본능이기에 감추려고 해도 쉽게 감출 수가 없다.

상대방의 얼굴을 마주쳤을 때 제일 중요한 것은 눈이다. 인간이든 동물이든 상대방의 시선을 파악하는 일이 생존에 중요하다. 동물들은 같은 무리 안에서 눈을 마주치기만 해도 상대방과 자신의 서열을 확인할 수 있다. 또한 인간들은 눈을 맞추는 것만으로도 섬세한 감정과 정교한 내용을 전달할 수 있다. 흥분과 두려움을 느끼고 호감이 가는 상대를 볼 때는 자기도 모르게 커진다. 특히 빛이 동공을 통해 눈에 얼마나 들어오느냐에 따라서 동공 주변에 있는 갈색 원반, 홍채가 동공의 크기를 결정하게 된다. 카메라로 치면 조리개 역할을 하는 것인데 동공은 8㎜까지 커질 수 있고 2㎜까지 줄어들 수도 있다. 이것을 사람의 의지대로 할 수는 없다. 동공의 크기는 빛의 양이나 감정의 상태에 따라서 자동적으로 조절된다.

가족의 잇따른 죽음과 절름발이 생활은 그에게 정신과 육체의 철저한 파괴를 가져다주었지만, 이는 아이러니하게도 그에게 세밀한 감각과 직관을 부여했다. 마치 시각장애인이 보통 사람보다 몇 배의 청각을 가질 수 있는 것처럼, 그에게는 본인 스스로도 놀랄 만큼 시각이 발달하는 현상이 생겼다. 시력도 좋아지고, 눈에 띄게 사물을 보는 감각이 예민해져 있었다. 그는 다른 사람들보다 더욱 미세한 눈의 떨림을 볼 수 있었고, 동공의 변화를 알 수 있었다. 인간의 눈은 흰자가 크기 때문에 눈동자의 변화를 쉽게 파악할 수 있었다. 굳이 얼굴의 방향을 보지 않고 눈동자가 움직이는 방향으로도 시선이 향하는 곳을 알 수 있고, 눈동자의 크기가 어떻게 변하는지, 눈동자가 얼마나 떨리고 있는지 알게 됨에 따라 그 사람의 감정의 변화를 유추해내게 되었다. 그는 동공의 크기와 시선의 미묘한 변화로부터 어느 정도 그들의 생각을 파악할 수 있었다.

거짓말을 하고 있는 사람들의 눈동자는 동공의 변화가 크고 시선이 산만한 데다가, 눈빛에서 탁한 기운이 느껴지는 것을 그는 여러 번의 경험을 통해서 알 수 있었다. 그러나 그는 상대방의 사고와 감정을 감각을 통하여 직관적으로 안다는 것이 좋은 일만은 아니라는 생각이 들었다. 꼭 그가 알아야 할 필요가 없는 것까지도 알게 되기 때문이었다. 그가 느끼는 시각적 능력은 보통사람들은 구분할 수 없는 미묘한 것이었다.

대부분의 사람들이 그를 바라보는 눈에는 멸시와 연민이 혼합되어 있었다. 그는 거울을 보면서 자신의 눈을 바라보았다. 그의 눈은 동공의 변화가 거의 없었고 약간의 이슬 맺힌 어둡고 차가운 기운을 가지고 있었다. 그는 스스로 새끼를 잃은 어미 사슴의 눈동자가 아닐까 하는 생각이 들었다.

대학에 새내기로 입학했을 때 최루탄 가스가 캠퍼스에 가득하게 날렸다. 날마다 수업 거부와 군부독재 타도 데모가 끊이질 않았다. '형이 학교 다닐 때도 이랬겠지?' 그는 죽은 형의 유품을 확인하다가 형은 '민들레'라는 동아리에 가입되어 있었다는 걸 알았다. 당장이라도 민들레에 가입하여 형의 죽음에 대하여 알아보고 싶었지만 12년이 지난 지금, 그 일을 기억할 사람이 없을 거라는 판단 하에 신중하게 학교 분위기와 동아리에 대한 정보를 천천히 세밀하게 알아보고 있는 중이었다.

형이 속해 있었던 '민들레'는 학생회관의 오른쪽 끝자락 2층에 아직도 자리 잡고 있었다. 그는 혼란스러웠다. 머릿속은 사회 문제에 대하여 정의를 정확하게 판단할 수 없었으나 썩어 문드러진 세상을 고쳐야 한다는 대자보가 교내를 도배하고 있었다. 당시 썩어 문드러진 세상의 두 원흉은 미국 제국주의와 군부독재였다. 형이 준 백범일지는 그의 사상과 의식의 중심이 되어 주었다.

군부독재 타도는 인정할 수 있지만 아직까지 미국 제국주의에 반대하는 명분은 그의 가슴을 움직이지 못했다. 지식은 완벽하게 무장되지 않았지만 그는 사회 변화에 대한 강한 의지가 있는 듯 데모 대열에 참가했다. 전투경찰이 최루탄을 발사하면 눈물과 콧물로 범벅이 되어 도망갔지만, 화장실 거울을 보면서 지식인이라는 위로감과 세상을 위해서 필요한 일을 했다는 조그마한 뿌듯함을 느꼈다.

단절되고 소외당한 기억에 대한 보상 심리와 세상에 대한 분노로 그는 누구보다도 열심히 가장 앞에서 전투경찰 아니, 세상을 향해 돌을 던졌다. 그 당시 대학은 사회의 변화를 주도했다. 대학에서 잘난 놈은 잘생긴 놈, 돈 많은 놈, 공부 잘하는 놈도 아닌 바로 돌 많이 던지고 군부독재 타도를 목이 터져라 부르고 마르크스, 레닌, 엥겔스, 노동탄압, 민중해방, 북한, 통일, 미제국주 타파, 군부독재 타도, 5·18 민중항쟁 이런 종류의 이념을 체계적으로 이해하고 토론에서 남을 제압하는 놈이 바로 대학에서 가장 잘난 놈 취급을 받고 있었다.

초여름으로 접어들고 있었고 캠퍼스의 플라타너스 나뭇잎이 진한 초록색으로 변하고 있었다. 중간고사가 끝난 시점이라 대학생들의 표정은 어느 때보다 여유로웠다. 이젠 대학에서 데모와 수업 거부는 일상생활이나 다름없었다. 그날도 최루탄에 콧물과 눈물이 범벅이 되어 있는데 뒤에서 그를 부르는 소리가 들렸다.

「어이, 나는 경제학과 3학년 이태형이라고 하네.」

「저한테 무슨 볼일이 있으세요?」

그는 최루탄으로 쏟은 눈물 콧물도 닦지 않은 상태였다.

「내가 데모하는 것을 지켜보니 자네가 제일 앞에서 열심히 돌을 던지고 군부독재 타도를 외치는데 목소리에 진정성이 느껴지더군.」

이태형은 그를 자세히 관찰했다는 표정으로 말했다. 이태형은 170센티도 안 되는 작은 키에 찢어진 눈을 가졌고 옷도 허름하게 입고 있었다. 외모에서 풍기는 느낌은 그와 같은 촌놈 아닐까 하는 생각이 들었다.

「우리 동아리에 들어올 생각 없나?」

이태형은 그가 동아리에 들어오기를 강하게 원한다는 표정을 지었다.

「무슨 동아리인데요?」

「독서 동아리이고 이름은 '민들레'라고 하네.」

'민들레' 그 순간 그는 세상에는 분명 운명이 있다고 생각했다. 그리고 섭외를 들어온 인물도 형과 같은 경제학과 이태형이었다. 그는 마음속으로 엄청 놀라고 당황스러웠지만 태연하게 관심이 없는 척했다.

「죄송하지만 전 독서클럽 같은 데 관심 없습니다.」

대학 내 정치이념과 사상은 생각보다는 복잡했다. 군부독재 타도와 같은 단순한 데모가 아니고 반미와 민중해방 등 다양한 사상과 이념을 가진 모임들이 주도권을 잡으려고 갈등 양상까지 보이고 있었다. 그가 관심이 없다고 한 것은 민들레에 대하여 정보를 더 알아보기 위함이었다.

그가 관심을 보이지 않자 이태형은 「혹시 밀본이라고 들어보았나?」라고 물었다. 그는 자신의 전략이 어느 정도 성공했다고 생각하며 은근슬쩍 관심이 생긴다는 듯 답했다.

「밀본이 무슨 말인가요?」

「뭐, 조금 거창하게 말하면 비밀결사단체라고 할까?」

이태형은 그가 관심을 갖자 웃으면서 말했다.

'뭐야 이거. 갈수록 태산이네. 지금이 일제시대도 아니고 무슨 비밀결사단체가 필요하나?'

그는 속으로 생각했지만 사실 밀본이 비밀결사단체라는 정도는 백범일지를 통하여 어느 정도 알고 있었다. 그때 본능적으로 세상이 많이 흘렀지만 형의 죽음과 분명 관련이 있을 것 같은 생각이 들었다. 철저히 관심이 없는 척하면서 동아리 소개나 들어보자고 하였다. 분명 형의 유품에서 발견한 동아리와 같은 '민들레'였다. 이태형은 그가 독서클럽에 관심을 보이지 않자 비밀결사단체라고 하였다. 이태형을 따라 학생회관 2층 오른쪽 끝자락의 동아리 실에 들어가자 3명이 자리 잡고 기타를 치면서 운동권 노래를 같이 부르고 있었는데 '광야에서'였다.

찢기는 가슴 안고 사라졌던 이 땅의 피울음 있다

부둥킨 두 팔에 솟아나는 하얀 옷의 핏줄기 있다

해 뜨는 동해에서 해지는 서해까지

뜨거운 남도에서 광활한 만주벌판

우리 어찌 가난하리오

우리 어찌 주저하리오

다시 서는 저 들판에서

움켜쥔 뜨거운 흙이여

가사가 그의 마음에 와 닿았다. '찢기는 가슴 안고 사라졌던 이 땅의 피울음 있다.' 이 가사를 들으면서 형이 생각났다. 형은 세상에서 사라지면서 찢기는 가슴 안고 피울음을 토했을 거라는 상상이 머릿속을 맴돌았다. 그가 오랫동안 기다렸던 시간이 다가왔다. '민들레' 이 단어를 마음에 품고 여수 묘도에서 이곳 대학 민들레 동아리까지 오기 위해 그동안 살아있었다.

노래를 부르는 3명 중 1명은 여자였다. 그와 같은 신입생으로 전공은 미술대학 동양화과였고 성은 '한(韓)' 이름은 '설(雪)'이었다. 이름같이 하얀 눈 같다는 생각이 들었다. 설은 긴 생머리를 하고 화장기 없는 얼굴에 약간 마른 체형이었다. 눈은 크지 않았지만 알 수 없는 총기로 반짝거렸다. 청바지를 입고 있었는데 건강하면서도 학처럼 긴 다리는 남에게 이목을 끌기 충분했다. 수수하지만 어딘가 모르게 귀티가 흐르고 중성적으로 보이지만 여성스러운 분위기를 가지고 있었다. 그리고 놀란 것은 그녀의 눈에서 거울 속에 비친 그의 눈과 같은, 새끼 잃은 어미 사슴의 이슬 맺힌 눈동자가 있는 것이 아닌가? 처음으로 그와 같은 종류의 눈동자를 가진 사람 아니, 여자를 만났다. 하지만 설과 그의 눈에는 투명성에 차이가 있었다. 그녀의 눈은 이슬이 맺혀 있었지만 그의 어두운 눈과는 달리 밝고 영롱한 총기가 서려 있었다.

그가 합격한 대학 미술대학은 한국 미술계에서 독보적인 존재다. 그만큼 미술에 관한 가장 뛰어난 인재들이 들어오는 대학이고 학교 여기저기에 박물관처럼 학생들의 작품들이 캠퍼스에 널려 있었다. 그리고 예술대학을 표방하는 학교 특성상 학교 앞 거리는 예술과 상업이 어울려 특색을 가지고 팽창되고 있었다.

「나 한설이라고 해. 앞으로 잘해보자.」

이 신입생은 민들레에 들어온 지 15일밖에 안되었다고 하지만 노련함이 묻어난다는 생각이 들었고, 아주 오래된 것처럼 편안하게 민들레를 생각하고 있다는 것을 느꼈다.

「나는 장도진이야. 잘 부탁해.」

두 사람의 운명적 사랑과 불행은 도진의 형 장도현의 동아리였던 민들레에서 만남으로부터 시작되었다. 나머지 두 명도 통성명을 했는데 키가 크고 눈매가 매서운 자는 공과대학 기계과 김성일이고, 다른 한명은 퉁퉁한 몸매에 애기 같은 피부를 가지고 있었는데 경영학과 유일도라고 했다. 둘 다 도진보다 1년 선배였고 김성일이 동아리 회장을 맡고 있었다. 이 동아리는 소규모로 운영되는데 신입생은 아직 설과 도진 두 명이고 2학년은 4명, 3학년 2명, 4학년은 3명으로 구성되어 있었다. 김성일 선배는 민들레는 일주일에 한 권씩 책을 정하여 읽고 토론하는 동아리라고 설명했다. 그리고 민들레는 소수 정예로, 함부로 구성원을 모집하지 않고 세심한 관찰을 통하여 섭외한다고도 했다. 그들 셋의 눈동자에서 정확히 알 수 없었지만 어딘지 모르게 불안감이 다가왔다. 도진이 왜 뽑혔는지 알 수가 없었다. 속으로 어머니가 민들레로 인도했다는 생각이 들었다. 아니 형이 인도했을까? 지금의 심정은 세상을 이롭게 한다든지 불의에 대한 정의니 심판이니 이런 것은 사실 마음속에 좁쌀만큼도 없었고, 오직 사랑하는 가족의 행복을 빼앗은 형의 죽음에 대한 진실만을 알고 싶을 뿐이었다.

　　「오늘 신입회원도 들어왔는데 회식하러 가야지.」

　　이태형 선배가 본인이 사겠다면서 분위기를 잡았다. 회식은 대학 근처 시장 골목 허름한 2층에 다락방이 있는 선영집이었다. 다락방에 앉으면 천장이 바로 머리 5센티 위에 있었다. 김성일 선배는 맥주잔에 가득 소주를 채워서 도진에게 주었다. 다른 사람들은 소주잔에 술을 따랐다.

　　「건배, 그날을 위해.」 이태형 선배가 소리치자

　　「그날을 위해.」라고 3명이 동시에 맞장구를 쳤다.

　　'그날이 뭐지?'라고 도진은 속으로 생각했다. 술이라면 자신이 있었다. '친척들 중 대부분이 술 때문에 생을 마감한 장 씨 집안 아닌가?' 처음부터 기를 뺏기면 안 된다는 생각과 설에게 호탕함을 보여주려는 순수한 마음으로 거침없이 잔을 비웠다.

그런데 이놈의 동아리는 술만 먹고 말이 없다. 묻지도 않고 무슨 주제를 말할 기미도 없었다. 소주를 5명이서 20병째 마시고 있는데 그 흔한 군부독재 타도에 대한 말도 없었다. 너무 조용해 어색한 분위기가 길어지자 설이 도진에게 고향이 어디냐고 물었다.

「여수.」라고 말했다. 설은 간단한 대화거리라도 찾았다는 듯 서울예고 시절 친구들과 여수로 놀러갔던 얘기를 꺼냈다. 오동도가 가장 기억에 남았고 갓김치도 너무 맛있게 먹었다고 하였다. 그러면서 김성일 선배는 고향이 순천이고 지역 명문인 순천고를 나왔다고 하였다. 송광사에서 어렸을 때 동자승을 하였다고 설은 혼자서 떠들어대고 있었다. 도진도 어색함을 피하기 위하여 중학교 때 아버지가 숨겨둔 비상금을 훔쳐서 가출한 이야기를 꺼냈다. 송광사로 혼자 여행을 갔는데 무슨 이유인지 모르지만 송광사가 무척 편안하게 느껴져 여기에 눌러앉을까 하는 생각도 했다고 말했다. 그랬으면 김성일 선배를 일찍 만날 수 있었을 것이라고 했다. 어색한 분위기가 깨지면서 순댓국집에서 다들 웃음이 터졌다.

사실이었다. 중학교 1학년 때 학교에 적응하지 못하고 주로 순천 방면을 방황했고 동자승이 되고자 순천 송광사와 선암사, 그리고 하동의 쌍계사까지 방문해서 주지스님한테 중이 되고 싶다고 했으나 순간적 방황으로 결심한 것을 알고는 가는 절마다 부모님의 승낙을 받아오면 받아 주겠다고 하여 포기하고 돌아온 일이 있었다. 부모님이 없는 고아라고 하였는데 스님은 '학생 거짓말하면 못써요.' 하면서 온화한 미소를 지으셨다.

동아리 회장인 김성일 선배가 순천 사람이라는 것 때문에 순천 지명의 유래에 대하여 아는 척을 하면서 김 선배에게 앞으로 잘 부탁한다는 투로 말했다. 빨리 동아리 회원들과 친해져야한다는 생각이 들어서 소극적이고 내성적인 성격의 도진이었지만 용기를 내서 말을 하기 시작했다. 이는 순전히 형의 죽음에 대한 의문을 풀기 위함이었다.

「순천(順天)은 하늘을 따랐다는 뜻입니다.」

「신검이 모반하여 아버지 견훤을 금산사에 감금하였는데 나주에 온 왕건에게 투항하자 승평 지역*의 호족 박영규가 천하의 민심이 왕건에게로 돌아간 것을 알고 고려에 귀부하여 후백제를 멸망시키고 후삼국이 통일되었는데 이를 길이 잊지 않으려 순천(順天)이라고 지명을 고쳤다고 알고 있습니다.」

도진은 어색한 분위기를 전환하고자 전라도에 특성이 있는 4대 도시에 대하여 주절주절 떠들어댔다.

「전라도 말에 순천 가서 인물 자랑 말고, 벌교 가서 주먹 자랑하지 말고, 목포 가서 노래 자랑하지 말고, 여수 가서 돈 자랑하지 말라는 말이 있어요.」

「순천은 지명대로 순리를 따르는 온화한 성품의 가진 사람들이 많고 예로부터 교육을 중시하여 학자나 정부 관료들을 많이 배출해서 인물이 많다고 한 것 같아요. 벌교는 고흥반도의 초입에 자리 잡고 있어요. 벌교에는 장사의 고향으로 불리는 고흥 사람들이 많았는데 프로레슬러 박치기 왕 김일, 프로복싱 세계챔피언 유제두와 백인철 그리고 배구의 유중탁이 다 고흥 출신일 만큼 과거부터 장사와 돌주먹들이 많았다고 합니다. 목포는 '목포의 눈물'을 부른 이난영, 최고의

---

* 지금의 순천 인근

47

가수 남진이 목포 출신일 만큼 유독 유명한 가수들이 많았답니다. 여수는 일본과의 무역이 활발할 때 무역과 밀수의 전진 기지로 한창 때는 보이는 개들마다 만 원짜리 돈을 물고 다녔다고 하네요.」

설은 도진의 말이 재미있는지 손으로 입을 가리고 조용히 웃었다. 이야기가 끝났는데도 그들은 한참을 말없이 술만 마셨다. 도진은 속으로 '이놈의 동아리 짜증나서 그만 두어야지.' 하는 생각이 들었지만 형을 생각하고는 꾹 참았다. 술자리는 12시가 되어서야 끝났다. 몸만 간신히 누워 잠만 잘 수 있는 월세 3만 원의 지하 단칸방 보금자리로 돌아왔다. 주머니가 가벼워 집에서는 잠만 자고 밥은 학교 식당에서 가장 싼 것으로 해결했다.

'민들레?'

독서클럽이라고 하기에는 설을 제외한 다른 회원들은 말을 아끼고 눈동자에 불안감이 있으며 너무 조심스럽다는 느낌이 들었다. 도진은 형의 직접적인 사인은 대학 재학 중 간첩 행위를 하다가 고문으로 죽은 것으로 알고 있었다. 그 바람에 어머니의 절규는 아무 위안도 못 받고 아버지와 도진까지 머리에 빨갱이 집안이라는 주홍글씨를 박고 다녔다.

'그럼 정말 형이 간첩이었을까?'

간첩은 고대로부터 세작이라는 이름으로 어느 나라에나 존재했다. 대한민국에서 불법적 방법으로 다른 나라의 이익을 위해 일하는 놈들은 다들 간첩이다. 그러나 우리나라에서 간첩이라는 고유 명사는 북한에만 해당된다. 한국에 미국 간첩이 제일 많고 삼청동 푸른 집에 상당수는 미국 간첩일 가능성이 높다. 그런데 미국을 위해서 일하는 것은 별로 문제 안 된다. 그건 간첩도 아니고 그냥 잘난 놈이고 일본 간첩도 그냥 잘난 놈이다. 그놈들은 아마도 미국이나 일본 정부로부터 돈까지 지원받고 취직에 고위직 진급도 도움을 받을 것이다. 한국에서 오직 문제되는 것은 같은 민족이면서 헌법에 주적으로 언급된 북한 간첩만 문제된다. 이건 걸리면 그냥 인생 종치고 끌려가서 맞고 죽어도 할 말도 없다. 부모들도 북한을 위해 간첩 행위 하다 죽었다고 하면 우리 가족처럼 말 한마디 할 수 없었다. 만약 형이 정말로 간첩 행위를 했다면 현재의 동아리 민들레도 북한의 지시에 의해 대학 내에 점조직처럼 퍼져 있는 조직 중의 하나일 가능성도 있을 것이다. 만약 그렇다면 우후죽순처럼 퍼져나가는 군부독재 타도와 사회 혼란을 간접적으로 지원하는 것이 임무일 거라는 생각이 들었다.

도진은 항상 가지고 다니는 가방 안에 있는 백범일지와 조선반역사, 그리고 매화를 수놓은 수건으로 감싼 망치를 만지면서 형의 죽음에 대한 꼭 실마리를 풀겠다고 마음속으로 다짐했다. 그날따라 도진은 죽은 형과 어머니가 너무나 그리웠다.

4
중앙파

  기상은 순천공고에 입학하자마자 학교 내 권력 싸움에서 승리를 거
두고 순천시내 타 고교의 일진들과의 싸움에서도 인정을 받았다. 키
는 크지 않지만 초등학교 때 집에서 학교까지 2시간을 뛰어서 등하교
로 길러진 강인한 체력과 뛰어난 순발력은 학교 내에서 두각을 나타
내는 데 한 달도 걸리지 않았다. 그리고 묘도 외삼촌의 집에 있을 때는
짚으로 꼬아 만든 새끼를 감나무에 묶은 다음 주먹에 피가 나도록 아
침저녁으로 날마다 때려 주먹을 단련했다. 그 덕분인지 기상의 주먹
에 한방만 걸리면 거구들도 나가떨어졌다. 기상은 공고 1학년부터 순
천 중앙파의 눈에 들어 관심 대상이 되었으며 그때부터 가끔씩 권력
다툼의 현장에 투입되기도 했다. 기상이 속하는 순천 중앙파는 호남 3
대 패밀리 전성시대의 하나인 양은이파 산하 조직으로 OB파 두목 사
건으로 전국에 명성을 날리기도 했다. 두목 조양은의 검거와 신군부
에 의한 조직폭력배 제거로 된서리를 맞으면서 간신히 명맥을 유지하

50

고 있으나 전남 동부 지역에서는 누구도 무시 못 할 조직이었다.

한때 전남 동부지역의 맹주였고 전국적으로 영향력이 있었던 여수의 신흥 세력과 상권이 새롭게 형성되는 지역을 중심으로 다른 세력들이 도전하고 있었다. 특히 순천 중앙파에 오랫동안 눌려있던 여수 지역 조직들이 옛 영광을 재현하고자 호시탐탐 노리고 있었다. 여수 지역의 조직은 과거 일본 무역의 전진기지 역할을 할 때 전국적인 영향력을 행사한 전통을 가진 조직이었다.

여수 지역 조직이 전남 동부지역을 장악하고 있다가 중앙파에 그 자리를 넘겨준 것은 전국적인 영향력이 있는 조양은의 역할이 컸다. 공고를 졸업한 기상은 순천 중앙파의 일원이 되었다. 광양군 진상면 어치리 촌놈이 소원 성취한 것이다. 순천 중앙파의 실질 보스인 김도열은 순천 낙안 출신으로 OB파 두목 난자 사건 참여 당시 가장 막내였다고 하였다. 산전수전 다 경험한 베테랑답게 동생들에게 맡기지 않고 가장 앞장서서 문제를 해결했다.

별명은 쌍도끼로 조그마한 도끼 2개를 허리춤과 다리춤에 숨기고 다닌다고 해서 생겼다. 소문에 의하면 김도열의 아버지가 참나무로 숯을 만드는 일을 하였는데 김도열은 어려서부터 도끼를 가지고 노는 날이 많다 보니 30미터 내외 물건에 도끼를 던지면 백발백중이었다. 특히 김도열이 가지고 있는 작은 도끼는 부메랑에 가까운 성질을 가지고 있었다. 도끼를 던지면 부메랑처럼 다시 돌아오는 특성을 가지고 있어 한 명이 아니라 여러 명에게 치명타를 주는 무기였다.

김도열 또한 기상처럼 크지 않은 체격이었지만 다부지고 순발력이 뛰어난 스타일이었다. 얼굴은 애기처럼 동안이었지만 눈에서 느껴지는 살기는 보스로서의 충분한 카리스마를 내뿜고 있었다. 그는 과거 김두한과 쌍벽을 이룬 시라소니 이성순처럼 혼자서 조용히 일을 처리하였다. 순천 중앙파 10명의 조직원이 김도열과 함께 지역 내 단란주점에서 술을 마시면서 이야기를 나누고 있었다. 그 당시 전남 동부지역은 새로운 권력의 주인을 찾기 위하여 전쟁의 분위기가 조성되고 있었다.

「야, 씨불알 여수 새끼들이 자꾸 까부는디. 이번 일은 누가 책임지고 해볼랑가?」

김도열은 다리를 꼬고 머리를 소파에 비딱하게 대고 말했다.

이춘호와 송석재가 서로 해보겠다고 나서는데

「야, 씨발. 니들은 어떻게 해 보겠다는 생각도 없이 야구방망이 가져가서 뽀개 버리니 사시미로 찔러 버리니 요런 말만 하구. 싸움도 좆나게 못하는 새끼들이.」

김도열은 짜증스러운 표정을 지었다.

그때 서열 3위 탱크 송석재가 나서서 하는 말이

「아따 성님, 고정합쇼. 제가 아는 것은 없고 무식하지만요. 이번에 기회를 주시면 가서 그냥 꽉 뭉개 버리겠습다.」

「아따, 이 새끼 말끼 못 알아듣네. 지금 짭새 새끼들이 정화 기간이라고 조용히 해달라고 부탁한 것 들었어, 못 들었어? 하여튼 탱크 이 새끼, 별명이 탱크 아니랄까 봐 하는 말마다 뭉개 버린다고.」

김도열이 짜증나는 표정으로 송석재를 째려보면서 말했다.

송석재는 광양군 옥곡면 신금리 출신이었다. 도진의 큰집이자 기상의 큰외삼촌이 신금리에 살아서 기상은 가끔씩 놀러 갔었다. 큰집 형님한테 송석재에 관하여 들었는데 산만 한 덩치에 저돌적으로 몰아붙이는 스타일로 어려서부터 별명도 탱크라고 불렀다고 했다. 중학교 때 씨름부로 전국체전에도 참가했고 씨름으로 전남체고에 입학하였으나 선배들의 구타를 이기지 못하고 중퇴하고 집에 내려왔다가 이 바닥으로 발을 들여 놓았다고 했다. 송석재는 싸움판에서는 건달의 요건을 가지고 있었으나 정이 많고 단순하게 생각하는 경향이 있었다. 기상은 눈치를 보았다. 괜히 잘못 나서면 중간에 있는 형님들에게 찍히기 때문이었다.

이때 김도열이 기상에게

「어이, 막내 니 같으면 어떻게 할래.」

「제가 뭘 알아야…….」

기상은 말을 흐렸지만 순천 중앙파의 중간 보스가 되기 위해서는 우선 김도열에게 인정을 받아야 했기에 느닷없는 말을 꺼냈다.

「수양대군의 전략을 쓰는 것이 어떻겠습니까?」

룸 안의 분위기가 갑자기 심상치 않았다. 조직폭력배들은 대부분 학교 중퇴가 많기 때문에 조직 내에서 유식한 척하면 안 되는 불문율이 있었다. 특히 중학교 중퇴에 소년원과 감옥을 4번이나 다녀온 넘버 투 이춘호가 기상을 째려보았다. 이춘호는 전형적인 칼잡이로 음흉한 눈매를 가지고 있으며 중앙파에서 가장 잔인하기로 소문이 나 있었다. 하지만 기상은 의도적으로 도발을 하였다. 일상적인 말로는 김도열의 눈에 띌 수 없음을 본능적으로 알고 있었다. 김종서와 수양대군 이야기는 중학교 때 도진에게 기상이 들은 이야기였다.

김도열은 기상에게 말했다.

「야, 이기상 말해봐. 별 시원찮은 이야기면 야구방망이로 맞아 죽을 줄 알아.」

기상은 걱정이 되었지만 '조선반역사'란 책에 나오는 이야기 중 도진이 해준 기억을 최대한 살려가면서 기회를 살리고자 신경을 곤두세웠다.

「별것 아닙니다. 김종서와 수양대군의 싸움에서 김종서는 압도적인 힘의 우위를 가지고 있었습니다. 김종서는 수양대군이 언젠가는 본색을 드러낼 것을 알고 있었으나 그 힘을 과소평가하여 군사 반란을 일으킬 때 제거할 마음을 가지고 수비적인 전략을 선택한 반면 수양대군은 군사 반란을 먼저 선택하지 않고 핵심인 김종서를 제거하는 전략을 선택했습니다. 역사 문서에는 언급되어 있지 않지만 분명 김종서가 방심할 환경이 조성되어 있었을 것입니다.」

「그만, 그만.」

김도열이 기상의 말을 듣다 말고 말했다.

「막내 니 이리와. 술 한 잔 먹고 계속해 봐.」

기상은 김도열이 주는 술을 받아 마시고 계속해서 말을 해나갔다. 탱크를 포함한 중간 조직원들은 도통 무슨 말을 하는지 못 알아듣겠다는 표정이었다. 특히 넘버 투 이춘호의 얼굴이 심하게 일그러졌다.

「김종서는 우리 중앙파고 수양대군은 여수 교동파입니다. 우리가 힘으로 저들을 제압하지 않으면 저들은 분명 전면전이 아닌 조직의 핵심인 형님들을 노릴 것입니다. 그 시기는 지금처럼 경찰이 정화 기간이라고 협조 요청을 할 때나 아님 우리가 방심할 이유가 있을 때가 될 것입니다. 결론을 말씀드리면 여수 쪽 애들은 조직 규모가 큰 우리가 기습할 줄은 모르고 있을 것입니다. 우리가 역으로 수양대군의 전략을 쓰는 것입니다. 우리가 지금 방심하고 있듯이 저들도 지금 방심하고 있습니다. 기습은 지금처럼 정화 기간 같은 시기에 해야 합니다. 우리가 절대 힘의 우위를 믿고 김종서처럼 여수 애들이 도발하기를 기다리고 있다가는 형님들이 당할 수 있습니다.」

기상은 이야기를 다 끝나고 정중하게 인사를 하였다. 김도열은 얼굴에 만족한 웃음을 흘리면서 말했다.

「야, 공고 졸업한 새끼가 좆나게 유식하네.」

기상의 전략대로 순천 중앙파는 서서히 그 힘을 키우고 있는 여수 교동파의 핵심 5명을 기습하여 소기의 목적을 달성하였다. 기상의 말대로 경찰 정화기간 중 기습이라 여수 교동파 핵심 멤버들은 완전히 방심하고 있었다. 그 이후 정보에 의하면 여수 교동파는 정화기간 중에 기습을 통하여 김도열을 제거할 계획을 수립하고 있었다는 것이 드러났다. 이로 인하여 기상에 대한 김도열의 신뢰는 하늘을 찔렀다.

김도열은 기타 중소 세력에 대한 관리를 기상에게 맡겼다. 기상은 피도 눈물도 없이 중소 세력들을 다뤘다. 보스들은 무조건 은퇴시키고 그 아래 동생들은 중앙파 소속으로 모두 옮겨 직접 관리했다. 김도열은 기상에게 터미널 주위에 있는 단란주점으로 오라고 전화를 했다. 기상이 도착해 보니 김도열은 여자 2명과 술을 마시고 있었다. 그 중 한 명이 기상이 옆에 와서 술을 따랐다.

「어이, 동상.」

김도열은 어느 순간부터 나이 차이가 많지만 기상을 동생으로 부르고 있었다.

「네, 성님.」

「이 바닥 불문율도 있는데 이번에 너무 심한 것 아니야. 감도 까치밥은 남기고 딴다는디, 동상 하는 일이라 내가 아무 말도 안 했는디 주변에서 말들이 많구만. 우리 애들도 불만이 많고.」

「죄송합니다. 성님.」

기상은 최대한 예의를 갖추어 말했다.

「동상이 이유 없이 그럴 리가 없고 이유나 들어보세?」

김도열은 기상이 약간 걱정이 된다는 표정을 지었다.

「성님, 이런 말이 있습니다. 씨앗이 새싹이 되고 새싹이 결국은 울창한 잡초 밭이 된다고 하였습니다. 지금 씨앗을 제거하지 않으면 피를 보게 되고 새싹이라고 가만 두면 결국 잡초 밭이 되어 그때 제거하려면 조직에도 치명타가 됩니다.」

기상은 말을 마치고 술을 한 잔 마셨다.

「그놈 참 말 들을 때마다 삶에 철학이 있는 것 같기도 하고. 기상아, 네가 육군사관학교 갔으면 금방 통일될 것 같은데.」

김도열은 기상을 흐뭇하게 바라보았다. 기상은 김도열의 신뢰 하에 순천 중앙파의 핵심으로 성장해가고 있었다. 기상은 어려서부터 많은 이야기를 해준 도진이 보고 싶다는 생각이 들었다. '새끼, 대학 들어갔다고 들었는데 잘 지내고 있으려나.' 생각하면서 도진과의 어렸을 때 기억을 잠깐 떠올렸다.

전남 광양군 진상면 백운산 어치계곡에 살고 있는 기상의 어머니는 형과 어머니를 잃고 사고로 절름발이가 된 어린 도진을 위하여 중학교만 나온 고종 사촌 누나와 동갑인 중학교 일학년인 기상을 도진의 집으로 보냈다. 어쩌면 현실에 적응하지 못하고 친구 하나 없는 도진을 위하여 도진의 아버지가 여동생인 기상의 엄마에게 부탁했는지도 모른다. 고종 사촌이자 친구인 기상은 어린 시절 많은 상처로 병들고 마음속에 세상과 벽을 쌓은 관계로 모든 면에서 소극적이고 염세적인 도진에게 희망을 준 유일한 친구였다. 기상은 미남형 얼굴로 도무지 싸움 같은 것을 좋아하지 않고 모범생처럼 생겼지만 쌍꺼풀 없는 눈매는 남들을 압도할 만큼 날카롭고 겁이 없는 대담한 성격을 가지고 있었다.

묘도 바닷가 근처에 용바위가 있는데 묘도 사람 누구도 용바위에서 바다로 뛰어내린 적이 없었다. 왜냐하면 용바위 주위 바다에는 작은 바위들이 많았고 파도가 심한 지역이기 때문이었다. 기상과 도진이 용바위로 놀러갔는데 기상이 대뜸 5미터가 넘는 용바위에서 뛰어내리면 자기한테 무엇을 줄 거냐며 도진에게 농담을 하였다. 도진은 설마 이놈이 뛰어내릴까 하는 생각에 아버지 고깃배를 준다고 농담을 했는데 아무런 고민도 없이 용바위로 올라가 머리부터 다이빙으로 떨어지는 기상을 보며 도진은 입을 다물 수 없었다.

한참이 지나도 기상은 보이지 않았다. 도진은 겁이 나 아버지에게 이 사실을 알리고 아버지는 배를 몰고 용바위로 왔는데 기상은 파도에 휩쓸려 상당히 멀리 바다로 떠내려갔고 도진의 아버지가 발견하고 구해주었다. 그날 용바위에서 뛰어내린 기상과 말리지 않은 도진까지 재래식 화장실에서 똥을 퍼서 거름에 뿌리는 벌을 받았다.

기상은 어려서부터 영화 대부에 나오는 '말론 브란도'가 연기한 '돈 비토 코르네오네' 같은 가족과 형제를 챙기는 멋있는 조직폭력배가 되는 것이 꿈이었다. 도진은 기상이 대부 영화는 언제 보았으며 영어도 못하는 놈이 발음하기도 힘든 '돈 비토 코르네오네'를 정확하게 발음하는 것도 신기했다. 도진이 기상에게 조직폭력배 할 놈이 뭣 하러 공고 가냐고 했더니 기상은 자고로 조직폭력배는 연장을 잘 다루어야 성공한다는 것이었다. 기상은 드라이버, 망치, 이런 연장을 잘 다루어야 조직에서 인정받는다면서 '돈 비토 코르네오네'처럼 훌륭한 사람이 되기 위해서 공부도 열심히 하겠다고 말했는데 본인도 말이 안 되는 것을 아는지 피식 웃었다. 고등학교 진학으로 친척이자 친한 친구인 기상과 도진은 헤어졌다. 기상은 순천공고로 도진은 여수에 있는 고등학교로 진학을 결정했다.

5
밀본

　도진은 어제저녁 민들레 신입 회원 환영회 때 마신 술로 인한 숙취로 머리가 깨질 듯 아팠다. 민들레 아니 '밀본'에 대해 자세히 알고 싶었다. 형의 죽음과 관계가 있을 것 같은 밀본이라는 단어가 신경이 쓰였다. 대충 침으로 눈곱을 떼고 학교 식당에서 쓰린 속을 달랜 다음 중앙도서관으로 향하였다. '밀본'에 관한 책은 별로 없었다. 형이 준 백범일지에서 밀본에 대하여 간단히 언급하고 있었다. 예로부터 있는 비밀결사단체로 절대 들키지 않는 조직을 말한다. 그만큼 비밀스럽고 철저한 검증을 통해서 구성원을 선발한다고 했다.

　제일 중요한 테스트는 고문을 통해 굴복하는지 여부였다. 타깃이 된 구성원을 납치하여 저지르지도 않은 죄를 대라고 심한 고문을 하고 고문에 못 이겨 거짓 고백을 하면 그 자리에서 바로 죽여 버리기도 했다. 이처럼 철저한 검증을 통해 구성원을 뽑고 서로가 서로를 모르면서 조직은 거미줄처럼 촘촘히 구성되어 있었다. 밀본에 대한 궁금

중에 이모 집으로 향하였다. 서울대학교 동양사학과를 다니는 둘째 형이라면 좀 더 자세히 알 수 있을 거라 생각이 들었다. 이모 집을 떠난 지 4개월 만에 초인종을 눌렀다. 다행히 둘째 형은 일찍 들어와 있었다.

「형, 궁금한 것이 있어요. 혹시 밀본에 대해 아는 것 있으세요?」

둘째 형은 피식 웃었다. 그런 조직은 사람 사는 세상 어디나 존재한다면서 신경 쓰지 말라는 투로 말했다.

「도진아, 너 마피아 알지? 걔들도 독립운동 하다가 할 일 없어지자 세상에서 가장 무서운 조직폭력배로 바뀌었잖아. 세상이 다 그래. 어떤 조직이든 처음에는 대의명분을 가진 목표로 시작하지. 그러나 시간이 흐르면서 회색으로 변하는 거야.」

둘째 형은 본인도 잘 모르지만 사이비 밀본 아닌 한국 내에서 가장 무섭고 영향력 있는 밀본은 두 번의 커다란 역사적인 사건으로 태동되지 않았을까 추측된다고 했다.

「도진아, 형이 말하는 두 번의 커다란 역사적 사건이란 무엇일까?」

「한 번은 묘청의 난 아닌가요?」

신채호 선생의 말이 갑자기 생각나 얼떨결에 던졌다. 단재 신채호 선생님은 묘청의 난을 '한민족 역사상 일천 년 내 제일사건'으로 민족 자주성을 표출한 그 정신을 높이 평가하였다. 서경*으로 천도할 것을 주장하다 유학자 김부식 세력의 반대로 실패하자 일으킨 반란이었다. 역사에 대해 조금 안다는 자부심에 대한 뿌듯함이 밀려왔다.

둘째 형은 웃으면서

「그래도 역사에 대하여 완전 숙맥은 아니네. 두 번의 커다란 역사적

---

* 평양

사건이란 천년 신라의 멸망과 고려의 멸망이란다. 나라가 멸망하면 새로운 왕조에 순응하는 사람들도 있지만 그렇지 않은 사람들도 있은데 새로운 왕조에 동조하지 않은 구왕조의 엄청난 재력과 능력을 가진 사람들은 드러나지 않고 본인들만의 새로운 방식으로 세상을 지배하려고 하겠지. 이 사람들은 한때 나라를 움직였던 사람들로 재력과 조직력은 일반인들하고는 비교가 되지 않아. 이들이 엄청나게 무섭고 절대 들키지 않은 밀본이 되는 거야.」

정말 흥미로운 이야기가 계속되고 있었다. 도진은 둘째 형의 허무맹랑한 이야기에 완전히 매료되었다.

「신라가 망할 때 경순왕은 고려 왕건에게 나라를 바쳤지만 끝까지 반대한 마의태자가 승려가 되었다고 알고 있지. 이는 고려왕조의 눈을 속이기 위해 마의태자가 밑밥을 던진 거야.」

둘째 형은 마의태자가 우리나라에서 가장 오래되고 강력한 밀본을 만들었고 그들에 대하여 설명하였다.

'마의태자가 만든 밀본의 핵심은 나라는 없고 권력만 존재한다. 나라의 이름은 중요하지 않고 새로운 나라의 왕은 허수아비일 뿐 본인들이 나라를 실질적으로 움직이는 것을 목표로 한다. 그래서 이성계를 도와 조선을 건국한 정도전도 이 밀본의 핵심 구성원이었을 가능성도 있고, 이완용과 한일합방을 주도한 세력도 밀본일 가능성이 있다.' 둘째 형은 이 밀본이 군부독재를 지원하는 형태로 우리 깊숙이 자리 잡고 있다는 강한 신념을 가지고 있었다. 고려가 망했을 때도 똑같은 일이 있었을 것이고 이 또한 다른 강력한 밀본으로 우리 곁에 있을 가능성이 높다고 하였다.

「도진아, 형 말이 순 엉터리 궤변이지? 밀본은 서로 이해관계가 다른 사람들이 사는 어느 세상에나 존재한단다.」

생각에 잠긴 도진에게 둘째 형이 물었다.

「도진이 너 어떤 조직한테서 섭외가 들어왔구나?」

「아직 가입한 것은 아니고 술 한잔 거하게 마셨어요.」

「선택은 도진이 네가 하겠지만 들어가는 순간 그 길로 영원히 빠져드는 거야. 그런 조직에서 배신은 죽음을 뜻하는 거고 문제는 이 세력들은 오직 자기들 이익만을 위해 활동한다는 거야. 현재 사회적 갈등을 이용하려 들고 너는 그 부속품에 불과할 뿐이고. 그리고 그들은 절대 국가를 위해 일을 하지 않는다는 거야. 한마디로 국가를 팔아먹는 놈들이지.」

마지막으로 둘째 형은 사실 밀본과 간첩은 같으면서도 다르다는 아리송한 말을 했다. 둘 다 대한민국의 이익이 아닌 다른 조직을 위해 일하지만 간첩이란 용어는 주로 다른 국가를 위해서 일하는 사람들을 말하고, 밀본은 국가가 아닌 하나의 조직을 위해 일하는 사람들로 구분된다고 하였다. 그리고 밀본과 간첩 중 가장 강력한 힘을 가지고 있는 조직은 역시 미국 간첩이라고 말했다. 미국은 공식적인 기관을 통해서도 힘을 행사하고 있지만 대한민국 정부가 움직이는 비밀스러운 정보하나도 놓치지 않기 위하여 정부의 각 부서에 CIA 스파이들이 배치되어 있다며 가능성만이 아닌, 확신을 가지고 말했다.

「도진아, 70년대 중순 카터 행정부가 우리나라에 있는 미군의 철수를 할 움직임을 보이자 박 대통령은 미국에 있던 천재 물리학자 이휘소 박사를 비밀리에 입국시켜 핵무기를 개발했다는 것 알고 있니? 이휘소 박사는 교통사고로 위장된 암살로 박 대통령은 중앙정보부 김재규의 손에 의해 1년 사이로 사망했어.」

한 나라의 대통령과 대통령이 삼고초려로 데려온 천재 물리학자가 허망하게 죽는 것을 보면 한국 정부 내에 수많은 미국 간첩들이 들어와 있다는 반증이라고 말했다. 그리고 형은 미국은 우리나라와 애증의 관계라고 말했다. 애증이란 사랑과 미움의 중간 단계의 감정인데 미국이 우리에게 고마운 나라인 것은 맞지만 그들의 이익을 위해서 우방을 자처하는 것이지 영원히 믿을 존재가 못 된다는 것이었다.

둘째 형과 간단히 소주를 한잔하고 조그마한 보금자리로 돌아와 내일부터 적극적으로 민들레 활동을 하면서 형의 죽음에 대한 정보를 알아볼 생각이었다. 그런데 '한설'이 자꾸 눈앞에 떠오르고 마음이 간다. 자신과 같은 눈을 가진 여자, 이 여자가 보고 싶고 알고 싶다는 생각이 들었다. 이슬이 맺혀 있지만 밝은 총기를 가진 여자, 분명 따뜻한 가슴을 가지고 있을 거라고 생각했다. 민들레와 설 생각에 도진은 잠이 오지 않았다. 낮에 둘째 형의 이야기를 곰곰이 생각해 보았다. 일제 식민지로부터 해방 40년이 지났지만 민족은 여전히 극단적인 적대감으로 분단되어 있고, 다른 세계 패권 국가인 미국에 대한민국의 모든 것이 지배되고 있다는 생각이 밀려와 도진의 가슴을 더욱 답답하게 만들었다.

도진은 다음날 새벽녘에 민들레 동아리를 찾았다. 형에 대한 정보를 얻기 위해 아무도 나오지 않을 시간에 동아리 실을 수색했다. 그런데 이상하게 이놈의 동아리 실은 정말 독서클럽처럼 깨끗하게 책들만 정렬되어 있을 뿐 과거와 관련 있는 서류를 찾을 수가 없었다. 4학년 동아리 회원들은 한 번도 보지도 못 했고 그들에 대한 정보도 없었다. 속으로 생각했다. '정말 독서클럽일까? 그렇다면 이렇게 회원 정보나 과거 선배들의 사진 한 장 없지는 않을 것인데.' 분명 이상한 냄새가 나는 조직이라는 것을 본능적으로 알 수 있었다. 과거의 회원 명부나

서류를 통해 형의 행방을 추적할 수 있을 거라는 기대는 무너졌다.

날이 새고 있었다. 다른 회원들에게 들키지 않기 위하여 집으로 돌아와 부족한 잠을 채웠다. 아침을 먹고 도진은 민들레 동아리 실에 다시 들렀다. 김성일 선배 혼자서 책을 읽고 있었다. 김성일 선배는 신입회원 5명 모집을 원칙으로 하고 그중에서 다시 선별하여 자격이 되는 회원만 정식 회원이 될 수 있다면서 고향 사람이라 정보를 주는 것처럼 말했다. 갈수록 이놈의 동아리의 정체가 궁금했다. '무슨 동아리가 회원의 자격심사를 한다는 거야.' 속으로 짜증이 나면서 백범일지에 나온 밀본의 선별 방식이 생각났다. 그러면서 혹 다음에 전기고문 같은 것을 해서 거짓을 말하지 않는 놈만 회원으로 받아들이는 것 아닐까 하는 생각까지 했다.

민들레에서 형의 정보를 얻기 위해서는 정식 회원이 되어야만 할 것 같았는데 도진은 그때까지 기다릴 마음의 여유가 없었다. 차라리 경제학과 교수님을 찾아가서 12년 전 제자들에 대하여 알아보는 것이 빠를 거라는 생각이 들었다. 그러다 문득 설이 생각났다. 동아리에 자신보다 먼저 들어와서 어느 정도 인정받고 있는 설이라면 민들레에 대해서 무언가 더 알고 있지 않을까 하는 생각이 들었다. 경제학과 교수님을 찾아가는 것보다 일단 설을 먼저 만나는 것이 더 좋겠다는 생각이 들어 도진은 동양화과 과사무실 앞으로 향했다. 그러나 한편으로는 설을 향한 설렘 때문에 찾아간 것이기도 했다. 도진은 설의 눈을 잊을 수가 없었다. 과사무실에서 설의 커리큘럼을 확인하고 수업이 끝나는 교실 앞에서 기다렸다. 수업이 끝났을 때 설이 도진을 먼저 보고는 환한 웃음으로 다가왔고 손을 내밀었다. '섬섬옥수. 그 말이 이 애한테 딱 들어맞는 말이다.'

「웬일이야. 여기서 나 기다린 거 맞니?」설이 물었다.

「동기가 기다릴 수도 있지. 안 되나. 점심이나 같이 먹을까 해서 기다렸어.」

도진은 약간 떨리는 목소리로 설에게 말했다. 설은 조금 고민하더니 점심은 약속이 있어서 안 되고 저녁에 시간 되니 술이나 한잔하자고 하였다. '저녁이면 더욱 좋고.' 도진은 속으로 생각했다.

「6시에 학생회관 앞에서 만나.」

설은 맑게 웃으면서 손을 흔들고 약속 장소로 뛰어갔다. 도진은 어제 잠이 부족했는지 피곤함이 몰려오는 것을 느끼고 학교 뒤에 있는 와우산으로 올라가서 신문지를 깔고 그늘 아래서 잠을 청했다. 설과 단둘이 저녁을 먹는다는 기쁨의 감정을 가슴에 가득 담고 깊은 단잠에 빠져들었다.

빗방울이 얼굴을 때리는 바람에 잠에서 깨어났다. 시계를 보니 벌써 5시 30분이었다. 무려 여섯 시간동안 잠에 빠져 있었다. 빗방울만 없었더라면 족히 두세 시간은 더 잠에 빠져 있었을 것이라는 생각이 들었다. 왠지 좋은 예감이 들었다. 빗방울이 깨워서 약속시간에 늦지 않게 되었으니 말이다. 화장실에 들러 머리와 옷맵시를 확인하고 이빨에 이물질이 꼈는지 확인했다. 늦지 않기 위해 학생회관을 향해 달려갔다. 이번에는 설이 먼저 기다리고 있었다.

「어이, 동기.」

설이 손을 흔들었다.

지난번 회식한 선영집으로 발길을 옮겼다. 도진이 학교식당 말고 다른 데서 밥을 먹어본 적이 없어 얼떨결에 그리 가기로 했다. '미리 분위기 좋은 곳으로 사전조사 할걸.' 도진은 속으로 후회했다. 순댓국에 소주 한 병을 시켜서 서로에게 잔을 채워 주었다.

「자, 건배.」

설은 단번에 잔을 비웠다.

「오호, 술 좀 먹는가 본데.」

도진도 잔을 비우고 머리에 빈 잔을 털면서 맑게 웃었다. 설은 도진이 가방을 메고 내려놓지 않는 것을 궁금해 했다. 사실 도진은 언제부터인가 가방을 내려놓으면 불안감이 엄습하고 안절부절못하는 습관이 생긴 터였다.

「응. 생활비가 들어 있어서.」

도진은 당황하면서 대충 둘러댔다. 설은 입을 삐쭉하면서 '억만금이라도 들었남.' 하는 표정으로 피식 웃었다. 도진은 설의 눈을 자세히 다시 바라보았다. 밝은 눈이지만 분명 이슬을 가득 품고 있는 눈이었다. 설의 엄마가 없다는 것을 지난번에 들었는데 그것 때문이라고 생각했다. 깊은 이슬을 품은 눈은 대부분 상처 입은 영혼을 가진 사람일 가능성이 높았다.

「어이, 동기. 너희 서울예고 애들은 서울대학교 미대도 많이 간다고 들었는데.」

「오빠가 다닌 학교라서. 실은 내가 오빠를 많이 좋아했거든.」

설의 얼굴에서 어두움이 스쳐 지나갔다.

「오빠가 우리 학교 다녔어?」

도진은 흥미를 가지고 물었다.

「응. 우리 학교 경제학과 다녔어. 나랑 나이 차이가 나지만.」

'경제학과면 형이 다닌 학과가 아닌가?' 도진은 다시 한 번 당황스러움을 속으로 누르면서 설에게 오빠 직업이 무엇이냐고 물었다. 그러나 설은 말을 하지 못했다. 도진은 순간적으로 묻지 말아야 할 것을 물었다는 생각이 들었다.

「우리 오빠는 죽었어. 칠팔 년 되었나. 내가 초등학교 때 집을 나가

서 한 달 동안 소식이 없었는데 겨울에 동사했어. 전남 광양 구봉산인
가 어디서 죽었는데 왜 거기를 갔는지 모르겠어.」

「미안해. 괜히 물어가지고.」

도진은 말하면서 설의 눈빛 속 이슬이 사랑하는 오빠의 자살이었다
는 것을 알 수 있었다. '설의 오빠가 왜 구봉산에서 죽었을까?' '구봉산
이면 시골 묘도 집에서 정면으로 보이는 광양에 있는 산이 아닌가?' 이
런 생각을 하고 있는데 설은 소주 몇 잔을 더 비우더니 가방에 진짜 억
만금이 들었는지 확인하고 싶다고 막무가내로 보여 달라고 하는 것이
아닌가? 도진은 가방을 열고 백범일지와 조선반역사를 보여주었다.

「그걸 왜 가지고 다녀? 책꽂이에 두고 보면 되는데.」

「응. 형이 선물한 건데 안 가지고 다니면 불안해서.」

「요놈 참 성격 이상하네. 그럼 너희 형은 지금 뭐하는데?」

도진은 형이 고향에서 아버지랑 같이 고기를 잡는다고 거짓말을 했
다. 설은 술을 많이 마셨는지 형이 고기 잡는 돈으로 공부하는 도진에
게 정말 열심히 해야 한다고 훈계를 하였다. 설에게 민들레에 대하여
물어보고 싶었지만 술도 취한 상태이고 얼마 되지 않은 신입생이라
잘 알지 못할 것이라는 생각이 들어 더 이상 묻지 않았다. 설을 만난
처음 의도와는 조금 달라졌지만, 도진의 설에 대한 마음은 점점 커지
고 있었다. 설, 네가 마음에 드니 사귀자는 말은 소심한 성격 탓에 더
할 수 없었다.

어느 정도 취기가 오르자 설은 중학교 때 가출한 이야기를 해달라
고 했다. 도진은 가출해서 중이 되기 위해 송광사에서 쌍계사까지 여
행한 이야기를 전해 주었다. 순천 송광사는 그 경치가 절경은 아니지
만 조계산이 병풍처럼 감싸고 있어 편안한 어머니 품처럼 느껴졌고
선암사를 보기 위해 조계산을 넘어가는 코스도 아름답다며 이야기를

동자승이 되기 위해 도진이 찾아간 송광사 전경

꺼냈다. 쌍계사로 가는 길에 광양 다압 매화마을과 하동 벚꽃 십리길, 그리고 소설 '토지' 서희와 길상이의 고향 최참판 댁이 있는 악양마을의 들판에 대하여 설명해 주었다. 뒤로 지리산이 품고 앞으로 섬진강을 안은 넓은 악양 들판은 현실이 아닌 다른 세상에 와 있다는 신비로움이 있다고 했다. '시간이 되면 그곳으로 설 너랑 같이 여행을 가고 싶어.'라고 목까지 올라오는 말을 도진은 꾹 참았다. 도진의 마음에는 앞에 있는 자신과 같은 눈빛을 가진 설이 더욱더 사랑스럽게 다가왔다.

설과 더 친해지고 싶다는 생각이 머릿속에 가득할 때, 갑자기 낮에 같은 심리학과 동기인 박수웅이 주말에 잠실야구장으로 야구 보러 가자고 하였던 기억이 떠올랐다. 박수웅은 선린상고 출신의 박노준과 김건우 선수가 고교야구 최고의 인기를 누릴 때 선린상고를 다녀서인

지 야구에 대한 열정이 대단했다. 수웅이는 도진이 해태타이거즈 광
팬이라는 것을 알고 있었다. 사실 수웅이는 공예과 김경희라는 여대
생을 좋아했는데 야구를 핑계로 친해질 요량이었다. 경희의 친구도
데리고 올 테니 같이 가자고 했다. 가고 싶었지만 설 생각에 다음에 꼭
같이 가자고 하고 거절했다.

「설아, 혹 야구 좋아하니?」

「음, 싫어하지는 않아.」

「이번 주말에 시간되면 프로야구 보러 갈래?」

「…….」설은 머뭇거렸다.

「까짓것 하나뿐인 동기 소원 들어주지, 뭐..」하면서 설은 선심 쓰는
척을 했다.

그렇게 도진에게 짝사랑이지만 인생의 첫 데이트의 시간이 다가왔
다. 설과 도진은 2호선 전철을 타고 종합운동장역에 내려서 잠실야구
장으로 향하였다. 도진의 인생에서 참으로 의미 있는 날이었다. 짝사
랑이지만 좋아하는 여자와 첫 데이트였다. 설은 야구장을 한 번도 가
본 적은 없지만 사촌오빠가 고등학교 때까지 야구를 해서 야구에 관
한 지식은 조금 있다고 하였다.

도진도 야구장은 처음이었다. 학창시절 항상 외톨이였던 도진에게
야구는 유일한 낙이었다. 동대문야구장에서 열리는 광주일고와 군산
상고의 야구 중계를 작은 라디오를 통하여 들으면서 혼자서 환희했고
우승을 했을 때 가슴 벅찬 감격의 눈물을 흘린 적도 있었다. 그날 경
기는 해태타이거즈와 MBC청룡의 경기였다. 우리는 해태타이거즈의
원정팀 응원석인 왼쪽 방향에 자리를 잡았다. 그날은 생활비 걱정은
하지 않고 야구장에 먹으러 온 사람처럼 푸짐하게 간식거리를 준비하
였다.

타이거즈 선동렬 투수의 호투가 계속되고 9회 5번 타자 해결사 한 대화의 3점 홈런으로 승리가 확정되자 타이거즈 응원석은 목이 터져라 '남행열차'와 '목포의 눈물'을 부르고 승리의 함성으로 가득하였다. 설은 처음에는 어색해했지만 점차 야구장 분위기에 적응하면서 타이거즈의 상징인 노란색 손수건을 흔들면서 승리의 감격을 만끽하였다. 설은 타이거즈의 팬은 아니지만 도진을 위하여 힘껏 응원에 동참해 주었다. 경기가 끝나고 둘은 신천역 주변의 그린호프에서 맥주를 마시면서 야구 이야기를 계속했다. 도진은 해태타이거즈 김성한 선수의 오리궁둥이 타법을 특허로 등록해야 한다고 했다. 그런데 의외로 설의 박식한 야구지식에 놀라움을 금치 못했다.

「도진아, 너 김응룡 감독 별명이 왜 코끼리인지 아니?」

「코끼리처럼 덩치가 산만 해서 지어진 별명 아닐까?」

설은 사촌오빠한테 들었다면서 김응룡 감독은 부동의 국가대표 4번 타자였고 수비 포지션이 1루였다고 하였다. 김응룡 감독은 유격수나 2루수가 아무리 어렵게 공을 던져도 코끼리처럼 넘죽 넘죽 공을 잘 받아서 지어진 별명이라고 하였다. 짝사랑 설과의 첫 번째 데이트는 도진에게 가슴 벅찬 기쁨을 안겨 주었지만 소심한 성격의 도진은 설에게 더 다가가지 못했다.

6
이
별

    도진은 형에 대한 정보를 얻기 위하여 민들레를 두 달 내내 하루도 빠짐없이 다녔지만 항상 보는 김성일과 2명만 볼 수 있었고 신입 회원도 더 이상 들어오지 않았다. 정회원이 언제 된다는 것도 없고 물어봐도 조금만 기다리라는 말밖에 없었다. 민들레는 정말 알 수 없는 조직이었다. 민들레에서 이젠 형에 대한 정보를 더 이상 얻을 수 없을 것 같다는 생각이 들었다. 도진은 이태형 선배에게 물어볼까 했는데 꺼림칙한 느낌이 들었다.

    결국 도진은 경제학과 과사무실로 가서 12년 전 경제학과 장도현 학생의 죽음에 대하여 제일 잘 알 수 있는 사람이 누군지에 대하여 물어보았다. 순간 조교의 얼굴에서 당황스러움이 지나갔다. 그 사건은 시국 사건이라 더 이상 언급할 수 없다면서 알려면 경찰과 안기부에 가서 물어보라고 하는 것이었다. 더 이상 동생이라는 것을 숨길 수가 없었다. 조교에게 자신은 장도현의 동생으로 우리학교 심리학과 학생이라며 학생증을 보여 주었다. 조교는 현재 부교수로 계시는 김철중 교수님이 그 사건에 대해 잘 알고 있으니 물어보라며 연구실을 알려주었다. C동 7층에 있는 김철중 교수의 연구실 문 앞에는 수업중이라는 표시가 되어 있었다. 두 시간 정도 기다렸을 때 멀리서 작은 키에 뿔테 안경을 쓰신 분이 걸어오고 있었다. 도진이 김 교수의 연구실 앞에 있는 것을 보자

「내게 볼일이 있는가?」

김 교수가 뿔테 안경 너머로 도진을 보면서 사무적인 말투로 물었다.

「예. 긴히 교수님께 상의 드릴 일이 있어서 왔습니다.」

「경제학과 몇 학년인가?」

「전 심리학과인데 경제에 대하여 궁금한 점이 있어 왔습니다.」

도진은 약간의 거짓말을 하였다.

「궁금한 것이 무엇인가?」

김철중 교수는 연구실로 들어가면서 약간 사무적으로 물었다.

「거짓말을 해서 죄송합니다. 경제학과 74학번 중 장도현이란 학생을 기억하고 계십니까?」

순간적으로 도진은 김철중 교수의 얼굴과 동공에서 크게 당황하는 기색을 볼 수 있었다.

「장도현에 대하여 왜 묻는 건가?」

「제 형입니다. 전 형의 죽음에 대하여 알고 싶어 12년을 기다려 왔습니다. 제 형은 우리학교 경제학과 2학년 때 간첩 행위를 하다 고문사를 당했다고 알고 있고 이로 인해 저는 어머니까지 잃었습니다.」

형과 어머니의 죽음을 말하면서 도진의 눈에 이슬이 맺혔다.

「자네 10월 유신이라고 아나?」

71

「네. 박 대통령이 국가 개혁을 계속 추진하여야 한다는 명분을 내세우고 장기 집권의 수순에 들어간 것으로 알고 있습니다.」

도진은 본인이 알고 있는 10월 유신에 대하여 김 교수에게 자세히 설명했다.

'박 대통령은 국가재건을 위해서는 서구민주주의는 한계가 있기 때문에 한국적 민주주의를 정착시켜야 한다고 주장하였다. 그리고 이른바 유신(維新, 개혁을 의미)을 추진하기 위해 1972년 10월 17일 비상조치를 발표하여 지금까지의 모든 민주주의 제도를 정지시키고, 드디어 유신 체제 구축에 들어갔다. 유신 체제는 결국 한국적 민주주의라는 미명하에 장기 집권을 위한 독재 체제를 구축하였다. 대통령의 간선제, 언론탄압, 시민의 언행권 탄압, 의회의 권한 제한, 민간인 무고 학살 등이 이어졌다.'

도진은 형이 유신 체제의 희생양일 거라는 것을 어느 정도 짐작하고 있었다. 그러나 그걸 밝히기 위해서는 증거가 필요했다. 간첩 행위를 하지 않았는데 누명을 쓴 거라면 그 억울함을 풀어주어야 한다고 생각하고 있었다.

「장도진 군, 시퍼런 유신 정권하에서 반정부 인사들이 수없이 죽었어. 당신 형도 그중 한 명이고 과거는 어두운 역사의 일부분이라고 간주하고 자네의 앞날을 위해서 살도록 하게.」

「교수님, 저도 알고 있습니다. 하지만 전 형이 간첩 행위를 했다고 믿을 수 없습니다. 그 증거로 형은 어렸을 때 항상 저에게 백범 김구의 정치이념을 시간만 나면 말해주었습니다.」

그러면서 도진은 가방 속에 있는 너덜너덜해진 백범일지를 김철중 교수에게 보여주었다.

「교수님도 잘 아시다시피 백범의 정치이념은 자유입니다. 백범은 백성의 자유를 억압하는 어떠한 정치 체제도 용납할 수 없다고 강하게 주장하고 있고 특히 계급에 의한 독재인 공산주의에 대하여 명확하게 거부하고 있습니다. 백범의 정치이념을 사모했던 형이 어떻게 북한에 동조한 공산주의자가 되어 고문으로 죽고 지금까지도 민주 투사가 아닌 빨갱이라는 주홍글씨를 달고 있다면 무덤 안에서도 눈을 감지 못할 것입니다.」

「…….」

김 교수는 말을 잊지 못했다. 그리고 무거운 침묵이 흘렀다.

「자네, 시간 되는가?」

「예. 오늘 수업 없습니다.」

「그럼 나랑 소주나 한잔하러 가세. 괜찮은가?」

김 교수가 데려간 곳은 선영집이었다.

「교수님, 여기 자주 오세요?」

도진은 약간 놀란 듯 김 교수에게 물었다. 서로 소주잔을 채워주었다. 김 교수는 소주 두 잔을 연달아 비웠다.

「자네 형이랑 여기서 소주랑 막걸리 많이 마셨지.」

약간은 옛날 생각이 나는지 김 교수의 눈망울에 약간의 눈물이 맺히는 것 같았다.

「도현이는 정말 유쾌한 아이였네. 정말 민주주의를 위하여 몸이 부서지도록 노력하였다네. 유신 정권이 들어서자 반정부 인사들뿐 아니라 유신에 반대하는 대부분의 대학생을 연행하여 북한과 연관시켰네.」

그러면서 술이 많이 고팠는지, 아니면 도현이 보고 싶은지 계속해서 술잔을 비웠다.

「나도 그때 자네 형이랑 같이 연행되었어. 난 그냥 앞으로 유신에 동조한다고 도장 찍고 나왔네. 고문을 이길 자신 없고 교수 자리도 지키고 싶었고. 그래서 지금도 그 이야기는 꺼내기도 싫다네. 난 부끄럽게도 그들이 원하는 모든 것을 다 들어주고 석방되었다네.」

「교수님, 형은 어떻게 죽었습니까? 제가 들은 것은 고문사로 알고 있습니다.」

「자네 형의 사인은 나도 고문사로 알고 있네. 유신 정권 시절 수많은 민주 투사들이 많은 고문을 당했네. 대부분 자네 형처럼 체제에 반대한 인사들은 인간으로는 견디기 힘든 고문을 당했지.」

「대부분의 민주 투사들도 고문을 이기지 못하고 북한에 동조했다고 거짓 증언을 하거나 유신을 인정하고 나처럼 동조했네. 그런데 자네 형은 끝까지 부인했다고 들었네. 그때 도현의 대나무 같은 곧은 심지가 마음에 걸렸는데…….」

김 교수는 계속해서 술잔을 비우면서 이야기를 계속했다.

「그 사건은 자네 형이 연세대 등 서부지역 6개 대학이 발행하는 서부민중민주대학연합(서민련) 잡지인 '새벽'에 기고한 글이 문제가 된 것 같네.」

「형이 '새벽'에 기고한 내용이 무엇입니까?」

「자네 형은 군사정권에게 더 이상 경제 개발을 볼모로 국민의 눈을 속이지 말고 유신을 철폐하라고 경고를 했네.」

「형이 경제 개발에 문제를 제기해요? 그 당시는 유신 독재와 미국 제국주의에 대하여 비판을 하던 때 아닌가요?」

도진은 이해가 안 된다는 표정을 지었다. 김 교수는 도현 형이 새벽에 기고한 내용에 대하여 요약하여 설명해 주었다.

국가 경제의 안정적인 성장은 물가가 안정된 바탕 위에서만 가능한데 부정 선거와 쿠데타로 정당성을 인정받지 못한 국가 정권은 경제

성장에 조급한 나머지 범죄 기업에 특혜를 부여하고 지폐를 남발, 재정 인플레를 유발하여 성장 우선 정책은 오히려 역효과를 낳는 결과를 초래한다.

3·15 부정선거를 통해 집권한 자유당 정권의 몰락은 역사적 귀결이다. 국민에 의해 선출된 정통성 있는 민주당 장면 정권은 5·16 군사 쿠데타가 일어나지 않았다면 경제 개발과 국토 건설 사업을 군사정권보다 훨씬 더 일찍, 유리하게 효율적으로 추진할 수 있었을 것이다. 민주당은 6·25 전쟁 비용 조달로 한시적으로 만들어져 자유당 몰락까지 가난한 농민들의 피를 빨던 토지수득세를 폐지하고 세율을 개선해 농민의 부담을 크게 완화했다. 또한 실업과 빈곤 그리고 자유당 정권의 대규모 무역적자 등 수많은 당면 과제가 있음에도 불구하고 세입 면에서는 소비적인 재정 국채 발행과 차입금 의존을 극도로 억제하고 세출 면에서 국가의 일반경비와 국방비를 최대한으로 절감하였다. 그대신 경제 개발과 국토 개발 사업에 보다 많은 경비를 투입하여 생산적 예산을 집행하기 위해 최대의 노력을 기울였다.

그 가운데서 가장 시급한 문제는 넘쳐나는 실업자들에 대한 구제대책으로 유명한 '국토건설사업'이었다. 사실 군사정권은 '경제 개발 5개년 계획'이 그들의 전유물인줄 알았지만 사실은 민주당 정권에서 구체화되고 실행 계획까지 수립되었다. 또한 자유당 정권 하의 경제 부패를 숙정하고 균등 경제 건설에 새로운 기초를 마련하기 위한 '부정축재특별처리법(안)'이 국회에 제출됐으나 군사정권으로 심의도 못한 채 폐기되고 말았다. 장면 정부는 한일국교 정상화에도 이미 착수했고 만약 수교 협상을 당초 계획대로 추진할 수 있었다면 그 후에 군사정권보다 훨씬 더 유리한 조건, 더 많은 대일청구권 자금을 받아낼 수 있었고 굴욕적으로 진행되지도 않았을 것이다.

결론적으로 군사정권에 의하여 무능정권으로 폄하된 정통성을 가진 장면 정부가 얼마나 의욕과 사명감에 가득 차 있었는지 재평가 되어야 한다. 그리고 군사정권은 경제 개발을 호도하여 국민을 우롱하지 말고 유신 독재를 그만 두고 역사 앞에 반성하라고 강하게 비판하였다.

「'새벽'에 기고된 이후 얼마 되지 않아 자네 형이 소속된 민들레 동아리에서 북한과 관련된 서류들이 대규모로 경찰에 발견되었다네. 자네 형은 주모자로 몰렸고 관련된 10명의 민들레 회원들도 연행되었네. 물론 대부분은 가벼운 형을 받고 풀려났지만 자네 형만 끝까지 인정하지 않았고 결국 고문을 이기지 못하고 그렇게 되었다네. 나도 그 이면은 잘 모르겠지만 자네의 형은 내가 보기에도 반미나 통일을 이야기하는 '민족해방주의(Nation's Liberty)'보다는 노동 해방과 독재정권 타도가 목적인 '민중민주주의(People's Democracy)' 쪽에 가까운 인물이었네. 또한 그런 이념과 사상보다는 친일파 청산이나 독재정권을 타파하자는 주장에 앞장섰네. 나한테도 백범의 정치이념에 대하여 여러 번 이야기하곤 했었지.」

 김 교수는 벌써 혼자서 소주 3병을 마시고 4병째 마시고 있었다. 도진은 김 교수가 정말 술을 마시지 않고는 말할 수 없을 만큼 마음속에 괴로움이 컸다는 생각이 들었다.

「교수님, 그런데 민들레 내부에 정권에 동조하고 협조한 회원이 있지 않았을까요? 그런 생각이 듭니다.」

 도진은 김 교수의 이야기를 듣고 난 후 의문이 더 증폭되었다. 특히 북한에 관련된 많은 서류와 그리고 형이 빠져나올 수 없었다는 것은 그만큼 치밀하게 계획되었다는 것인데 내부에 프락치나 아니면 적극적으로 협조한 사람이 있었다는 생각이 도진은 강하게 들었다. 김 교수는 본인이 아는 것은 여기까지고 한민족신문사 강태완 기자에게 물어보라면서 명함을 도진에게 전해 주었다. 김 교수는 많이 취해서 횡설수설하였다.

「도현은 군사 정권은 재벌 위주의 성장만을 강조하지만 당신들이 아니었으면 성장과 분배가 아름답게 조화된 경제를 우리는 민주적인 절차에 따라서 할 수 있다고 주장했네. 정권이 유지되는 가장 큰 축이 경제 개발 성공이었는데 자네 형이 그것을 정면으로 부인했으니……..」

「북한과 자네 형 장도현이 깊게 관련되어 있다고 대부분이 진술하고 그들은 가벼운 형으로 풀려났네. 물론 그들도 혹독한 고문에 못 이겨 거짓으로 진술했겠지만. 이 사건은 처음부터 군부 독재의 가장 큰 업적인 경제 개발에 대해 반박한 글을 기고한 자네 형을 겨냥한 마녀사냥이었다는 생각이 드네. 다른 사람들은 미워하지 말게.」

도진은 가방 속을 더듬어 수건에 쌓인 망치를 만졌다.

'경제 강국 만든다고 수없는 사람들을 죽여가면서 만든 그 경제가 누구를 위한 경제란 말인가?' 도진은 분노가 치밀어 오르고 있었다. 이제 김 교수는 거의 제정신이 아닌 것 같아 택시를 태워 보내 드리려고 하는데 체면이고 뭐고 오늘은 더 마시지 않으면 죽겠다고 하면서 5병째 소주를 마셨다.

「장도진이라고 했던가? 자네는 정말 자랑스러운 형을 두었네. 자네 심리학과에서 경제학과로 전과하게. 내가 자네 밀어주겠네. 도현이를 봐서라도.」

김 교수는 횡설수설하고 있었지만 진심이라는 것을 느낄 수 있었다.

「나도 그때는 젊었지. 제자들 중에 장도현과 한영준 그리고 강태완

3명은 날마다 붙어 다닐 정도로 친했네. 나도 그들과 이 선영집에서 정말 술도 많이 마시고 시국과 역사 이야기도 많이 했네.」

도진은 김 교수의 입을 통해 처음으로 한영준이라는 이름을 들었다.

「교수님, 혹시 한영준이라는 사람을 만날 수 있을까요?」

「몰라, 그놈은 자네 형이 죽은 뒤 몇 년을 폐인처럼 살더니 행방불명되었네. 정확하진 않지만 이 땅에서 살기 싫다면서 이민 갔다고 들었네. 한영준. 그놈이 정말 자네 형이랑 단짝이었네. 둘 다 잘생기고 유쾌한 제자들이었는데……」김 교수는 잠시 머뭇거렸다.

「도현아, 영준아, 보고 싶다.」

김 교수는 도현과 영준을 부르면서 울기 시작하더니 그만 그 자리에 쓰러지고 말았다. 도진은 간신히 김 교수의 집을 알아내서 택시에 태우고 직접 평창동 집까지 데려다 주었다. 길고 긴 하루였다. 도진은 택시를 타고 돌아오면서 생각했다.

'항상 정권은 국가를 위하여 국민에게 희생을 강요하는데 그 희생의 대가는 정말 국민들에게 돌아오는 것일까? 지금도 그 시대랑 다를 것이 무엇인가 수법만 교묘해질 뿐, 항상 국민을 겁주면서 이렇게 안 하면 큰일 난다는 식으로 언론을 통해서 세뇌시키고 국민들은 자기들이 희생당하는 것도 모르고 교묘하게 착취당하는 시대가 아닌가?'

「엄마! 엄마가 우리 집 기둥이고 자랑이라고 했던 아들 도현 형에 대한 누명을 이 도진이 꼭 밝혀낼거야.」

도진은 하늘에 계신 어머니께 기도를 올렸고 아무도 없는 조그마한 방에서 형과 엄마에 대한 그리움으로 흐느꼈다. 형의 죽음과 관련된 한영준과 강태완을 반드시 만나야 한다.

'그날 무슨 일이 있었는지 정확히 알기 위해서!'

도진은 다음날 김철중 교수를 다시 찾아갔고 어제는 고마웠다고 인사를 드렸다. 김 교수는 그렇게 많이 마셨는데도 모든 것을 기억하고 있었다. 도진에게 전과할 의향이 없냐고 물으셨다. 도진은 고민을 해 보겠다고 말하고 한영준의 가족에 대하여 물어보았다. 김 교수는 잘은 모르는데 한영준의 아버지가 성신대학교 한철민 교수니 그쪽으로 알아보면 알 수 있을 거라고 하였다. 그리고 사진 한 장을 주었는데 김 교수와 장도현, 한영준 그리고 강태완이 활짝 웃으면서 어깨동무를 하고 있었다. 한철민 교수에게 바로 달려가고 싶었지만 기말 시험을 보고 찾아뵐 예정이었다. 고향의 아버지가 등록금을 보내주시겠지만 꼭 장학금을 타서 부담을 덜어 드리고 싶다는 생각에 벼락치기 공부를 시작했다. 시험 준비 기간까지 해서 2주간의 시험이 끝났다.

시험이 끝나고 제일 먼저 생각나는 사람은 설이었다. 한참을 보지 못했다. 설을 보고 싶어 민들레에 들렀지만 이태형 선배가 최근에 설을 본 적이 있냐고 묻는 것이 아닌가? 이태형은 설이 동아리에 아무런 소식도 없이 안 나온 지 한 달도 넘었다고 하였다. 이태형 선배에게 설의 주소를 받아서 소식을 알아보겠다고 하였다. 설의 집은 양천구 목동아파트 2단지 224동 1401호였다. 설을 찾아가려는데 갑자기 아이디어가 떠올랐다. 도진은 요즘 조정래 작가의 태백산맥을 읽고 있었다. 행동하는 지식인 빨치산 염상진, 행동하지 않는 우유부단한 지식인 김범우, 폭력을 무기로 권력에 빌붙은 염상진의 동생 염상구, 그리고 많은 인물들이 나오지만 벌교 꼬막처럼 거기가 맛있다고 염상구가 육체를 탐닉하던 외서댁까지 태백산맥을 읽으면서 도진은 그때나 지금이나 인간의 군상은 달라진 게 없다는 생각이 들었다.

도진은 태백산맥을 도서관에서 빌려 다 읽었지만 무슨 마음이 동했는지 없는 살림에 새 책을 사서 책꽂이에 진열해 두었다. 몇 권까지 연재될지 모르지만 현재는 3권까지 나와 있었다. 우선 태백산맥 1권의 표지 뒤 첫 장에 아무 생각 없이 '그날을 위해'라고 썼다. 그리고 3권을 예쁘게 포장해서 설의 집으로 향했다. 목동아파트는 최근에 지었는지 깨끗하고 조경도 아주 잘 다듬어져 있었다. 아파트라 어렵지 않게 설의 집을 찾을 수 있었다. 찾아왔는데 이놈의 초인종을 누를 수 없었다.

'내가 뭔 관계라고 걱정해 주나. 혼자서 짝사랑하는 주제에.'

도진은 결국 초인종을 누르지 못하고 아파트의 벤치에 앉아 마냥 시간을 죽이고 있었다. 그런데 저 멀리서 설의 목소리가 들렸다

「어이, 이거 동기 아니야.」

설은 정말 반갑다는 표정을 지었다.

'그놈의 동기 타령은.'

도진은 너무나 반가운 나머지 포장한 책은 까맣게 잊어버리고 설에게로 뛰어갔다. 무슨 일인지는 모르지만 많이 수척한 모습이 눈에 들어왔다.

「잘 지냈니?」

「너는 학교생활 잘하고 있는 거지? 아직도 제일 앞에서 돌 던지니.」

「그걸 설 네가 어떻게 알았어?」

「그냥 선배들 대화 속에서 들었어. 이태형 선배가 데모하는 것을 유심히 보는데 어떤 놈이 전투경찰들 10미터 앞에서 막 돌을 던진다는 거야.」

「그거 그냥 스트레스 푸는 거야. 내가 속에 쌓인 것이 조금 많거든.」

도진은 정말로 어린 시절의 아픔에 대한 분노를 그렇게 풀고 있었다.

'이런 별난 놈이 있나.'라고 생각했는지 설은 피식 웃으면서 「어이 동기, 너는 스트레스를 아무 죄 없는 전투경찰한테 풀면 어떡해.」라고 말했다.

도진은 그때서야 태백산맥을 벤치에 두고 온 것이 생각나서 설에게
벤치에 앉아서 이야기하자고 하였다.

「실은 이 책을 읽었는데 좋은 책인 것 같아 너 주려고.」

　그 순간 설의 동공의 변화를 파악했는데 별로 기분 나빠하는 것 같
지 않아서 내심 마음속으로 한숨을 돌렸다.

「나는 책이라면 신물이 나는데.」

「무슨 말이야?」

「어릴 때부터 아버지가 이상한 이념과 사상서를 주면서 읽으라고
해서. 선물이니까 고맙게 받을게. 그런데 책 이름은 뭐야?」

「응, 태백산맥.」

「요즘 대학생들 사이에서 인기 있는 책이네. 잘 읽을게.」

　그런데 대화 속에서 한 달 전 그 애의 편안한 모습이 보이지 않았다.
뭔가 고민이 있는 그늘이 얼굴에 나타나 있었다. 설은 뭔가 할 말이 있
는데 자꾸 못하고 있다는 느낌이 들었다.

「도진아, 실은 학교 그만두고 독일로 가게 될 것 같아.」

「이유를 물어봐도 되니?」

　설과 헤어진다는 것은 상상할 수 없는 일이었다.

「조금 조심스러워. 그냥 가정사라고만 알아둬.」

「그럼 민들레에 대하여 아는 것 있으면 가르쳐 줄 수 있니?」

「나도 잘 몰라. 아빠가 대학 가면 그 동아리에 들어가라고 해서 그
냥 갔어. 나도 너랑 같은 수준이야. 아직 정식으로 회원이 된 것도 아
니고.」

「근데 너희 아버지는 직업이 뭐야?」

　도진은 궁금한 표정으로 물었다.

「아빠는 신학대학 교수야. 말을 안 하서서 이유는 모르는데 교수 그

만두고 독일로 떠나겠대. 나랑 같이 가자고 그러네.」

설의 아빠에 대한 사랑은 매우 커보였다. 어머니와 오빠를 하늘나라로 먼저 보내서인지 아빠 혼자 독일로 보내는 것이 혼란스럽다고 하였다. 그 마음을 누구보다도 도진은 잘 알고 있었다. 처음에는 많이 고민했지만 지금은 독일로 가는 것으로 마음이 기울어졌다는 느낌을 설에게서 받았다. 도진에게 침울한 기운이 몰려왔다.

「도진아, 둘이서 여행 같이 갈래? 실은 대학 입학해서 한 번도 소개팅이나 MT를 가본 적이 없어. 이렇게 아무런 추억 없이 독일로 떠나면 후회할 것 같아서.」

설은 정말로 독일로 떠나는 것에 고민이 많은 것 같았다.

설이 갑자기 단둘이 여행을 가자는 말에 도진은 약간 당황스러워 물었다.

「어디로 가고 싶은데?」

「몰라. 아침 일찍 떠나서 저녁에 돌아오면 되지, 뭐. 북한강이 보였으면 좋겠어. 선배들은 북한강 대성리와 샛터로 MT 많이 간다고 하던데.」

「설아 우리 남이섬 갈래?」

어려서부터 남이장군 기개를 사모해 왔다는 이유 하나만으로 장군의 묘가 있는 남이섬에 가고 싶다는 생각이 들었다. 내일 당장 남이섬을 가자고 하는 것으로 볼 때 설이 독일로 떠나는 날이 얼마 남지 않았다는 것을 알 수 있었다.

다음날 둘은 상봉터미널에서 버스를 타고 남이섬으로 여행을 떠났다. 옆에 앉아 있는 설은 밝은 표정을 지으면서 섬 이름이 왜 남이섬이냐고 물었다.

「정확한 것은 아니지만 남이섬은 원래 춘천시에 붙어 있는 육지였지만 홍수 때만 섬이 되었다가 청평댐이 만들어지면서 온전한 섬이 되었는데 남이장군의 묘가 있어서 남이섬이 되지 않았을까?」

버스가 기울 때마다 살짝 살짝 부딪치는 설의 몸에서 기분 좋은 향기가 전해졌다. 설은 향수를 쓰지 않은 것이 분명한데 사랑하면 그 사람한테서 좋은 냄새가 나는 것처럼 느껴지는 것일까? 설에게서 정말 풋풋하고 싱그러운 꽃향기가 은은하게 풍겨왔다. 설을 조심스레 보면서 담배도 사랑하는 사람이 피우면 마른 풀이 타는 그윽한 좋은 냄새가 후각을 통하여 뇌에 전달될 거라는 생각이 들었다.

가평 선착장에서 배를 타고 북한강을 건너 남이섬에 도착했다. 설은 남이섬에 도착하자마자 도진에게 팔짱을 끼웠다. 한국에서 연애한 번도 못해보고 떠나는 가련한 여자를 위해 하루만 애인 역할을 해달라고 하였다. '당신을 위해서라면 모든 것을 줄 수 있어요.'라고 도진은 말하고 싶었다.

남이섬은 전체가 다양한 나무들로 가득하고 아름다움 숲길이 조성되어 있었다. 배에서 내려 남이섬으로 들어서자 양쪽으로 늘어선 잣나무들이 반갑게 맞이해 주었다. 계절이 여름으로 접어들면서 나뭇잎 색깔은 진한 초록으로 변하고 있었다. 남이섬은 사랑하는 사람들에게는 천국과 같은 곳이라는 생각이 들었다.

남이섬의 아름다운 숲길은 자연스럽게 사랑을 싹트게 하는 마력이 있는 것 같았다. 그 마력이 통했는지 설이 도진의 팔을 자기의 어깨를 감싸게 한 다음 도진에게 기대었다. 메타세콰이어 길은 뛰어난 시인이라도 그 아름다움을 표현할 수 없을 거라는 생각이 들만큼 묘한 매력이 있었다. 도진은 눈 내린 메타세콰이어 길을 설과 함께 해맑게 웃으면서 걷는 모습을 상상해 보았다. 메타세콰이어 길을 중간쯤 왔을 때 설이 「도진아, 나 업어 줘.」라고 말했다.

「이렇게 마음 흔들어 놓고 독일 혼자 가면 안 되는데.」

도진은 농담조로 가볍게 말했으나 깊은 진심이 묻어 있었다. 설은 이렇게 예쁜 여자 업을 일이 앞으로 없을 텐데 기회를 줄 때 빨리 업으라고 웃으면서 협박조로 말했다. 설을 업고 아름다운 길을 걸었다. 이대로 시간이 멈추었으면 하는 간절한 마음을 괜스레 하늘에 전해보았다. 둘은 단풍나무가 많은 작은 오솔길 벤치에 앉아 휴식을 취했다. 설은 「힘들었지?」 하면서 도진의 등을 토닥토닥 가볍게 두들겨 주고 집에서 직접 만들어온 김밥과 샌드위치를 내놓았다.

「설, 네가 만든 것 맞아? 맛을 보니 믿을 수가 없는데.」

설은 잔잔한 웃음을 지어 보였다. 다시 둘이서 손을 잡고 아무런 말 없이 북한강이 보이는 산책길을 오랫동안 걸었다. 해가 서쪽으로 기우는 만큼 도진의 기분은 심하게 가라앉았다. 작은 오솔길이 보였다. 문득 그 길을 짝사랑하는 연인을 위한 '해바라기길'이라고 이름 짓고 싶었다.

설에게 잠깐만 기다려 달라고 하고 그중 한 나무에 '해길'이라고 날카로운 돌을 이용하여 흔적을 남겼다. 석양이 내리기 시작했다. 서글픈 이별을 앞두고 서로 행복하길 바라는 마음을 안은 채 서울행 버스에 몸을 실었다. 설은 버스를 타자마자 도진의 손을 꼭 잡았다. 서울에 도착했을 때 설의 눈에는 많은 눈물이 맺혀 있었다.

설은 연락 없이 떠나겠다고 했다. 도진은 설에게 독일에 도착하면 꼭 연락을 달라고 하고 연락을 안 하면 지구 끝까지 쫓아 간다고 농담처럼 설에게 이야기했다. 그 농담은 도진의 가슴 속 깊은 진심이었다. 남이섬 여행을 마치고 설은 삼 일 후에 독일로 떠났다. 도진의 첫사랑은 그렇게 떠나버렸다. 세상에 태어나서 처음으로 이성에게 관심을 가졌고, 설레는 마음으로 술잔을 기울였고 짝사랑이지만 야구장과 남이섬에서의 데이트, 고민 끝에 좋아한다는 말 대신 소설 태백산맥을 건네준 설은 도진의 첫사랑인 것만은 확실했고, 설에 대한 사랑은 도진의 마음 가장 깊은 곳에 오랫동안 간직되었다.

'첫사랑 한설. 다시 만날 수 있을까?'

7
백
범

설은 떠났다. 설의 흔적은 잠실야구장 티켓뿐이었다. 설에 대한 흔적을 찾아서 소중히 보관하고자 모든 기억을 되살렸다. 없었다. 오직 티켓뿐. 도진은 그 티켓을 가장 소중히 생각하는 백범일지의 표지 뒷장에 풀로 붙여서 조심스럽게 덮었다. 도진은 자신이 그만큼 설을 사랑했다는 것을 알았다. 티켓을 붙인 백범일지를 한참 들여다보면서 백범 정치이념과 현재의 정치이념에 대하여 비교하면서 고민에 잠겼다.

어느 시대를 살아가든지 현재의 정치이념이 잘못된 것이 아닌가 고민하면서 살 수밖에 없다. 대학에 불꽃처럼 일고 있는 사회주의 성향의 정치 이념과 민주화에 대한 욕구는 급성장한 자본주의 경제 속에서 소외된 노동자 문제와 재벌로의 부의 편중, 그리고 오래된 군부독재로 인한 국민의 기본권에 대한 탄압으로 인하여 새로운 정치이념의 필요성이 대두되고 있는 것이다. 그중에서 가장 날 선 대립은 독재정권 뿌리와 국가 자주성에 관한 문제였다.

백범 김구. 태산 같은 큰 민족의 지도자. 그의 삶은 웅장한 대서사시였고 범접할 수 없는 영웅의 길이었다.

백범은 1876년 황해도 해주에서 태어나 본명은 창암이었고 동학도에 입도하면서 김창수로 개명하였다. 19세에 황해도 지역의 동학 접주로 해주 성을 공격하였으나 실패 후 신천군 청계동 안중근 의사의 아버지 안태훈에게 몸을 의탁하였다. 그 이후 일본인을 살해하여 인천감옥에 복역 중 탈옥하여 마곡사에서 중이 되기도 하였다.

김구로 개명하여 일제의 눈을 피하고 교육 없이는 민족의 미래가 없다는 신념으로 교육계몽 사업에 매진하던 중 신민회 사건으로 경성 총감부에서 혹독한 고문을 당하였다. 징역 15년을 부여받고 서대문감옥에 복역 중 감형으로 석방되니 그의 나이 40이었다. 44세에 상해 임시정부로 망명하여 경무국장, 3년 뒤 내무총장이 되고 51세에 임시정부의 국무령이 되었다.

윤봉길의사의 상해 홍구 공원 의거가 임시정부의 계획으로 드러나자 상해를 탈출한 후 중국인 행사를 하다가 장개석의 도움으로 낙양군관학교에 한인 훈련 반을 설치하여 미래 광복군의 초석을 만들었다. 김구의 임시정부는 상해, 남경, 장사, 유주, 기강, 중경으로 일본군에 쫓기면서 그 명맥을 유지했고 장사에서는 사회주의자의 저격으로 한 달간 의식 불명 상태였는데 그때 그의 나이는 환갑이 넘은 63세였다. 65세에 임시정부의 주석으로 선출돼 중·미·영·소에게 임시정부 승인을 요청하였다. 정식으로 일본에 선전포고를 한 후 광복군은 연합군과 공동 작전을 수행하고 미국의 도움을 받아 산동반도에서 잠수함을 타고 국내 침투를 준비하던 중 일본의 항복 소식을 들었는데 그의 나이 70세였다. 항복 소식을 들은 김구는 「이 소식은 내게 희소식이라기보다는 하늘이 무너지고 땅이 꺼지는 일이다.」말한 것은 수년 동안 모든 힘을 다해 참전을 준비한 것이 모두 허사로 돌아가고 말았기 때문이었다. 독립운동을 위해 상해로 떠난 지 26년 만인 1945년 12월 꿈에도 그리던 조국으로 돌아왔다. 그러나 기다리는 건 강대국에 의해 분단된 조국의 현실이었고 통일을 위해 노력하던 중 1949년 경교장에서 육군 소위 안두희의 총에 맞고 운명하였으니 그의 나이 향년 74세였다.

백범의 정치이념은 한마디로 표시하면 자유다. 단, 국가 생활하는 인류에게 무조건의 자유는 없다. 개인의 자유는 법의 범위 내에 있다. 개인의 자유를 속박하는 법이 어디서 오느냐에 따라 국민의 자유가 달려있다. 자유 있는 나라의 법은 국민의 자유로운 의사에서 오고, 자유 없는 나라의 법은 국민 중의 어떤 개인 또는 계급에서 오는데 이를 독재라 한다.

백범은 그중에서 가장 무서운 것은 철학을 기초로 하는 계급 독재라 말하였다. 개인 독재는 그 개인만 제거하면 그만이지만 계급이 독재의 주체일 경우 이를 제거하기가 심히 어렵다. 철학을 기초로 한 조선시대 유교나 공산주의는 가장 철저한 계급독재 정치의 성격을 가지고 있다. 이런 체제 하에서는 자유가 탄압되어 새로운 사상과 문화가 꽃피울 수 없어 결국 쇠퇴의 길을 걸을 수밖에 없다. 여러 가지 나무가 어울려서 위대한 산림의 아름다움을 이루고 백가지 꽃이 섞여 피어서 봄들의 풍성한 경치를 이루는 것과 같은 진리이다.

백범은 우리나라가 가장 부강한 나라가 아니라 세계에서 가장 문화적으로 아름다운 나라가 되기를 원하였다. 부(富)력은 우리의 생활을 풍족히 할 만하고 강(强)력은 남의 침략을 막을 만하면 족하고 가지고 싶은 것은 높은 문화의 힘이다. 인류가 불행한 근본 이유는 인의(仁義)가 부족하고, 자비가 부족하고, 사랑이 부족하기 때문인데 이 정신을 배양하는 것은 오직 문화이다. 높은 문화를 이루기 위해서는 교육으로부터 나온다. 이것이 백범이 추구하는 정치이념이었다.

도진에게 백범의 정치이념은 너무나 아름다웠다. 특히 가장 부강한 나라가 아니라 세계에서 문화가 가장 아름다운 나라가 되기를 원한다는 말은 존경의 감정을 넘어서 이런 지도자를 허망하게 보낸 것이 너무나 아쉬웠다. 태산 같은 민족의 지도자 백범의 암살의 배후가 아직도 밝혀지지 않았고 그 암살범 안두희가 아직도 이 땅에서 숨 쉬며 살아있다는 것에 대하여 참을 수 없는 분노가 치밀었다. 도진의 안두희에 대한 분노는 하늘을 찔렀다. 속으로 '갈아 마셔도 시원찮은 놈.' 내일이라도 당장 찾아내서 이 손에 피를 묻히고 싶었다. 매화가 수놓아진 수건으로 감싼 망치를 손으로 만지작거렸다. 초등학교 때 사용하고 한 번도 사용하지 않았던 망치였다. 망치를 만지작거리면서 그놈을 이손으로 꼭 처단하겠다고 생각했다.

그러나 백범의 죽음 뒤에는 분명 우리가 '아름다운 국가'라고 부르는 국가가 관련 있을 거라는 생각에 답답함이 다시 몰려왔다. 안두희에 대한 분노와 함께 약소국으로 수많은 수모를 당한 조국과 그 국민에 대한 연민이 한없이 밀려왔다. 잠이 오지 않았다. 다음 날 안두희를 도진의 손으로 제거하고자 '백범김구선생사업협회'를 수소문하여 찾아가 그의 행방에 대해서 물어보았다. 이 손으로 직접 죽이겠다고 하면서 가방 속의 망치를 사무총장 앞에 내보였다. '백범김구선생사업협회'의 사무총장님은 눈에 이슬이 맺히면서 젊은이의 기상은 가상하나 그 용기를 과거보다는 조국의 미래를 위해서 사용하라고 조용히 말했다.

도진의 마음속에는 백범의 정치이념이 다시 대한민국 사회에서 재조명되었으면 하는 간절함이 생겼다. 다른 나라의 힘을 빌리지 않고 스스로 힘을 갖추지 못한 국가의 백성들은 언젠가는 불행의 나락으로 떨어진다는 것을 역사는 말해주고 있다. 도진은 국방과 외교 등 모든 면에서 미국에 종속되어 자주성을 상실한 이 나라의 미래에 대한 걱정이 몰려왔다.

8

거
지
친
구

도진은 한민족신문사 기자인 강태완에게 김철중 교수의 소개로 찾아간다고 전화를 미리 하고는 그를 찾아갔다.

「안녕하십니까? 전 선배님과 같은 대학 심리학과 장도진이라고 합니다.」

「김 교수님은 잘 계시는가?」

「네, 잘 계십니다.」

「나를 찾아온 이유가 무엇인가?」

강태완은 도진에게 자신을 방문한 이유를 직접적으로 물었다.

「혹 12년 전에 죽은, 기자님과 친구였던 장도현을 아십니까?」

형의 이야기를 하면서 도진은 최대한 강 기자의 동공과 시선의 움직임을 살폈다. 크게 확대되는 동공과 산만한 시선이 뚜렷하게 보였다. 도진이 가장 싫어하는 눈빛이었다. 눈에서 탁한 기운이 뿜어져 나오고 있었다. 강태완의 하얀 피부와 뿔테 안경은 더욱더 샤프한 지식인의 모습으로 보였지만 그의 눈에는 어두움이 가득 자리 잡고 있었다.

「자네가 장도현을 어떻게 아는가?」

「강 기자님의 친구인 장도현은 제 친형입니다.」

강태완은 도현의 동생이면 내 동생이라고 하면서 정말 반갑다고 하였다.

「12년이 흘렀지만 자네 형 일은 정말 안됐네.」

「형이 죽을 당시 저는 초등학교 1학년이었습니다. 전 그때부터 지금까지 형의 죽음에 대한 누명을 벗기기 위해 12년을 기다려 왔습니다.」

「누명, 누명이라고.」

강태완은 아주 작지만 날카롭게 소리쳤다.

「자네 형은 간첩 행위로 인해 고문당하던 중 죽었네. 자네 형의 간첩 행위로 인해 많은 동아리 동료들도 고문을 당했네.」

강태완의 말투에는 형의 간첩 행위에 대한 원망이 섞여 있었다.

「강 기자님은 저희 형이 간첩이었다는 것을 확신하고 계시는 것 같군요.」

「나도 그때 같이 연행되었지만 간단한 형만 받았네. 모든 증거가 자네 형을 향하고 있어서 우리도 어쩔 수 없었네.」

'모든 증거가 우리 형을 향하고 있었다. 어떻게 민들레라는 한 동아리에서 형에게만 간첩에 대한 증거가 집중될 수 있단 말인가?'

도진은 작은 소리로 신음처럼 속삭였다.

「제가 김 교수님한테 들은 정보로는 민들레 동아리에서 북한과 관련된 많은 자료가 발견되었다고 들었습니다. 어떻게 그럴 수 있습니까? 민들레 동아리 전체가 간첩이라면 모를까 형 혼자만 간첩이었다면 왜 동아리 실에 위험한 자료를 보관했을까요? 전 이 부분을 이해할 수 없습니다.」

「나도 잘은 모르겠네. 왜 자네 형이 그런 행동을 했는지…….」

강태완은 도진의 질문에 동문서답을 하면서 약간 안절부절 못한다는 느낌을 받았다. 그리고 시계를 보고 약속이 있다면서 다음에 다시 만나자고 하였다.

「더 궁금한 점이 있으면 나보다 자네 형과 더 친했던 한영준에게 물어보게.」

「그분에 대한 정보를 가지고 있습니까?」

「나도 연락이 끊긴 지 오래되어 모르겠는데 이민을 갔다고 들었네. 미안하네. 오늘은 바빠서 더 이상 자네와 시간을 같이 할 수 없다네. 다음에 다시 만나서 술이나 한잔하세. 지하에서 도현이가 자네가 이렇게 늠름하게 컸다면 대견스러워 할 것이네.」

강태완은 도진과의 자리를 피하고 싶은 것처럼 빠르게 빠져나갔다. 강태완과 대화에서 형의 죽음에 대한 해답보다는 더욱더 의문만 쌓이게 되었다. 그리고 강태완의 눈에서 형은 누명을 쓰고 죽었을 수도 있다는 느낌을 받았다.

그러나 모든 게 의심스러웠지만 증거가 없었다. 형의 누명에 대한 조그마한 증거조차 찾을 수가 없었다. 강태완이 당황하는 것은 확실한데 그에게서 더 이상 정보를 기대할 수 없을 것 같았다. 이제는 한영준만이 희망이었다. 결국 도진은 한영준의 아버지인 한철민 교수를 찾아가기로 마음먹었다. 현재 한철민 교수는 형의 죽음에 대한 단서를 얻을 수 있는 유일한 사람이었다. 한영준의 아버지 한철민 교수을 만나면 도현 형의 죽음에 대한 단서를 찾을 수 있겠지 생각하면서 성신대학교로 향했다. 사당동에 위치한 대학에 도착하여 행정실에서 한철민 교수의 연구실을 물었다. 그런데 한 교수가 학교를 그만두고 이민을 갔다고 하는 것이 아닌가. 낭패였다. 한 교수가 학교를 그만둔 지 한 달도 되지 않았고 독일로 떠났다고 행정실 직원은 말했다. 한철민, 한영준 그리고 한설. 이상하게 도진이 애타게 찾는 두 명과 도진이 애타게 사랑하는 한 명이 모두 한 씨였다. 그리고 모두 이민을 갔다.

더 이상 형의 죽음에 대한 의문을 푸는 데 한 발짝도 나갈 수 없었다. 그 이후에도 강태완 기자를 만났으나 도진을 피하기 급급한 그에게서 조그마한 정보도 얻을 수가 없었다. 김철중 교수의 말로는 한영준은 형이 죽은 이후 폐인처럼 살았다고 하였다. 그것이 유일한 단서였다. 그가 그렇게 괴로워한 이유가 형의 죽음과 관련이 있을 거라는 확신이 들었다.

'한영준, 어디에 있단 말인가?'

형에 대한 죽음을 풀기 위해 12년을 기다렸지만 더 이상 아무것도 밝혀 내지 못하고 시간이 지나가고 있었다. 강태완 기자와 만난 이후 그 당시 민들레 동아리 회원 몇몇을 만났지만 한결같은 대답만 돌아왔다. 형의 간첩 행위로 본인들이 큰 피해를 입었다고 주장했다. 그들 모두 한영준이 가장 그 사실에 대하여 잘 알고 있다고 하였다. 그들의 눈빛을 유심히 쳐다보았지만 강태완 기자와 같이 무언가를 숨기는 듯한 느낌을 그들의 눈에서는 받을 수가 없었다. 그들은 진실을 말하고 있는 듯했다. 단 두 명, 형하고 같이 민들레 활동을 했던 김인수와 강태완의 눈빛이 흔들리는 것을 보았으나 형에 대하여 더 이상 대답하는 것을 꺼려하는 것 같았다. 그러나 그 사람들 또한 도진을 피하는 데에만 급급했다. 더 이상 진실을 알 수가 없었다.

진짜 형이 간첩이었을까? 도진은 절대 아닐 거라고 생각했다. 형이 그럴 리가 없었다. 어렸을 때지만 분명하게 기억이 난다. 형은 백범의 주장처럼 계급 독재를 가장 싫어했고 공산주의의 종말에 대해 예상한 형의 말을 도진은 정확히 기억하고 있었다. 대학은 더욱더 화염병과 최루탄이 난무하고 민주화에 대한 열망은 이제 대학이 아닌 온 국민에게 전염병처럼 퍼지고 있었다. 국민들은 간선제로 선출된 제5공화국 대통령 전두환의 도덕성과 정통성의 결여, 비민주성을 비판하면서 줄기차게 직선제 개헌을 주장하였다. 이에 전두환 대통령은 1987년 4월 13일 일체의 개헌논의를 금지하는 호헌조치를 발표했다.

이러한 상황에서 서울대학교 인류학과 박종철 학생이 경찰의 고문으로 사망한 사실이 알려지면서 정국은 대결국면으로 치달았다. 6월 10일 노태우가 민정당의 대통령 후보로 공식 지명되는 와중에 전국 18개 도시에서 민주헌법쟁취국민운동본부가 주최하는 대규모 가두집회가 열리고, 학생과 시민들의 시위가 연일 계속되었다. 26일 전국 37개 도시에서 사상 최대 인원인 100만여 명이 밤늦게까지 격렬한 시위를 벌였다.

결국 1987년 6월 29일 대통령 후보였던 노태우 민주정의당 대표위원이 당시 국민들의 민주화와 직선제 개헌요구를 받아들여 발표한 시국 수습을 위한 특별 선언으로 국민들과 타협안을 내놓았다. 6·29선언 이후 데모는 많이 시들해졌다.

형의 죽음에 대한 의문을 풀지 못하는 것 때문에 마음은 매우 괴로웠고 사랑하는 설도 없었기에 그 마음을 달랠 길이 없었다. 동아리 민들레에서 형에 대한 어떠한 정보도 얻을 수 없다는 것을 알고 동아리에서도 탈퇴했다. 형의 죽음에 대한 정보와 설이 없는 민들레는 아무런 의미가 없었다. 김성일이 다시 생각해 보라고 했지만 더 이상 실체가 명확하지 않은 민들레에 있고 싶지 않았다.

도진은 다시 혼자가 되었다. 그러나 이제는 마음속에 짝사랑이지만 설이 있어 혼자가 아니라는 생각이 들었다. 특히 형과 어머니를 위해서라도 열심히 살아야겠다고 다짐했다. 그러나 마음을 잡을 수가 없었다. 12년을 형의 죽음을 풀기 위해 앞만 보고 달려왔지만 아무런 성과를 이루지 못한 허탈감은 도진을 더욱더 우울하고 무기력하게 하였다. 더 이상 학교생활에 대한 집중력을 가질 수 없었다. 아무 의미 없이 대학생활 2년이 지나갔고 도진은 겨울 방학이 되면서 군대를 가기로 마음을 먹고 고향 묘도에 내려왔다. 기상은 도진이 집에 내려왔다는 이야기를 듣고 묘도에 들렀다.

'야, 이 새끼. 완전 용 됐네.' 도진은 속으로 생각했다.

기상은 각진 번쩍번쩍한 포텐샤를 몰고 도진의 집에 들렀는데 검정색 양복에 깍두기 동생들도 데리고 나타났다. 순간적으로 '짜식. 소원 성취했네.' 생각하면서 도진은 피식 웃었다.

「어이, 사랑하고 보고 싶은 친구 잘 지냈나?」

기상이 크게 소리를 질렀다.

'아이구, 저놈 뱃속에는 능구렁이 몇 마리나 들었나 몰라. 그래 기상이 너 때문에 그나마 내가 이만큼이라도 사람 되었지.' 도진은 기상이 너무나 반가웠다.

기상은 도진에게 우울하던 어린 시절 유일한 벗이 되어주었던 친구이기도 했다. 기상은 도진과 마시려고 가져온 동동주 한 박스를 동생들을 시켜 차에서 내려놓았다.

'짜식, 중학교 때부터 그놈의 동동주 사랑은.'

도진은 중학교 때 광양군 진상면 어치계곡에 살고 있는 고모 집에 놀러갔는데 부엌에는 고모가 담가 놓은 동동주가 항아리에 가득하였다. 그때부터 벌써 건달의 느낌을 풍기고 있던 기상이 놈은 중학생밖에 안 되었지만 시간만 나면 동동주를 한 사발씩 먹고 입에서 술 냄새를 풀풀 풍기면서 다녔다.

우리는 오랜만에 바닷가 용바위 밑에서 술판을 벌였다. 도진은 대학 가서 대부 영화를 보고 기상이 그토록 존경하던 '말론 브란도'가 연기한 '돈 비토 코르네오네'를 볼 수 있었다. 대부에서 '돈 비토 코르네오네'는 '돈콜레오' 씨로 불렸다. 이름은 기억나지 않지만 시칠리 형제가 찾아와서 자기의 억울함을 풀어달라고 하면서 돈은 얼마든지 지불하겠다고 '돈콜레오'에게 부탁을 했을 때 그가 한 대사가 도진은 인상 깊게 기억이 났다.

'당신이 우정으로 왔다면 그들을 없앴을 것이다.'

'당신의 적은 나의 적이고, 나의 적은 당신의 적이다.'

우정이 아닌 돈을 대가로 돈콜레오에게 부탁하는 형제에 대해 거절의 표현을 나타낸 대사였다.

「야, 이기상. 대부의 '돈 비토 코르네오네'처럼 가족과 형제를 사랑하는 멋있는 조직폭력배가 되었남?」

도진은 농담을 하면서 웃었다.

「자식, 이젠 나를 좀 인정하는구먼. 아직 쫄다구라, 킥킥.」

기상은 자기들 중앙파가 소속된 양은이파는 지금은 형님이 구속되면서 조금 무너졌지만 한때는 전국 3대 폭력 조직 중 최고였다고 떠들어댔다. 한때 전국 호남 3대 패밀리 중 OB파 두목을 우리 순천 중앙파가 칼로 유린하여 이 바닥에서 은퇴시켰다고 기세가 등등했다.

'그래 싸움 좀 하고 공부한 놈들은 경찰 되고 싸움 좀 하고 공부 못한 놈들은 건달 되는 거지 뭐.' 도진은 중얼거렸다.

「도진아, 너 준호 알지?」

「응, 거지 친구 준호.」

「두 달 전에 현진이가 준호를 찔러 죽였어.」

기상은 아무렇지도 않은 듯 쥐포를 뜯으며 말했다. 도진도 알고 있었다. 우리 동네에서 전국 신문에 날 만큼 떠들썩하게 난 살인 사건이었다. 준호는 불쌍한 아이였다. 엄마 없이 홀아버지 혼자 준호를 키우다 보니 항상 거지 모양새를 하고 있었다. 겨울이면 손등에 때가 까만 깨처럼 붙어 있었고 항상 갈라져 피가 나던 준호의 손등이 눈에 선하게 떠올랐다. 그래서 별명도 거지 준호였다. 현진이는 우리보다 한 학년 아래였는데 얼굴도 훤칠하고 달리기를 잘했던 기억을 도진은 가지고 있었다. '공부도 조금 했던 애로 아는데…….'

「준호와 만기 그리고 현기가 현진이랑 후배 애들을 저녁마다 여기 용바위 아래에서 군기 빠졌다고 개 패듯이 뺏다를 쳤어. 하루는 현진이가 겁주려고 부엌칼 들고 나왔는데 준호 이놈이 겁도 없이 칼에다 배를 들이대고 찔러 보라고 우겨 댔나 봐. 현진이가 참지 못하고 그냥 쑥…….」

기상은 칼로 찌르는 흉내를 냈다. 기상은 한참 동안 말이 없다가 다시 동동주 한 사발을 들이켜고 이야기를 계속했다. 도진은 준호랑 기상이가 중학교 때부터 많이 붙어 다녔던 생각이 났다.

「현진이가 준호를 찌르자 눈이 돈 거지. 이번에는 만기랑 현기에게 칼로 무자비하게 린치를 가한 거야. 만기와 현기는 칼에 찔리고 어디가 어딘지 모르고 앞만 보고 달렸대. 그놈 둘 다 운 좋았지. 아차 했으면 준호랑 황천길 같이 갔지.」

기상은 지금 만기는 순천에서 서점을 하고 현기는 여수에서 에어콘 기사를 한다고 했다. 도진은 그 사건을 알고 있었지만 그 장소가 용바위 밑인지는 몰랐다. 기상은 먹다 남은 막걸리를 「꼬시레.」 하면서 주위에 뿌렸다. 도진은 기상이가 아마 죽은 준호에게 마시라는 것이라 생각했다. 준호는 어려서부터 쌓인 응어리를 후배들 엉덩이를 불나도록 때려서 풀지 않았나 하는 생각이 문득 들었다. 그러나 저러나 죽은 놈만 불쌍하고 찌른 놈은 더 불쌍한 것 아닌가? 우리는 작년 겨울에 지병을 앓다 돌아가신 고모 이야기도 하면서 동동주 한 박스를 다 비웠다. 기상은 도진에게 국가에 잘 봉사하고 건강하게 다시 만나자고 하면서 떠났다.

'새끼 출세했네. 포텐차 뒷좌석 오른쪽에 타는 걸 보니.'

도진은 떠나는 기상을 아쉬워하며 중얼거렸다.

9
민소영과 민들레

도진이 군대를 다녀온 긴 시간 동안에도 설은 연락이 없었다. 군대 생활을 하면서 한영준의 거처에 대하여 알아봐 달라고 김철중 교수에게 편지로 여러 번 부탁을 했지만 항상 미안하다는 김 교수의 답장이었다.

신입생에게 대학 캠퍼스는 설렘이라면 복학생에게는 취업 걱정으로 인한 긴장감이란 단어로 표현할 수 있다. 허전한 마음을 달래려고 공부도 되지 않지만 아침부터 저녁까지 도서관에서 의미 없이 앉아 있는 경우가 대부분이었다. 3학년 1학기가 무의미하게 지나갔다. '형의 죽음에 대한 의문도 풀지 못하고 이대로 아무런 준비 없이 사회에 나가면 안 되는데…….' 도진은 속으로 중얼거렸다. 시간은 지나가고 마음이 복잡할수록 설이 보고 싶었다. 독일에 가서 연락을 주겠다고 하였지만 몇 년간 아무런 연락이 없었다.

'짝사랑이란 이래서 힘든가 보다. 설이 애절하게 보고 싶은데. 그녀는 지금 무엇을 하고 있을까?' 그날 결심했다. 외무고시에 합격한다면 사랑하는 설과 다시 만날 수 있고 한영준과 그의 아버지 한철민 교수도 찾는다면 분명 형의 죽음에 대한 단서를 찾을 수 있을 거라는 확신이 들었다. 또 이면에는 학교에서 운영하는 고시반에 합격하면 우선 잠잘 곳을 해결할 수 있다는 생각이 들었다.

그러나 고시반 입반 시험에서 보기 좋게 미역국을 먹었다. 준비가 부족한 도진은 기본 실력이 턱없이 부족했다. '이대로 물러나면 외무고시를 합격할 수 없을 것이다. 3학년 2학기. 시간이 없다. 꼭 고시반에 들어가야 정보도 얻을 수 있고 최단 시간에 합격할 수 있는 공부 방법도 알 수 있을 것이다.'

김철중 교수에게 사정을 말하고 외무고시반 담당 교수께 부탁을 해 달라고 하였다. 김 교수의 부탁 후 담당 교수를 찾아가 준비가 부족해서 입반 시험에서 떨어졌지만 정말 열심히 해서 합격하겠다고 조르고 또 졸랐다. 담당교수는 처음에는 뭔 이런 놈이 있나 생각하다가 갈 생각을 안 하는 도진이 기특했는지 고시반 반장을 불러서 혹 자리가 있냐고 물어보았다. 반장의 이름은 김기천이었다. 반장은 마침 어제 한 친구가 나가는 바람에 자리가 있다고 했다. 담당 교수는 도진이 공부에 대한 열정이 가득하니 가능하면 입반 시켜달라고 부탁을 했다. 그렇게 하여 외무고시반에 입반하게 되었다. 외무고시에 대한 열망이 아닌 한설과 한영준 그리고 한철민을 만나고 싶다는 열망이 담당 교수를 설득시킬 수 있었다고 생각했다.

외무고시반의 이름은 수신재(修身齋)였다. 수신재에서 5시간만 자고 죽어라 공부했다. 반장이었던 김기천 선배가 많이 도움을 주어서 인지 어렵지 않게 2번째 도전만에 1차 시험을 합격하였다. 1차 시험 이후에는 2번의 2차 시험의 기회를 주는데 그해 2차 시험에서 실력의 한계를 뼈저리게 느끼고 상당 과목 과락을 기록하면서 떨어졌다. 내가 떨어졌던 2차 시험에서 다행히 형제처럼 친하게 지내던 김기천 선배는 전년도 2차 시험 불합격을 이겨내고 당당히 합격을 했다. 외무고시는 워낙 인원을 적게 뽑아 대학 내에서도 외무고시 1차 합격자가 몇명 안 되는 관계로 고시반에서 도진의 위상은 상당이 높아져 있었다. 고시반 내에는 수상한 학생들이 상당수가 있었다. 한마디로 외무고시에 관심도 없지만 도진과 같은 생각으로 숙식을 해결하고 고시반 장학금만 노리는 학생들이었다. 특히 독수리 5형제라 불리는 반원들은 공부하는 시간보다도 당구 치는 시간이 많았다. 반원 중 방위 근무한 탓에 일찍 복귀한 후배 지만이가 하루는 도진에게 「형, 학교 앞에서 같이 자취해요.」하고 말했다.

지만은 수원 자기 집에서 다니다 고시반에서 숙식을 해결하려고 하니 불편함을 많이 느끼는 모양이었다. 지만은 키가 크지 않았고 얼굴은 편안한 인상이었는데 실제로도 성격이 착하다고 소문이 나 있었다.

「돈 때문에……」난처하다는 듯이 도진은 지만에게 말했다.

「제가 전세금은 낼 테니까 형은 월세만 조금 보태세요. 대신 내년에 2차 합격하면 저 모른 척하면 안 돼요.」

그렇게 해서 도진은 지만과 1층에 조그마한 보금자리를 장만하였다. 자취집은 학교에서 5분 정도 떨어져 있었고 2층 건물이었다. 1층은 주인아줌마 가족이 살고 우리는 1층의 쪽방이었다. 아줌마의 말로는 2층은 전세를 낸다고 하였다. 주인집 아줌마의 남편은 나이는 잘 모르겠는데 머리가 백발이라 아줌마의 남편이 아니고 시아버지처럼 보였다. 아저씨는 하루 종일 집에서 백수 생활을 하고 있었는데 가끔씩 큰소리로 다투는 소리를 들을 수 있었다. 우리 자취방이 주인집 안방하고 방음이 안 됐기에 주인집 안방에서 중얼거리는 소리까지 들렸다.

　주인집 아줌마는 빨래도 해주고 가끔씩 김치도 나누어 주곤 했다. 그날은 공부가 집중이 되지 않아 수신재에서 조금 일찍 귀가했다. 그런데 자취집 방문 밖에 노란 수건이 걸려있는 것이 아닌가. 노란 수건은 지만과의 약속이었다. 혹 여자 친구를 데려와서 사랑을 나눌 때는 방문 밖에다 노란 수건을 걸어 놓기로 하였다. 지만은 여자 친구가 있었는데 자주 데리고 와서 사랑을 나눴다. 그때마다 방문 밖 문고리에 노란 수건을 걸어놓았다.

　도진은 피식 웃으면서 자취방 옆 가게에서 맥주 한 캔을 사서 마시고 30분 뒤에 돌아왔다. 그런데 방에서 나오는 것이 지만의 여자 친구가 아니고 주인집 아줌마였다. 아줌마는 오랜만에 만족했다는 행복한 표정을 짓고 있었다. 모른 척했지만 속으로 '지만이 이 난봉꾼.' 하며 웃었다. 그 뒤로도 아줌마와 지만의 관계가 지속되는 것 같았다. 불륜의 육체적 교접은 번개 치듯 다가오고 불타오르지만 교접으로부터 이별은 질기디질긴 생고무처럼 자르기가 힘들다. 자취집 반찬이 갈수록 풍성해지는 것을 보고 둘의 관계가 지속되고 있다는 것을 간접적으로 알 수 있었다. 유부녀의 불륜. 그런 것은 머릿속엔 없었고 지만의 사생활에도 관여하고 싶지 않았다. 내년도 2차 시험에 합격하고 3명의 한 씨를 찾겠다는 생각만 가득하였다.

　도진이 밤 11시까지 고시반에서 공부를 하고 있는데 뒤에서 누군가 어깨를 두두리는 것이었다. 도진은 깊이 공부에 빠져 있었기 때문에 깜짝 놀라며 뒤를 돌아보았다. 김기천 선배가 미소를 짓고 있었다.

「도진이 열심히 하네. 내년에는 꼭 합격하겠는걸.」

「웬일이에요. 기천 형.」

도진은 김기천 선배와 고시 공부를 하면서 많이 친해져 형이라고 존칭을 사용하였다.

「너도 보고 싶고 고시반도 그리워서.」

「연수는 다 끝났나요?」

「응, 보직은 아직 결정되지 않았는데 조만간 결정될 것 같아.」

「도진아, 공부하기 힘들지. 형이 양주 한잔 사줄까?」

안 그래도 불안감 때문에 집중이 안 되던 도진은 술 생각이 갑자기 올라왔다.

김기천은 택시를 타고 여의도로 향했고 증권사들이 가득한 골목에서 내렸다. 택시가 내린 곳은 대신증권이라고 써져 있었고 건물 앞에 큰 황소 동상이 서 있었다. 김기천은 근처 건물 지하로 내려갔고 약간 어두운 분위기의 카페로 들어갔다. 카페의 이름은 Moon이었다. Moon은 홀은 크지 않았고 마담과 여종업원 2명이 근무하고 있었다. 마담은 미리 연락을 받았는지 룸으로 안내를 했고 김기천은 마담에게 도진이 들어보지 못한 이름의 양주와 과일안주를 시켰다. 10분 정도 지나자 마담이 먼저 들어와서 김기천 옆에 앉았고 조금 있다가 여종원 한 명이 들어왔다. 김기천은 폭탄주 3잔을 연달아 제조하여 도진에게 주었다. 도진도 어려운 시험에 합격한 형과 함께 기분 좋게 마시는 술이라 더욱 기분이 좋아졌다. 힘들었던 시험공부를 하던 이야기부터 행복한 미래에 대한 기대감까지 술자리는 더욱더 흥이 더해졌고 양주는 2시간도 안 돼서 3병째 비우고 있었다.

「형, 이거 너무 무리하시는 것 아니에요?」

도진은 은근슬쩍 걱정이 돼서 물었다. 그만큼 메뉴판의 술값은 장난이 아니었다.

「도진아, 오늘 보면 언제 볼지도 모르는데. 오늘 코가 삐뚤어지게 마셔보자.」

「외국 대사관으로 발령 나는 거예요?」

「몰라 아직은, 하지만 그럴 것 같아.」

도진은 은근히 술이 올라오는 것을 느끼고 화장실에서 세수를 한 다음 다시 카페로 들어갔다. 그런데 룸으로 가는 도중에 옆 테이블에서 직장인 한 명과 여종업원 단둘이서 술을 마시고 있었다. 그 사람은 인사불성이 되어서 횡설수설하고 있었다. 도진은 룸으로 들어와서 다시 술을 마시던 중 인사불성이 되어 있는 사람이 어디선가 분명 본 듯한 사람이라는 것을 느낄 수 있었다. 도진은 다시 화장실을 가는 척하면서 그 사람을 유심히 관찰하였다.

'김인수.'

분명 김인수였다. 도현 형의 친구 중 한 명인 김인수가 분명했다. 증권회사 채권팀에 다닌다고 들었는데 회사가 이 근처인 것 같았다. 도진은 들어와서 마담에게 밖에 횡설수설하고 있는 사람의 이름이 혹 김인수가 맞는지 물었다. 마담은 어떻게 김 상무님을 아냐고 도진에게 물었다. 김인수가 정확했다. 도진은 마담에게 김인수가 Moon에 얼마만큼 자주 오냐고 물었다. 마담은 김인수는 오랫동안 일주일에 2번 이상은 꼭 들르는데 오면 민소영이라는 아가씨만 찾는다고 하였다. 도진은 대학 1학년 때 형의 죽음에 대한 누명을 이야기했을 때 동공이 흔들리고 확대되던 김인수의 눈을 기억하고 있었다. 젊은 때부터 다녔다면 취중에 형에 대한 이야기도 할 가능성도 희박하지만 있을 수 있다고 생각했다.

「기천 형, 부탁이 있는데요?」

「도진이 부탁이면 들어줘야지. 말해 봐?」

「형이 알다시피 제가 거의 금전적으로 알거지잖아요. 공부하다 힘들면 Moon에서 형 이름 대고 외상으로 술 마시면 안 될까요? 가끔씩 집중도 안 되고 스트레스가 쌓일 때가 있어서요.」

실은 도진은 민소영에게 접근하여 김인수의 정보를 알아보기 위해 김기천에게 Moon에서 외상으로 술을 마실 수 있도록 부탁을 했다. 김기천은 마담에게 동생이 와서 술을 마시면 자기 이름 앞으로 외상 술을 마실 수 있도록 부탁했다. 그날 Moon에서 새벽까지 김기천과 술을 마시고 도진은 돌아왔다.

김인수를 만난 다음 날부터 도무지 공부가 집중이 되지 않았다. 도진은 김인수의 눈에서 형과 관련된 분명 뭔가 알고 있다는 것을 알 수 있었다. 김인수와 강태완 두 명의 눈에는 형의 죽음에 관한 조그마한 단서들이 있을 것이라는 것을 도진은 그들의 눈동자에서 느낄 수 있었다. 강태완은 빈틈이 없고 항상 형의 죽음에 관해 회피하였다. 다행히 김인수는 상당히 술을 좋아했고 카페의 여직원인 민소영과도 상당한 관계임을 그날 분위기를 통하여 파악할 수 있었다.

일주일이 지나고 도진은 다시 카페 Moon을 찾았다. 마담에게 인사를 하고 가장 저렴한 술을 시킨 다음 민소영을 꼭 불러달라고 하였다. 조금 있다가 민소영이 웃는 얼굴로 도진 옆에 와서 앉았다. 어두운 분위기에서 정확히 알 수 없었지만 나이는 30대 초반 정도 되어 보였다. 전체적으로 아담한 사이즈의 키를 가지고 있었지만 오똑한 코는 유난히 예뻐 보이면서 귀염성을 가지고 있었다. 몸은 마른 체형이었지만 유독 엉덩이 라인이 발달된 것도 눈에 띄었다.

「안녕하세요. 민소영입니다.」

「아, 예. 저는 기천 형 동생 장도진이라고 합니다. 현재 외무고시 준비 중인 대학생입니다.」

민소영은 오랜만에 영계랑 술 마신다면서 분위기를 띄웠다. 도진은 처음부터 김인수에 대하여 물어본다면 민소영이 혹 자신을 경계할까 봐 그녀와 친해지려고 노력하였다. 도진은 김기천의 이름으로 술을 마시기 때문에 비싼 술을 못시킨 것을 미안하다고 하면서 최대한 대학생의 순수함을 민소영에게 보여 주려고 노력하였다. 민소영도 항상 나이 많은 짓궂은 직장인들 상대하다 촌놈처럼 생기고 순수해 보이는 대학생인 도진을 보자 기분이 좋아지는 것 같았다. 어느 정도 술을 마시고 분위기가 올라오자 도진은 의도적으로 민소영에게 누나라고 부르면서 그 친밀감을 높였다. 그날따라 손님이 많이 없는 관계로 민소영과 많은 이야기를 나눌 수 있었다. 특히 할 말이 없는 관계로 중학교 때 학교를 적응하지 못하고 가출한 이야기를 중심으로 대화의 주제를 만들어 나갔다. 그 이유는 이쪽 계통에 일하는 여자들도 가정환경이 불우할 가능성이 높기 때문이었다. 민소영은 자신의 이야기는 하지 않았지만 도진의 이야기를 자신의 이야기인 듯 열심히 들어주고 가끔씩 웃음도 보여 주었다. 도진이 지난번 마담에게 파악한 정보로는 카페 여직원들은 몸은 팔지 않지만 마음에 드는 사람이 있으면 같이 2차도 나간다고 들었기 때문에 최대한 민소영의 마음에 들기 위하여 노력하였다. 시간이 어느 정도 흐르고 도진은 취하진 않았지만 취한 척하면서 민소영의 어깨에 기대는 시늉을 하였다. 민소영은 도진이 취했다고 생각하고 한동안 어깨를 빌려주었고 어느 정도 지나자 자신의 허벅지를 베개 삼아 얼굴을 묻을 수 있도록 하였다. 도진은 작은 소리로 '누나 고마워요.' 중얼거렸다. 30분이 흐르자 민소영이 도진의 머리를 빼고 룸을 나갔다. 도진은 계속 취해서 자는 척을 하였다. 도진이 취한 척을 한 것은 민소영이 얼마나 자신에 대한 호감이 있는지를 파악하기 위함이었다. 어느 정도 도진이 싫지 않음을 조금 전 행동으로 알 수 있었다. 얼마 되지 않아 민소영이 도진을 깨웠다. 도진은 깜짝 놀라면서 미안한 표정을 지으며 일어났다.

「누나, 제가 취해서 죄송해요.」

「빨리 따라 나와.」

「누나, 어디 가는데요? 저 공부하러 가야 해요.」

「술이 떡이 돼서 공부가 되냐. 말도 안 되는 소리하고 있네.」

도진은 풀 죽은 자세로 민소영을 따라 나갔다.

민소영은 도진을 택시에 태우고 신길동 방면 모텔 앞에서 내렸다. 민소영은 도진의 손을 잡고 모텔로 들어갔다. 모텔에 들어온 도진은 걱정이 앞섰다. 술은 김기천 때문에 외상으로 먹을 수 있지만 2차까지 김기천에게 외상으로 할 수는 없기 때문이었다.

「누나, 나 돈 없는데….」

민소영은 씩 웃으면서 돈 걱정은 하지 말라고 하면서 그냥 즐기자고 하였다. 도진은 속으로 큰 성과를 이루었다고 생각했다.

도진은 생각했다.

'이 밤이 중요하다. 민소영과 김인수가 어떤 관계에 있는지 모르지만 최대한 그녀와 친해져서 나에게 그녀의 몸과 마음을 가져와야 한다.'

민소영이 먼저 샤워를 하고 나왔다. 역시 민소영은 키는 160이 되지 않았지만 얼굴이 작아서인지 아담한 팔등신이었다. 특히 허리부터 엉덩이 라인이 기가 막힌 곡선을 형성하고 있었다.

민소영은 도진이 샤워를 하고 나오자 조용히 침대로 이끌었다. 경험이 별로 없는 도진이었지만 그날만은 민소영을 위해서 최대한 애무를 깊고 길게 최선을 다했다. 민소영은 드러내고 말하지 않았지만 능숙하게 살짝 살짝 자신의 성감대를 애무할 수 있도록 도진을 잘 리드하였다. 특히 귓불과 허벅지 안쪽을 애무할 때 작고 깊은 신음을 하는 것으로 봐서는 그 부분이 성감대라는 것을 도진은 알 수 있었다. 도진의 몸은 벌써 참을 수 없을 만큼 뜨거웠지만 최대한 억제하면서 민소영의 성감대인 허벅지 안쪽을 서두르지 않고 오랫동안 애무하였다. 어느 정도 지나자 민소영이 더 못 참겠는지 도진을 아래에 두고 위에서 심하게 흔들어 대는데 눈을 감고 가끔씩 이빨을 꾹 깨무는 고통을 참는 듯한 표정을 지었다. 도진은 민소영이 최대한 만족할 수 있도록 최대한 사정을 늦추려고 노력하였다. 최대한 신음소리를 내지 않던 민소영의 입에서 신음소리가 나오자 도진도 더 이상을 참을 수가 없었다.

둘은 벌거벗은 채 한참 동안을 누워 있었다. 침대 위에는 조금 전의 행위로 인해 여기저기 흔적이 묻어 있었지만 조금도 신경 쓰지 않았다. 도진은 아직도 술이 깨지 않았다고 주절대면서 민소영의 가슴에 머리를 안겨 한숨 자고 싶다고 하였다. 민소영은 웃으면서 도진을 안아 주었다. 실제로 도진은 형의 죽음의 단서를 찾기 위하여 팽팽한 긴장감을 가지고 민소영을 만나 술도 많이 마셨고 육체관계까지 맺었기 때문에 피로가 깊게 밀려왔다. 민소영의 가슴은 따뜻했고 도진은 그동안 2차 시험 실패에 대한 두려움 때문에 깊은 잠을 자지 못했지만 오늘은 오랜만에 깊은 잠에 빠질 수 있었다.

도진이 눈을 떴을 때 민소영은 없었다. 탁자 위에는 메모와 3만원이 놓여 있었다.

'해장하고, 공부 열심히 해.'

그리고 자신의 집 주소와 전화번호가 적혀 있었고 매주 목요일이 비번이니 전화하라고 적혀 있었다. 일단은 민소영과 친해진 것까지는 성공했으나 과연 얼마나 김인수와 민소영이 깊은 관계인지는 아직까지 알 수 없었다. 깊은 관계일수록 형에 대한 정보를 민소영이 알고 있을 가능성도 높고, 둘의 관계를 김인수의 집에 알린다는 핑계로 김인수의 입을 열 수 있을 것이라고 도진은 생각하고 있었다.

도진은 목요일이면 민소영에게 육체적인 관계보다는 관악산이나 청계산 등산을 제안해 정신적인 교감을 갖으려고 노력했다. 등산이 끝나고 파전에 막걸리를 한잔하고 나면 민소영이 육체적인 관계를 원하는지 어느 정도 알 수 있었다. 도진은 민소영이 원하는 대로 최대한 따라주었고 육체적인 관계에서도 민소영이 만족할 수 있도록 최선을 다했다. 그런데 민소영과 육체적인 관계가 2차 시험 공부에 방해를 주기 시작하였다. 비록 형의 죽음을 밝히기 위해 시작한 의도적인 관계였으나 시도 때도 없이 민소영의 육체가 생각나 공부에 대한 집중력이 현저하게 떨어지기 시작하였다. 그만큼 도진은 민소영과 가까워져 있었다. 이제는 본격적으로 민소영이 김인수에게 그동안 들은 말을 물어볼 시기가 되었음을 알았다.

도진은 돌아오는 목요일 날 민소영에게 북한산 비봉자락 등반을 제안하였고 민소영은 흔쾌히 허락하였다. 목요일 날 불광역에서 민소영을 기다리는데 민소영은 도진에게 잘 보이려는지 등산복과 화장에 상당히 신경을 쓴 흔적이 보였고 김밥과 초밥도 직접 준비하였다. 불광역에서 천천히 비봉까지 올라 진흥왕순수비까지 구경하고 점심으로 민소영이 싸온 김밥과 초밥을 먹은 다음 1시간가량 더 쉬다가 구기터널 방면으로 내려왔다. 산 아래 내려와서 항상 그랬듯이 막걸리에 도토리묵으로 피로를 풀었다. 민소영은 매우 만족해하는 것 같았다. 결혼할 나이가 지났지만 도진처럼 자신을 잘 이해해 주는 사람을 만난 적이 없다고 하면서 계속해서 도진에게 막걸리를 따라주고 도토리묵을 직접 도진의 입에 넣어 주었다. 도진은 그동안 꾹 참고 있었던 이야기를 꺼내 들었다.

「누나, 물어볼 말이 있어요. 절대 오해는 하시지 마시고. 김인수란 사람이랑 친하시죠?」

김인수의 이름이 도진의 입에서 나오자 민소영의 얼굴에서 웃음이 사라지고 동공이 흔들리는 것을 도진을 느낄 수 있었다. 도진의 예상대로 둘은 어느 정도 깊은 관계를 유지하고 있는 것을 알 수 있었다.

「도진이 네가 김인수 상무를 어떻게 알아?」

「아, 학교 선배예요. 동아리 선배이기도 하고요.」

그때서야 민소영은 얼굴에서 경계가 풀리는 것 같았다.

「응, 내가 강남 쪽에서 일할 때부터 인연을 맺었지.」

「강남에 있을 때는 나이가 어려서 룸살롱에서 일했어.」

「20대 후반이 넘어가자 룸살롱이나 단란주점에서 더 이상 일하기 힘들어서 여의도에 마담언니랑 카페를 얻어서 독립했는데 김인수는 그 이후에도 나를 따라다녔지.」

「누나랑 깊은 관계예요?」

도진은 질투가 난다는 표정을 지으면서 말했다.

「도진이 너 누나가 그 사람이랑 깊은 관계를 유지하는 것이 싫은 거니, 아님 질투하는 거니?」

하면서 민소영은 웃었다.

「누나가 김인수랑 사귀는 것이 싫어요.」

도진은 민소영과 김인수가 어느 정도의 사이인지 알아보기 위하여 민소영이 김인수랑 사귀는 것이 싫다고 말했다. 민소영은 잠시 아무 말도 하지 않았다. 도진은 순간적으로 자신이 한 말에 반응을 하지 않은 민소영을 보자 둘이 깊은 관계라는 것을 확신할 수 있었다.

「실은 도진아, 나 한때 그 사람 좋아했어. 강남 룸살롱 시절부터 마

111

음이 따뜻한 면도 있고 상처 입은 영혼처럼 보호 본능을 자극하는 면
도 있고.」

「…….」

「그런데 지금은 아냐. 김인수. 그 사람도 지금은 어떡하면 나와 몸
이나 섞으려고 혈안이 되어있고. 우리 가게가 그나마 외상이 되니까
와서 술을 마시는 거야. 내가 김인수에게 마음을 접은 것은 그 사람이
내가 다른 놈이랑 붙어먹을까 봐 자기랑 내가 섹스하는 장면을 동영
상으로 찍어 놓은 거야. 다행히 김인수가 술 먹고 말하는 바람에 다음
날 동영상을 내놓지 않으면 회사로 쳐들어간다고 엄포를 놓고 동영상
을 확보할 수 있었어.」

도진은 드디어 의외의 성과를 얻어낼 수 있었다. 김인수가 민소영
에게 협박하려는 동영상을 얻어내면 역으로 김인수를 협박할 수 있을
것이라는 생각이 도진의 머릿속을 스치고 지나갔다.

도진은 그동안에 있었던 일들을 민소영에게 이야기하기 시작하였
다. 특히 형이 의문의 죽음을 당하고 어머니까지 잃은 이야기를 할 때
는 눈물을 흘리기도 하였다. 그것은 민소영에게 보여주기 위한 눈물
이 아니라 도진은 그 이야기만 하면 자신도 모르게 눈물이 흘러 나왔
다. 그러면서 도진은 김인수가 도진의 친형인 장도현의 친한 친구라
고 하면서 형의 의문의 죽음에 깊은 관련이 있을 가능성이 있다고 민
소영에게 설명했다. 그리고 도진은 민소영에게 부탁을 했다.

「누나, 나 믿을 수 있어요?」

「응, 누가 뭐라 그래도 나는 도진이 너를 믿어.」

그동안의 모든 면에서 민소영에게 최선을 다한 결과는 의외의 성과
를 가져다주었다.

「그럼 누나가 가지고 있는 동영상 테이프를 제게 줄 수 있나요? 제

가 그것을 가지고 김인수를 협박할 일이 조금 있어요.」

민소영은 한참을 고민하는 모습을 보였다. 그리고는 자신도 김인수의 술주정을 더 이상 받을 줄 용기가 없다면서 도진의 의견을 받아 주겠다고 했다. 도진은 민소영에게 그동안 김인수가 술자리에서 대학생때 특히 동아리 활동에 대한 이야기와 특히 민들레라는 단어를 들은적이 있는지를 물었다. 민소영에게 많은 기대를 하지 않았는데 그녀의 입에서 입이 다물지 못할 이야기가 튀어 나왔다.

「밀본인가 민들레인가 그런 비슷한 말을 들은 적이 있는 것 같아. 그러면서 그 조직에는 비밀이 있다고 했지.」

「무슨 비밀?」

「이 사회를 뒤집으려고 했다나, 뭐라나. 그런데 핵심 리더가 죽는바람에 결국 실패했다고 들었어.」

「혹시 그 리더 이름이 누군지 아세요?」

「그것까지는 몰라.」

「하지만 김인수가 그 이야기를 할 때 매우 괴로워한다는 것을 느낄수 있었어.」

도진은 이제야 형의 죽음에 대한 실마리를 잡았다는 느낌이 들었다. 형의 죽음엔 도진이 알지 못하는 무언가가 있는 것이 분명했다. 갑자기 앞에 있는 민소영이 무척이나 고마웠다. 그녀가 아니었다면 이러한 사실을 절대 알 수 없었을 것이다.

「누나, 고마워요. 어쩌면 형의 죽음에 대한 의문을 풀 수 있을지도모르겠어요.」

「말로만?」

도진은 민소영의 입술에 깊은 키스를 했다. 그 이후로도 도진은 김인수에 대한 정보를 준 의미에서가 아니고 민소영의 따뜻한 마음 때

문에 최선을 다했다. 그리고 민소영에게 외무고시 2차 시험이 얼마 남
지 않아 앞으로는 자주 보지 못할 것이라고 하였다.

10

도
현
의

뜻

　도진은 떨리는 기분으로 김인수의 집에 찾아갈 계획을 세웠다. 강
태완 기자의 소개로 전에 한 번 만났었기에 이미 집을 알고 있었다. 형
의 동기들을 만났을 때 유일하게 눈빛이 흔들리던 두 사람, 강태완과
김인수, 그러나 둘은 형에 대한 대답을 완강히 거부했기에 더 이상 이
야기를 들을 수 없었던 사람들이었다.

　도진은 김인수의 집 앞에 모자를 푹 뒤집어쓴 채 서있었다. 술에 취
한 모습으로 멀리서 김인수가 휘청휘청 걸어오는 것이 보였다. 도진
은 김인수의 앞을 가로막았다.

　「뭐야 너? 저리 안 비켜!」

　혀 꼬부라진 목소리로 김인수는 도진에게 삿대질을 했다. 도진은
모자를 벗고는 김인수에게 말했다.

　「당신이 이러는 거, 아내도 알아?」

　「뭔 소리야? 내가 뭘 어쨌는데!」

「민소영, 알지?」

김인수는 흠칫 놀라며, 도진을 자세히 바라봤다. 그러나 도진을 알아보지 못하는 눈치였다. 김인수는 갑자기 말소리를 줄이고는 도진에게 얘기했다.

「누군지는 모르겠지만, 여기 내 집 앞이니 다른 데로 가서 이야기합시다.」

「장도현과 민들레, 기억나지?」

김인수는 더욱 놀라며 도진을 뚫어져라 보았다. 이제야 기억이 난다는 눈빛이었다.

「아, 너. 도현이 동생 장도진이구나.」

「민들레가 뭐하는 동아리지? 도현 형은 왜 누명을 쓴 거야?」

「너 이씨, 한참 형한테 반말하고. 이런 식으로 할 거야?」

「좋은 말로 할 때 말해. 네가 직접 찍은 민소영과 섹스하는 장면이 나오는 비디오테이프를 내가 가지고 있어. 아내가 보면 참 좋아하겠네.」

도진이 김인수에게 비디오테이프를 보여주자 김인수의 얼굴은 사색이 되어 도진에게 갑자기 순하게 말을 쓰기 시작했다.

「저, 도진아. 도현이 형에 대해선 더 이상 해줄 말이 없어.」

「만약 당신이 말하지 않는다면 내일 당장 당신 아내한테 테이프를 보내겠어.」

도진이 뒤돌아서 가려고 하는 순간, 김인수는 도진의 팔을 잡았다.

「야, 이 개새끼야! 나한테 왜 이러는 거야!」

「도현 형에 대해서만 말해주면 돼. 형은 왜 누명을 쓴 거야?

「그건……. 말해줄 수 없어.」

「그럼 말하지 마. 난 이 테이프를 당신 마누라한테 보낼 테니까.」

도진이 다시 뒤돌아서자 인수는 고민하다가 도진에게 말을 꺼냈다.

「지금도 있는지 모르겠지만 민들레 동아리에 있는 기타, 그 기타 안에 도현의 비밀이 있어. 아무 죄도 없는데 갑자기 그놈들한테 끌려가서 고문을 당했어.」

「그럼, 고문을 당해서 도현 형이 간첩이었다고 말했다는 거야?」

「모르지. 네 형은 진짜 간첩이었을지도 몰라. 네 형이 꾸민 짓은 그런 의심을 살 수도 있는 것이었어. 그러니까 제발 우리 탓으로 돌리지 마.」

「이 개자식! 안 닥쳐?」

「그러니까 진실은 네가 보고 결정해. 기타 안에 밀지가 있다는 것은 네 형이 끌려가기 전에 급하게 나한테만 말해준 거야. 그러나 난 그 밀지를 꺼내볼 엄두조차 내지 못했어. 그 밀지는 아직도 기타 안에 있을 거야. 그러니까 더 이상 나한테 물어보지 마. 더 이상은 나도 아는 게 없어.」

김인수의 눈빛은 예전과는 달리 흔들림 없이 진실을 말하고 있었다. 더 이상 형에 대해서 캐낼 것이 없음을 안 도진은 몸을 돌려 집으로 향했다. 도진은 새벽 4시에 민들레 동아리 방을 찾았다. 민들레에서 탈퇴한 이후, 처음으로 와보는 것이었다. 다행히 동아리 방의 열쇠는 민들레 명판 뒤에 놓여 있었다. 문을 열고 기타를 찾았다. 기타 안을 살펴보자 어떤 종이가 기타 안에 붙어 있음을 볼 수 있었다. 기타 안에 무언가가 있으리라고는 상상도 할 수 없었다. 도진은 기타 줄을 풀고 기타 통 안으로 손을 집어넣어서 종이를 뜯어냈다. 그리고는 동아리 방을 나왔다. 도진은 자신만 아는 곳으로 가서 종이를 펼쳐 읽기 시작했다. 종이는 이미 색이 바래서 노랗게 변해 있었다. 종이에 적혀진 글씨는 형의 글씨가 확실했다. 그 종이는 바로 밀본에 관한 것이었다.

한영준이 나에게 이유는 말해주지 않고 빨리 피하라고 간곡하게 부탁했다. 나는 한영준의 의도를 어느 정도 알 수 있었다. 내가 지금 하고 있는 일이 모두 발각 되었는지 모른다. 오늘 당장이라도 경찰에 연행될지 모른다. 그래서 나는 이 편지를 만약의 상황을 대비하기 위하여 그동안 일침(一鍼)의 모든 세부적인 계획과 살생부를 남긴다. 혹 내가 잘못되더라도 누군가 내 뜻을 이어받기를 간절히 원하기 때문이다. 나는 그동안 일제시대로부터 청산되지 못한 민족과 민주주의의 배신자들을 암살하기 위하여 밀본을 만들었다. 내가 만든 밀본의 이름은 일침(一鍼)이다. 일침(一鍼)은 정문일침(頂門一鍼)에서 착안했다. 頂門一鍼은 정수리에 침 하나를 꽂는다는 뜻으로, 상대방의 급소를 찌르는 따끔한 충고나 교훈을 이르는 말이다. 민족과 민주주의 배신자들이 청산되지 못하고 오히려 떵떵거리면서 국민을 우롱하는 현실에 따끔한 일침(一鍼)을 가하고 싶은 이 장도현의 마음이 담겨 있는 명칭이다. 나는 일침(一鍼)으로 인해 세상이 바뀔 거라고 생각하지 않는다. 단지 민족과 국민를 우롱한 자들에게 경종을 울리고 싶을 뿐이다.

안중근처럼……

안중근의사는 조선에 을사조약을 강요하고 헤이그특사사건을 빌미로 고종을 강제로 퇴위시켜 조선 식민지화를 주도한 원흉 이토 히로부미(伊藤博文)를 저격하여 죽인다고 해서 세상이 변할 것이라고는 생각하지 않았을 것이다. 단지 일제에 대하여 우리 민족은 아직 죽지 않았다는 것을 보여주고 싶었을 것이다.

그동안 나는 과거 활빈당과 그 외의 밀본들을 오랫동안 조사하여 왔다. 절대 들키지 않고 목적을 달성할 수 있는 밀본 조직을 만들 수 있는 방법들을 연구하여 왔다. 나는 여기에 미래의 누군가 이 글을 보는 사람을 위하여 그 비법을 남긴다. 내가 이루지 못한 꿈을 미래의 누군가 이루어 주길 바라는 심정일 뿐이다.

일침(一鍼)의 조직은···

·············· 일침(一鍼) 구성원의 모집은·······························

일침(一鍼)의 행동강령은···

　도현 형의 글에는 일침(一鍼), 즉 밀본이 들키지 않고 목적을 달성할
수 있는 비법들이 깨알처럼 적혀 있었다. 그리고 글의 마지막에 정말
친한 친구인 한영준에 대한 깊은 고민이 들어 있었다. 한영준을 일침
(一鍼)의 구성원으로 받아준 것이 가장 큰 실수라고 적혀 있었다.

　도진의 눈에서 눈물이 흘러내렸다. 형의 글에서 세상을 변화시키기
위하여 민들레 동아리와는 별도로 암살조직인 일침(一鍼)을 만들었다
는 것은 확실했지만 간첩 행위를 했다는 어떠한 단서도 찾을 수 가 없
었다. 형의 글에 의하면 한영준과 도현 형 사이에 도진이 알지 못하는
형의 죽음에 대한 단서가 있음이 분명했다. 하지만 한영준은 분명 형
에게 빨리 피하라고 하는 것으로 보아서 도현 형에게 누명을 씌운 사
람은 아닐 것이라는 생각이 들었다. 그리고 형은 김인수가 밀본의 뜻
을 이어 주길 바랐지만, 그는 이 종이를 꺼낼 용기조차도 내지 못했다.
그렇게 이 글은 도진이 발견할 때까지 기타 안에서 계속 잠들어 있게
된 것이었다. 새삼스레 민소영에 대한 고마움이 느껴졌다. 민소영이
아니었다면 이 글이 있다는 것도 알지 못했을 것이다.
　형은 누명을 썼을 가능성이 높았으나 그것을 해명할 방법이 없다는
것이 도진의 가슴을 다시금 답답하게 만들었다. 그러나 한편으로 도
진은 형의 죽음에 대하여 한 걸음을 더 나아갔으니, 언젠가 형의 죽음
을 해명할 또 다른 한 걸음을 내딛을 수 있을 것이라는 희망이 생기는
것을 느꼈다.

도진은 대학 1학년 때, 자기가 가입했을 당시의 민들레는 어떤 조직으로 변모되었단 말인가? 분명 형이 구심점이 되어 있었을 때는 민족의 미래와 민주주의를 위하여 구성된 비밀스러운 조직이었다는 것은 형의 문서에서 어느 정도 알 수 있었다. 그렇다면 지금의 민들레는 누구에 의하여 어떤 목적으로 존재하고 있다는 말인가? 도진이 군대 가기 전에 느꼈던 민들레는 분명 의심스러운 면이 많았고 뒤를 조사한다면 분명 재미있는 일이 있을 것이라고 생각했다. 그러나 지금의 민들레는 형의 죽음과는 아무런 관계가 없다는 것을 도진은 알고 있었으므로 더 이상 생각하지 않기로 하였다.

도진은 형의 일침, 밀본에 관한 계획을 읽고 큰 감명을 받았다. 언젠가 자신도 반드시 형의 뜻을 이어받아서 민족과 민주주의의 배신자들을 심판하기로 마음을 먹었다.

11
구
려
파

순천역 뒤편 중앙파의 사무실로 넘버 쓰리 송석재가 상기된 얼굴로 긴급하게 보스 김도열을 찾았다.

「성님, 서울과 광주에서 이상한 기미가 있습니다.」

「탱크 이 자식, 또 어디서 이상한 야그 듣고 아무 생각 없이 떠들려면 말도 하지 마.」

김도열은 송석재를 보면서 짜증난다는 표정을 지었다.

「구려파라고 신흥조직이 있는데 벌써 서울 강남 일대는 장악된 모양입니다.」

송석재는 도통 어떻게 된 영문인지 잘 모르겠다는 표정이었다.

「야, 이 새끼야. 이 바닥이 장난인 줄 알아? 새파란 신흥조직이 서울 바닥을 어떻게 장악해.」

김도열은 송석재가 또 이상한 소식을 듣고 왔다고 생각했다.

「아닙니다. 얼마 전에 광주에서 큰 싸움이 있었고 구려파가 광주 일부 지역을 한 달 만에 접수했다고 합니다.」

「그 새끼들 두목 출신이 어디야?」

김도열은 이해할 수 없다는 표정으로 두목 출신을 물었다.

「이상하게 출신 지역이 오리무중입니다.」

「그 사단이 났는데도 서울 남대문 쪽 애들하고 광주 무등산 파에서 왜 우리한테 아무런 정보도 안 알려 준거야?」

「구려파 애들은 장악하는 속도는 전광석화와 같고 그 이후 보안에 특히 신경을 쓴다고 합니다.」

그때서야 김도열의 얼굴에서 신중함이 묻어나면서 기상에게 말했다.

「야, 이기상. 어떻게 된 일인지 자세하게 알아봐.」

기상은 김도열의 명령을 받고 광주와 서울에 직접 출장을 통해 알아본 결과 송석재의 말은 모두 진실이었다. 구려파는 대한민국 조직 폭력 세계를 빠르고 조용하게 장악해 들어가고 있었다.

「성님, 이놈들 장난이 아닙니다. 이대로 있다가는 저희 조직도 버티지 못할 것 같습니다. 다른 애들이 손잡기 전에 저희들이 먼저 손을 잡아야 합니다.」

송석재가 심각한 표정으로 김도열에게 말했다.

「이기상, 너는 어떻게 생각하나?」

기상이 접수한 정보로는 구려파는 조직을 장악할 경우 보스를 물러나게 하고 본인들이 조직을 직접 관리한다고 하였다. 기상은 구려파가 중앙파를 접수할 경우 김도열이 물러날 가능성이 높기 때문에 무작정 손을 잡자고 할 수 없는 입장이었다.

「성님, 제가 앞장서서 구려파랑 협상해 보겠습니다.」

기상은 낮은 소리로 말했다. 김도열은 아무 말이 없었다. 어떻게 여기까지 왔는데 잘못하다가는 이 바닥을 떠날 수 있었다. 그날은 아무런 결론도 없이 헤어졌다. 돌아가는 김도열의 뒷모습은 매우 쓸쓸해 보였다. 5일 뒤 순천 중앙파의 핵심 인물들이 구려파 문제로 직접 운영하는 한정식 식당에 모였다. 김도열은 며칠 사이에 상당히 초췌해 보였다. 김도열이 일어나더니 앞으로 중앙파의 미래에 대하여 말하겠다고 나섰다.

「구려파가 우리 순천 중앙파를 접수할 경우 내가 물러나야 할 수도 있다. 그때를 대비하여 중앙파를 이끌어갈 새로운 리더를 선정하여 조직 내 갈등을 미리 무마하기 위한 조치이니 이해해 주기 바란다. 내가 파악한 바로는 구려파는 무조건 보스의 퇴진을 요구하고 조직을 직접 관리하는 것으로 알고 있다.」

김도열의 얼굴에는 비장함이 묻어났다. 김도열은 구려파가 직접 관리하더라도 중앙파 내에서 앞으로 동생들을 이끌어갈 새로운 리더를 선정한다고 하였다. 김도열은 보스가 아니라 리더라는 용어를 사용했다. 넘버 투 이춘호와 넘버 쓰리 송석재가 내심 기대를 하고 있는 표정이었다. 특히 이춘호는 따르는 동생들이 많았기 때문에 별 문제없이 본인이 될 것이라고 생각하고 있는 것 같았다.

「앞으로 내가 물러날 경우 조직은 이기상이 맡는다.」

김도열은 단호하게 말했다. 순간 식당 분위기에는 팽팽한 긴장감이 돌았고 특히 이춘호의 얼굴은 험하게 변하고 있었다.

「성님, 이거 너무하시는 거 아닙니까? 기상이 같은 햇병아리가 어떻게 조직을 이끈단 말입니까? 장난도 유분수지. 그리고 성님이 물러난 것도 아니지 않습니까?」

이춘호는 허리 뒤에 있는 칼을 만지작거리면서 큰 소리로 말했다.

「성님, 기상이 능력은 인정하지만 조직의 체계가 무너진다면 무슨 소용이 있겠습니까? 춘호 성님이 서열과 경험으로 보나 나을 것 같습니다.」

송석재가 옆에서 거들었다.

「내가 서울과 광주 등에서 알아본 구려파는 기존 조직폭력배하고는 다르다는 것을 분명히 느꼈다. 이들은 모든 사업 분야에서 자금과 정보를 이용하는 등 세련된 수법을 사용하고 있다.」

김도열은 다시 차분하게 설명하였다.

「그런 구려파에서 중앙파가 자리를 잡고 식구들을 챙기기 위해서는 춘호나 석재보다는 기상이 더 어울린다고 본다. 춘호나 석재에게 미안하지만 조직의 미래를 위해서 이 형님의 말을 따라 주었으면 한다.」

이춘호는 더 이상 참을 수가 없었는지 책상을 손으로 치고 직속 부하들과 함께 자리를 박차고 나가 버렸다. 마음이 약한 송석재는 안절부절못했다. 혹 내부에서 피바람이 불 수도 있기 때문이었다.

「성님. 어린 제가 감당할 일이 아닙니다. 다시 한 번 생각해 주십시오. 제가 나서서 성님이 물러나지 않도록 구려파랑 협상을 잘 이끌어 보겠습니다.」

기상이 김도열에게 진심을 담아 말했다.

「야, 이기상. 넌 한 번도 나를 실망시킨 적이 없었다. 아니 항상 기대 이상이었어. 네가 이렇게 마음을 약하게 먹으면 될 일도 안 된다. 지금부터 춘호와 석재의 마음을 돌리고 조직을 장악하는 것은 기상이 네 몫이다.」

기상은 저녁 내내 마음이 불안하였다. 꼭 무슨 일이 발생할 것 같았다. 집에서 간단히 위스키 한잔을 마셨으나 긴장은 풀어지지 않았다. 특히 모임이 끝나고 나갈 때 춘호 형님의 눈초리에서 살기를 느꼈다. 항상 조직 내 힘의 이동이 일어날 때 배신이 있었다. 조직폭력의 세계에서 의리란 서열이 가려져 있을 때만 가능하다. 그것이 균열이 왔을 때는 내가 상대방을 죽이지 않으면 내가 죽어야 하는 것이 이 세계의 생리였다. 기상은 혹시 모를 가능성을 대비하기 위하여 동생들도 모르게 숙소를 나와 여수 율촌 방면 모텔로 이동했다.

'내가 송석재 아니 특히 춘호 성님을 제거하지 않으면 도열 성님의 명령인 조직을 장악할 수 없을 것이다. 도열 성님도 석재 성님과 춘호 성님을 내가 힘으로 제압하기를 바랄 것이다. 그러나 성님들의 마음도 모르면서 함부로 제거할 수 없는 노릇이다. 하지만 당하지 않도록 준비하여야 한다. 며칠 사이에 분명 조직 내에서 움직임이 있을 것이다.'

기상은 신음소리를 내면서 되뇌었다. 기상은 도열 형님한테 배신의 가능성에 대하여 언급하여야 했는데 분위기 때문에 말을 할 수가 없었다.

'무사해야 할 텐데. 산전수전 다 겪은 성님이니 안전할 것이다. 만약 도열 성님을 치려 한다면 그전에 나를 먼저 노릴 것이다.'

기상은 생명의 위협을 느끼면서 속으로 생각했다. 사실 중앙파 조직 내에서는 이춘호 파벌이 가장 컸다. 김도열은 낙안 출신으로 혼자서 대부분 일을 처리하는 스타일이라 사람을 가려서 뽑는 경향이 있어 중앙파 보스의 역할을 하고 있었지만 밑에는 기상과 열 명 정도만 직접 거두고 있었다. 그러나 이춘호는 가장 전통적인 조직폭력배에 가까운 인물로 특히 수하에는 칼잡이들이 많았고 순천시내 출신들은 대부분 이춘호 수하였다.

'도열 성님이 그냥 춘호 성님한테 넘겨주었으면 좋았을 텐데.'

기상은 속으로 생각했다. 김도열은 기상이 충분히 이춘호를 누르고 조직을 장악할 수 있다고 생각한 것이다. 오늘만 잘 지내면 내일은 조직을 장악할 방법이 생길 수도 있을 것 같았다. 송석재는 광양군 옥곡면 신금리 외갓집 형님의 친구라 같은 편으로 만드는 것은 어렵지 않을 것이다. 송석재는 머리가 단순하고 복잡한 것을 싫어해서 보스 자리는 처음부터 마음에 없었을 거라는 생각도 들었다.

'중소조직과 여수 쪽 애들도 그동안 내가 관리하고 있었으니까 문제는 없을 것이다. 오늘 저녁만 조용히 넘어간다면 좋을 텐데.'

기상은 그날 밤이 조용히 넘어가기를 기원했다. 다음날 기상은 남들 눈에 띄지 않게 조용히 중앙파 주변을 살폈다. 예상대로 아침부터 이춘호 애들이 부산하게 움직이고 있었다.

'뭔가 잘못된 것 같다. 그렇다면 도열 성님이 당했을 가능성이 높다.'

기상은 조용히 자신의 숙소를 둘러보았다. 자신의 숙소 주위에도 이춘호 부하들이 숨어서 기상을 기다리고 있었다. 상황은 최악이었다. 오늘밤만 무사히 넘어가기를 바랐는데 어제 저녁에 도열 형님을 지키지 않은 것이 후회가 되었다. 도열 형님도 이렇게 빨리 이춘호가 움직일 줄 몰랐을 것이다. 김도열이 기상만 편애하는 것이 그동안 못마땅했던 이춘호는 구려파가 아니더라도 기상을 제거할 마음이 있었던 차에 김도열이 후계자로 기상을 지명하니 어젯밤 배신을 실행했던 것이었다.

기상은 도열 형님이 다치지 않았으면 하는 마음이었다. 조직 내에서는 배신이 아닌 경우에는 죽이는 것보다는 앞으로 이 바닥에서 활동하지 못하도록 병신을 만드는 것이 관례였다. '이제는 이 순천 바닥은 위험하다. 아니 광양, 여수 그리고 벌교까지도 위험하게 되었다. 여수 쪽 애들한테 연락한다면 그쪽에도 이춘호 애들이 있기 때문에 위험하긴 마찬가지다. 벌써 사방으로 나를 잡기 위해 이춘호 애들이 깔려있을 것이다. 특히 역과 터미널 주위와 택시회사까지도 손을 대고 있을 것이다.'

기상이 이춘호를 제거하기 위하여 사람들을 모은다면 서로가 죽고 죽여서 조직은 큰 치명타를 입게 될 것이다. 기상은 그렇게 조직 내 형제들과 싸우기가 싫었다. 우선 여기를 빠져 나가야만 한다. 그렇다고 대책 없이 서울이나 광주로 떠난다면 순천지역을 다시 장악할 수 없을 것이다. 들키지 않고 근처에 숨어 있어야 한다.

　'어디서 숨어 지내야 한다 말인가?'

　각 터미널마다 이미 이춘호의 동생들이 지키고 있을 것이다. 자동차와 택시 또한 위험하기는 마찬가지였다. 기상은 독 안에 든 쥐라는 느낌이 들었다. 방법이 없었다. 이춘호는 도열 형님은 은퇴시키겠지만 기상은 살려두지 않을 것이다. 방법은 한 가지밖에 없었다. 묘도에 있는 도진의 아버지인 외삼촌에게 도움을 청할 수밖에 없었다.

　「외삼촌, 이런 말 하는 걸 이해할 수 없을 겁니다. 이유는 묻지 마시고 순천 해룡면 신성리 쪽으로 저녁 8시까지 배를 좀 대주십시오. 아주 급합니다.」

　기상은 전화로 다급하게 말했다. 외삼촌은 기상이 조직폭력배 일을 한다는 것을 알고 있었기 때문에 이놈이 위험하다는 것을 본능적으로 알 수 있었다. 조용히 숨어 있다가 밤이 되자 기상은 걸어서 해룡 신성리에 도착했다. 외삼촌은 30분 전에 벌써 와 있었다.

　「기상이 이놈 무슨 일이냐?」

　「외삼촌, 미안해요. 실은 제가 많이 위험해요.」

　외삼촌은 시동을 걸고 묘도로 배의 방향을 틀었고 묘도에 도착하자 낮에 잡은 고기로 매운탕을 끓여 주었다.

　「외삼촌, 내일이면 묘도로 순천 애들이 저를 잡으러 올 겁니다. 혹 몸을 숨길 곳이 있나요?」

　「경찰에도 쫓기는 거냐?」

기상은 아니라고 하면서 조직 내에서 권력 다툼이라고 말했다. 외삼촌은 뱃사람이라 그 세계를 어렴풋이 알고 있었고 기상이 얼마나 위험한 상태인지 느낄 수 있었다. 외삼촌의 눈은 붉게 충혈되어 있었다. 여동생이 죽으면서 철없는 막둥이를 부탁한다는 말이 생각나서 잠이 오지 않은 모양이었다.

「기상아, 오늘은 괜찮으니 잠이나 푹 자 두어라.」

기상은 외삼촌이 끓여준 매운탕으로 포식을 했다. 마음의 안정을 찾으니 잠이 몰려왔다. 다음날 아침 일어나 보니 하얀 쌀밥을 가득 담은 밥상을 차려놓고 외삼촌은 보이지 않았지만 많이 먹으라는 메모가 있었다. 얼마 만에 먹어보는 집 밥인가. 30분이 지나자 외삼촌이 돌아와서 「기상아, 빨리 떠나자.」라고 말하였다.

「외삼촌, 어디로 가요?」

「아무 말 말고 따라와.」

외삼촌은 기상을 자신의 배로 데리고 갔다.

「워낙 섬이 작다 보니 묘도에 숨어 있으면 들키는 건 시간문제다. 삼촌 말 잘 들어라. 배 운전할 줄 알지. 이 배를 타고 작은 무인도로 돌아다니면 안전할 거야. 아침에 물과 쌀 그리고 김치를 실어 놓았어. 라면도 3박스 챙기고. 이 정도면 한 달은 충분할 거야. 배에 잠을 잘 수 있는 공간과 밥을 해 먹을 수 있는 장비는 대부분 다 있단다.」

기상은 외삼촌이 준비해 둔 배를 타고 떠났다. 순천 중앙파는 이춘호에게 넘어갔는데 김도열은 다행히 부상은 당하지 않았다. 이춘호는 구려파에 협조하는 것을 전제로 김도열을 감금하는 수준으로 일을 마무리하였다. 그 일이 있고 10일 뒤에 구려파가 나타났고 김도열은 이춘호에게 리더의 자리를 넘겨주고 중앙파는 구려파의 일원이 되었다.

구려파의 행동 강령은 본인들의 허락 없이 이 바닥에서 들어오는 자금에 손을 댈 경우와 내부에서 일어나는 일을 밖에 알릴 경우 죽임을 당할 수 있다고 경고했다. 실제 광주 지역에선 내부에서 일어나는 일을 아무 생각 없이 다른 지역 애들에게 흘렸다가 조직원이 죽었는지 모르지만 행방불명되었다. 모든 조직원들은 입에 자물쇠를 채운 것처럼 조심스러웠다.

기상은 한 달 동안 여수의 섬과 남해 그리고 고흥까지 장소를 옮겨 다니면서 복귀를 준비했다. 몰골은 말이 아니었고 로빈슨 크루소 같은 외모였다. 기상은 생각했다. 이춘호는 지금쯤 자신을 찾는 것을 포기하고 긴장을 풀고 있을 거라는 생각이 들었다. 우선 도열 형님의 복수를 위해서라도 이춘호를 제거할 생각이었다.

복잡했지만 일단 구려파는 생각하지 않기로 하였다. 기상은 주먹으로는 안 된다는 생각을 하였다. 아무리 주먹이 강하다 하더라도 이춘호 쪽 애들은 칼들을 자유자재로 사용하였다. 일본도까지 들고 다니는 놈들도 제법 많았다.

'그렇다면 총이 있어야 하는데 어디서 구한단 말인가? 구입할 돈도 없을 뿐 아니라 총을 사용한다면 경찰에 금방 탄로 날 것이다.'

그때 기상의 눈에 배에서 특이한 물건이 들어왔다. 작살과 손으로 직접 만든 수제총(手製銃)이었다. 수제총은 그 위력은 대단하지 않았지만 청둥오리 정도는 잡을 수 있었다.

'외삼촌이라면 답이 있을지도 모르겠다. 외삼촌은 북파공작원 출신이 아닌가?'

기상은 속으로 속삭였다. 외삼촌은 군대시절 북한에 두 번이나 침투한 경험이 있는데 본인의 입으로는 말하지 않았지만 묘도 사람들은 다 알고 있는 사실이었다. 그날 밤 자정이 가까워질 무렵 기상은 묘도 도진의 집에 들렀다. 외삼촌은 기상이 무사한 것을 보고 몹시 기뻐했다.

「기상아, 깍두기 새끼들이 우리 집 근처에서 한 달 동안 죽치다 갔다. 요즘은 안 보이는구나.」

「외삼촌, 부탁이 있어요. 이 수제총을 좀 더 강력하게 만들어 주실 수 있나요? 열 자루 정도만요.」

「너 사람 죽이려는 건 아니지. 그럼 만들어 줄 수 없다.」

「저를 믿으세요. 저도 이러고 싶지 않지만 이렇게 계속 숨어서 살 수는 없잖아요.」

「하여튼 죽은 네 엄마한테 너를 잘 보살피겠다고 약속했다. 네 엄마를 생각해서라도 위험한 짓은 하지 말구. 이번 일만 잘되면 그쪽 일 접고 외삼촌 따라서 고기 잡는다고 약속해라.」

「예, 알겠습니다. 이번 일만 잘 마무리되면 약속 지키겠습니다.」

기상은 오랜만에 외갓집에서 포근한 잠을 잘 수 있었다. 다음날 외삼촌은 여수에 가서 수제총을 만들 장비를 사오셨다. 화약도 제법 많이 사왔는데 들키지 않기 위해서 약간의 변장도 했다고 하였다. 기상은 저런 외삼촌을 아버지로 둔 도진이 부러웠다.

'자식, 잘 지내고 있으려나?'

3일 뒤 외삼촌은 기상을 위하여 수제총 10자루를 만들었고 작살도 5개를 추가로 만들었다. 기상은 사람들 눈을 피하기 위하여 여수 금오도 쪽으로 배를 타고 가서 사격 연습을 하였는데 50미터 안에 있는 깡통이 관통될 정도로 위력이 대단했다. 기상은 무인도에서 한 달 동안 사격과 작살 던지는 연습을 했다. 한 달 정도 되니 재능이 있었는지 백발백중이었다. 총으로 충격을 입히고 작살로 치명타를 입힐 계획이었다. 작살을 쓰는 이유는 이 지역에서는 작살을 사용하는 어부들이 많기 때문에 일을 벌였을 경우 경찰의 수사를 피하기 위함이었다. 이춘호 밑에 있는 중간 보스 9명을 제거하고 마지막으로 이춘호를 제거하는 계획을 세웠다.

　기상의 모습은 온통 수염으로 뒤덮여 있었고 얼굴은 새카맣게 타서 알아볼 수 없었다. 남해의 시골 미장원에서 머리와 수염은 다듬었지만 누가 보더라도 기상인지 알 수가 없었다. 기상은 일부러 칼로 얼굴에 상처를 내 딱지를 만들어 점이 있는 것처럼 위장하고 독한 약초를 사용하여 얼굴에 빨간 두드러기도 만들었다. 기상은 김도열 밑에서 중앙파 조직원을 관리할 때 조직원의 신상명세와 성격 그리고 고향까지 세밀하게 조사해 놓았다. 공격은 대부분 귀가 시간에 맞추어 할 예정이었다. 수제총으로 다리를 쏴서 쓰러지게 한 다음 오른쪽 다리와 오른쪽 손을 아작을 낼 계획이었다. 왼손까지 공격하지 않은 것은 그동안 같이 지낸 동료들이 최소한 밥은 먹을 수 있도록 하는 배려였다. 다음날 중앙파는 발칵 뒤집혔다. 중간 보스 중 한 명인 또치가 집으로 귀가 중에 무릎에 납으로 된 총알을 맞았고 바로 작살을 든 놈이 오른쪽 다리와 오른쪽 손을 아작을 내는 바람에 회복이 되더라도 심각한 후유증에 시달릴 수밖에 없다고 의사가 진단한 것이었다. 상처는 이 바닥에서 사형선고와 다를 바가 없었다. 이춘호는 중간 보스들을 불러놓고 어떤 놈들의 소행인지에 대하여 의견을 나누었다.

　「어떤 새끼들이 겁대가리 없이 또치를 건든 거야!」

　이춘호가 찢어진 눈으로 신경질을 부리면서 말하였다.

　「성님, 이기상 그 새끼 짓 아닐까요?」

　「야, 새끼야. 서울로 떴겠지. 여기서 잡히면 죽는데 너 같으면 아직이 바닥에 있겠냐? 그리고 그 새끼는 이런 작살 같은 것은 안 써. 그 솜사탕 같은 주먹 들고 다니면서 설치는 놈이지.」

　다음 날은 중간 보스 세 놈이 한꺼번에 당했다. 세 놈은 집으로 가면 위험하다면서 여자를 끼고 모텔로 들어가려는데 갑자기 총소리가 울리고 세 명이 그 자리에 쓰러졌고 작살 든 놈이 나타나서 눈 깜짝할 사이에 아작을 냈다고 여자들이 진술하였다. 순식간에 일어난 일이라 얼굴도 볼 수 없었을 뿐만 아니라 마스크를 쓰고 있었는데 수염이 얼굴에 가득하여 짐승같이 느껴졌다고 말했다.

이춘호는 정신이 매우 혼란스러웠다. 이춘호는 구려파의 짓이라는 생각이 갑자기 들었다. 이춘호는 믿을 만한 아랫놈들을 시켜 구려파의 핵심 강령을 어기고 돈을 빼돌리고 있었다. 구려파가 그것을 알고 한 짓이라고 스스로 구려파를 의심하기 시작한 것이었다. 그렇다고 지금 사실대로 보고할 수도 없는 노릇이었다. 전국을 장악한 구려파에 대한 도전은 죽음을 의미하는 것이었다.

'그런데 왜 보스인 나를 직접 응징하지 않는 것일까? 그렇다면 내가 지시한 것을 모른다는 것 아닌가?'

이춘호는 신변 보호를 더욱더 철저히 했다. 그런데 이번에는 20일이 지났는데도 아무런 일이 발생하지 않았다. 이춘호는 다시 긴장을 풀기 시작했다. 또 10일이 경과해도 아무 일이 없자 이번에는 낮에 동생들과 거하게 술까지 마시는 일도 있었다. 하루는 낮 두 시부터 중간 보스들과 아가씨를 끼고 술을 마시기 시작했고 이춘호와 송석재 그리고 중간 보스 5명이 모두 취해 인사불성이 되었다. 이날을 기상은 기다리고 있었다. 기상은 집으로 돌아가는 이춘호의 중간 보수 5명을 이번에는 총을 사용하지 않고 작살로만 아작을 냈다. 다음날 술이 깬 이춘호는 아연실색을 하였다. 이춘호는 그동안 경찰에 조사를 의뢰했었는데 단서가 나왔는지 전화를 걸어 알아보았으나 경찰이 하는 말은 작살이나 수제총은 주로 어부들이 대부분 가지고 있는 물건이라 추적이 어렵다는 말만 들었다.

「구려파밖에 없다. 씨발놈들, 약속을 이렇게 개떡처럼 버리다니. 이 개새끼들 가만두나 봐라.」

이춘호는 그놈들이 왜 수제총과 작살을 사용할까 의심스러웠지만 중앙파를 공격할 놈들은 구려파밖에 없다는 결론을 내렸다. 순천에는 서울에서 내려온 3명의 구려파 조직원이 있었다. 이들은 조폭이라기보다는 은행원 아니 절도 있는 군인 같은 느낌이 드는 사람들이었다. 조직에서 벌어들이는 수입 대부분을 서울로 송금하고 순천 중앙파 조직원들에게 나누는 일을 담당하고 있었다. 옛날에는 아래 조직에서 일정 금액을 상부 조직에 상납을 했는데 구려파는 본인들이 직접 자금을 장악하고 있었다. 이춘호는 밑에 있는 애들을 모집하였다. 그 모습을 멀리서 기상이 보고 있었다.

'이춘호가 애들은 모아서 누구를 공격하려는 걸까?'

기상은 머릿속이 복잡했다.

'이춘호는 내 존재는 모르는 게 확실하고, 여수 애들도 아닐 테고……?'

기상은 도무지 누군지 알 수가 없었다.

'그렇다면 서울에서 내려온 구려파 애들을 공격한다고 볼 수밖에 없는데.'

기상은 이춘호가 자기 밥그릇을 스스로 차버리는 것을 보고 속으로 쾌재를 불렀다.

'이춘호는 내가 제거 안 해도 되겠네.'

기상은 속으로 생각했다. 기상은 재빠르게 연향동에 있는 구려파 사무실을 향해서 달려갔다. 조금 있으면 이춘호가 공격할 예정이니 피하라고 하였다. 그러나 3명은 눈 하나 끄떡하지 않았다. 무엇을 믿고 저러나 하는 생각이 들었다. 그들은 책상 위에 있는 단도를 챙겼다. 이 바닥에서 쓰는 칼과는 다른 군대용 칼이었다. 20분 정도 지나자 이춘호는 삼십 명을 데리고 구려파 사무실을 급습하였다. 기상은 이춘호에게 들키지 않기 위하여 몸을 숨기고 탱크 송석재에게 도움을 청하러 그 자리를 떴다. 구려파 3명은 선글라스를 쓰고 있었는데 도무지 두려움이라고는 찾아볼 수가 없었다.

「야, 이 개새끼들아! 세상에 이런 법은 없다. 이런 법은!」

이춘호가 들어와서는 소리쳤다.

「이 사장, 무슨 일이요. 너무 무례한 것 아니요.」

구려파 조직원 중 한 명이 조용히 말했다.

「쌍, 내가 모를 줄 알아? 우리 애들 아작 낸 게 너희들이잖아. 이 씨발, 우리가 돈을 좀 빼 돌린다고 해서 그런 것 아니냐. 새끼들아.」

이춘호는 아차 하는 생각이 들었다. 스스로 자금을 빼돌린다고 자백을 했기 때문이었다. 이젠 방법이 없었다. 이춘호는 공격을 지시했다. 구려파 3명은 특수교육을 받은 군인처럼 중앙파 애들을 막아내고 있었으나 일본도를 든 애들에게 계속 밀리면서 그중 한 명이 큰 상처를 입었다. 그때 기상이 송석재와 그 아래 부하들을 데리고 나타나서 구려파 3명과 함께 싸움에 끼어들었다. 기상은 그동안 몸이 근질근질했다는 듯 이춘호 일당을 무자비하게 공격하였다. 송석재가 휘두른 야구방망이는 살짝 맞아도 그냥 기절할 정도로 무지막지하였다. 싸움은 5분도 안 되어서 끝났다. 이춘호는 본인이 잘못 알았다면서 용서해 달라고 빌었지만 소용이 없었다. 이춘호는 건물 지하 독방으로 옮겨졌다. 구려파는 조직원이 보는 앞에서 린치를 가하는 행동은 하지 않았다. 살인을 하지 않고 스스로 자살한 것처럼 꾸며서 경찰의 눈을 피해 가고 있었다. 들리는 소문에는 10일 동안 깜깜한 어둠 속에서 잠을 재우지 않고 무슨 약물을 투여하여 스스로 목숨을 끊도록 한다고 들었다. 이춘호는 20일 뒤에 본인 스스로 아파트에서 떨어져 자살을 했다. 기상은 다시 중앙파로 복귀했다. 복귀하자마자 김도열을 찾아갔고 김도열을 보자 눈물을 흘렸다.

「어이, 동상. 내가 너무 방심한 탓에 고생 많았지?」

「성님, 제가 보필을 못해서 이렇게 된 거 아닙니까. 제가 더 죄송하죠.」

「어떻게 다시 장악한 거야?」

기상은 김도열에게 그동안 있었던 일들을 자세하게 설명해 주었다. 김도열은 역시 이기상이야 하면서 앞으로 이 바닥은 주먹 가지고는 안 되고 너처럼 머리 돌아가는 놈들만 살아남을 수 있다고 말했다.

「성님, 구려파는 어떤 애들입니까?」

「일본 야쿠자나 러시아 마피아 쪽 애들이 지원하는 것 같기도 하고. 하여튼 무서운 놈들이야 아주 치밀해. 기존 조직폭력배들과 비교가 되지 않아.」

「성님, 이번에 구려파 조직원을 구해준 일 때문에 서울로 가서 일할 생각이 없냐고 물어보네요.」

「야, 이기상 출세했네. 서울까지 진출하게 되다니. 기상아, 자고로 사람은 태어나면 서울로 보내고 말은 제주도로 보내야 한다는 말이 있잖아. 서울로 당연히 가야지. 남자라면 큰물에서 놀아야 하고.」

「그럼 순천 바닥은요. 누구에게 넘겨줍니까?」

「보스는 기상 너잖아, 임마. 네가 잘할 수 있는 놈한테 넘겨.」

「성님, 전 석재 성님이 좋다고 보는데요.」

「탱크 그 새끼는 대가리가 돌인데, 괜찮겠어?」

김도열은 송석재를 못 믿겠다는 표정을 지었다.

「지금 구도로 보면 구려파가 직접 자금을 모두 관리합니다. 이럴 때는 석재 성님처럼 단순한 사람이 더 사고 안 치고 좋다고 생각합니다.」

「기상이 네 마음대로 하고. 대신 서울 바닥 장악해라. 이게 이 성의 소원이다.」

　기상은 순천바닥을 탱크 송석재에게 넘기고 구려파 조직원을 따라 서울로 상경했다.

12

노
숙
자

도진은 형이 밀본을 만들려고 했다는 것을 알고 난 다음부터 열심히 공부하려 했으나 집중이 되지 않았다. 도진의 머릿속에는 오직 형의 억울한 죽음을 풀어야겠다는 마음뿐이었다. 그런데 형은 분명 간첩이 아니었으나 그것을 증명할 방법이 없었다. 기타 안에서 발견한 종이를 들고 간다고 해서 그것이 형이 간첩이 아니라는 증거는 될 수 없었다. 형을 간첩으로 만든 것은 민들레 회원들의 허위 진술과 민들레 동아리에서 발견된 간첩 자료들이었다.

그것들을 반박하기 위해서 가장 필요한 것은 민들레 회원들이 허위 진술을 했다는 결정적 증거가 필요했다. 그러나 어디서 그것을 얻을 수 있단 말인가? 민들레 회원들은 자신들이 만들어낸 과거에 대해 책임을 회피하고 있었다. 강태완을 다시 한 번 찾아가 보았으나, 매몰찬 거절만 듣고 오게 되었다.

12년 만에 형의 죽음에 대한 단서를 찾았고, 이제야 형의 원한을 풀어줄 기회가 왔는데, 그것을 실천할 방법이 없다니, 도진은 삶의 목적을 잃어버린 기분이었다.

도현 형이 쓴 글을 읽고 도진은 도무지 외무고시 2차 시험 공부에 전념할 수가 없었다. 한번 잃어버린 페이스는 좀처럼 찾기 어려웠다. 술도 예전보다 자주 마셨고, 마셨다 하면 심하게 취할 때까지 마셨다. 불합격이었다. 하늘이 파란색이 아니라 노란색일 수도 있다는 것을 그때 처음 알았다. 다시 다음해 1차 시험을 위해 공부를 했다. 그러나 그마저 낙방하고 더 이상 공부에 대한 에너지를 확보할 수 없었다. 아버지가 9급 공무원 시험이라도 보라고 했으나 세상의 모든 것이 짜증나고 싫었다. 자책감이 그를 채찍질했다.

형이 누명을 쓴 것은 확실한데도 풀어줄 방법이 없다는 것과 3명의 한 씨를 찾기 위해 응시한 외무고시에 떨어진 상실과 좌절의 후유증은 상당기간 도진의 마음속에서 곯고 있었다. 졸업도 했다. 졸업식에서 아버지에게 학사모를 씌워 드리고 꽃다발을 들고 같이 사진도 찍었다. 지난번 집에 잠깐 들렀을 때 큰방에 학사모를 쓰고 찍은 도진의 사진이 가운데 떡 자리 잡고 있었다. 아버지 등골을 휘어가면서 쓴 학사모가 아닌가? 방 가운데 자리 잡고 있는 것은 어쩌면 당연한 거라고 생각했다. 일 년이라는 시간을 그냥 생각 없이 백수로 보냈다. 가끔씩 만났던 민소영도 결혼을 해서 더 이상 위로를 받을 사람도 없었다.

인생의 목적을 상실한 대가는 마음을 잡지 못하고 심한 우울증과 무기력함으로 도진을 방황하게 만들었다. 그러나 시골에 계시는 아버지를 생각해서라도 계속 무위도식할 수는 없었다. 모든 것이 귀찮아 마포에 있는 조그마한 중소기업에 취직을 했다. 직원은 사장 포함하여 30명이고 무역업을 하고 있는 회사였다. 사장과 부장은 부부였는데 부장은 중국 여자였고 둘은 어학연수 중에 눈이 맞아서 결혼까지

하게 되었다고 했다. 사장은 부장이 없을 때마다 자기 신세를 한탄했는데 좋은 한국 여자 두고 왜 드센 중국 여자랑 결혼해서 밥까지 하는 신세가 되었다고 틈만 나면 불평불만을 늘어놓았다. 중국에서는 남자가 일을 하든 안 하든 집안일을 공평하게 해야 한다는 것이었다.

사장 이름은 김정열이고 체격은 매우 말랐으며 콧등에 점이 하나 있는 것을 빼고는 잘생긴 얼굴이었다. 나름 경영능력도 있고 직원들에 대한 애정도 각별한 것처럼 보였다. 경리 여직원은 여상을 나왔고 사무실에서 가장 바쁜 척하는 애로 나이는 25살이었다. 뚱뚱하고 못생겼는데 본인은 예쁘다고 생각하는 것 같았다.

고시에 떨어진 이후 도진은 여자에게 별 관심이 없었으나 설만은 잊지 못하고 있었다. 도진은 설 생각이 날 때마다 성격에 약간은 병적인 집착이 있다고 생각했다. 잊을 때도 되었는데 잊어지지 않았다. 세월이 얼마나 흘렀는데 짝사랑 하나 못 잊는 자신이 저주스러웠다.

마음 한편엔 형의 죽음을 해결하지 못했다는 자괴감이 깊이 자리잡고 있었다. 도진의 성격은 더욱더 소극적으로 변했고 스스로를 감옥에 가둬가고 있었다. 눈을 통하여 상대방의 사고와 감정을 본인도 모르게 직관적으로 알게 되면 도진의 감정도 흔들렸다.

도진은 상대방의 눈을 보는 것을 스스로 피했고 도수가 안 맞는 안경을 써서 눈이 관찰되지 않도록 하였다. 주위에서 소개팅 시켜준다고 해도 싫다고 거절하자 주위에서 이상하게 생각하였다. 저놈은 사귀는 여자도 없으면서 소개팅이 싫다고 하니 혹시 고자 아닌가 하는 생각까지 하는 모양이었다. 자연적으로 눈이 안 가니까 경리 여직원이 못생긴 것이 다행이라 생각했다. 회사 근처에 조그마한 반 지하에 살았는데 6시 땡 하면 바로 집으로 와서 아버지가 고속버스로 보내준 오래된 신 김치에 아무 반찬도 없이 소주를 반주 삼아 저녁을 때웠다.

아무 생각 없이 뒹굴다 자고 출근하는 날이 태반이었다. 너무 규칙적으로 생활을 하자 주위에서 영어학원에 다닌다고 생각하는 모양이었다. 주위에서는 술도 안 마시고 지각도 안 하니 겉으로 보기에는 착실한 놈으로 소문이 났다. 그런데도 소개팅을 안 한다고 하니 더 이상하게 생각들을 했다.

「장 대리, 혹 사귀는 여자 있어?」

김 과장이 사귀는 여자가 없다는 것을 알면서 형식적으로 물었다. 김영경 과장은 45살이었는데 술을 좋아해서 그런지 똥배가 많이 나왔고 검정색 뿔테 안경은 그를 더욱더 미련해 보이게 하였다. 젊을 때 은행을 다녔는데 작은 실수로 시말서를 쓰게 되었고 자기 성질에 못 이겨 사표를 던지고 나서 하루도 빠지지 않고 후회를 한다고 했다. 그 바람에 약간의 알코올 중독 증상도 보이고 있었다. 김과장의 처제가 나이가 많아 결혼을 못하고 있는데 장인어른이 사위들에게 소개팅 자리를 반강제적으로 요구하였다. 김과장은 처제가 도진 같은 놈을 좋아하지 않을 거라고 생각하고 건수를 채우기 위해 소개팅을 강제적으로 권하였다. 상사의 부탁인지라 함부로 거절할 수 없었다.

「알겠습니다. 과장님이 신경 써 주신 것인데……. 고맙습니다.」

김 과장이 정해준 마포에 있는 커피숍에서 여자를 만났다. 맞선 볼 여자의 이름은 최은경이고 아버지가 일산에서 공인중개사를 한다고 하였다. 여자는 빼빼 말랐고 키도 작은 볼품없는 외모로 나이는 도진보다 2살이 더 많은 34살이었다. 처음 만났을 때 아무런 감정도 없었다. 간단히 양식집에서 저녁만 먹고 돌아오면서 상대방도 도진이 마음에 안 들 것이라고 생각했다.

그런데 3일 뒤 도진에게 전화가 왔다. 최은경이었다. 저녁에 시간이 되면 만날 수 있냐고 했다. 최은경은 마포의 최대포집 돼지껍데기를

140

먹으러 가자고 하였다. 아무렇지도 않게 돼지껍데기를 먹으러 가자고 하는 여자가 마음에 들지 않았지만 다른 여자들하고는 다르다는 생각이 들었다. 최은경의 눈동자를 보고 순수한 여자라는 것을 느낄 수 있었다. 그동안 설에 대한 미련이 아직도 마음속 깊이 자리 잡고 있어서인지 여자들을 만나고 싶지 않았다. 여자들이 가면을 쓰고 있다는 생각이 계속 들었다. 여자들은 결혼할 남자를 자신과 인생을 같이 할 동반자로 인식하지 않고 그동안 아빠의 보호 속에서 살아오다 더 부유하고 자신을 잘 보호할 수 있는 다른 아빠를 찾고 있는 것이 결혼의 목적이고 가면을 쓰고 결혼할 남자를 만난다고 도진은 그동안 생각하고 있었다.

도진은 덴마크의 철학자 키에르케고르 말이 생각났다.

'결혼하라, 후회할 것이다. 결혼하지 마라, 후회할 것이다.'

도진은 정말 결혼할 생각이 털끝만큼도 없었으나 최은경의 가면 없는 모습에 결혼을 결심하게 되었다. 그리고 보통 사람들의 결혼은 적령기에 있는 남녀가 사랑하는 사람과 하는 것이 아니고 싫지 않은 사람과 하는 것이라고 생각했다. 결혼식은 서울에서 했는데 초대할 친구가 하나도 없었다. 아니 초대하고 싶은 친구도 없었다.

시골 고모 집에 전화해서 기상이 전화번호를 물어 보았는데 이놈 연락 끊긴 지 조금 되었다고 하였다. 도진은 돈을 주고 아르바이트 10명을 친구들로 가장해서 결혼식을 올렸다. 아내와 결혼을 했지만 생활은 무미건조 했다. 눈앞에 있는 아내의 육체를 안으면서도 10년이 지난 설이 생각나는 것이었다. 자주 사랑하지도 않았는데 2년 만에 딸을 낳았다. 설을 향한 도진의 마음 때문에 아내에게 미안한 감정이 들어 육체적 관계를 오랫동안 하지 않았다.

김 사장과 부장은 회사 내에서 부부 싸움을 자주 했다. 사업이 잘되지 않으면서 김 사장은 빚을 내서라도 사업을 해야 한다 하고 부장은 그러다 망하면 끝이라면서 김 사장에게 대들었다. 그렇게 자금 때문에 싸움이 있었지만 월급은 단 한 번도 밀린 적 없이 꼬박꼬박 지급되고 있어서 직원들은 별 걱정을 하지 않았다.

어느 날 김 사장 친구 조영수라는 사람이 찾아왔다. 사장 방에서 조영수는 투자를 하면 수익성이 보장된다고 김 사장을 설득하고 있었다. 그렇게 며칠간을 조영수와 얘기하던 김 사장은 갑자기 도진을 불러 조영수의 이야기를 들어보고 사업성을 판단해 보라고 했다. 김 사장은 조영수는 본인 친구로 육사를 나와 육군 소령으로 예편을 했는데 필리핀에서 육사출신 지인의 도움으로 안전하고 수익성이 높은 렌터카 독점 사업권을 받았다는 이야기였다. 필리핀 미국 해군기지인 수빅 지역과 공군기지인 클락 지역에 있는 미군 기지를 말레이시아로 이전하면서 사회간접자본이 갖추어진 이곳을 필리핀 정부는 경제특구지역으로 지정하여 외국인 투자를 적극적으로 유치할 것이라고 하였다. 그리고 작년에 그 기념으로 아세안 정상회담도 수빅에서 열렸다고 하였다. 수빅에서 아세안 정상회담이 열렸다는 소식은 도진도 알고 있었다.

조영수는 이 지역의 렌터카 독점 사업권에 대한 서류를 보여주었다. 김 사장은 어학연수와 해외 영업을 하는 관계로 영어에 능통하였는데 서류는 문제가 없다고 했다. 도진이 어떻게 렌터카 사업에 독점권을 줄 수 있냐고 물었더니 조영수가 본인 육사출신 선배가 손을 써주었다고 하였다. 김 사장은 벌써 조영수에게 넘어가 있었다. 김 사장은 본인의 친구를 못 믿겠다는 표정을 짓고 있는 도진이 약간 마음에 안든 모양이었다.

사실 조영수의 눈을 보면서 불안감이 들었다. 조영수는 시선의 움직임이 많은 눈을 가진 남자였다. 김 사장은 투자를 확정해 놓고 도진을 불러 사업성을 확인한 것처럼 모양새를 갖추었다. 혹 마누라인 부장한테 걸릴 경우 도진을 핑계로 댈 것이 확실했다. 그 일이 있은 후 김 사장은 일 억을 조영수한테 투자했고 매달 200만 원씩 꼬박꼬박 수입이 들어오는 것을 직원들에게 보여주면서 자랑을 했다. 도진은 자신이 틀렸나 생각했는데 분명 조영수의 눈에서 좋은 느낌을 받지는 못했다. 6개월이 지나자 김 사장이 직원들에게 필리핀 수빅 지역의 렌터카가 더 필요하니 관심 있는 사람은 투자하라고 권했다. 김 사장은 잘못되면 본인이 원금을 책임진다면서 걱정하지 말고 투자하라고 직원들을 설득했다.

도진은 조영수의 눈빛이 마음에 들지 않아 투자를 머뭇거렸다. 도진이 투자를 하지 않자 김 사장은 대리 이상은 5천만 원 정도는 해야 한다면서 강제적으로 투자를 권유했다. 회사를 다니기 위해서는 어쩔 수 없이 5천만 원을 투자해야 할 분위기였다. 도진은 불안한 마음으로 은행에서 신용대출 3천만 원과 아내에게 2천만 원을 부탁하여 총 5천만 원을 투자하였다. 총 13명의 직원들이 5억 원의 투자금을 모았다.

김 사장은 직원들이 투자한 돈으로 대우자동차 매그너스 20대를 사서 필리핀 수빅으로 보냈다. 3개월간 매달 지정한 통장에 돈이 꼬박꼬박 들어왔다. 그런데 4개월이 지나자 렌터카 수입금이 들어오지 않는 것이었다. 다음 달에도 안 들어와 김 사장한테 물었더니 수빅 지역에 홍수가 나서 렌터카 운영을 못했다고 하면서 조금 있으면 정상화된다고 하여 모든 직원들은 믿고 있었다. 그러나 8개월이 지났는데도 수입금은 입금되지 않았다.

그때 안산에 사는 조영수의 아내가 회사를 방문하였다. 그녀의 이름은 김지현이었다. 그녀가 하는 말이 조영수가 현지 첩을 2명이나 만들고 흥청망청 돈을 쓰고 다닌다고 하였다. 그년들하고 붙어먹고 살면서 렌터카를 다 팔아먹고 있으니 빨리 가서 막아야 한다는 것이었다. 김지현은 40대 초반이었지만 딱 보아도 젊었을 때 엄청 미인이었을 거라는 생각이 들었고 몸매도 아줌마 같지 않게 날씬한 측에 속했다. 김 사장은 김지현의 말을 듣고 도진을 부르더니 본인은 미국 출장 일정 때문에 필리핀에 갈 수 없으니 혼자 다녀와서 상황을 보고하라고 지시를 내렸다.

김 사장은 영어가 되는 사람을 고르다 보니 외무고시를 준비한 장 대리가 적격이라고 하였다. 외국에 나가본 적이 없어 혼자서는 무리라고 하였으나 김 사장은 사태를 수습하는 것이 아니고 현지 상황만 알아보고 오라는 것이었다. 김지현이 하루라도 빨리 떠나야 손실을 최소화 할 수 있다고 우기는 바람에 준비도 없이 그날 저녁 마닐라 행 비행기에 올랐다. 필리핀으로 가는 도중에 김지현은 남편 조영수에 대해 나쁜 이야기를 수없이 지껄였다. 그놈이 필리핀 가서 한국 집에는 돈을 한 푼도 보내지 않고 현지 첩을 두 명이나 간수하기도 벅찰 거라고 차마 입에 올리지 못할 욕설을 퍼부었다.

어느 정도 시간이 지나자 김지현은 화장실에 다녀온다면서 자리를 잠깐 비었다. 도진은 머리가 복잡했다. 조영수의 눈과 김지현의 눈은 같은 종류의 눈이었다. 시선의 움직임이 많은 도진이 가장 싫어하는 눈을 두 부부는 동일하게 가지고 있었다. 화장실을 다녀온 김지현은 스튜어디스에게 감기 기운이 있으니 몸을 덮을 수 있는 큰 덮개를 부탁했다. 그런데 갑자기 김지현이 도진에게 「장 대리 약간 추운데 같이 덮어요.」하면서 웃음을 지었다. 싫다고 했는데도 불구하고 김지현은 도진의 의사는 무시하고 덮개를 같이 덮었다. 당황스러웠지만 실내가 약간 쌀쌀해 잠을 좀 더 편안하게 잘 수 있을 거라는 생각이 들었다.

144

잠이 몰려왔다. 깊은 잠에 빠져 있었는데 허벅지에 무언가 놓여 있는 느낌이 들었다. 김지현은 깊이 잠든 것처럼 보였는데 도진의 어깨에 자신의 머리를 기대고 있었고 손을 허벅지에 가볍게 내려놓고 있었다. 도진은 김지현의 손이 자신의 허벅지에 와 있는 게 몹시 불편했다. 자연스럽게 잠든 모습 같아 그냥 허벅지에 있는 손을 치우지 않았다. 그런데 김지현의 손이 허벅지에서 가운데 쪽을 향하여 조금씩 이동하고 있었다. 김지현이 의식적으로 자는 척하면서 도진을 유혹하고 있다는 것을 알 수 있었다.

정신이 바짝 들었다. 뭐가 크게 잘못되고 있다는 것을 더 확신할 수 있었다. '이 여자가 원하는 것이 무엇일까? 장시간의 비행에서 지루함을 덜자고 하는 행위는 아닐 것이다. 도진을 몸으로 유혹하고 있었다. 무엇 때문에?' 생각이 정리가 되지 않았다.

남편이 필리핀에서 살림 차렸다고 사무실에 찾아와 큰소리치는 여자, 남편이랑 떨어져 사는 이 여자에게는 분명 한국에 남자가 있을 것이다. 아니 이 정도 미모면 남자들이 가만두지 않을 것이다. 굳이 비행기 안에서 도진에게 이렇게 야릇한 행동을 하는 이유가 무엇인지 모르겠지만 도진은 이 여자의 성적매력에 지배되고 있다는 느낌이 들었다. 더 이상은 안 될 것 같아 그녀의 손을 치웠다.

김지현은 한국에서부터 짧은 치마를 입고 있었다. 이번에는 슬쩍 도진의 손을 잡더니 그녀의 허벅지에 올려놓았다. '노팬티'였다. 분명 화장실 갔을 때 벗었을 것이다. 그녀의 허벅지에 있는 손을 치우는 것이 감정적으로 힘들었지만 정신을 차려야 한다는 생각에 과감하게 손을 뺐다. 김지현은 계속 자는 척했다. 김지현의 자극은 더 이상 없었다.

필리핀 마닐라 공항에 도착할 즈음 이 여자는 곤히 잠을 잘 잤다는 표정으로 도진을 바라보았다. 아무 일도 없었다는 듯 자연스러운 표정이었다. 김지현은 그동안 남편인 조영수를 죽일 놈이라고 하더니 이번에는 사기 당한 이야기를 하면서 불쌍한 양반이라고 하였다. 필리핀 렌터카 사업이 어려움에 빠졌는데 그 양반을 좀 도와달라고 하는 것이 아닌가?

이야기의 핵심은 이번 태풍으로 수해를 입어 렌터카가 많이 유실되고 더운 지방이다 보니 고장이 많아 운영에 문제가 많다고 하였다. 결론은 남편이 바람났다는 것은 핑계였고 본인의 남편이 어려움에 처해 있으니 잘 보고 판단하여 김 사장에게 좋게 보고해 달라는 것이었다. 아무 것도 믿을 수가 없었다. 결국 김지현의 말대로라면 조영수와 김지현은 적대적이 아니라 우호적인 관계를 유지하고 있을 가능성이 높았다. 도진은 김지현이 자신을 유혹한 이유를 이제야 알 수 있을 것 같았다.

둘은 필리핀 마닐라 공항에서 내린 뒤 택시를 타고 수빅으로 향했다. 수빅에 도착했을 때 조영수가 연락이 되지 않아 호텔에 투숙하게 되었다. 갑자기 김지현이 호텔비가 없다면서 방을 하나만 잡자고 하였다. 이 여우한테 홀리면 안 된다고 생각이 들었지만 돈이 없다고 하는데 어쩔 수 없었다. 호텔에 들어와서 조영수에게 계속하여 전화를 하였으나 연락이 되지 않았다. 오늘밤은 어쩔 수 없이 수빅의 호텔에서 보낼 수밖에 없는 입장이었다.

호텔에 들어오자마자 김지현은 샤워한다고 들어갔다. 조금 뒤에 김지현은 목욕 가운만 걸친 채 젖은 머리를 흔들면서 도진을 보고 웃으면서 화장실에서 나왔다. 여자가 무엇을 원하는지를 알겠지만 독이든 사과였다. 지금까지 한 행동으로 본 김지현의 행동은 믿을 수 없는 여자라는 것은 확실했다. 김지현이 욕정이 가득한 눈빛으로 다가오고 있을 때 도진은 문득 정신을 차려야 한다는 생각이 들어 샤워를 하겠다고 하면서 화장실로 들어갔다. 김지현은 빨리하고 나오라며 웃었다.

화장실에서 샤워를 하면서 김지현과 몸을 섞는 것과 아닌 것에 대한 차이점에 대하여 곰곰이 생각해 보았다. 김지현의 지금까지 이야기를 종합해 보면 조영수와 짜고 일을 벌이고 있는 것이 명확했고 자기들끼리는 연락이 되고 있을 것이라는 예상이 들었다. 김지현과 몸을 섞으나 안 섞으나 결론은 비슷할 것이다. 그러나 번개같이 어떤 생각이 도진의 머릿속을 스쳐지나갔다.

김지현은 본인의 뜻을 위하여 몸을 주고 있는 것이다. 몸을 받아주는 쪽이 조영수를 빨리 만날 가능성이 높을 것이라는 생각이 들었다. 낮에 비행기에서 김지현은 남편의 사업이 홍수로 인하여 큰 타격을 입어 추가적인 투자가 필요한데 도진에게 협조해 달라는 말을 했다. 그리고 그 협조를 위하여 몸으로 유혹을 하고 있는 것이었다.

김 사장에게 사실대로 보고하겠다는 마음은 변하지 않았지만 도진은 일을 빨리 성취시키기 위하여 김지현과 친분을 가져야 한다는 것을 알았다. 도진은 샤워를 하러 들어간 지 한참 지나서 수줍은 표정을 지으면서 들어간 상태 그대로 양복을 입고 나왔다. 기대를 하고 있던 여자의 얼굴에서 약간 실망하는 기색이 얼굴에 스쳤다.

「저는 소파에서 자고 사모님은 침대에서 주무세요.」

도진은 아무런 관심이 없다는 듯 툭하고 말을 던졌다. 이런 부류의 여자는 본인이 매력 있고 자기 몸이면 안 되는 것이 없다고 생각하기 때문에 이런 경우 남자를 정복하겠다는 투쟁심이 생기는 스타일일 가능성이 높다. 양복 상의만 벗고 소파에 누워 잠을 청하는 척하였다. 실눈을 뜨고 여자를 보니 팔짱을 끼고 도진을 바라보고 있었다. '뭐 이런 녀석이 있어.' 하는 표정이었다.

속으로 도진 자신과 약속을 했다. 열을 세는 동안 김지현은 분명 도진의 입술을 훔칠 것이다. 눈을 감았다. 하나, 둘…… 아홉, 그 순간 여자의 입술이 도진의 입술에 닿고 바로 김지현의 혀가 도진의 입안에 깊게 자리 잡았다. 깜짝 놀란 표정으로 김지현을 밀쳤다. 김지현의 눈에는 욕정과 수치심이 가득 차 있었다. 이제는 이 꼬마 녀석을 꼭 쓰러드리겠다는 투쟁심이 가득하였다. 김지현은 다시 다가와서 약간의 힘을 이용하여 도진을 침대로 이끌었다.

「왜 이러세요. 이러지 마세요.」

절대 남의 여자를 손대면 안 된다는 참한 놈인 양 끌려가면서 약간의 저항을 하였다. 김지현은 힘으로 도진을 침대에 넘어뜨렸다. 그리고 달려들어 도진의 상의를 벗겼다. 저항하는 모습을 보이면서 슬쩍 김지현이 벗기는 데 도움이 될 수 있도록 자연스럽게 자세를 취해 주었다. 상위가 벗겨지고 바지를 벗기는데 한 번 더 저항하는 척하면서 이제는 포기했다는 표정으로 눈을 감았다.

김지현의 눈에는 욕정이 가득했다. 도진이 먼저 달려들었다면 그녀의 몸이 이토록 뜨겁지 않을 것이다. 김지현은 도진의 팬티를 내리고는 젊은 몸을 보자 입맛을 다졌다. 목욕 가운을 벗자 그녀는 단번에 알몸이 되었고 더 이상 참지 못하겠는지 도진에게 달려들어 격정적인 키스를 퍼부었다.

아무런 저항도 하지 않고 그녀에게 첫날밤 새색시처럼 부끄럽게 몸을 허락하는 듯 연기를 했다. 김지현은 도진이 돈을 주고 하는 것처럼 온몸을 입술로 애무를 해주었는데 애무를 받는 도진보다 애무를 하는 그녀가 더 황홀한 표정이었다. 도진의 중요한 부위를 입에 넣고 세상에서 가장 행복한 여자라는 표정으로 소중하게 입을 놀렸다. 그녀는 더 이상 참을 수 없었는지 위에서 삽입을 하고 까무러치는 소리를 지르면서 강하게 상하 운동을 오랫동안 지속하였다. 그리고 간절하게 애원하는 눈빛으로 도진의 앞에다 엉덩이를 갖다 대고 엎드렸다. 뒤에서 해달라는 것이었다.

얼굴을 바라보면서 교미를 하는 동물은 인간이 유일하다. 그만큼 인간은 감정의 교감을 중요시하는 동물이라는 반증일 것이다. 동물들은 수컷이 뒤에서 하는 교미가 대부분이다. 그만큼 뒤로 하는 것을 좋아하는 여자일수록 육체적 쾌락을 추구하고 동물에 가까운 욕정과 본능을 가지고 있을 가능성이 높다. 누가 먼저 시작했던 흥분은 남자나 여자나 마찬가지였다. 김지현이 원하는 대로 뒤에서 있는 힘을 다했다. 퍽 퍽 하는 소리가 유난히 크게 들렸다. 김지현의 숨 넘어 가는 소리가 호텔 전체로 울려 퍼져 나갔다. 절정을 느낄 때 자기보다 어린 도진에게 「오빠. 오빠. 나 죽어. 나 죽어.」하면서 얼굴을 마룻바닥에 박고 두 주먹은 꽉 쥐고 온몸을 부들부들 떨었다.

격랑은 지나갔다. 김지현은 어쩌면 그동안 돈이나 다른 목적을 위해 자기 몸을 남자들에게 수없이 허용했을 것이다. 그러나 오늘은 자신이 남자를 완전히 소유했다는 생각에 그동안 느끼지 못했던 엄청난 쾌락과 만족을 경험했을 거라는 생각이 들었다. 김지현은 얼굴을 도진의 가슴에 묻고 행복하게 웃고 있었다. 강제로 했다는 약간의 미안한 감정도 있는 것처럼 보였다. 도진은 김지현이 편히 잠들 수 있도록 소파로 내려와서 잠을 청했다.

내일 아침이면 아마 조영수와 연락이 될 것이다. 분명 김지현은 만족스러운 관계의 대가로 원래의 계획보다는 빠른 시간 내에 조영수와 만날 수 있게 할 것이다. 도진이 자신에게 넘어왔다고 생각할 것이 분명했다. 남녀 모두 몸을 섞는 그 순간, 서로에게 조그마한 정서적 교감이 본능적으로 자리 잡기 때문이었다. 그러나 김지현이 도진을 이용한 것이 아니라 도진이 김지현을 이용한 것이었다.

도진은 한국에서 생각하고 온 것보다 훨씬 더 복잡하고 상황이 안 좋을 수 있다는 불안한 생각이 스쳐 지나갔다. 김 사장은 그렇다 치더라도 많은 회사 직원들이 빚을 내서 투자한 돈이다. 어려서부터 정신과 육체의 결핍으로 산 도진은 약자들의 마음을 누구보다도 잘 이해하고 있었다. 돈과 권력이 있는 놈들이 코딱지 묻은 푼돈을 약자들로부터 강탈해 가는 것은 도진이 세상에서 가장 혐오하는 것 중 하나였다. 있는 놈들이 더한 더러운 세상. 잘못되지 않길 바라는 마음밖에 없었다.

어려움이 닥칠 때마다 도진은 항상 가방 안의 백범일지와 조선반역사 그리고 수건으로 감싼 망치를 만지작거렸다. 이 물건들은 심리적인 안정을 주기도 하지만 하늘에 계신 형과 어머니가 돌봐주신다는 생각이 들기 때문에 도진은 항상 소지하고 다녔다. 초등학교 이후 한 번도 사용하지 않았던, 수건으로 감싼 망치에 손이 자주 가는 것 왠지 불길한 예감이 들었다. 제발 그런 일이 없어야 할 텐데 속으로 생각했다.

예상대로 아침에 김지현은 조영수와 연락이 되었다면서 아침을 먹고 렌터카 사무실로 가자고 했다. 조영수의 사무실은 컨테이너를 개조하여 사용하고 있었다. 한국에서 보내주었던 매그너스 5대가 컨테이너 사무실 앞에 있는데 관리 상태가 엉망이었다. 타이어가 없는 상태로 방치된 차도 있었다. 컨테이너 안에는 조영수와 Lisa라는 경리 여직원이 있었다. 김지현이 조영수가 현지 첩을 만들어서 렌터카 사업을 말아먹고 있다고 했는데 그 중 한명의 이름이 Lisa라고 들은 것 같았다.

「안녕하십니까? 조 사장님. 저희 사장님이 필리핀 렌터카 사업에 대하여 알아보라고 해서 이렇게 찾아뵙게 되었습니다.」

도진은 빈틈없이 일처리를 하겠다는 표정으로 조영수에게 말했다.

「장 대리님, 우선 이쪽으로 앉으시고 차 한잔하면서 저랑 이야기를 나누시죠.」

조영수는 사업이 안 되는 이유에 대하여 미리 정리를 한 듯이 거침없이 말하기 시작했다. 현재 20대는 렌트 중이고 5대는 공장에 수리를 들어간 상태이며 5대는 상태가 안 좋아 폐기할 예정이라고 했다. 필리핀 사람들은 차를 렌트를 해주면 반납을 하지 않고 차를 가지고 남부지역으로 도주하는 놈들이 많다고 했다. 경찰에 신고해도 소용없어 상당수의 렌터카가 현재 위치를 추적할 수 없는 상태라고 하였다. 그리고 대우자동차가 차를 형편없이 만들어서 고장이 많이 발생한 것처럼 말하기 시작했다.

일부 렌트를 한 사람들은 차가 운전 중에 고장이 발생하여 렌트비를 지불할 수 없을 뿐 아니라 목숨을 잃을 뻔했다면서 손해배상을 청구하는 사람들도 있다고 했다. 현재 이런 이유로 인하여 다시 사업을 정상화하기 위해서는 3억 정도가 더 투자되어야 한다고 했다.

이번 기회를 교훈 삼아 앞으로는 상대의 신용상태를 파악하여 렌트할 예정이고 고온다습한 날씨와 좋지 않은 도로 상태 때문에 렌터카가 자주 고장이 나므로 자체 정비공장을 가지지 않으면 렌터카 수리 비용이 너무 많이 나와서 수지 타산이 맞지 않는다고 했다. 당신들이 더 투자해 주지 않으면 어쩔 수 없이 큰 손실이 발생할 것이라는 표정이 조영수의 얼굴에 나타나 있었다.

역시 어제 저녁의 불길한 예감은 빗나가지 않았다. 조영수의 말은 그럴싸하게 들렸다. 김 사장은 필리핀 현지 사정만 듣고 오라고 지시를 내렸지만 그럴 수는 없었다. 조영수는 한국에서 3억의 투자금을 보내지 않으면 자신은 잘못이 없다는 듯 모든 것을 정리할 것이 분명해 보였다. 도진은 동료들의 소중한 돈은 찾아야겠다는 생각이 들었다. 그때 김지현이 옆에서 조영수를 거들었다.

「장 대리님, 애 아빠의 고충을 이해해 주시고 한국에 가서 사장님을 잘 설득해 주세요.」

김지현은 어제까지 죽일 놈이라고 하더니 갑자기 조영수를 애 아빠라고 부르고 있다. 도진은 조영수에게 가방 안에 든 김 사장이 준 각서를 보여 주었다. 언제든지 김 사장의 요구가 있을 경우 조영수는 모든 권리를 포기한다는 내용의 각서였다. 그 서류는 불안한 마음에 김 사장에게 도진이 직접 요구하여 받은 것이었다. 김 사장이 조영수가 잘못할 경우 모든 권리를 바로 빼앗을 수 있도록 각서를 받았다는 것을 들은 적이 있어 필리핀에 오기 전에 확보해 놓은 것이었다.

「더 이상 조 사장님을 믿을 수가 없습니다. 저희 사장님께서 제게 판단을 맡기셨는데 혹 변수가 있을 경우 모든 권리를 위임 받으라고 하셨습니다.」

「장 대리, 당신 나한테 너무 무례한 것 아니야? 그리고 당신이 김 사장을 대리한다는 증거가 어디에 있어!」

조영수는 큰소리로 소리치면서 거친 모습을 보였다. 도진은 김 사장의 위임장과 인감증명서를 증거로 조영수에게 보여 주었다.

「설마 제가 이것까지 조작했다고 못 하시겠죠.」

도진은 컴퓨터를 조금 사용하겠다는 양해를 구하고 조영수가 필리핀 렌터카 회사인 주식회사 필콘의 모든 권리와 주식을 무상으로 장도진에게 이전한다는 문서를 영문과 국문으로 작성했다. 그리고 조영수에게 사인을 하라고 강요했다. 그때 김지현이 도진에게 가슴을 스치면서

「장 대리, 왜 이래. 이렇게 융통성이 없어. 나를 봐서라도 조금 봐

152

쥐. 으응.」하면서 애교를 떨었다.

「빨리 싸인하십시오. 조 사장님.」

도진은 조 사장을 보면서 싸늘하게 말하였다.

「이런 대갈빡에 피도 안 마른 놈이 겁대가리 없이 까불고 있네!」

조영수가 책상을 발로 차면서 일어났다. 예상했던 일이었다. 조용히 가방에서 초등학교 이후로 한 번도 사용하지 않았던 수건으로 감싼 망치를 꺼냈다. 그리고 책상을 내리치면서 소리쳤다.

「야, 이 쌍놈의 새끼야! 약속은 지키라고 있는 것 아니야. 당신들 말한마디도 못 믿으니 빨리 싸인해. 그리고 아침에 현지 변호사에게 전화해 놓았으니까 조금 뒤에 올 거야. 군말 말고 싸인해!」

조영수와 김지현은 당황하는 눈빛이 역력했다. 조영수는 자리에 앉더니 계약서에 사인을 했다. 변호사에게 연락했다는 말은 거짓말이었다. 조영수를 당황하게 하려는 도진의 순간적인 재치였다. 그 순간 예상하지 못했던 일이 발생했다. 김지현이 여자 경리사원인 Lisa의 머리를 잡고 발로 차고 사무실을 난장판으로 만들었다.

「야, 쌍년아! 너 때문에 모든 것이 박살난 거야. 네년이 내 남편만 안 꼬드겼어도 이런 일은 없었어.」

김지현은 미친년처럼 Lisa에게 발길질과 뺨을 때리고 나서 사무실 안에 있는 집기 비품을 집어 던지고 특히 계약서를 작성했던 컴퓨터까지 집어 던졌다. 김지현은 이번에는 조영수에게 달려들어 네놈이 나에게 해준 게 뭐냐면서 볼을 후려치고 멱살을 잡고 흔들어댔다. 그리고 조영수가 사인한 계약서가 있던 탁자를 엎어 버렸다. 그 사이 Lisa는 경찰에 전화를 했고 3분 뒤에 권총과 기관단총까지 든 경찰 4명이 나타났다.

순식간에 일어난 일이었다. 도진은 바로 경찰차에 태워져 수빅 경찰청 유치장에 갇히는 신세가 되었다. 이동하면서 모든 것이 계획된 것이라는 것을 알 수 있었다. 계약서를 챙기지 못했고 소중한 가방과 망치도 잃어버렸다. 경찰서에 도착하자마자 도진은 가방과 망치를 내놓으라고 소리쳤다. 조영수와 Lisa 그리고 김지현 이들은 틀림없이 손발을 맞추었을 것이다. 시간이 흘렀다. 저녁이 다 되어서 김지현이 나타났다.

「장 대리, 그냥 한국으로 돌아가세요. 더 이상 여기 있다가는 다칠 수가 있어요.」

김지현의 목소리에서 진심이 묻어났다. 도진은 김지현과 어제의 관계가 자신을 구해 주었는지 모른다고 생각했다.

「네, 모든 것을 포기하고 한국으로 돌아가겠습니다.」

도진은 모든 것을 체념한 목소리로 김지현에게 이야기했다. 대신 가방과 망치는 꼭 되돌려 주어야 한국으로 떠난다는 조건을 걸었다. 5분 뒤 이국땅의 철창에서 풀려났고 소중한 가방과 망치를 되돌려 받았다. 김지현은 택시를 불러 본인이 잡아둔 호텔로 도진과 함께 향했다. 저녁 비행기가 없어서 내일 일찍 한국으로 떠나라고 항공티켓을 도진에게 건네주었다. 본인은 조영수와 결판내야 할 일이 있어 그 다음날 한국으로 돌아간다고 물어보지도 않았는데 이야기를 하였다.

도진은 혼자 호텔로 들어와서 긴 시간을 샤워기에서 쏟아지는 물줄기에 얼굴과 몸을 맡겼다. 너무나 길고 피곤한 하루였다. 침대에 눕자마자 잠이 쏟아져 내렸다. 그때 초인종이 울렸다. 분명 김지현일 것이다. 한 번 더 도진을 설득하려고 할 것이고 아니면 그냥 몸이나 섞을 생각일 것이다. 문을 열어 주었을 때 김지현은 그동안 한 번도 보지 못한 맑은 눈으로 맥주를 흔들면서 웃고 있었다.

도진은 상처 입은 짐승처럼 기가 죽은 표정을 지으면서 들어오라고 했다. 이렇게 된 이상 도진은 김지현과 최대한 친밀감을 높여 필리핀에서 일어난 일에 대한 정보를 얻어내는 방법 이상 할 수 있는 것이 없었다. 둘은 말없이 서로에게 잔을 채워주었다. 취기가 어느 정도 오르자 그녀는 치마가 말려 올라가 팬티가 보이는 것조차 신경을 쓰지 않았다.

도진은 김지현을 침대에 엎드리게 뉘였다. 상체는 남겨두고 팬티만 내리고 치마를 말려 올렸다. 도진도 바지만 벗고 김지현의 엉덩이와 다리를 최선을 다해 정성스럽게 애무했다. 특히 매끈한 그녀의 허벅지를 오랫동안 애무하였는데 잘록한 허리가 유난히도 맛있게 느껴지는 여자였다. 도진은 이런 김지현의 행동을 예상하고 샤워를 끝내고 미리 마음에 준비를 하고 있었다. 김지현이 어느 정도 흥분이 되었을 때 거울이 보이는 화장대 쪽으로 이동을 하여 둘이 관계하는 모습을 그녀가 볼 수 있도록 하였다.

둘 다 윗옷을 입은 채 도진은 뒤에서 단단하게 발기된 몸을 그녀의 흥분되고 홍건히 젖은 그곳에 삽입하였다. 데일 정도로 김지현의 그곳이 뜨겁게 달구어져 있었다. 이런 종류의 여자들은 몸을 무기로 먹고살기 때문에 다른 사람들이 하는 정상 성행위보다는 색다른 것에 더 흥분할 것이라고 생각했다. 예상대로 거울로 통해 본 김지현의 얼굴에는 매우 흥분되고 만족감을 가지고 있다는 것을 알 수 있었다. 김지현이 더욱더 흥분할 수 있도록 흥분된 작은 목소리로 김지현이 좋다는 추임새를 넣어서 더욱 흥분하도록 유도했다.

섹스란 목적이 있든 없든 그 행위는 결국 두 사람간의 쾌락을 추구하는 행위 그 이상 그 이하도 아닐 것이다. 그녀가 더 만족하고 최상의 쾌락을 맛볼 수 있도록 하는 것이 목적이었으나 도진도 그 순간만은 즐길 수밖에 없는 수컷에 불과할 뿐이었다. 섹스는 몸으로 하는 것이지만 사실 호르몬에 의한 뇌의 반응에 의해 쾌락의 강도가 결정되는 것이다.

오르가즘은 뇌에 산소 공급이 줄어들 때 발생한다고 한다. 김지현이 절정에 이르기에 앞서 그녀의 입속에 있는 공기를 도진은 입을 통하여 있는 힘껏 빨아들였다. 김지현의 뇌로 공급되는 산소를 차단하여 쾌락을 극대화하려는 발상이었다. 그것이 통했는지 잘 모르겠지만 김지현은 남자 목소리같이 아래서부터 거칠고 짙게 올라오는 신음소리를 내면서 온몸을 주체할 수 없는지 까무러쳤다.

그녀는 한동안 침대에서 움직이지 못할 만큼 강한 쾌락이 몸을 스치고 지나간 것처럼 보였다. 강한 사정을 한 다음 침대에 쓰러져 있는 김지현의 머리와 몸을 가볍게 어루만지면서 당신과의 관계는 정말 만족스럽고 당신이 정말 사랑스럽다는 눈초리를 보냈다. 김지현에게 팔베개를 해 주고 가벼운 스킨십을 하다 그녀의 가슴에 머리를 묻고 한참 동안 가만히 있었다. 그리고 가슴을 가볍게 만지고 혀로 애무를 하면서 정상 체위로 관계를 하였고 한 번 더 강한 사정을 했다.

김지현은 녹초가 되었는지 얼마동안 일어나지 못했다. 도진은 김지현이 가지고 온 맥주를 혼자 마시면서 창을 통해 수빅의 밤을 바라보고 있었다. 그때 김지현이 「맥주 혼자 마시면 맛이 없잖아.」하면서 일어나 옆에 와서 앉았다. 맥주 몇 잔을 더 마시고 취기가 오르자 김지현은 그동안에 있었던 일들에 대하여 괴로웠다는 듯이 말을 하기 시작했다. 도진이 알고 싶고 듣고 싶었던 이야기였다.

조영수는 육군 소령 출신으로 군대에서 군인들의 먹거리를 담당하는 군수장교였는데 군수장교는 예로부터 비리가 많았고 장병들한테 돌아갈 부식을 빼돌려 비자금을 만드는 일이 비일비재하였다. 김지현도 작은 군인 월급이 아닌 조영수의 보직 덕택으로 누구보다 부족함

없이 생활하였는데 비리가 드러나면서 군복을 벗었고 음식점부터 이것저것 했지만 아무런 성과도 없이 손해만 보았다고 했다. 하나 남은 아파트로 담보 대출을 받아 친구가 운영하는 필리핀 마닐라의 자동차 정비공장에 투자했다가 친구가 돈을 가지고 도주하는 바람에 가산을 탕진하고 빈털터리가 되었다고 말했다.

본인이 당한 사기를 똑같은 수법으로 사기를 친 것이다. 김지현의 눈에는 눈물이 가득하게 고여 있었다. 조영수가 필리핀으로 떠난 뒤 돈 한 푼 없이 두 명의 아들과 딸을 키우는 데 말할 수 없는 고생을 하였고 공장이든 음식점이든 취직을 할 때마다 본인의 몸매가 남들 눈에 띄어서인지 사장들의 수작으로 회사를 그만 두어야 하는 생활이 지속되었다고 했다.

그래서 김지현은 남자들은 몸이면 다 된다고 그때부터 생각했다고 하였다. 어느 날 필리핀에서 조영수가 귀국하여 이번엔 정말 제대로 된 비즈니스로 투자를 받았다면서 2천만 원을 주고 필리핀으로 떠났다. 그리고 얼마 후 필리핀 회사가 어려우니 이번 투자 시나리오를 설명하면서 실수가 없어야 하고 성공하면 3천만 원을 김지현에게 주겠다면서 협조하라고 하였다.

김지현은 조영수와 Lisa 사이에 2명의 아들이 있다고 했다. 조영수와 자신은 형식적으로 이혼만 안했을 뿐이지 남이나 다름없다고 했다. 김지현은 도진이 더 이상 동조하지 않을 것이라는 것을 알고 있는지 현재 주식회사 필콘의 상황에 대하여 자세히 말해 주었다. 조영수는 여러 번의 사업 실패로 빚을 지고 있었기 때문에 렌터카 20대는 벌써 팔아서 본인의 빚을 탕감하는 데 사용했다는 것이었다.

충격적인 것은 그중에서 상당한 금액이 도진의 회사 김정열 사장에게 들어갔다고 하는 김지현의 말이었다. 모든 것이 정리되는 기분이었지만 김 사장에 대한 배신감이 저 밑에서부터 서서히 올라왔다. 김 사장이 투자에 대해 원금을 보장한다는 표현을 쓰면서까지 적극적으로 직원들에게 권유할 때 이상한 생각이 들었지만 직원을 위한 것이라고 생각했을 뿐이었다. 처음부터 철저히 계획된 것이었다.

혼자 보낸 이유도 이제야 알 것 같았다. 김지현에게 모든 걸 다 말해 준 것에 대하여 고맙다고 하면서 한국에 오면 연락하라고 하였다. 다음날 한국행 비행기에 몸을 실었다. 다른 사람을 떠나서 도진의 코가 석자였다. 은행 돈은 그런대로 괜찮지만 아내가 지인에게 빌린 2천만 원이 문제였다. 반지하 전세 2천만 원에 살고 있는 도진에게 이번 투자는 너무나 무모한 모험이었다. 조영수의 눈빛이 마음에 들지 않았으나 그만큼 김 사장을 믿었던 것이었다.

이자가 밀리자 아내의 지인에게 전화 연락이 자주 오고 있었다. 이번 달까지 갚지 않으면 사채업자에게 권리를 넘기겠다는 이야기를 아내에게 들었다. 한국에 돌아와서 있는 그대로 조영수가 모든 렌터카를 팔아먹었다고 김 사장에게 보고했다. 김 사장은 「이 죽일 놈의 새끼.」하면서 욕을 해댔지만 직원들이 투자한 돈에 대한 어떠한 언급도 없었다. 10일이 지났지만 김 사장의 태도에 어떠한 변화도 없었다. 당신들이 투자했으니 본인도 어쩔 수 없다는 표정이었다. '이런 가증스러운 놈.' 저 밑으로부터 분노가 치밀어 오르고 있었다. 그날 저녁 퇴근길에 오랜만에 아내와 딸을 위하여 삼겹살을 사들고 집으로 일찍 퇴근하였다. 집에 도착했을 때 조폭 같은 사채업자 3명이 아내 지인의 차용증을 본인들이 인수받았다면서 돈을 내놓으라고 가재도구를 집어 던지고 아내와 딸에게 위협을 가하고 있었다.

「나가서 이야기하시죠.」

도진은 정중하고 단호하게 그들에게 이야기했다. 그들은 한결같이 덩치가 크고 깍두기 머리를 하고 있었다. 도진은 근시일 내에 꼭 갚겠으니 시간을 좀 달라고 애원했다. 도진의 애원에도 불구하고 그들은 도진의 멱살을 잡으며 내일 당장 돈을 내놓지 않으면 아내와 딸을 가만두지 않겠다고 협박을 해 댔다. 도진은 치밀어 오르는 분노에 가방 속의 망치를 꾹 잡았다.

「쌍놈의 새끼들아. 갚는다니까. 그 더러운 돈 안 떼먹는다고, 씨발 놈들아!」

「이 새끼가 겁대가리를 완전히 상실했네.」

도진은 있는 힘껏 망치를 휘둘렀으나 3명이 한꺼번에 달려들어 처음부터 상대가 되지 않는 싸움이었다. 온몸이 피투성이가 되어 움직일 수 없게 되었을 때 아내와 딸이 내려와서 도진을 부축하여 집으로 들어갔다. 한참을 움직일 수 없었다. 3시간이 지나고 간신히 일어나 거울을 바라보았다. 거울 속에 비친 도진의 모습은 막 세상에 태어난 아기처럼 눈은 감기고 얼굴은 부풀어 올라 형체를 알아볼 수 없었다.

몸은 움직이지 않았고 잠도 오지 않았다. 새벽이 되었을 때 간신히 몸을 추슬러서 아내에게 미안하지만 묘도의 아버지에게 조금만 내려가 있으라고 편지를 썼다. 집을 나서기 전 거울 앞에 비친 도진의 눈동자는 점차 핏빛으로 변해가고 있었다. 초등학교 시절 절름발이라고 놀리던 재호를 절름발이로 만든 그날의 눈빛이 거울 속에 비춰지고 있었다. 평상시의 분노와 지금은 분노는 겉으로는 같은 감정이지만 근본적으로 완전히 다른 감정이었다. 평상시의 폭력성은 두려움이나 연민 등 많은 감정이 동반하나 지금의 폭력성은 두려움도 없고 조그마한 양심도 가책도 없는 악의 정반대에 있는 순수한 선의 본질을 가진 폭력성이었다.

도진은 초등학교 시절 정신과 육체의 파괴로 인하여 남보다 뛰어난 시각과 직관을 얻었고 삶의 존재에 대한 결핍으로 인해 소심한 존재로 살아왔으나 그 이면에는 완전히 다른 폭력이 자리 잡고 있었다. 권력에 의해 희생된 형의 죽음과 어린 시절부터 약자로 살았던 도진에게 이번 일은 단순한 돈의 문제가 아니라 삶의 가치에 관한 문제였다. 초등학교 이후 처음으로 도진의 눈은 완전히 이글거리는 핏빛으로 변했다. 통제되지 않는 분노에 도진은 끌려가고 있었다.

김 사장은 항상 아침 7시 30분 정도에 출근하는 스타일이었다. 그날 도진은 가방을 들고 6시 30분에 출근하여 김정열 사장을 기다렸다. 역시 7시 30분이 되자 김 사장이 출근하였다. 이놈은 아무런 일이 없다는 듯이 「장 대리, 일찍 출근했네.」 하면서 콧노래를 부르고 있었다. 김정열이 사장실에 들어가자 가방에 있는 매화가 수놓아진 수건으로 감싼 망치를 들었다. 그리고 사장실로 들어갔다.

「장 대리, 무슨 일이야?」

김 사장은 도진의 알아보지 못할 만큼 찌그러지고 부풀어 오른 얼굴에 놀라고 핏발 선 눈을 보고 더욱 놀랐다.

「당신의 잘못을 정말 모른단 말이야? 이 개자식.」

도진의 목소리는 분노가 아니라 얼음처럼 차가왔다.

「이 자식 이거 완전 미쳤네. 내가 뭘 잘못했는지 말해 봐라.」

김정열은 뻔뻔한 표정을 지었다. 도진은 더 이상 이런 인간에게 자애가 필요 없다는 생각이 들었다.

「이 개놈의 새끼!」

수건으로 감싼 망치를 들어 김정열의 머리를 강타한 다음 왼쪽 다리를 집중적으로 때렸고 김정열이 죽을 수도 있다고 생각하면서도 마지막으로 오른쪽 다리를 향해 있는 힘을 다해 망치를 날렸다.

'죽든지 아니면 영원히 병신으로 살아라. 이 개자식아. 죽일 가치도

없는 놈.'

도진은 속으로 소리쳤다. 김정열은 비명을 지르면서 살려달라고 빌었고 자신이 잘못했다고 사과를 했다. 처음부터 조영수가 빌려간 돈을 받기 위하여 직원들을 이용하였다고 말했다. 사업이 어렵다 보니 일어난 일이라고 용서해 달라고 말했다. 그 말을 듣고 도진이 김정열의 발을 망치로 한 번 더 찍었을 때 그는 실신을 하였다. 도진은 119로 전화를 한 다음 사무실을 빠져나왔다.

사무실을 빠져 나와 앞만 보고 방향 없이 천천히 걸었다. 갈 곳이 없었다. 낮에는 강서 생태습지 한강변과 안양천 주변에서 서성이다 밤이면 영등포역 주변에서 노숙자 생활을 했다. 경찰에 수배령이 내려졌을 테지만 도진은 잡히는 것이 두렵지 않았다.

이제 또 혼자가 되었다. 노숙자들 사이에서 신문지를 덮고 누워서 복잡한 감정으로 눈물을 흘렸다. 경찰의 수사망을 피하려는 의도는 없었으나 운 좋게 여러 날이 지나갔다. 자살이라는 단어를 하루에 수없이 되뇌었지만 고향 묘도에 계시는 아버지와 가족이 생각나 차마 죽지 못하고 죽음보다 더한 삶을 살고 있었다. 형과 어머니 그리고 도진까지 아버지보다 저세상으로 먼저 갈 수는 없는 일이었다.

노숙자 생활이 한 달 정도 되어 가는 시점에서 신문지를 덮고 자고 있는데 어떤 놈이 발로 차는 것이었다. 실눈을 뜨고 그놈을 쳐다보았다. 그놈은 도진이 누워있는 자리가 본인 자리이니 비켜달라는 것이었다. 어이가 없었지만 소란을 피우기 싫어 옆으로 자리를 비켜주었다. 별 차이도 없는데 꼭 그 자리를 내놓으라는 놈을 이해할 수 없었다.

그놈은 그 자리에 군대용 침낭을 깔고 소주 한 병을 꺼내더니 안주도 없이 병나발을 불었다. 그리고 한 잔 하겠냐는 몸짓을 하였다. 고개를 끄떡였더니 병을 건네주었다. 저녁을 먹지 않은 관계로 소주는 창자를 꼬면서 몸 안으로 파고들었다. 「고맙소.」 하는 소리를 하면서 병을 건네주는데 어디선가 많이 본 듯한 느낌이 들었다. 그런데 그 양반이 「고향이 어디슈?」 하고 물었다. 「전남 여수요.」 하니 실망한 표정이었다. 저놈도 도진이 낮이 익은 표정인 듯 고개를 갸웃거렸다.

술이 한 잔 들어갔더니 피곤이 몰려와서 잠을 자려고 하는데 갑자기 옆에 있는 놈 생각이 나는 것이었다. 군대 동기 이광종 병장이었다. 일어나려고 하는 순간 그놈이 먼저 발로 도진을 차면서 「어이, 장병장 여기서 뭐하는 거야.」 그놈도 도진이 생각난 모양이다. 군대라는 조직은 동기 간에 친할 수밖에 없는 환경이 조성되어 있었다. 동기 한 놈이 잘못하면 군기 빠졌다면서 선임들한테 동기 전체가 기합을 받기 때문이었다. 둘은 너무나 반가웠으나 한편으로는 서로 노숙자로 만났기에 마냥 기뻐할 수는 없었다.

이광종 병장은 가방에서 소주 한 병을 더 꺼냈고 한 모금 마시더니 병을 건넸다. 이 병장은 군대있을 때 철책선 개구멍과 말병장으로 불렸던 이영수 병장이 생각나냐고 물었다. 생각난다. 개구멍과 말병장.

도진이 소속된 부대가 맡고 있는 철책선에는 개구멍이 하나 있었다. 누가 만들었는지 왜 안 막는지는 알 수가 없었다. 철책을 만들 때부터 있었다는 둥, 동물들이 다니는 길이라는 둥. 근데 이 개구멍이 전 국민의 관심이 될 사건이 발생할 거라고는 꿈에도 상상하지 못했다. 그때가 생각난다. 이광종 병장이 완전 홍당무가 되어 헐떡거리고 뛰어오면서 큰 소리로 외쳤다.

「이영수 병장이 개구멍을 통하여 북한으로 넘어갔대. 지금 사단이 난리가 났고 온 국민들이 뭔 그런 개 호로 군기 빠진 오랑캐 부대가 있냐고 야단이 났대.」

우리는 하루아침에 개 호로 군기 빠진 오랑캐 군인이 되었다. 이영수 병장은 도진이 처음 자대 배치 받았을 때 전역 2개월을 남겨두고 있었다. 말처럼 긴 얼굴을 가지고 말 같은 근육을 가지고 있어서 부대에서 말병장으로 불렀다. 본인은 말병장으로 불리는 것을 아주 싫어했다. 들리는 소문으로는 전역을 하고 사회에 나가서 무슨 특허를 획득하여 사업을 하는데 아주 잘된다고 하였다. 처음에 잘나가던 사업이 기울고 아래에 있던 전무라는 사람이 통장에서 몇 억을 빼서 도망가는 바람에 사채에 손을 대었다가 여기저기 도망 다니는 신세가 되었다고 하였다. 결국 이 개구멍을 통하여 북한으로 넘어간 것이었다. 이영수 병장님 군대생활 제대로 하셨네 하는 생각이 들었다. 2년이 넘었는데 여기 개구멍을 정확히 기억하고는 들키지 않고 통과했다는 것이 신기할 따름이었다. 그렇게 개구멍은 우리를 개호로 군기 빠진 오랑캐 군인으로 만들고 폐쇄되었다.

노숙자 신세인 우리는 이영수 병장을 따라 북한으로 넘어갈까 하면서 개구멍이 폐쇄된 것이 아쉽다고 하면서 큰 소리로 웃었다. 정말 오랜만에 유쾌하게 웃었다. 이광종 병장과 만남으로 외로움을 조금이나마 덜 수 있었다. 한 달에 한 번 정도 아버지에게 전화를 했는데 많이 편찮으신 것 같았다. 아버지는 항상 약간의 울음 섞인 목소리로 건강하라고 한마디만 하셨다. 아버지에게 전화한 지 2개월이 넘었다. 노숙자 생활을 하고 있는 부끄러운 모습 때문에 자주 전화를 드릴 수가 없었다.

영등포역에서 노숙을 하고 있는데 새벽녘에 50여 명의 사람들이 들이닥쳤다. 모든 노숙자를 깨우면서 「장도진이 누구야?」 하면서 여기저기서 소리쳤다. 도진은 순간적으로 번쩍하면서 아버지가 생각났다.

그중에 한 명이 다가왔을 때 「내가 장도진이오.」 했더니 급하게 형님
이 찾으시니 가자고 했다. 그자를 따라 1층으로 내려가자 검은색 그랜
저 1대가 기다리고 있었다. 뒷좌석 문이 열리자 안에는 기상이 앉아
있었다. 정확한 영문은 몰랐지만 알 수 없는 불안감이 엄습했다.

「빨리 타라. 외삼촌이 많이 위독하다고 연락이 왔는데 너에게 연락
할 길이 없다면서 내게 찾아서 데려오라고 시골에서 연락이 왔다.」

불안감은 예상대로였다. 두 달 전에 통화한 아버지의 목소리에서
오래 살지 못할 것 같다는 느낌을 받았었다. 돌아가시기 전에 꼭 보고
싶었다.

「야, 이 새끼야. 더 밟아. 속도가 이백 밑으로 떨어지면 죽을 줄 알아.」

기상이도 외삼촌이 돌아가시기 전에 보고 싶었는지 운전하는 아래
동생에게 닦달을 했다. 세 시간 만에 여수에 도착하여 기상이 미리 준
비해둔 배를 타고 묘도의 집으로 향했다. 아버지는 병원으로 가자는
사촌형들의 말을 무시하고 아들 도진이 보고 싶다는 말만 반복했다고
했다. 동이 틀 무렵 집에 도착했고 도진은 신발도 벗지 않고 방으로 달
려 들어갔다.

「아부지!」

아버지는 아직 돌아가시지 않았다. 눈을 감고 계시다가 도진의 목
소리가 들리자 힘들게 눈을 뜨셨고 웃음을 지으시면서 손을 꼭 잡았
다. 그리고는 이 한순간을 위하여 죽지 못하고 숨을 연명해 온 것처럼
거짓말같이 숨을 거두셨다.

「아부지……」

도진은 세상에서 가장 애절하고 큰 소리로 울면서 아버지를 불렀
다.

「외삼촌.」

기상도 옆에서 큰 소리로 울면서 소리쳤다.

「아부지, 이 못난 불효자를 용서해 주세요.」

도진은 실신하듯이 울부짖었다. 형과 어머니를 먼저 보내고 도진만 바라보고 사신 아버지에게 아무것도 해준 게 없어 가슴이 미어졌다.

노숙자로 세상의 가장 밑바닥으로 떨어진 그해 가을 사랑하는 아버지가 돌아가셨다. 평생 어머니와 형을 먼저 보내고 가슴에 시커먼 멍을 가진 채 광양만과 여수바다에서 어부로 살아오신 아버지였다. 광양제철소가 생기고 물이 오염되니 옛날보다 새조개도 줄고 꼬막들도 폐사하는 경우가 다반사였다. 도진이 어릴 때부터 아버지는 소주 대병을 배에다 박스째 보관해 두고 바가지에 가득 채워 마시곤 했다.

우리 장 씨 집안은 술 못 먹어서 죽은 귀신에 씌었는지 대부분 술을 좋아하다 죽었다. 아버지도 직접적인 사인은 알코올로 인한 간경화였다. '그놈의 술 왜 먹나?' 어려서부터 생각한 적도 있었다. 빈소는 여수에 차렸다. 서울에 있는 친척들도 내려왔다. 큰집 누나들과 자형들도 서울서 내려와서는 큰 소리로 「아이구, 작은 아부지.」하고 통곡하였다.

자형들은 결혼 인사하러 묘도에 처음 왔을 때 작은 아버지가 배에 태워 직접 잡은 생선을 안주삼아 소주 대병을 다 안 마시면 조카 못 준다고 바가지로 술을 먹인 추억을 이야기하였다. 어려서 도진의 집에 살아서인지 기상의 통곡소리는 큰집 누나들의 형식적인 통곡소리보다 훨씬 더 구슬프고 진실되게 들렸다. 기상과 소주 한 병을 두고 마주 앉았다. 군대 가기 전에 만나고 처음이었다.

「어이, 친구. 어쩌다 노숙자 신세가 되었어?」

기상이 물었고 도진은 그동안 있었던 일을 들려주었다.

「이런 쌍놈의 새끼들.」

기상은 서울에 올라가면 본인이 문제를 해결할 테니 걱정하지 말라고 하면서 도진에게 명함을 주었다. 명함에는 주식회사 임페리얼 영업이사로 적혀 있었다. 기상은 '임페리얼호텔 나이트클럽 가자'의 영업담당 이사라고 말했다. 강남 신사동에 있는 '임페리얼호텔 나이트클럽 가자'면 서울에서 가장 물 좋기로 소문난 곳이었다. 도진은 속으로 '나 같은 놈은 물 흐린다고 들어가지도 못할 곳.'이라고 생각했다.

'이 새끼 많이 컸네.'

기상이 말한 게 사실이라면 순천에서 서울로 올라가 자리를 잡은 모양이었다. 나이트클럽은 기상과 같은 주먹들이 꼭 필요한 곳이다. 이놈이 어려서부터 자기는 대부의 '말론 브란도'가 연기한 '돈 비토 코르네오네' 같은 멋있는 조폭이 되겠다고 동동주 나발 불면서 공언했던 게 거짓은 아니었나 보다. 심한 열등감이 몰려왔다. 저놈은 꿈을 이루었는데 도진은 지금 꿈도 없고 할 수 있는 것이 아무것도 없는 노숙자 신세라는 게 짜증이 났다. 기상은 오늘 따라 술을 많이 먹었다. 눈에 작은 눈물이 고이면서 외삼촌이 보고 싶다고 했다.

도진은 분위기를 전환하고자 임페리얼에 대하여 기상에게 물었다.

「기상아, 나이트클럽 매출 어느 정도 되니?」

「몰라. 두목하고 여사장만 알아.」

「사장이 여자니?」

「응, 그 여사장이 임페리얼 호텔까지 운용하고 있어. 멀리서 한두 번 보았는데 젊고 예쁘게 생겼는데 독일에서 공부했대.」

「기상아, 그 여자 혹 대기업 회장 세컨드 아닐까?」

「아니야. 그런 종류의 여자는 아니고 하여튼 베일에 가려있어. 여사장 남편이 항상 지척에서 보조하고 있고. 들리는 말로는 현금 동원력은 대한민국 다섯 손가락 안에 든다는 말도 있어.」

새벽 2시가 넘어서 기상은 일어났다. 서울에 올라오면 꼭 전화하라고 한창 잘나가는 사람들만 쓰던 모토로라 스타텍 핸드폰 번호도 가르쳐 주었다. 다음날 아버지를 형과 어머니가 누워있는 집 뒷동산에 안장했다. 나란히 자리 잡고 있는 3개의 묘를 도진은 한참 동안 멍하게 바라보았다. 더 이상 이렇게 노숙자로 살 수는 없었다. 기상을 믿기로 했다. 기상은 김정열 사장에게 찾아가서 모든 문제를 해결하고 투자한 돈까지 찾아 주겠다고 올라가면서 약속을 하였다. 그리고 폭력에 의한 형사 사건도 간단한 벌금형으로 처리해 주겠다고 하였다. 도진은 세상과 정면으로 부딪치기로 결심하고 아내와 딸을 데리고 서울 행 기차에 몸을 실었다.

13
재회

도진은 아버지의 상을 치르고 올라와 오랜만에 가정으로 돌아왔다. 살아오면서 아무것도 제대로 한 것이 없었지만 그나마 다행인 것은 마누라가 무난한 여자라는 것이었다. 박봉에도 말없이 딸을 잘 키우고 노숙자 신세가 되었을 때 그 불행 속에서도 한 번도 불만을 말하지 않았다. 속으로 '저 여자가 무슨 생각으로 사나.' 할 정도로 얼굴 표정도 무미건조했다.

하여튼 마누라를 볼 때마다 수녀를 했으면 더 어울렸을 거라는 생각을 가끔씩 했다. 집으로 돌아온 지 10일 후 휠체어를 탄 김정열 사장과 사채업자들은 도진의 집으로 찾아와 잘못을 빌고 고소도 취하했으며 투자한 돈에 이자까지 쳐서 육천만 원을 되돌려 주었다. 그때 생각했다. 우리 같은 소시민들한테는 멀리 있는 법보다는 가까이 있는 힘과 폭력이 훨씬 더 영향력이 있다는 것을 절실하게 깨달았다. 또한 도진은 기상의 폭력조직 힘을 확인할 수 있었다. 모든 문제가 잘 해결되어 기상에게 고맙다는 인사를 하려고 전화를 했다.

「어이, 친구. 왜 이리 연락이 늦었어. 도진이 너 소개시켜 줄려고 싱싱한 영계 점찍어 둔 애 있는데. 내일 저녁 비번인데 8시까지 나이트로 와.」

기상은 정말 기쁘게 전화를 받았다. 도진은 다음날 신사역에 있는 임페리얼 호텔로 향하였다. 그나마 최근에 산 양복으로 바꿔 입고 머리에 무스도 살짝 바르고 나왔다. 나이트클럽 입구에서 기상에게 전화를 했다. 기상은 준비하고 있었던 것처럼 도진이 생각한 것보다 훨씬 빨리 나왔다.

「도진아, 룸에서 놀까 아님 그냥 밖에서 구경하면서 놀까?」

「이런 데 처음 와서. 기상이 네 마음대로 해.」

기상은 룸에 있으면 재미없다면서 밖에 자리를 잡았다. 나이트클럽 전체가 다 보이는 명당자리를 예약해 놓은 것 같았다. 나이트의 규모는 도진이 예상한 것보다 훨씬 컸고 저녁 8시인데도 빈 테이블이 없을 정도였다. 기상이 아니면 이런 데 구경도 못해보고 죽었을 것이다. 큰 과일 안주가 나오고 발렌타인 30년산 두 병이 나왔다. 기상은 웨이터에게 5만원을 찔러주면서 귀에 대고 뭐라 이야기했다.

「어이, 절친한 친척이자 나의 고마운 친구 장도진. 오늘 코 삐뚤어지게 마셔 보세. 제수씨한테는 내가 늦는다고 전화해 줄게.」

「내가 기상이 너한테 뭐 한 게 있다고 고마운 친구라고.」

「야, 그래도 어린 시절 너희 집에서 있을 때가 가장 행복했어. 엄니 아파서 누워있지. 아부지는 날마다 낮술 먹고 깽판 부리지. 지옥이 따로 없었는데 외삼촌이 얼마나 신경 썼는지 너도 알지. 외삼촌 돌아가시기 전에 한번 찾아뵙고 인사했어야 하는 건데. 보지도 못하고 그리 되셨으니. 외삼촌 대신 그 외아들 장도진은 이 이기상이 책임진다.」

기상은 호기 있고 자신감 있는 표정을 지었다. 둘은 두 잔을 연달아 건배하고 잔을 비웠다. 도진은 기상이 확실히 자리를 잡고 있다는 느낌을 받았다.

「결혼 계획은 없니?」

「야, 이 바닥에서 결혼 잘못하면 마누라가 먼저 칼침 맞고 죽어. 영화 같은 데서 못 봤니. 나 대신에 딸한테 먼저 칼침 놓는 데가 이 바닥이야. 나는 은퇴해서 딸이든 아들이든 새끼 하나만 낳으련다.」

　조금 있으니 여자 두 명이 와서 인사를 하자 기상은 오른쪽에 있는 애한테 도진 옆에 앉으라고 손짓을 하였다. 정말 스무 살이 되어 보이려나 싶었다. '이 새끼 전화해서 영계 준비한다고 말한 것이 거짓말은 아닌가 보네.' 통성명을 하는데 옆에 있는 애는 자기 이름이 이소영이라 하였다. 기상은 소영에게 오늘밤 풀코스로 최고의 서비스를 하라고 하였다.

「소영아, 오빠 베스트프렌드니 최선을 다해서 모셔라잉.」

「오빠, 제 술 한 잔 받으세요.」하면서 소영은 눈웃음을 쳤다.

　도진은 소영의 술을 받고 그녀에게 한 잔을 따라 주었다. 기상이 잔을 비우고 머리에다 터는 흉내를 내었다. 두 잔을 연속으로 비웠다. 소영이 도진의 허벅지를 계속 밀착해오고 가끔씩 슬쩍 슬쩍 가운데를 스치기도 하였다. 소영은 앳된 얼굴에 강한 탄력의 엉덩이와 풍만한 가슴을 가지고 있었는데 싱싱한 생선 같은 느낌이 들었다.

「어이 친구, 나 이년이랑 화장실에 한 따까리 하러 갈 텐데 같이 갈랑가?」

　도진은 웃으면서 기상이 너만 하고 오라는 손짓을 하였다. 소영과 도진은 자리가 어색해 지면서 술잔만 비우고 있었다. 기상이 일을 끝내고「어이 시원하다.」하고 들어올 때

170

「오빠 우리 춤추러 나가요.」

소영이 갑자기 도진의 팔짱을 끼웠다.

「어이, 장도진. 가서 소영이랑 좀 비비고 와.」

도진과 소영이 나가자마자 갑자기 블루스 곡으로 바뀌었다. 소영은 도진에게 딱 달라붙어 블루스를 추었다. 점차 그곳에 비비는 강도가 심해졌고 도진의 몸은 오랜만에 긴장되었다.

「어, 오빠 꺼 되게 크네. 맛있겠다.」

소영은 까르륵 웃었다. '기상이 이 새끼. 이년한테 얼마를 집어 주었길래.' 도진은 속으로 중얼거렸다. 하지만 도진은 기분이 나쁘지 않았다. 도진과 소영은 디스코와 블루스를 한 곡씩 더 추고 자리로 돌아와서 남아 있는 술을 마시고 밖으로 나왔다. 기상이 미리 차를 대기 시켜 놓고 있었다.

「어이, 친구. 재미 보고 들어가. 소영아, 이놈 두 번 하고 집에 들여보내. 안 그러면 이 오빠한테 혼난다.」

차는 바로 모텔로 향했다. 도진은 소영과 하고 난 뒤 포장마차에서 혼자 소주 한 병을 마시고 집으로 돌아왔다. 아무런 꿈도 희망도 없는 삶이었다. 다음날 호주머니에 전화번호가 하나 들어 있었다. 소영이 생각나면 전화하라며 적어준 번호였다. '뭐가 생각나면 전화하라는 거야.' 도진은 중얼거렸다.

몸과 마음을 추스르고 취직하려고 여기저기 알아보던 중이었다. 한 달이 지날 무렵 기상에게 전화가 다시 왔다. 대뜸 하는 소리가 그날 소영이랑 잘했냐는 것이었다. 내일 시간 있으면 저녁이나 간단히 먹자고 했다. 다음날 기상이 예약해 놓은 임페리얼 호텔 일식집으로 향하였다. 일식집 이름은 대경이었다. 대경에 도착하니 기상이 먼저 도착해 있었다. 한창 소주를 기울이다 기상은 화장실 간다며 나갔다 들어왔다.

「야, 옆방에 누가 있는 줄 아니. 우리 회사 여사장이 와 있어. 회사 전무인 자기 남편하고 우리 두목이랑 같이 왔네.」

몇 잔을 더 마시고 있는데 「야, 이기상. 친구 데리고 이리 와.」 옆방에서 두목의 목소리가 들렸다. 기상은 나갔다 들어오더니 옆방으로 옮기자고 했다. 불편함에도 할 수 없이 옆방으로 옮겼고 기상이 뒤를 도진이 따라 들어갔다.

당황스러운 목소리로 「장도진입니다.」 크게 고개 숙여 인사를 하였다. 그리고 여사장과 남편이 있는 앞자리에 앉았다. 도진은 정신을 차리고 앞에 있는 여사장과 남편을 보고 기절하듯 놀라 자빠졌다.

'한설과 김성일. 아니 첫사랑 한설이 내 앞에 있는 것 아닌가?'

도진은 이 현실이 믿을 수 없었다. 한설과 김성일의 눈에서도 당황하는 기색이 발견되었다.

「잘 지냈어?」 도진은 쥐 죽은 목소리로 설에게 말하고 「잘 지내셨어요? 성일 선배님.」 하고 말했다.

「아는 사이인가요?」 두목이 말했다.

김성일이 나서서 대학 때 몇 번 만난 적이 있다고 하면서 눈빛을 두목한테 돌리고 화제를 바꾸려고 하였다. 설은 도진을 가끔씩 보면서 약간의 웃음을 보였다. 특별히 할 이야기가 있어 만난 건 아니고 간단히 저녁 먹자고 온 것 같았다. 두목은 한설과 김성일에게 소개하려고 이 자리에 기상을 부른 것 같았다. 기상을 가리키며 이 친구가 강남 일대의 유흥가를 책임지고 있다고 하였다. 한설은 기상에게 앞으로도 열심히 해달라고 술을 한 잔 따라주었다. 기상이도 한설을 멀리서 보기는 했지만 오늘처럼 가까이서 만난 적은 없었다. 청하를 채우고는 건배로 잔을 비우고 그 자리에서 일어났다. 한설과 김성일은 먼저 가고 두목은 우리와 합석하였다. 설은 떠나면서 도진에게 명함을 주면서 꼭 찾아오라고 하였다.

'주식회사 임페리얼 대표이사 한설, 내 첫사랑.' 확실한 한설이었다.

두목은 오십이 약간 안 돼 보이는 나이에 이 바닥 출신처럼 보이지 않았지만 몸은 운동선수처럼 강단 있게 보였고 눈은 어딘지 모르게 고단한 삶의 고뇌가 자리 잡고 있는 것 같았다. 기상은 형님이 이 바닥을 평정했다면서 연신 굽실굽실하였다. 우리는 얼큰하게 취할 때까지 술을 마셨다.

두목이 일어나면서 마지막으로 하는 말이 「기상이 친구면 나한테도 동생이니 자주 놀러 오게.」라고 말했다. 근데 말투가 약간 이상한 사투리가 섞여 있다는 느낌이 있었다. 군대생활을 강원도 간성에서 하다 보니 그쪽 지방 말투라는 것을 순간적으로 느낄 수 있었다. 전라도와 경상도가 겹치는 지역에 사는 애들도 말투가 약간 그런 식의 발음으로 들리나 도진은 그 차이를 구분할 수 있었다. '혹 강원도 간성이나 거진 쪽 사람 아니세요?' 하고 물어보고 싶었지만 참았다. 일식집을 나왔는데 헤어지는 게 아쉬웠는지 기상이 포장마차에서 소주 한 병씩만 마시고 가자고 하였다. 아무 말 없이 소주를 비우고 있는데

「도진아, 너 어떻게 여사장 아는 거니?」

기상은 궁금한 얼굴로 도진에게 물었다. 도진은 피식 웃으면서

「한설, 대학 때 내 첫사랑이었어. 물론 짝사랑이었지만.」

「이놈 대단하네. 샌님인 줄 알았더니. 이런 거물이 장도진의 첫사랑이었다니. 내가 널 봐주려고 했더니 이제부터 장도진에게 잘 보여야겠는걸. 야, 천하의 이기상도 장도진 말 한마디면 아웃이네.」

기상은 목을 자르는 흉내를 내었다. 기상과 헤어지고 오면서 버스 안에서 내내 설을 생각했다. 동아리 실에서 처음 만났던 순수하고 풋

풋한 설의 모습, 첫 회식 때 여수 이야기를 하면서 어색함을 무마하기 위해 말하던 설의 모습, 단둘이서 술잔을 기울이던 설에 대한 추억, 잠실야구장에서 목청껏 외치던 설의 모습, 태백산맥을 수줍게 받고 독일로 떠난다고 말하던 섬섬옥수 같은 설의 마지막 모습, 그리고 남이섬에서 즐거운 추억들.

오늘 본 설의 모습은 대학 때는 긴 생머리를 하고 있었지만 지금은 단발머리를 하고 있었고 얼굴에 약간의 화장을 했지만 수수한 모습을 그대로 유지하고 있었다. 청바지가 아닌 검은색 정장을 입고 있었지만 건강한 학처럼 긴 매끈한 다리는 숨길 수 없었다. 수수하지만 어딘가 모르게 귀티가 흐르고 중성적으로 보이던 모습은 여성스러움이 더욱더 가미되어 있었다.

대학 때 설의 눈에는 이슬이 맺혀 있었지만 오늘 본 설의 눈은 깊은 우물 같다는 생각이 들었다. 도진은 가끔씩 설이 어떤 모습으로 살고 있을까 생각하곤 했었다. 감정이 복잡했다. 설을 만난 것은 분명 반가웠지만 현재의 도진의 모습은 너무나 초라했다. '김성일 선배랑 언제 결혼했을까?' 이런 생각을 하는 순간 집에 도착해 있었다. 다음 날 도진은 망설이다가 설에게 전화를 하지 못했다.

'무슨 면목으로 설을 본단 말인가. 이럴 줄 알았다면 외무고시라도 꼭 합격했어야 했는데.'

후회가 도진에게 밀려들었다. 그리고 그동안 잊고 있었던 도진의 평생 꿈인 형의 누명에 대해 해결하지 못한 것도 생각났다. 아직도 이 모양으로 살고 있으니. 다음 날도, 그 다음 날도 전화 다이얼을 돌리지 못하고 일주일 후에 용기를 내서 설에게 전화를 했다.

설이 전화를 받았다.

「나, 장도진.」 기어들어가는 소리로 말했다.

「왜 이리 전화가 늦었어? 오늘도 안 오면 너 찾아가려고 했는데.」

설은 정말로 반가운 목소리로 전화를 받았다.

'설이 나를 찾아오려고 했다고. 근데 나 같은 놈을 왜?' 도진은 의외라고 생각했다.

「도진아, 시간되면 사무실로 와 저녁이나 같이 먹게.」

도진은 복잡한 마음을 가지고 임페리얼 호텔에 도착했는데 프런트에 물어보니 가장 높은 층이 설의 집무실이었다. 미리 연락을 해 놓았는지 비서가 나타나서 도진을 데리고 갔다. 집무실에 들어서자 한강의 경치가 눈앞에 펼쳐졌다. 김성일 선배는 없었다.

「어서 와. 지난번에는 경황이 없어서 인사도 제대로 못했네.」

설이 먼저 인사를 하였다.

「독일에서 언제 돌아왔니?」

「조금 됐어.」

도진은 궁금한 게 너무 많았으나 물어볼 엄두가 안 났다.

「결혼은 했니?」

「응. 딸 하나.」

「너도 성일 선배랑 결혼했다고 들었어.」

설은 알 듯 모를 듯한 웃음을 지었다. 한동안 정적이 흐르고 어색함을 피하기 위해 도진이 주위를 둘러보던 중 책장에 눈에 들어오는 익숙한 책이 보였다. '태백산맥. 그것도 3권만 있다. 3권만 있다는 것은 내가 준 그 태백산맥.' 도진은 속으로 생각했다. 태백산맥은 그 이후에도 10권까지 연재되었다. 그런데 3권만 있다는 것은……. 도진 눈이 태백산맥을 보고 있다는 것을 설이 알고는 말했다.

「도진이 네가 준 거 맞아.」

「저걸 왜 아직까지 보관하고 있어. 그게 언제 적인데.」

「태어나서 이성으로 생각하는 남자한테 받은 첫 선물이니까.」

설은 수수하게 웃었다. 도진은 눈물이 핑 돌았다. 그 작은 짝사랑의 마음을 아직도 기억해 주는 설이 너무나 고마웠다.

「도진아, 밥 먹으러 가자. 뭐가 좋겠어? 내가 오늘 맛있는 것 사줄게.」

설은 밝은 표정을 지으며 말했다.

「아무거나 잘 먹어.」

「지난번 그 일식집은 어땠어?」

「괜찮았어.」 도진은 자신감 없는 목소리로 말했다. 그런데 갑자기 설이 대학 다닐 때 선영집이 아직도 있냐고 묻는 게 아닌가.

「모르겠어. 철거되었을 수도 있고.」

「그럼 그냥 가보는 거지, 뭐.」

설은 재미있겠다는 표정을 지으면서 출발하는 손짓을 하면서 말했다.

「도진아, 학교는 많이 변했냐?」

「대학에 간 지 오래되어서 잘 모르겠는데.」

「그럼 오늘 나랑 데이트 좀 해줘라.」

설은 소녀처럼 부끄러운 표정을 지었다.

「학교 앞 선영집에 가서 순댓국에 소주 한 잔 마시고 캠퍼스에서 산책도 하고.」

설은 빨리 가보고 싶다는 표정을 지으며 말했다.

「배고프지 않겠어?」

도진은 설에게 물었다.

「괜찮아. 옛 추억 찾으러 떠나는데 배고픈 게 대수인가.」

설은 차도 안 타고 지하철을 타고 가자고 했다. 지하철을 타고 가는데 깡충깡충 뛰는 설의 모습은 대학 때 딱 그 모습이었고 나이를 먹었어도 하나도 변하지 않은 외모도 그 모습 그대로였다. 대학 앞에 도착했을 때는 8시 30분이 다 되었다.

도진과 설이 대학을 다니던 시절 전철역에서 극동방송국까지 발달되었던 상가들은 동교동과 합정동까지 뻗어져 있었고 젊은이들로 북새통을 이루고 있었다. 우리가 찾은 그 골목도 모습은 많이 변했지만 아직도 옛날 모습을 조금 간직하고 있었다. 선영집 문을 열고 들어가니 생각보다는 젊은 아줌마가 혼자서 일을 하고 있었는데 주인이 바뀌었는지 대학 때 그 할머니는 보이지 않았다.

「옛날 할머니는 그만 두었나요?」 설이 물었다. 아줌마는 할머니의 딸이라고 하면서 할머니는 4년 전에 돌아가셨다고 했다. 선영집 내부 인테리어는 대학시절 그대로 유지되어 있었고, 2층 다락방도 여전히 존재하고 있었다. 우리는 옛날처럼 순댓국에 소주를 시켰고 설은 저녁 내내 생기발랄하게 웃었는데 초등학교 때 소풍가는 딱 아이의 모습이었다.

'뭐가 저리 설을 기쁘게 하는 걸까?'

우리는 순댓국에 소주를 각 1병씩 마시고 학교로 향했다. 학교는 많이 변하지 않았다. 옛날에는 온통 콘크리트 바닥이었으나 지금은 조그마한 연못도 만들고 여기저기 나무도 심어서 보기가 좋았다. 설은 큰 숨을 마시면서 손을 하늘로 들고 밤공기를 만끽하고 있었다.

'옛날이 그리도 좋았던 것일까?' 도진은 속으로 생각했다.

둘은 벤치에 앉아 자판기에서 커피를 뽑아 마셨다. 도진은 설이 직업을 안 물어보는 게 정말 고마웠다. 말없이 시간이 자나갔다.

갑자기 설이 「도진이 너 우리 임페리얼로 와라.」라고 말했다.

'어라 이거 설이 나에 대하여 잘못 알고 있는 것 아닌가? 아직도 대학 때 가장 앞에서 돌을 던지는 열혈청년으로 아는가? 정보가 잘못되어서 내가 어느 대기업에 다니는 줄 알고 있는 것 아닐까?' 도진은 혼란스러웠다.

「설아, 실은 나 엊그제까지 노숙자 생활한 사람이야. 너희 회사처럼 큰 회사에 들어갈 자격도 실력도 안 돼.」

「실은 믿을 만한 사람이 필요해서 그래. 실력 있는 사람 말고 믿을 만한 사람. 대학 다닐 때 장도진 너는 내가 본 누구보다 정의롭고 용감한 멋진 청년이었어.」

「무슨 일을 해야 하는데?」

「우선 자금부에서 일해 봐.」

설이 도진에게 가볍게 말했다.

「성일 선배가 있잖아.」

「성일 선배는 바빠. 대외적인 일로.」

설은 성일 선배를 '그이'라고 하지 않고 성일 선배라고 하였다. 회사 내에서 설이 성일 선배의 상관이었지만 그 정도가 너무 사무적이고 깍듯이 하는 경향이 있었다. 설의 도진에 대한 믿음과 관심에 도진은 설을 위해 뭐든 할 수 있을 것 같았고 그날 밤은 인생에서 가장 기쁜 날이었다. 그토록 오랫동안 보고 싶었던 헤어진 첫사랑을 만났고 주식회사 임페리얼의 자금부 임원으로 취직된 밤이었다.

14

강 회 장

　무역센터와 코엑스가 자리 잡고 있는 삼성역 주변 아셈타워 40층에 있는 주식회사 헤르메스 사무실에서 강 회장은 담배를 길게 내뿜었다. 강 회장은 강남의 중심지인 이곳 아셈타워까지 오기까지 하루도 마음 편히 살지 못하고 자신을 채찍질하며 살아왔다. 발아래 펼쳐지는 한강과 잠실 그리고 대한민국 최고의 부호들이 살고 있는 강북의 한남동이 있는 남산이 한눈에 들어왔다.

　강 회장은 2년 전 기자생활을 그만두고 헤르메스 회장으로 취임했다. 강 회장이 회사 이름을 헤르메스로 지은 것은 그리스로마신화의 헤르메스가 제우스와 마이아 사이에 태어난 아들로 상업에서부터 도둑질까지 숙련과 기민을 요하는 일체를 담당하는 제우스의 사자이기 때문이었다. 헤르메스는 두 마리의 뱀이 몸을 감고 있는 지팡이를 가지고 다녔다. 강 회장은 헤르메스처럼 숙련과 기민을 가지고 제우스의 사자가 되어 살겠다는 신념을 가지고 있었다.

강 회장이 여유롭게 한남동을 바라보고 있는데 전화가 급한 듯 시끄럽게 울어댔다. 헤르메스의 자회사인 중국회사가 지배하고 있는 상장회사인 주식회사 태평의 김창규 대표였다.

「회장님, 급히 상의 드릴 일이 있습니다.」

김창규 대표의 목소리는 매우 불안하고 급하게 들렸다.

「김 대표, 1시간 뒤에 약속이 있는데 전화로 보고하면 안 되나요?」

「워낙 중요한 사안이라……. 그러면 회장님 회의 끝나면 바로 보고 드리겠습니다. 저희가 기다리겠습니다.」

「그럼 2시간 뒤에 이곳 사무실로 오세요.」

강 회장은 3시간이 지난 후에 사무실에 나타났다. 그리고 두 마리의 뱀이 몸을 감고 있는 지팡이가 그려진 자신의 소파에 앉으면서 담배에 불을 붙였다.

「중요한 사안이라는 것이 무엇이오?」

강 회장은 호들갑을 떠는 태평의 대표가 마음에 안 든다는 표정으로 물었다. 그러면서 김창규 대표가 재무이사 석진욱까지 같이 동행한 것을 보면 작은 일은 아닐 것이라고 생각했다.

「회장님, 저희 태평이 경영권을 소유하고 있는 주식회사 포유라는 회사를 아십니까?」

「젊은 애들이 장난으로 만든 게임회사 말인가요?」

강 회장은 아직도 게임시장의 시장성과 수익성에 대하여 부정적인 생각을 가지고 있는 듯했다. 김창규는 속으로 그나마 강 회장이 게임시장에 대하여 관심이 없는 것이 다행이라고 생각했다. 그러나 그것은 잘못이다. 현재 대한민국 최대 부자가 누구냐고 물을 때 일반인들은 삼성그룹 이건희 회장이라고 말할 것이나 조금이라도 전문적인 지식이 있는 사람이라면 게임회사인 넥슨의 김정주 회장이라고 말하는 사람도 적지 않을 것이다.

「회장님, 포유 이놈들이 이번에 300억원의 '주주 배정 유상증자*'를 결의하였습니다.」

김창규는 말을 하고 꿀꺽 침을 넘겼다. 강 회장은 김창규의 말이 이해가 안 된다는 표정을 지으면서

「김 대표, 태평이 소유하고 있는 포유의 지분이 얼마죠?」

「40%를 보유하고 있습니다.」

「그런데 이런 일이 가능한 거야? 당신들 잘못 알고 온 거 아니야?」

강 회장은 약간 화가 난 듯 거칠게 말했다.

「석 이사, 자네가 이야기 해봐.」

강 회장은 그런 일 하나 제대로 처리하지 못하는 놈들이라는 생각에 차갑게 물었다. 석이사도 난감해 하면서

「저희 태평의 최대 실수는 포유의 이사회를 장악하지 않았다는 것입니다. 개발자들이 서른도 안돼서 책임감을 가지고 열심히 하라는 의미에서 이사회 구성을 내부개발자 3명과 태평 2명으로 구성하였습니다. 그런데 이놈들이 다른 회사랑 손을 잡고 저희를 배신한 것입니다.」

「당신들은 적대적 M&A가 진행되고 있다는 것을 모르고 있었단 말

---

* 신주발행(유상증자)에서 주주배정과 제3자배정

회사 성립 후 회사의 자금조달을 직접적인 목적으로 하여 수권주식총수의 범위내에서 미발행 주식을 발행하는 것을 신주의 발행이라고 한다. 이러한 신주의 발행 방법으로는 주주배정과 제3자배정이 있다. 원칙적으로 회사가 신주를 발행할 경우 주주는 자기가 가지고 있는 주식수 따라 신주의 배정을 부여받을 수 있는 우선권이 있는데 이를 주주배정이라 한다. 상법 418조 2항에 따라 신기술의 도입, 재무구조의 개선 등 회사의 경영상 목적을 달성하기 위하여 필요한 경우에 한하여 제3자배정 신주발행을 허락하고 있다. 제3자배정은 기존주주의 부를 해칠 수 있기 때문에 엄격하게 제한하고 있고 실제 제3자배정 무효 소송도 많이 발생하고 있다. 대부분의 기업들은 주주배정 실시하고 실권주가 발생할 경우 이사회에서 제3자에게 실권된 신주인수권을 부여하도록 되어 있다.

이야. 당신들 뭐하는 사람들이야.」

강 회장은 업무가 철두철미하기로 소문난 사람이었다. 김창규와 석진욱의 얼굴은 더욱 창백해졌다.

「김 대표, 당신은 알았어 몰랐어?」

「알고 있었습니다. 그래서 김앤장법률사무소에 '3자 배정 유상증자'에 대하여 문의를 했는데 '3자 배정 유상증자'는 불가능하다는 답변이 와서 안심하고 있었습니다. 그런데 갑자기 저놈들이 300억 '주주 배정 유상증자'를 실시하는 것이 아니겠습니까?」

「김 대표, 300억은 무슨 의미야? 포유가 300억이 필요하나?」

「아닙니다. 제가 알기로는 약간 자금난이 있으나 심각한 정도는 아니고 2, 30억이면 충분합니다.」

김 대표와 석 이사가 안절부절못하고 있을 때 강 회장은 아무 말 없이 한참 동안 혼자 깊은 생각에 잠겼다. 한참이 지나고 나서 강 회장은 약간의 웃음을 띠면서

「맹랑한 놈들이네.」

김 대표와 석 이사는 도무지 회장의 웃음과 말을 이해할 수 없었다.

「김 대표, 이번 포유를 적대적 M&A를 하려는 회사가 어디야?」

「네. 임페리얼 그룹입니다.」

김 대표가 임페리얼 그룹이라고 말하자 강 회장의 얼굴에서 싸늘한 기운이 스쳐 지나갔다.

「뭐, 임페리얼? 임페리얼 호텔 말하는 거야?」

「네.」

김 대표는 기어들어가는 목소리로 말했다.

「임페리얼 측 M&A 담당자가 누구야?」

강 회장은 김 대표를 노려보며 차갑게 말했다.

「자금부 장도진 상무입니다. 제가 만나봤는데 나이는 서른여섯이고 임페리얼에 들어온 지 얼마 되지 않았답니다.」

김창규에게 물었는데 석진욱이 대신 대답을 했다. 강 회장은 어두운 표정을 지으며 한참 동안을 말을 하지 않았다. '장도진.'

강 회장은 속으로 설마 본인이 아는 장도진이 아니겠지라고 생각했다.

「임페리얼과 장도진이라……. 석 이사. 당신 장도진을 만나서 무슨 이야기를 했어?」

「별거 아닙니다. 김앤장법률사무소에서 '제3자 배정 유상증자' 결의가 불법이라고 답변이 왔으니 젊은 개발자들 흔들지 말라고 했습니다.」

「이런 개 병신 새끼야! 패 까고 포커 치는 놈 처음 보네. 내 생각으로는 임페리얼은 처음부터 '3자 배정 유상증자'는 생각도 안했을 것 같은데. 으이구. 둘 다 보기도 싫으니까 꺼져!」

강 회장은 불같이 화를 내면서 소리를 질렀다.

「회장님 '주주 배정 유상증자'에 참여…….」

김 대표는 기어들어가는 목소리로 강 회장에게 '주주 배정 유상증자' 참여 여부를 물었다.

「꺼지라니까? 그리고 너 김 대표, 증권사 대표 출신이라는 놈이 이 따위로 일을 처리해!」

김 대표와 석 이사는 기역 자로 인사를 하고 어쩔 줄 몰라 하면서 강 회장의 방을 나왔다. 강 회장은 두 마리의 뱀이 몸을 감고 있는 지팡이가 그려진 자신의 소파에 앉아 담배를 피우면서 저들의 속뜻이 무엇인지 꼼꼼히 생각했다.

'주주 배정 유상증자, 300억, 임페리얼, 장도진.'

강 회장은 머리가 복잡했지만 어느 정도 논리가 정리되고 있었다. 어느 놈의 머리에서 나왔는지 모르지만 강 회장이 생각해도 기가 막힌 전략이었다. 분명 태평의 자금력이 좋지 않다는 것을 알고 '주주 배정 유상증자'에 참여하지 못할 것이라고 생각했을 것이다.

'이놈들이 태평의 대주주가 중국이라는 약점까지 이용하려고 한 것일까? 아님 단순히 태평의 자금력이 약한 부분만 생각한 걸일까?'

강 회장은 스스로 중얼거렸다. 강 회장은 종로경찰서 수사과에 김장우 형사에게 전화를 걸었다.

「김 형사, 잘 지냈나?」

「아이구 강태완 기자님이 아니십니까? 아니 이제는 강 회장님이라고 불러야 하는가요?」

「김 형사, 부탁이 있는데 임페리얼 그룹과 자금부 장도진 상무에 대하여 자세하게 알아봐 주세요. 사례는 섭섭지 않게 하겠습니다.」

5일 뒤 강태완과 김장우 형사는 아셈타워 40층 헤르메스의 사무실에서 만났다.

「아이구, 강 회장님. 사무실이 아주 좋습니다.」

「이게 다 김 형사가 많이 도와준 덕분입니다. 이리 앉으세요.」

「임페리얼과 장도진에 대하여 조금 알아보았습니까?」

「회장님, 성질도 급하십니다. 차나 한 잔 하면서 말씀드리겠습니다.」

강 회장과 김 형사는 사소한 이야기를 하면서 웃음꽃을 피웠다.

「강 회장님, 우선 장도진에 대해서 말씀드리겠습니다. 고향은 전남 여수 묘도고 대학은 회장님과 같은 대학 심리학과 86학번입니다.」

강 회장은 장도진 상무가 자신의 예감대로 16년 전 자신을 찾아왔던 장도현의 동생 장도진이라는 것을 확인할 수 있었다. 강태완이 기자로 일하던 시절. 김철중 교수의 소개로 본인을 찾아와서 형의 죽음에 대하여 의구심을 가지고 물어보던 그 눈빛이 그날 이후 지워지지 않았다. 사실은 장도진을 만난 후 강태완은 그 눈이 마음에 들지 않았다. 장도진의 눈은 모든 것을 알고 있고 당신이 형을 죽인 범인이라고 말하는 것처럼 보였다.

「그런데 회장님, 임페리얼 그룹은 알면 알수록 이상한 면이 너무 많습니다.」

김 형사는 눈을 반짝이며 자신이 조사해온 자료를 펼쳐 놓고는 빠른 속도로 말을 이어나갔다.

「호텔과 나이트클럽을 중심으로 사업을 시작했고 그 이후 빠른 속도로 다른 사업영역으로 확장하고 있습니다. 그런데 흥미로운 것은 폭력조직과 아주 밀접한 관계를 가지고 있다는 것입니다. 임페리얼과 관련이 있는 구려파라는 폭력조직은 지금 대한민국에서 가장 강력한 영향력을 가지고 있습니다.」

「김 형사님, 임페리얼의 대표에 대해서 알아보셨습니까?」

「예. 여사장인데 이름은 한설이라고 합니다. 서울출생으로 서울에고를 졸업하고 장도진과 같은 대학 동기로 미술대학 1학년 때 독일 하이델베르그 대학으로 유학한 것으로 파악되었습니다. 정보에 의하면 한설 대표가 최근에 장도진을 영입하였다고 들었습니다.」

「김 형사님, 임페리얼의 실질적인 대주주는 누구입니까?」

「처음에는 독일회사였으나 지금은 홍콩 소재 법인으로 변경되었습니다. 사명이 NK라는 정도만 파악했습니다.」

「김 형사님, 신경써주셔서 고맙습니다.」

강태완은 김 형사에게 작은 사례라고 하면서 두툼한 봉투를 건넸다. 김 형사는 봉투를 살짝 열어보고는 마음에 드는지 흡족한 미소를 지었다. 그리고 그 미소가 떠나기 전에 강태완은 김 형사에게 또 하나의 봉투를 내밀었다. 방금 전 것보다 더 두툼한 봉투였다.

「김 형사님, 임페리얼에 대해서 더욱 상세한 조사를 부탁드립니다. 지배구조가 어떻게 되는지. 실질적인 소유자는 누구인지. 그 외 특이사항들까지, 임페리얼의 모든 것을 알고 싶습니다. 이건 선수금이고 조사가 끝나고 나면 더 챙겨드리도록 하겠습니다.」

형사로서는 평생 만져볼 수도 없는 금액을 한 번에 손에 쥐게 된 김 형사는 연신 강태완에게 감사하다는 말을 하며 언제든지 부탁할 것이 있으면 전화 달라고 하면서 강 회장 사무실을 나갔다. 강태완은 20여 년의 기자생활을 통한 육감으로 임페리얼을 조사해 보면 재미있는 사실이 발견될 것이라는 생각이 들었다. 도현의 동생 장도진에 대해서는 자꾸 불안한 마음이 들었지만, 일단 급한 일을 먼저 처리하기로 했다.

강태완은 우선 주식회사 포유의 300억 원의 유상증자에 참여 여부를 결정하여야 하였다. 태평의 대주주인 중국회사는 사실 강태완이 그동안 기자생활을 하면서 정보를 통해 이면으로 부을 축척했고 해외로 자금 세탁을 통해 인수한 회사였다. 사실 태평은 자금력이 좋아 보이지 않지만 강태완은 그동안 많은 자금을 모았고 이번 주식회사 포유의 '주주 배정 유상증자' 대금 300억 중 태평 지분인 40%에 해당하는 120억의 자금 확보에는 어려움이 없었다. 하지만 코딱지만 한 비상장 게임회사에 120억을 투자하여 경영권을 유지한다는 것이 마음에 들지 않았다. 실은 강 회장은 게임회사에 대하여 부정적인 생각을 가지고 있었다. 게임 사업으로 거대한 부를 획득한 젊은 경영자들을 신문에서 볼 때마다 어린놈들이 운이 좋아서 로또 맞은 정도로 생각했고 심사가 뒤틀리는 것을 느꼈다.

강태완 본인은 기자 생활을 하면서 가장 밑바닥에서부터 배신과 음모, 그리고 비굴하게 권력에 빌붙는 등 말 못 할 어려움을 겪으면서 지금의 부를 이루었기 때문이었다. 실은 태평이 소유한 포유 주식은 강태완이 태평을 인수하기 이전부터 투자되어 있었다. 강태완은 처음부터 120억을 투자할 마음이 없었다. 그것보다는 임페리얼과 장도진에 대하여 알아보고 싶은 마음이 강하게 다가왔다.

'임페리얼과 장도진 그리고 한설이라는 이 여자에게 왜 자꾸 관심이 가는 걸까?'

강태완은 야릇한 웃음을 보이면서 중얼거렸다. 김 형사에게서 다시 연락 오기를 기다렸다.

강태완과 김 형사가 만나기 한 달 전.

도진은 기쁜 마음이 앞서는 복잡한 감정을 가지고 신사동 임페리얼 호텔로 출근하였다. 도진의 집무실은 맨 위층에 있는 설의 집무실 오른쪽 옆이었고 세련된 가구에 특히 전망이 아름다웠다. 멀리 한강과 서울의 스카이라인이 도진의 발밑에 존재하고 있었다. '남들 위에 군림하는 기분이 이런 거구나.' 하는 생각이 들었다. 설의 집무실에 들어섰을 때 설은 결재를 마치고 그윽한 웃음으로 맞이해 주었다. 커피를 함께 마시고 서로의 추억을 회상하는 대화가 오간 뒤 설은 부담을 갖지 말구 해보라며 첫 번째 임무를 부여하였다.

「이번에 게임회사 하나 인수하는데 도진이 네가 맡아볼래.」

「내가 뭐 아는 게 있어야지.」

도진은 자신 없는 작은 소리로 말하였다.

「야, 천하의 장도진이 왜 이리 찌그러들었어.」

설은 도진을 믿는다고 말했다. 큰 부담으로 다가왔지만 설을 위해서라도 꼭 성공시키겠다고 마음을 먹었다.

'이거 뭐 안 하는 게 없네. 호텔, 나이트클럽에 이어 게임회사까지.'

도진은 속으로 생각했다. 설의 임페리얼은 장치 산업은 거의 없었고 대부분 현금 수익성이 높은 업종에 집중하고 있었다. 오후에는 기상이 도진의 집무실로 찾아왔다.

「와우, 여수 묘도 촌놈이 진짜 출세했네. 첫사랑이 좋기는 하구만. 하루아침에 자금부 상무라니. 이 몸은 온몸으로 칼 맞아 가면서 순천 장악하고 서울에 와서 죽을 고비 수없이 넘겨가면서 지금 이 자리까지 왔는데.」

기상의 말이 맞았다. 연봉 2억 5천에 최고급 차, 그리고 기사에 비서까지, 로또도 이런 로또가 없었다.

「외삼촌이 돕는 거다. 하늘에서 찌질한 장도진을.」

기상은 농담 섞인 투로 「상무님, 앞으로 잘 부탁합니다.」 하고 말했다. 그리고 도진의 책상을 살피더니 책상 위에 있는 '전정현 회계사의 회계원리' 책을 뒤척이더니 하는 말이

「회계 이런 일 하는 사람들 보면 존경스러워. 숫자만 보면 머리에 쥐가 나거든. 잉 회계에 '대변'이 나오네. 똥이 왜 회계에 나와.」

기상이 약간 농담조로 말했다. 도진은 웃으면서 본인도 심리학과 출신이라 회계를 잘 몰라서 임페리얼에 오기 전에 사서 읽었다고 기상에게 말했다. 간단히 복식부기를 설명하고 '차변'은 왼쪽, '대변'은 오른쪽 거래를 뜻하는데 똥 누고 오른손으로 뒤처리하니 '대변'이 오른쪽이다 생각하면 쉽다고 하였다.

기상은 뭐가 뭔지 모르겠다는 표정으로 집무실을 나가면서 새끼손가락을 흔들며 필요할 때 말하면 싱싱한 걸로 바로 대령하겠다고 했다. 친구의 행복을 진심으로 축하해 주는 표정이었다. 기상이랑 같이

있는 내내 오직 설이 준 첫 번째 임무를 있는 힘을 다해 성공해야 한다고 생각했다. 설이 말한 게임회사는 성북동에 소재해 있었고 직원 20명 내외에 주식회사 포유라는 비상장 회사였다. 주주 구성을 보니 상장사인 주식회사 태평이 40%를 장악하고 있었다.

'음, 상장사가 40%를 가지고 있다. 이거 어렵겠는데.'

도진은 속으로 중얼거렸다. 나머지 주식은 20명의 개인들에게 분산되어 있었다. 이 회사는 작지만 개발력을 인정받고 있었고 서울대학교 출신의 젊은 친구들로 구성되어 있었는데 도진은 끈을 댈 인맥도 별로 없었다. 설의 말로는 여기서 개발하는 농구 게임이 앞으로 대박이 터질 가능성이 있다는 것이었다. 그런 말은 어디서 들은 건지 알 수가 없었지만 확실히 설은 베일에 가려 있었다. 베일은 베일이고 첫사랑 설에게 실망을 안겨줄 수는 없었다. 도진은 주주 명부를 꼼꼼히 살피면서 이사진 구성도 체크했다. 빈틈이 살짝 눈에 들어왔다.

'어라, 젊은 개발자들의 지분의 10%도 안 되네.'

도진은 속으로 쾌재를 불렀다. 또 태평은 포유의 이사회도 장악하고 있지 않다는 것도 눈에 들어왔다. 회사 측 개발자 3명, 태평에서 2명으로 이사회는 구성돼 있었다. 음……. 회사 측 이사인 개발자 3명을 우리 쪽으로 돌리면 작은 희망이 생길 가능성도 있을 것 같았다. 과감하게 주식회사 포유로 전화를 했고 여직원이 전화를 받았다.

「김대규 대표님 부탁합니다.」

「실례지만 누구시라고 전해드릴까요?」

「주식회사 임페리얼 자금부 상무 장도진이라고 전해주십시오.」

조금 지나자 김대규 대표가 전화를 받았다.

「임페리얼에서 저한테 무슨 용건이 있으신가요? 혹 임페리얼 호텔 쪽이신가요.」

「네, 임페리얼 호텔이 저희 그룹 소속입니다.」

「만나 뵙고 긴히 상의 드릴 일이 있으니 시간을 내어 주십시오.」

김대규 대표는 내일 오후 2시에 사무실에서 만나자고 하였다. 일단 연결은 되었다. 다음날 성북동으로 출발했다. 젊은 개발자들에게 나쁜 이미지를 주지 않기 위하여 지하철을 타고 갔다. 한성대입구에서 내려서 500미터를 걸어서 도착했다. 김대표는 캐주얼 복장을 입고 있어서인지 대학생처럼 보였고 눈은 맑고 투명했다. 우선 눈을 보고 안심이 되었다. 차를 한 잔 마시고 정중하게

「저희가 포유를 인수하고 싶습니다만.」

김 대표는 피식 웃으면서 주주 구성은 확인했냐고 물었다.

「네. 확인했습니다.」

「그럼 대주주인 태평으로 가셔야죠. 전 힘이 없습니다.」

김 대표는 안 될 일을 하지 말라는 투로 말했다.

「대표님이 저희랑 손을 잡는다면 방법이 생길 수도 있을 것 같습니다.」

김 대표는 잠시 생각에 잠기더니 도진에게 돌아가 있으면 연락을 하겠다고 했다. 5일이 지나도 연락은 오지 않았고 회사로 전화해도 외출중이라고 하였다. 몸이 달았다. 실패가 두려운 게 아니라 설에게 꼭 성공하고 싶은 모습을 보여주고 싶었기 때문이었다. 유일하게 믿음과 용기를 준 첫사랑 설에 대한 보답이었다.

무작정 회사로 찾아가 김 대표를 5시간이나 기다렸고 그 이후 세 번을 더 찾아 갔으나 만나지 못하고 돌아왔다. 김 대표가 피한다는 것이 확실해졌고 눈앞에 큰 벽이 가로막혀 한 발짝도 나갈 수가 없었다. 가끔씩 설은 웃으면서 「장도진 잘돼가지?」 하고 물었다. 이대로 포기할 수 없었다. 주주명부를 보고 김 대표의 주소를 확인했다. 김 대표의 맑

고 투명한 눈이 생각났고 정성을 다한다면 가능성이 있다는 생각이 들었다.

'집으로 가자. 무릎을 꿇어서라도 김 대표의 마음을 움직여야 한다.' 도진은 비장한 어투로 되뇌었다. 저녁 8시에 김대규의 집 앞에서 초인종을 눌렀다.

「누구세요?」

「김 대표님 들어오셨나요?」

「아직 안 들어왔습니다.」

「아, 네. 들어오실 때까지 밖에서 기다리겠습니다.」

김 대표는 저녁 11시가 되어서야 집 앞에 나타났고 도진의 모습을 보고는 흠칫 놀라는 눈치였다.

「김 대표님, 이제 퇴근하십니까?」

「괜찮으시면 요 앞 포장마차에서 소주 한 잔 어떠신지요?」

김 대표는 내일 출장이 있어 안 된다고 하고 용건을 간단히 말하라고 하였다. 도진은 지난번처럼 똑같이 말했고 김 대표도 똑같은 말을 반복하였다. 실패다. 아무 소득 없이 돌아왔다. 5일 뒤에 다시 김 대표의 집 앞에서 기다렸고 이번에는 저녁 10시에 김 대표를 만날 수 있었다. 김 대표는 도진이 안쓰러웠는지 이번에는 포장마차에서 소주 한 잔을 기울일 수 있는 기회를 주었다.

처음에는 말없이 서로 잔을 주고받았다. 이성적으로는 김 대표를 설득할 자신이 없었다. 술이 좀 취하자 도진은 어린 시절 다리를 절었던 이야기로 김 대표의 감성을 자극했다. 이것이 통했는지 김 대표가 조금씩 마음을 열었다. 그러더니 대뜸

「장 상무님, 저희 개발자들에게 무엇을 주실 수 있나요?」하고 물었다.

「회사의 핵심 개발자들이 지분이 너무 적습니다. 임페리얼이 인수에 성공한다면 대표님한테 20%의 지분을 확보할 수 있게 해드리겠습니다. 20% 지분의 배분은 대표님의 고유 권한입니다.」

도진은 확신에 찬 말투로 말했다.

「상무님, 방법은 있으신가요?」

「아직은 말씀 드리기 어려운데 제게 일주일의 시간을 주신다면 꼭 방법을 만들어 오겠습니다.」

「상무님 보니 믿을 수 있는 분 같아 승낙하기로 하였습니다.」

김 대표의 눈에는 도진이 실패할 것이라는 확신이 있었다.

'기사회생이다. 이젠 방법만 찾으면 된다. 그런데 방법이 없을 수도 있다.'

김 대표와 헤어지면서 도진은 낮은 소리로 중얼거렸다. 그래도 설이 내린 임무에 한 발짝 다가갈 수 있다는 게 무엇보다도 기뻤다. 다음 날 하루 종일 책상에 머리를 찧으면서 고민을 하고 또 하였다. 전화가 울렸다.

「여보세요. 임페리얼 장도진입니다.」

「저는 주식회사 태평의 재무이사 석진욱입니다.」

'태평이라면 포유의 대주주 아닌가.'

「석 이사님, 무슨 일이신데요?」

「장 상무님을 만나 뵙고 싶습니다.」

임페리얼 호텔 커피숍에서 오후 2시에 석진욱을 만났다. 석진욱은 50대 중반에 약간 머리가 빠지고 배가 뽈록 나온 전형적 아저씨 스타일이었다.

「석 이사님, 무슨 일이십니까?」

「장 상무님, 생각보다 젊으십니다.」

「고맙습니다.」

「실은 포유 때문에 왔습니다. 저희가 김앤장법률사무소에 문의해 봤습니다. '제3자 배정 유상증자'는 법률적으로 안 되는 것 아시죠.」

석진욱은 단호하게 이야기했다. 순간적으로 희미한 불빛이 보였다. 멍청하긴, 처음부터 '제3자 배정 유상증자'는 생각도 하지 않았다. '그러니까 저놈들은 우리가 '제3자 배정 유상증자'를 할 거라고 생각하고 있다 그 말이지.' 도진은 속으로 생각했다.

「장 상무님, 안 되는 일 가지고 젊은 개발자들 흔들지 마십시오. 태평은 포유를 매각할 의사가 조금도 없습니다.」

「알겠습니다. 석 이사님.」

도진은 속으로 쾌재를 불렀다. 아직 답을 찾을 수는 없었으나 태평이 방심하고 있다는 것은 명약관화했다. 그날 일식집 대경에서 저녁을 먹으면서 설이 물었다.

「장도진, 뭐 건진 거라도 있니?」

「네, 우선 이사진 포섭에는 성공했습니다. '제3자 배정 유상증자'는 법적으로 안돼서 다른 방법을 찾고 있는 중입니다.」

「난 장도진을 믿어.」

설의 그 말이 도진의 가슴을 비수처럼 찔렀다. 간단히 저녁을 먹고 설은 근시일 내에 선영집에 한 번 더 가보고 싶다고 말하면서 헤어졌다. 차를 타고 오는 내내 머리를 쥐어짜고 짜내도 방법이 떠오르지 않았다. 모레가 김 대표랑 약속한 날인데 아직도 답을 못 찾았다. 도진은 너무 답답한 나머지 기상에게 전화했다.

「어이구, 높으신 상무님이 어쩐 일이신가?」

「웅. 머리가 아파서 소주 한잔하자고.」

「음, 상사가 마시자는데 거절할 수 없지. 어디서?」

「기상아, 호텔 앞 포장마차에서 한잔하자.」

「도진아, 소영이도 볼 겸 나이트 룸에서 한잔하지.」

「거긴 불편해. 영업장에서 술 먹는다는 것도 찔리고.」

실은 설에게 여자 끼고 술 먹는 모습을 보여주기 싫었다. 기상이랑 만나 술을 죽어라 마셨다. 그동안의 스트레스가 장난이 아니었나 보다.

「야, 이놈 술 먹는 것 봐라.」

기상은 걱정되는 듯 말했다.

「도진아, 무슨 속상한 일 있니?」

「그냥 일이 잘 안 풀려서.」

「어이, 장도진. 하늘에 계신 외삼촌이 도와주실 거야 힘내.」

도진은 실컷 소주를 마시고 나니 기분이 조금 개운해지는 것 같았지만 조금도 취하지 않았다. 소주 5병을 비우고 기상과 헤어졌다. 모래면 김 대표와 약속한 날인데 이제는 설이 문제가 아니었다. 도진을 믿어준 김 대표에게 빈손으로 돌아간다는 것도 용납이 되지 않았다. 다음날 일찍 출근하여 책상에 앉아서 그동안 준비한 자료에서 조그마한 힌트라도 얻으려고 모든 신경을 곤두세웠다. 그때 태평의 대주주가 중국회사라는 게 눈에 들어왔다.

'중국' 드디어 정답을 찾은 것 같았다.

현재 포유의 자본금은 30억.

태평이 가진 지분 40% 12억.

현재 회사가 필요한 자금은 단지 20억.

300억의 '주주 배정 유상증자'를 이사회에서 결의한다면!

과연 태평이 300억원 중 유상증자 납입액 120억을 준비할 수 있을까?

중국 대주주에게 허락 받을 물리적 시간까지 계산하면…….

당장 설에게 달려가서 계획을 설명했다. 설은 책상을 탁 치면서

「역시 장도진이야, 내가 사람 보는 눈은 있어. 그런데 자금만 투여되고 경영권 인수를 못할 가능성도 있잖아.」

「그건 걱정 마십시오, 대표님. 김대규 대표가 진짜 우리 편이라면 작전은 성공할 것입니다.」

도진은 처음으로 설에게 대표님이라고 불렀다. 다른 때는 어색하여 호칭을 생략하고 말했다. 다음날 김대규 대표를 만났다. 김 대표는 도진이 분명 빈손으로 왔을 거라 생각을 하고 있었을 것이다.

「김 대표님, 방법을 찾았습니다.」

도진은 신중한 말투로 김대규에게 자세하게 설명했다.

「우선 이사회에서 300억 '주주 배정 유상증자' 결의를 해 주십시오. 기존 주주가 유상증자에 참여하지 않으면 이사회에서 3자 배정으로 주식회사 임페리얼에 기존 주주들이 포기한 신주인수권을 넘겨주시면 됩니다. 제 생각으로는 지금 태평은 방심하고 있기 때문에 이사회에서 300억 유상증자를 결의하면 어리둥절할 것입니다. 이놈들 미쳤나 하고. 제가 파악한 바로는 태평은 자금 사정이 좋지 않기 때문에 120억 유상증자에 참여할 수 없을 겁니다. 혹 자금을 구할 수 있더라도 중국 회사가 대주주이기 때문에 유상증자에 참여하려면 허락을 얻어야 합니다. 대주주인 중국 회사에서도 작은 개발사에 120억을 투자한다고 하면 아마 태평 경영진에 대한 불신이 극도로 높아질 것입니다. 제 예상이 맞는다면 그날 모든 주주들이 '주주 배정 유상증자'에 참여할 수 없을 겁니다. 은행 마감 시간에 유상 증자 대금이 입금되지

않은 것을 확인 후 기존 주주가 포기한 신주인수권 중 70억만 임페리얼에게 제3자 배정을 해주십시오. 그렇게 되면 임페리얼이 주식회사 포유의 지분 70%를 확보하게 됩니다. 약속하신 대로 임페리얼이 인수에 성공하면 19억을 대표님에게 대여하여 임페리얼이 확보한 지분 중 19%을 대표님께 양도하겠습니다. 대여한 19억은 회사가 개발하고 있는 농구 게임 슬램덩크가 성공할 경우 성과급을 지급하면 그것으로 상환하시면 됩니다. 게임이 실패할 경우는 매입한 지분 19억을 다시 임페리얼에 매각하시면 대표님의 리스크는 없습니다. 대신 앞으로 이사회는 임페리얼이 3명, 회사측에서 2명으로 확실하게 하겠습니다.」

도진의 세심함에 김 대표는 경탄을 금치 못했다. 어려서부터 형과 어머니의 죽음, 절름발이로 살았던 과거는 항상 남의 입장에서 생각해 보는 마인드를 도진에게 주었다. 그 시절들이 도진에게 가져다준 쾌거였다.

20억에서 19억으로 조절한 것은 51%를 확보하기 위해서라고 김 대표에게 양해를 얻었다. 둘은 새벽까지 술을 마셨고 끝날 때쯤 김 대표가 형님이라고 불러도 되냐고까지 말했다. 도진은 속으로 서울대 나온 동생 한 명 있으면 좋겠다고 생각했다. 도진의 예상은 하나도 빗나가지 않았고 임페리얼은 70억으로 상장사가 대주주였던 유망 중소게임회사의 적대적 M&A를 성공했다. 설이 내린 첫 번째 임무를 멋지게 성공한 것이 무엇보다 기뻤다.

포유의 인수가 끝나고 도진에게 한 통의 전화가 걸려왔다.

「나 강태완 기자요.」

강태완. 오랫동안 잊어버리고 살았던 이름이었다.

'그런데 이 사람이 왜 나한테 전화를 한 것일까?' 순간 도진은 혼란스러웠다.

「아, 예. 강 기자님이 무슨 일이십니까?」

「시간 되면 한번 만나고 싶은데…….」

강 기자는 도진에게 말꼬리를 약간 끊었다.

「강 기자님, 어디서 만날까요?」

「장 상무, 내가 임페리얼로 오후 2시까지 가겠네.」

한민족신문사 강태완 기자가 도진에게 전화를 했다. 대학생 때 형의 죽음에 대한 의문을 풀기 위하여 강태완 기자를 4번 만났었다. 도진은 세월이 흘렀지만 형의 죽음에 대해 더 이상의 실마리를 풀지 못하고 진전이 없었던 것이 늘 마음속에 걸렸다.

1시 50분쯤 강태완 기자가 사무실에 도착했다. 강태완 기자는 도진의 사무실에 도착하자 그동안 잘 지냈냐는 형식적인 인사를 하면서 명함을 건넸다. '주식회사 헤르메스 회장 강태완'이라고 명함에 적혀 있었다. 강태완은 세월이 비켜갔는지 아직도 젊음과 지적인 분위기의 얼굴을 가지고 있었다.

「언제 한민족신문사를 그만 두셨나요?」

「2년 정도 되었네. 나이도 들고 옛날처럼 열정도 없고 해서.」

도진은 주식회사 헤르메스가 무슨 사업을 하는 회사인지 궁금했지만 일부러 물어보지 않았다. 지금은 강태완이 왜 자신을 찾아왔는지가 더 궁금했다. 도진은 헤르메스가 그리스로마신화에서 상업에서부터 도둑질까지 숙련과 기민을 요하는 일체를 담당하는 제우스의 사자라는 것을 알고 있었다. 도진은 무슨 이유인지 헤르메스란 이름이 마음에 들지 않았다.

「이제는 회장님이라고 불러야 하겠네요.」

도진은 약간 차갑게 말했다.

「자네는 아직도 나한테 약간의 적의가 있는 듯 말하는군. 아직도 내가 자네 형의 죽음과 관련이 있다고 생각하는가?」

「그럴 리가 있겠습니까? 저는 오래전에 형의 죽음에 대한 의문을 버렸습니다. 대학 때는 기자님 아니 회장님뿐만 아니라 그 당시 민들레 회원 모두가 제게는 의심의 대상이었으니까요?」

도진은 형의 죽음에 대해서 더 이상 관심이 없는 척 무덤덤하게 말했다.

「그런데 임페리얼에는 무슨 일이십니까?」

도진은 그 순간 강태완의 눈을 바라보았다. 대학 시절에도 그의 눈이 마음에 들지 않았다. 그 당시 형의 죽음에 대하여 말했을 때 분명 확대되는 동공과 산만한 시선을 정확하게 읽을 수가 있었다. 다른 회원들보다 훨씬 더 당황했었다.

「이번에 임페리얼이 게임회사 포유를 인수했다고 들었네. 태평의 대주주 중국회사 대표랑 친분이 있는데 그 대표가 사건에 대하여 어떻게 된 것인지 알아봐 달라고 해서 조사를 했더니 임페리얼 측 담당이 자네라고 해서 매우 놀랐네. 태평을 보기 좋게 물 먹이고 적대적 M&A에 성공했다고 들었네.」

도진은 강태완의 눈에서 어떠한 느낌도 받을 수가 없었다. 단순히 감각적으로 약간 거만함과 자신감에 가득 차 있다는 것과 이 친구가 무엇인가 궁금한 점이 있다는 것을 느낄 수 있었다.

'무엇이 궁금해서 왔을까? M&A 과정이 궁금해서 올 친구는 아닌데.'

도진은 속으로 강태완이 왜 자신을 찾아 왔는지 더욱 궁금했다.

「하나 물어볼 것이 있네. 이번 적대적 M&A에서 중국회사가 대주주였다는 것이 영향을 미쳤는가?」

강태완은 주변을 살피면서 더 이상 할 말이 없는지 본인이 궁금한 것을 물어보았다. 도진은 강태완에게 단지 태평의 재무구조가 약한 것을 이용했다고 거짓말을 했다.

「한설 대표는 잘 있는가?」

「강 회장님이 대표님을 어떻게 아시는지요?」

「잘 모르는데 우리 대학 미대를 나왔고 한때는 민들레 회원이라고 들었네.」

「장 상무, 도현이 동생이면 내 동생과도 같은데 언제 소주나 간단히 한잔하세. 오늘은 포유 인수 내용에 대하여 중국 측 대표의 부탁이 있어서 형식적으로 자네를 만나러 온 것이네.」

강태완은 그 말을 마지막으로 손을 흔들면서 도진의 집무실을 나갔다. 도진도 따라 나가면서 정중하게 인사를 하였다. 강태완이 떠난 후 도진은 그의 방문에 대하여 더욱 궁금증이 커졌다. 설이 민들레 회원이라는 것까지 어떻게 알고 있단 말인가? 설은 민들레에 5개월도 있지 않았는데……. 그것을 안다는 것은 설에 대하여 잘 알고 있는 사람을 강태완이 알고 있다는 결론밖에 낼 수가 없었다. 그리고 포유 인수의 내용을 알고자 도진을 방문했다는 것은 거짓이 확실했다. 도진은 그 말을 할 때 강태완의 눈에서 직관적으로 그것이 거짓이라는 것을 알 수 있었다. 강태완의 방문에서 도진은 평상시와는 다른 불안감이 몰려왔다.

도진은 그 이후 또 한 번의 인수합병을 성공하면서 회사 내에서 확실하게 자리를 잡았다. 그리고 무엇보다도 기쁜 것은 주식회사 포유의 농구 게임인 '슬램덩크'가 대박을 터뜨린 것이었다. 엄청난 동시접속자수에 한 달 매출이 무려 50억에 육박했다. 게임회사가 개발한 게임의 비용은 대부분 과거에 투자되었기 때문에 매출은 고스란히 이익으로 남았다. 매출 650억 영업이익은 400억에 육박했고 내년은 더욱 기대될 추세였다. 약속대로 김대규 대표에게 19억의 성과급을 지급하여 대여금을 상환하도록 하고 추가 보너스로 10억을 지급했다. 김 대표는 진심으로 고마워했다.

「김 대표님, 내년 주식 시장에 상장해서 더 많이 벌면 저 같은 샐러리맨 잘 부탁합니다.」

웃으면서 도진은 김 대표에게 말했다. 주식회사 포유 인수의 성공으로 조직 안에서 도진의 위상은 확실하게 자리가 잡혔고 설은 더 많은 임무를 주었다. 사실 도진이 죽어라 일하는 것은 설에게 인정받기 위해서였다. 행복한 시간이었다. 무엇보다도 기쁜 것은 첫사랑 설을 항상 옆에서 지켜볼 수 있다는 것이었다.

15
의문의 인수

　어느 날 도진이 그룹의 외부회계감사*를 총괄하고 있는데 설이 급하게 집무실로 오라고 연락이 왔다.

　「장 상무, G밸리에 있는 JS시큐리티라는 회사에 대하여 알아보고 자금은 얼마를 써도 좋으니 주식 100% 인수하게.」

　주식 100% 인수와 자금은 얼마를 써도 좋다는 것으로 봐서 설이 얼마나 그 회사를 중요하게 생각하는지 알 수 있었다. 설의 집무실을 나오면서 지분구조가 단순하면 좋겠다고 생각했다. 회계감사중인 사무실로 다시 돌아왔다. 회계감사는 국내 4대 회계법인 중 하나인 삼경회

---

* 외부회계감사란
　주식회사에 대한 회계감사를 실시하여 회계처리의 적정을 기하고 이해관계자의 보호와 기업의 건전한 발전을 도모하기 위해 제정된 "주식회사의 외부감사에 관한 법률"(법률 제3297호)에 의해 독립된 외부의 감사인(공인회계사)으로부터 감사를 받아야 한다. 외부감사대상법인은 직전연도 자산총액 100억원 이상인 경우에 한한다(주식회사의 외부감사에 관한 법률 제2조, 주식회사의 외부감사에 관한 법률 시행령 제2조 1항).

계법인이 수행하고 있었는데 그 책임자는 김재현 공인회계사**였다.

「김 회계사님, JS시큐리티라는 회사를 아시나요?」

「잘 모르겠습니다.」

「외부감사 대상 회사라면 금융감독원의 '전자공시시스템'***에 감사보고서와 영업보고서등 회사에 대한 자세한 자료들이 있습니다.」

「고맙습니다. 언제 마무리 할 예정입니까?」

「예. 오늘 마무리 할 예정입니다.」

김회계사와 대화를 마치고 사무실로 돌아와 금융감독원의 '전자공시시스템'을 검색한 결과 JS시큐리티는 나오지 않았다.

'음 외부감사대상이 아니라면 소규모 회사라는 건데. 이런 또 맨땅에 헤딩해야겠네.'

설은 JS시큐리티의 사업 아이템은 '24시간 상시 도청감지시스템'이라 하였다. 그 외 다른 정보는 하나도 없었다. 인터넷으로 회사를 검색하였으나 아무런 정보가 나오지 않아 114에 전화번호를 확인한 뒤 회사로 무작정 전화를 걸었다.

「여보세요. 저는 주식회사 임페리얼의 자금부 상무 장도진입니다.

** 공인회계사(CPA : Certified Public Accountant)
　공인회계사법에 의해 국가로부터 공인된 자격을 취득하고 타인의 위탁에 따라 회계에 관한 감사·감정·증명·계산·입안 또는 법인설립에 관한 회계와 세무대리 업무를 그 직무로 하는 사람. 특히 외부감사법률에 의한 외부회계감사는 고도의 전문적 학식과 경험이 필요하기 때문에 공인회계사 독점업무이다.

*** 전자공시시스템이란
　국가경제의 핵심인프라인 자본시장의 건전한 발전을 위해 투자판단에 필요한 정보를 적시에 제공함으로써 기업에게는 양질의 자금조달 기회를, 투자자에게는 다양한 투자기회를 제공하는 것이 중요하다. 이를 위하여 금융감독원은 2001년 1월부터 인터넷을 통하여 상장법인 등이 제출한 재무상태 및 주요 경영정보 등 각종 공시자료를 이용자가 쉽고 편리하게 조회할 수 있는 전자공시시스템(http://dart.fss.or.kr)을 운영하고 있다.

사장님 계십니까?」

「사장님 외출 중입니다. 혹 전할 말씀이 있으시면 메모를 해드리겠습니다.」

사장 이름은 선우근이었다. 전화 부탁한다는 메모를 남겨달라고 하며 전화를 끊었다. 이틀이 지나도록 전화는 오지 않았다. 다시 전화를 하려는 순간 전화벨이 울렸다.

「안녕하십니까? JS시큐리티 선우근입니다. 전화가 늦어서 죄송합니다. 제가 부산 출장을 다녀오느라 늦었습니다. 실례지만 무슨 일이신지요?」

「시간이 되시다면 선 사장님을 만나 뵙고 말씀 드리고 싶습니다만.」

이틀 뒤 구로동의 JS시큐리티 사무실에서 약속을 잡았다. G밸리에 있는 사무실로 가는데 주변은 온통 15층 규모의 아파트형 공장으로 가득하였다. 대학 때 이모 집에 갈 때는 허름한 공장들 뿐 이었는데 천지가 개벽할 정도로 많이 변해있었다. 구로공단은 70, 80년대 수출 전진기지의 역할을 하였으며 수많은 여공들의 애환이 서린 곳이다. 지금은 정보통신과 소프트웨어의 집합단지로 14,000개의 기업과 150,000명 이상의 고용창출을 하고 있는 곳이다.

회사는 대륭테크노타워 2차 7층에 입주해 있었다. 선우근 대표를 만났는데 어디선가 많이 본 듯한 외모였다. 속으로 피식 웃었다. 외모가 '똘똘이 스머프'를 많이 닮았다는 생각이 들었다. 선우근 대표는 자기 외모가 처음 만난 사람들에게 화제가 된다는 것을 알고 있었는지 자기의 별명이 어려서부터 '똘똘이 스머프'였다고 했다. 인상은 좋으나 선우근의 눈은 새로운 사람들에 대한 경계가 역력했다. 도진은 선우근의 눈을 보면서 인수가 쉽지 않겠다는 생각이 들었다.

「장 상무님, 저희처럼 작은 회사에 무슨 일이십니까?」

「저희 임페리얼 그룹을 알고 계십니까?」

「상무님, 전화 받고 알아보니 계열사를 제법 많이 가지고 있더군요.」

「아, 네. 다름이 아니라 임페리얼이 JS시큐리티를 인수하고 싶다는 말씀을 드리기 위해 대표님을 찾아뵙게 되었습니다.」

「뭔가 잘못 알고 오신 것 아니십니까? 저희 회사는 매출액이 30억밖에 안 되는 작은 회사입니다. 그리고 저는 회사를 매각할 의향이 없습니다.」

'당연히 매각할 생각이 없다고 이야기하겠지. 그래야 협상에서 우위를 점할 수 있으니까.'

도진은 서두르면 안 된다는 것을 감각적으로 알 수 있었다. 하지만 선 대표에게서 회사에 대한 애정이 많다는 느낌을 받았고 돈에 의하여 움직일 수 있는 사람이 아니라는 생각이 들었다.

「오늘은 선 대표님 생각을 들었으니 차만 한 잔 마시고 돌아가겠습니다. 혹 생각에 변화가 있으면 저에게 전화 부탁합니다. 인수 금액은 합리적인 범위 내에서 가장 높게 지불하도록 노력 하겠습니다.」

설은 인수 금액은 신경 쓰지 말라고 했지만 너무 목을 맨다는 인상을 주지 않기 위하여 '합리적인 범위 내'란 용어를 사용하였다. 아무 성과 없이 대표의 이름만 확인하고 돌아왔다. 매각 의사가 없다는데 자료도 요청할 수 없었다.

'주주 명부라도 확인할 수 있으면 좋을 텐데.'

갑자기 삼경회계법인의 김재현 회계사 생각이 났다. 김재현 회계사에게 전화해서 지난번 말한 JS시큐리티가 외부감사 대상이 아니라 자료를 구할 수 없다고 하면서 주주 명부를 포함한 작은 자료라도 구해 달라고 부탁했다. 김재현 회계사는 알아 본 다음 연락을 주겠다고 했다. 이틀 뒤 김 회계사는 퀵서비스로 회사소개서와 관련 자료를 보내

주었다. 김 회계사는 구로동쪽 회계사무소를 하고 있는 후배에게 부탁해 받았다고 하면서 보안을 유지해 줄 것을 부탁했다.

```
회사명 : JS시큐리티 주식회사
자본금 : 15억원
매출액 : 32억원
순손실 : 6억원, 누적적자 35억원
주주구성 : 선우근 45%, 남기권 30%, 기타 5명 25%
이사회구성 : 선우근, 남기권, 이영식
사업명 : 24시간 상시 도청감지시스템
```

회사소개서와 자료를 분석하여 JS시큐리티 내용을 간단하게 요약하였다. 이런 회사를 왜 설은 금액을 무시하고 인수하라는 걸까? 설은 어디서 정보를 얻는지 모르지만 그 정보들은 대부분 정확했다. 이 회사도 포유의 농구게임 슬램덩크처럼 대박 가능성이 있다는 정보를 들었을 것이다. 일주일 내내 결국 이것밖에 얻은 것이 없었다. 도무지 길이 보이지 않고 어디서 접근해 들어갈지 감이 오지 않았다. 설은 주식회사 포유 인수 때하고는 다른 관심을 가지고 하루하루 JS시큐리티 인수에 관하여 물었다. 스트레스가 말이 아니었고 방법을 찾을 수 없었다.

'방법을 찾아야 한다. 그런데 길이 없다. 그렇다면 방법은 하나밖에 없다.'

도진은 성공 가능성에 대한 확신이 없는지 머리를 흔들며 중얼거렸다.

쉽게 남을 믿지 않는 선우근의 신중함은 친한 사람만이 마음을 열 수 있다는 생각이 들었다. 주위에 선우근과 친한 사람을 포섭하여 선 대표의 마음을 움직일 계획을 세웠다. 선우근이 나온 카이스트 전자공학과 90학번 섭외에 들어갔고 마침 그룹 내 카이스트 90학번을 통하여 선 대표랑 친한 친구인 황영국을 만날 수 있었다. 황영국은 몸은 뚱뚱했지만 아기 같은 얼굴을 가지고 있었는데 선우근 대표랑은 둘도 없는 절친이었다. 둘은 일주일에 한 번은 골프도 같이 하는 사이일 만큼 서로를 잘 알고 있었고 황영국도 친구의 사업에 대해서 누구보다도 자세히 알고 있었다.

도진은 황영국에게 간단히 인사를 하고 친구 선우근이 대표로 있는 JS시큐리티를 인수하고 싶은데 황영국씨의 도움이 필요하다고 말했다. 황영국은 친구를 배신할 수 없다는 조그마한 의리라는 감정으로 고민하는지 경계하는 눈초리가 역력했다. 그 분위기를 바꾸고자 이런저런 이야기를 하다 소주나 한잔하자고 했다.

소주를 마시고자 한 이유는 황영국의 약점을 알아보기 위함이었다. 황영국은 약간 산만한 시선을 가지고 있었는데 이런 종류의 사람은 주식이나 도박을 할 가능성이 높았다. 돈, 자본주의 사회에서 돈 하나면 된다. 부모도 친구도 돈 하나에 배신한다. 조심스럽게 선우근 대표와의 관계를 물어가면서 혹 주식을 하신다면 좋은 정보를 하나 드리겠다고 하였다.

황영국의 동공이 미묘하게 커졌다. 분명 주식을 하고 있다는 것을 알 수 있었다. 시가 총액이 크지 않은 회사인 태평양텔레콤을 추천하였다. 우리 그룹은 전산장비와 소프트웨어를 교체 예정인데 그 규모가 200억으로 수주 당사자가 태평양텔레콤이 될 가능성이 높다고 하면서 수주가 안 될 수도 있으니 조심하라는 말로 신뢰성을 높였다.

황영국이 내일 태평양텔레콤을 매수해야 할 텐데. 다음날 자금부에 황영국의 태평양텔레콤 주식 매수 여부를 비밀스럽게 알아보라고 한 결과 금액은 작지만 매수했다는 보고를 받았다. 자금부에 태평양텔레콤을 하루에 3%씩 5일 동안 상승하게 그 다음에는 6%씩 이틀 상승하도록 지시했다. 따르릉 전화가 왔다. 분명 황영국일 것이다. 매각시기를 물어볼 것이다. 역시 황영국이었고 매각시기에 대하여 물어보았다. 약간은 더 상승하지 않을까 하는 여운을 주면서 계약이 된다면 더 상승할 수 있을 것이란 어느 정도의 확신을 주었다.

황영국은 본인의 자금을 모두 투자해서 상당히 재미를 보았는데 장 상무님이 확신을 더 주신다면 '주식 미수****'까지 쓸 것처럼 이야기를 했다. 고기가 물기 일보직전이군. 그랬다. 도진은 황영국의 머릿속에 들어와 있었다. 다음날 자금부에 오전에는 8% 상승을 유지하다 막판에 상한가를 만들고 최대한 많은 주식을 매입하라고 지시하였다. 황영국은 8% 상승 시점에서 미수까지 총 동원해서 주식을 매입할 것이다. 다음날 자금부에 5일 연속 하한가를 만들도록 하였다. 이제 시간만 지나면 반대매매를 통하여 깡통계좌****가 된 황영국이 모든 것을 잃은 채 도진을 찾아올 것이다. 황영국은 10일 뒤 정확하게 찾아왔다. 상무님 때문에 완전 망했다는 원망의 표정이었다.

「황영국 씨가 저를 도와준다면 이번 주식에서 잃은 돈을 바로 보전해 드리죠. 그리고 저희 임페리얼이 JS시큐리티 인수에 성공한다면 성공보수로 인수 금액의 3%을 드리겠습니다. 비밀 유지는 철저하게 하여 황영국씨를 곤란하게 만들지 않도록 하겠습니다.」

**** 주식투자에서 미수와 깡통계좌란?
　　주식 증거금을 담보로 신용거래를 의미하는데 돈을 빌려 주식을 매입하는 것을 말한다. 매수후 D+3일차에 차액을 입금 하여야 합니다. 입금을 하지 않으시면, 증권사에서 반대매매(강제매매)를 하며 주가가 상승할 경우는 문제가 없지만 주가가 하락할 경우는 치명적인 결과를 가져 오게 된다. 증권사에 반대매매를 하게 되면 미수금을 상환하게 되면 아무것도 남지 않아 이를 깡통계좌라 한다.

성공이었다. 황영국은 그동안 선우근에게 들은 JS시큐리티에 대한 모든 비밀까지 전해 주었다. JS시큐리티는 선우근이 ETRI에서 연구하던 것을 창업하여 5년 동안 개발하였고 도청감지 시스템은 미사일이나 헬기처럼 소유권은 국가에 있었고 제작업체 독점권만 JS시큐리티에 있었다. 현재 도청은 광범위하게 일어나고 있는데 현실적으로 범인을 잡는 것이 불가능하다고 했다.

도청기는 녹음기와 통신기로 구성되어 있는데 녹음한 후 아무도 없는 새벽녘에 녹음된 내용을 외부로 통신하고 사람의 목소리나 발소리가 들리면 그 즉시 통신을 중지하는 최첨단 기능이 추가되고 있어 휴대용 탐지기로 도청을 잡을 수가 없는 게 현실이라고 했다.

통신의 반경도 3,000미터가 넘어 설사 발견을 하더라도 그 범인을 현장에서 잡는 것은 더 어렵다고 했다. 최첨단 도청기는 쌀알보다 더 작기 때문에 선물용 화분이나 책 같은 데 끼워서 보내고 미팅 후 살짝 소파 사이에 흘리고 나오는 경우가 많다고 하였다. 그래서 JS시큐리티는 도청으로 인한 불법 전파를 24시간 감지하는 시스템을 개발하였고 올해부터 정부 각 산하기관에 납품하기 시작하였다고 말해주었다.

갑자기 도진도 자신의 방이 도청을 당하고 있다는 느낌이 들었다. 황영국의 말에 의하면 선우근은 사업화가 늦어지면서 지금까지 매달 직원들의 급여 때문에 고생했다고 하였다. 그리고 2대 주주 남기권은 선우근의 고등학교 선배로 직업은 변호사고 선우근이 자금난에 허덕일 때 엔젤 투자를 하였다고 하면서 좋은 가격이면 매각할 것이고 나머지 주주들은 개발 직원들이라고 하였다.

인수는 성공한 거나 마찬가지였다. 또 하나의 좋은 정보는 선우근은 부모님이 학교 선생님이기 때문에 대학교수가 꿈이라고 하였다. JS시큐리티의 도청감지시스템은 국가 소유이기 때문에 주식을 양도할 때는 국가정보원에서 인수자의 신상을 파악하여 조사를 한다고 자세히 말해 주었다. 설을 만나 그동안 진행된 내용을 설명하고 임페리얼이 JS시큐리티를 직접 소유하면 문제가 많을 것 같으니 대리인을 내세워 인수하자고 제안했고 명의 대여자는 설에게 알아봐 달라고 했다. 그리고 선우근이 대학교수가 될 수 있도록 힘써 달라고 부탁했다. 인수는 끝났다. 황영국을 통하여 선우근에게 인수 가격과 방법 그리고 조건을 제시했다.

하나, 다른 주주가 가지고 있는 주식을 선우근이 100% 인수한 이후 임페리얼이 지정하는 자에게 양도한다.

둘, 인수금액은 100억으로 한다.

셋, 선우근에게 서울에 있는 대학은 어렵지만 천안에 있는 송지대학 전자공학과 교수직을 제안하였다.

넷, 대학교수를 하면서 회사의 고문으로 기술 지원을 부탁했고 고문료도 지급하겠다고 하였다.

다섯, 직원들 중에서 핵심 개발자만 빼고 명예퇴직금을 지급할 테니 구조조정까지 부탁했다.

깔끔하게 일을 마무리 하였고 다음날 주식인수계약서와 주주간계약서를 체결할 예정이었다. 설이 밝게 웃으면서 도진의 손을 꽉 잡았다. 무슨 일인지 모르지만 시장도 작을 뿐 아니라 성장성에도 한계가 있어 보이는 작은 기업 인수에 그토록 설이 신경을 쓰는지 의문이 풀리지 않았다. 그런데 다음날 황영국에게 급하게 전화가 왔다.

「장 상무님, 선 대표가 갑자기 임페리얼의 인수에 응하지 않겠다고 연락이 왔습니다.」

도진은 매우 당황스러워하며 잠시 후 연락하겠다고 하면서 전화를 끊고 설의 집무실로 달려갔다.

「대표님, JS시큐리티 인수에 문제가 생겼습니다.」

「장 상무, 어떻게 된 것인지 자세하게 설명해 보게.」

「황영국의 말에 의하면 선 대표가 아무런 이유 없이 매각을 하지 않겠다고 통보를 해왔습니다. 도무지 그 이유를 알 수가 없습니다.」

「대표님, 제가 선 대표를 만나 보겠습니다. 일이 이렇게 되어서 죄송합니다.」

「장 상무, 그 문제는 저도 알아보겠습니다.」

설의 집무실을 나온 도진은 우선 선우근 대표를 만났으나 아무런 이유 없이 매각을 하지 않겠다고 막무가내였다. 도진은 도무지 이해할 수가 없었다. JS시큐리티는 3개월째 직원들의 급여가 밀려서 더 이상 회사가 견디기 힘들기 때문에 매각을 하지 않을 이유가 없었다.

'그렇다면 누군가 방해를 한다는 것인데?'

그때 도진의 머릿속에 스쳐지나가는 인물이 있었다.

'김성일.'

설과 도진의 JS시큐리티 인수에 대하여 알 수 있는 사람은 김성일밖에 없었다. 그리고 도진의 적대적 M&A 인수 성공과 임페리얼 내 위상이 높아지는 것에 관하여 김성일은 아무런 말이 없었지만 도진을 바라보는 눈빛에서 알 수 없는 경계심을 느낄 수 있었다. 도진이 설과 단둘이서 자주 업무를 의논하면 할수록 김성일의 눈에서 질투 비슷한 감정을 느낄 수 있었다. 설은 부담 없이 도진에게 다가왔지만 도진은 항상 김성일이 부담스러웠다. 도진은 아닐 것이라고 생각했지만 지금으로서는 선우근의 단순한 배신이 아니면 김성일에게 의심의 화살을 돌릴 수밖에 없었다.

도진은 기상에게 조용히 전화를 걸었다. 절대 들키지 않는 범위 내에서 앞으로 사흘 정도만 JS시큐리티 선우근 대표가 만나는 사람이 누구인지 알아봐 달라고 하였다. 사흘 뒤 기상이 집무실로 찾아왔다. 사흘 동안 선우근은 주식회사 동국의 김진만 대표를 두 번 만났다는 것이었다.

도진이 JS시큐리티 문제로 깊은 고민에 빠져 있을 때 설에게서 전화가 왔다.

「장 상무, 내일 JS시큐리티와 계약할 수 있도록 준비해 주세요.」

의외였다. 설은 언제나 도진을 놀라게 하는 능력을 가지고 있었다.

'설이 선우근이 주식회사 동국을 만난 것을 알았다는 이야기인데. 그럼 벌써 배후도 알았다는 것인가?'

도진의 머릿속은 복잡했다. 도진이 스스로 완벽하게 해결하지는 못했지만 JS시큐리티 인수는 원래 시나리오대로 성공하였다.

16
질투

김성일은 조그마한 Bar에 앉아 혼자 술을 마시면서 그동안의 한설 대표와 결혼 생활을 되돌아보았다. 결혼 생활이라고 말하기엔 둘의 관계는 너무나도 냉담하여 동거하는 연인들 사이만도 못했다. 김성일은 처음 한설과의 만남을 생각해보았다. 대학 2학년 민들레 회장을 맡고 있을 때였다. 동아리 실에 첫 번째 신입생이 들어왔다. 순수한 미소를 얼굴에 가득 담은, 눈부시게 아름다운 여자였다. 민들레는 철저하게 회원을 가려서 뽑았지만 이 여자는 선배의 추천에 의하여 받아주는 경우였다. 그날부터 김성일의 마음속에는 그 여자 아니, 현재의 대표인 한설에 대한 짝사랑이 싹트고 있었다. 그녀는 아버지와 함께 독일로 5개월 만에 떠나 버렸지만 마음속에 그녀에 대한 감정은 좀처럼 줄어들지 않았다.

대학 졸업 후 김성일은 러시아 모스크바 대학에서 석사과정을 마치고 아버지의 소개로 현지법인에 근무하고 있던 중 아버지가 귀국할 것을 요구해 오랜 타국에서의 생활을 접고 한국으로 돌아오게 되었다. 귀국 후 얼마 되지 않아 아버지는 결혼할 한 여자를 소개했는데 그 여자가 그의 첫사랑 한설이었다. 얼굴의 표정은 무덤덤했지만 가슴은 콩닥콩닥 어린애처럼 뛰었다.

한설은 대학 때보다도 훨씬 여성스러워지고 더욱 아름답게 보였다. 한설도 집안 간의 결혼이라 아무 말 없이 결혼을 순수하게 받아들였다. 김성일은 이때까지만 해도 모든 것을 다 가진 것처럼 세상이 아름답게 보였다. 그러나 결혼 이후에 김성일은 한 번도 한설과 따뜻한 결혼 생활을 이루지 못했다. 아무리 집안끼리의 계약 결혼이라 할지라도 사랑하는 사람을 옆에 두고 바라만 볼 수밖에 없는 고통은 이루 말할 수 없었다. 둘은 신혼여행을 떠난 것처럼 보였지만 한설은 혼자 여행을 떠나서 3일 뒤 서울에서 만나 신혼여행을 다녀온 것처럼 하자고 제의하였다. 그 이후로도 이 여자는 가슴에 차가운 눈(寒雪)을 담고 살아가는지 아무런 감정의 변화도 없었다.

결혼식을 올린 지 얼마 되지 않아 독일계 회사가 임페리얼 호텔을 인수하였는데 그 중심에는 한설과 그녀의 아버지 한철민이 있었고 본인은 한설을 보좌하는 역할을 맡았다. 집에서도 회사에서도 자신은 한설의 남편이 아닌 임페리얼 그룹 대표인 한설을 보좌하는 역할에 불과했다. 김성일이 형식적이나마 견딜 수 있었던 것은 사랑하는 여자를 날마다 옆에서 지켜볼 수 있다는 것과 한설이 자신뿐만 아니라 다른 남자들에게도 관심이 없었고 업무 이외에 어떠한 남자와의 만남도 없다는 것이었다. 임페리얼은 승승장구하며 성장해 나갔고 김성일도 결혼 생활의 건조함을 업무에 최선을 다함으로써 잊어버리는 한편, 아내 설의 마음을 얻고자 노력하였다. 시간은 그렇게 흘러갔다.

그런데 이 여자가 한 남자에게만 따뜻하게 말하고 신경을 쓰고 있었다. '장도진' 그가 온 이후 자신은 한 번도 보지 못했던 미소를 그녀의 얼굴에서 볼 수 있었다. 김성일의 마음속에 그동안 숨겨져 있던 질투와 분노가 일어났다. 특히 김성일은 장도진의 눈이 마음에 들지 않았다. 장도진은 깊은 눈을 가지고 있었고 그 눈을 볼 때마다 마치 당신의 마음을 다 안다고 말하는 듯한 느낌을 받았다.

그런 장도진이 임페리얼에 들어오자 한설의 마음을 얻고 내부적으로 어렵다고 판단된 중요한 M&A를 기발한 발상으로 성공시키고 한설의 신뢰를 받으며 조직 내에서 위상을 키워가고 있었다. 장도진의 성공보다 김성일은 한설의 미소가 더욱더 폐부를 찔렀다. 자신에게 작은 웃음도 보여주지 않던 한설이 유독 장도진에게 자주 미소를 보이는 것을 참을 수가 없었다. 김성일은 그 날 많은 술을 마시고 청담동 집으로 돌아왔으나 역시 아내는 보이지 않았다. 김성일은 결혼 그 날부터 한 번도 그녀와 같은 이불을 덮어본 적이 없었다. 그녀는 처음 한 달간 같이 생활하다가 불편하다면서 다른 집을 얻어서 나갔고 지금까지 둘은 보통 남들보다 더 차가운 관계로 살고 있었다.

김성일은 '장도진'에 대한 질투로 눈이 이글거렸다. 그러면서 현재 진행하고 있는 JS시큐리티의 인수를 실패하게 만들어야겠다고 생각했다. 비록 임페리얼의 임무와 JS시큐리티가 밀접한 관계가 있다 할지라도 상관없었다. 그는 질투심에 눈이 멀어 있었다. 한설이 남자를 만나지 않을 때는 참을 수 있었다. 그러나 비록 남녀 관계는 아니지만 설이 장도진을 보고 웃는다는 것이 김성일을 더욱 괴롭혔다.

다음날 김성일은 한설도 모르는 다른 회사를 통해 조심스럽게 JS시큐리티 선우근 사장에게 임페리얼이 제시한 조건보다 훨씬 좋은 조건을 제시하였다. 특히 인수대금을 2배 높인 200억 원을 제시했고 그 자리에서 현금 50억 원을 전달하였다. 선우근은 그동안 신경을 써준 장도진 상무가 마음에 걸렸으나 임페리얼과 상관없는 회사가 엄청난 조건을 제시한 것을 거절할 수 없었다. 선우근은 다음날 황영국에게 임페리얼과 계약이 어렵겠다고 통보한 것이었다.

　도진에게 JS시큐리티 인수가 무산됐다는 보고를 받은 설은 깊은 생각에 잠겨 있었다. JS시큐리티 인수에 대하여 알고 있는 인물은 많지 않았다. 그렇다면 그중 한 명이 관련이 있을 것이다. 설은 김성일이 생각났지만 아닐 거라고 생각했다. '설마 김 전무가 왜 그런 일을 할까?' 설은 아직도 김 전무가 자기를 사랑하는 것을 모르고 있었다.
　설은 두목 김창일을 불러 JS시큐리티를 인수할 예정인 주식회사 동국의 김진만 대표를 납치하여 뒤를 사주한 인물을 알아내도록 지시하였다. 설은 김창일에게 동국의 김 대표가 가능한 다치지 않도록 하라고 지시하였으며, 뒤를 사주한 인물을 말하지 않을 경우 JS시큐리티를 인수하는 것만 포기하도록 만들라고 했다.
　김창일은 3일 뒤 주식회사 동국의 김 대표가 순수하게 모든 것을 털어 놓고 인수도 포기하였다고 설에게 전달하였다. 김창일은 JS시큐리티 인수를 방해한 인물은 김성일이라고 설에게 말하면서 김성일을 어떻게 할 것이냐고 물었다. 설은 김창일이 말한 의미를 알고 있었다. 임페리얼은 조직 명령을 배반하거나 중요 기밀을 누설한 자에게는 조그마한 자비도 베풀지 않았다.
　「두목, 이번 한 번만 나를 봐서 김 전무를 용서해주세요.」
　설은 김창일에게 간절히 애원하는 투로 말하였다.
　「이 일이 드러나서 책임을 진다면 대표인 내가 책임을 질 테니 두목이 이번만은 눈감아 주세요.」
　「한 대표님, 한 번이 두 번 된다는 것만 명심하십시오. 이번만은 제가 양보하겠습니다. 하지만 두 번 다시 이런 일이 없었으면 합니다.」

김창일은 난감한 표정을 지으면서 설의 부탁을 들어주었다. 설은 김창일이 나간 뒤 오랫동안 의자에 앉아 생각했다. 한 번도 자신의 의견에 반대하지 않고 조그마한 실수도 없이 오늘날까지 자신을 보좌하여 온 김 전무였다. 그동안 김성일의 입은 천추의 무게와도 같이 무거웠고 인상은 항상 변화가 없었다.

'그런 김 전무가 왜 이런 일을?'

설은 퇴근길에 자신의 집 아니, 김성일의 집에 들렀다. 결혼하여 한 달간 살다 나온 집이었다. 김성일은 혼자서 술을 마시고 있었다. 설이 들어갔을 때 김성일은 아무런 반응도 없이 술만 벌컥벌컥 마시고 있었다. 설은 김성일 앞에 앉아 술을 마시는 모습을 바라보았다. 김성일은 설과 눈을 마주치지 않았다.

「김 선배, 무슨 속 상한 일 있으세요?」

김 선배라는 말에 김성일은 설을 째려보았다. 김성일은 많이 취해 있었다.

「난 김 선배도 아니고 김 전무도 아니오. 난 당신 남편이오.」

「무슨 말을 하고 싶은 건가요?」

설은 한 번도 보지 못한 김성일의 태도에 당황하며 말했다. 김성일은 취해서 이성을 잃은 듯 거침없이 설에게 말했다.

「동국의 김진만 대표가 JS시큐리티의 인수를 포기했더군…….」

김성일 또한 모든 것을 알고 있는 듯한 말투였다. 그리고 김성일은 임페리얼의 룰을 알고 있었다. 김성일은 모든 것을 체념한 듯 설에게 물었다.

「나를 죽일 건가?」

「아니오. 제가 말했어요. 이번 한 번만 없던 일로 해달라고…….」

「당신이 왜? 난 당신에게 아무런 의미가 없을 텐데. 아, 하긴……. 임페리얼의 일을 위해서 내가 필요하지. 그걸 잊고 있었군.」

김성일은 한설이 원망스럽다는 듯 노려보았다. 그러나 자신이 한설을 어찌할 수 없음을 그는 알고 있었다. 임페리얼의 조직 관계도상 한설은 자신보다 훨씬 더 위에 있었다.

「술이 많이 취한 것 같은데……. 푹 쉬세요.」

김성일은 설의 말에도 대답을 하지 않고 고개를 숙인 채 술 취한 목소리로 중얼거렸다.

「한설 당신은 내 것이라고……. 내 아내라고…….」

설은 김성일의 작은 중얼거림이 무슨 뜻인지 알 수 있었다. 그리고 이제야 김성일의 마음을 알 수 있었다. 설은 김성일과의 결혼 후에도 그를 사랑할 수 없었다. 설의 마음은 오빠가 죽은 그날 이후로 차갑게 식어 있었고, 그 누구도 그런 마음을 움직일 수 없을 것 같았다.

설은 김성일과 자신은 사랑하면 안 되는 사이고 사랑할수록 불행해지는 관계임을 알고 있었다. 우리는 오직 임페리얼의 임무를 위해서 존재할 뿐. 설은 조용히 편지를 썼다.

'김 선배. 당신을 충분히 이해합니다. 하지만 이럴 수밖에 없는 저를 용서해 주세요. 우리의 결혼은 처음부터 저와 선배의 뜻은 조금도 반영되지 않은 결혼이었습니다. 사랑 이런 것은 우리에게 너무나 사치스러운 감정입니다. 한 번은 용서할 수 있으나 두 번은 아무리 결혼한 사이라도 용서할 수 없습니다. 이런 글을 쓰는 저도 마음이 편치 못하다는 것을 이해해 주십시오. JS시큐리티는 아무런 일이 없는 것으로 처리했고 선배와 관련이 없는 것으로 하였습니다. 내일 하루 푹 쉬시고 몸을 추스르시길 바랍니다. 모레 원래의 모습으로 사무실에서 만났으면 좋겠습니다. 저도 죄송하다는 말은 마지막으로 하겠습니다.

　죄송해요. 김 선배.

한설 올림.

　다음날 술을 깬 김성일은 한설의 편지를 보고 어제 저녁 본인이 술을 취해 큰 실수를 한 것을 깨달았다. 하지만 후회하고 싶지 않았다. 대학 때부터 사랑한 그 마음을 설에게 전달했다는 것에 오히려 가슴의 답답함이 조금이나마 줄어드는 기분이 들었다. 그러나 장도진에 대한 질투는 조금도 작아지지 않고 있었다. 김성일은 언젠가는 아내 설의 마음을 뺏어간 장도진을 불행의 나락으로 떨어뜨리겠다고 입술을 꽉 깨물었다.

17
절름발이

기상이 도진에게 전화를 했다. 오후에 시간이 되면 사무실로 들른 다고 하였다. 네 시가 넘어 기상이 무슨 일인지 모르지만 명품 넥타이 를 사서 선물이라며 뚝 던졌다.

'이놈 무슨 속셈이야.' 도진은 속으로 중얼거렸다.

「기상아, 무엇하러 이런 걸 준비했어.」

「상무님께 잘 보이려고. 히히.」

「도진아, 실은 하나 물어볼 것이 있어서 들렀어. 내가 도곡동에 50 평짜리 아파트 가지고 있는 것 너도 알지.」

「응.」

「근데 동네서 알게 된 증권사에 다니는 후배 놈이 자꾸 팔라고 그러 네. 앞으로 부동산은 전망이 없으니 삼성전자 같은 우량 주식을 보유 하고 있으라고 계속 꼬드기는 거야. 그래서 너한테 앞으로 부동산 시 장에 대해 물어보고 판단하려고.」

「천하에 이기상이 웬일이야. 장도진에게 물어보고.」

「야, 장도진. 그룹 내 소문 쫙 돌았어. 너 돗자리 깔아도 된다고. 하늘에서 외삼촌이 보면 기뻐하실 거야.」

「음, 기상아. 잘 모르겠는데 아파트 팔지 마라. 조선시대에 이런 말이 있었어. 한양에 집 팔면 다시는 한양에 집 사지 못한다고. 이게 무슨 뜻일까?」

기상은 기어들어 가는 목소리로「물가 상승…….」이라고 말했다.

「딩동댕. 야, 대한민국 깡패 수준 높아졌네.」

어려서부터 기상은 공부는 안 하고 싸움을 좋아해서 그렇지 여러 방면에서 영특한 면이 있는 아이였다.

「실은 집값이 오르는 것이 아니고 돈 가치가 떨어지고 있는 거야. 오년 전 3,000원이면 해결할 수 있었던 점심 한 끼가 이젠 6,000원도 모자랄 정도로 물가는 급상승하고 있어. 전문용어로 인플레이션 공포야. 인플레이션. 이건 옛날부터 큰 도적보다 나쁜 거라고 했어. 소리 소문 없이 우리 호주머니를 털어가거든. 기상아 월급이 올라도 서민들이 계속 가난한 이유가 여기에 있어. 정부도 우리가 가지고 있는 돈이 휴지 조각되더라도 인플레이션 기조를 유지할거야. 왜냐하면 이것만큼 국민을 속이고 주머니를 터는 좋은 방법이 없거든. 집은 실물자산이야. 물가가 상승하면 같이 상승하게 되어 있어. 인플레이션 경제에서 아파트 값이 하락할 수 있는 요건은 딱 하나야. 경제의 메커니즘이 깨져서 불황이 찾아올 때야. 장기적으로는 수요와 공급 그리고 출산율 등 변수들이 많기 때문에 내 말이 약간 틀릴 수 있으나 단기적으로 맞을 거야. 빚내서 산 집이 아니니까 인플레이션에 자유로운 실물자산인 아파트 한 채 정도는 가지고 있어도 무방하다고 본다.」

기상은 감탄의 눈초리로 바라보았다. 묘도 촌놈이 갑자기 출세한 것이 아니고 준비된 놈이었구나 하는 눈치였다. 기상은 오늘 돈 벌었으니 자기가 한 턱 내겠다고 하면서 강남역 쪽에 조용한 룸 하나 알아 봐 두었다고 하였다. 나이트클럽 가자에서 술 먹는 것을 부담스러워하는 도진을 위한 배려였다. 룸에 도착하니 아가씨 2명이 대기하고 있었다.

「오빠, 안녕.」 익숙한 얼굴이었다. 이소영이었다.

'기상이 이 새끼.' 기상은 도진의 얼굴이 변하는 것을 보더니

「어이, 친구. 인상 쓰지 마. 소영이 저년이 하도 보고 싶다고 울고 짜는 바람에. 내 생각에는 생판 얼굴 모르는 년보다 그래도 한 번이라도 본 저년이 나을 것 같아서.」

기상이 미리 경고했는지 소영은 조용히 앉아서 술만 따랐다. 가끔씩 도진을 보면서 예쁜 척 하고 애교를 부리는 수준이었다.

「도진아, 순천 바닥을 접수할 때 네 이야기가 도움이 많이 되었어.」

「무슨 뜬금없는 소리야.」

「중학교 때 도진이 네가 조선반역사란 책을 보고 이야기해 준 이방원 권력 찬탈, 수양대군 권력 찬탈, 중정반정, 인조반정, 인조와 소현세자의 갈등 등 정말 그 험한 바닥에서 그게 통할 줄 꿈에도 몰랐어. 내가 속한 환경이랑 네가 이야기해준 시대 상황이랑 비교해 보니 내가 어떻게 행동해야 이길 수 있는지 알 수 있는 거야.」

「하여튼 기상이 네 놈은 보통 깡패는 아니다.」

어린 시절 기상이 도진의 집으로 오지 않았다면 도진은 삶을 연명하지 못하고 이 자리에 없었을 것이다. 가출과 죽음까지도 결심한 한없이 괴로웠던 혼자만의 세상이었다. 도진과 기상은 어린 시절을 회상하며 술잔을 비워 나갔다.

아지랑이 가득한 청명한 봄날 도진은 초등학교 4학년이었다. 학교를 마치고 봉화산 정상 아래 풀밭에서 두리에게 풀을 먹이고 있었다. 봉화산 정상에는 봉화대가 있었는데 어른들 말에 의하면 왜란 때 이순신장군이 만들었다고 하였다. 아버지는 작년 장날에 송아지 한 마리를 데리고 왔는데

「도진아, 송아지랑 둘이 잘 지내라.」하면서 송아지 이름을 '두리'라고 지어 주었다.

외아들이고 내성적인 성격에 친구를 사귀지 못하는 외로운 도진에게 두리는 유일한 친구였다. 두리가 봄날의 신선한 풀을 맛있게 먹고 있는 사이 하늘 높이 뻗어있는 팽나무 밑에서 도진은 봄날의 춘곤증으로 달콤한 낮잠에 빠져 들었다. 너무 오래 잠들어서 눈을 떴을 땐 벌써 땅거미가 지고 있었다. 두리의 모습은 어디에도 보이지 않았다.

「두리야, 두리야.」

소리치면서 봉화산 주위를 둘러보았으나 두리를 찾을 수가 없었다. '혼자서 집으로 간 건가?' 속으로 생각하면서 빠른 속도로 봉화산을 내려갔다. 그런데 저 멀리서 집으로 돌아가는 두리가 보였다. '치사한 자식 혼자 가다니.' 속으로 생각하면서 두리를 향하여 빠르게 뛰어갔다. 두리를 발견한 기쁨이 너무 커서 주위를 살피지 못하고 도로로 뛰어들었다.

그 순간, 갑자기 몸이 하늘로 솟구치는 느낌을 받았다. 충격으로 의식이 희미한 도진에게 다가온 두리의 구슬프게 우는 울음소리가 귓가에 아득하게 들렸다. 차도 한 대 없는 이 묘도 깡촌에 한국전력의 전기보수 공사용 오토바이로 인해 오른쪽 다리는 산산조각이 났다. 학교를 다닐 수 없을 만큼 다리를 크게 다쳤고 여수에 있는 불법 접골원으로 옮겨 할머니와 함께 2년을 치료하였다.

일 년간 움직일 수 없어 혼자서 무엇을 하면서 지냈는지 기억은 나지 않지만 가상의 친구를 만들어 혼자 중얼거리면서 놀았던 기억이 어렴풋이 생각났다. 그리고 죽은 형의 유일한 선물인 백범일지와 조선반역사를 무슨 뜻인지도 모르고 읽고 또 읽었다. 이년이 지나자 어느 정도 걸을 수는 있었지만 심하게 다리를 저는 절름발이 신세가 되었다. 우리 동네 정민이가 어릴 때 달구지에서 떨어져 다리를 다쳐 절룩거리면서 다녔는데 유독 도진이 절름발이라고 많이 놀렸던 기억이 나서 '내가 죄를 받는구나.' 하는 생각이 들었다.

이 상태로 학교에 가면 분명 절름발이라고 놀림당할 생각에 정말 학교가 싫었다. 형과 어머니를 잃은 아버지의 간곡한 부탁으로 집에 온 지 3개월 만에 처음으로 다리를 절면서 학교에 등교하였다. 친구들은 다들 반갑게 맞이해 주었지만 가슴속은 불안감으로 가득했다. 어떤 놈이 놀릴 것을 알고 있었기 때문이었다. 다행히 하루는 무사히 지나갔다. 10일도 무사히 지나갔다. 10일 동안 만난 현실은 구구단을 외우지 못한 학생이 도진 혼자밖에 없다는 것을 알았다. 집에 와서 구구단을 외웠는데 머리가 나쁘지는 않은지 하루 만에 다 외울 수가 있었다. 다리를 다친 이후 처음으로 목표를 성취했다는 만족감에 온 신경이 기쁨으로 날뛰었다.

처음으로 목표 달성했다는 기쁨을 간직한 채 학교에 갔으나 그동안 걱정했던 일이 터지고 말았다. 재호라는 놈이 도진을 밀치면서 「나 잡아 봐라.」 하고는 혓바닥을 날름거렸다. 옷을 털고 일어나 가려고 하는데 이번에는 더 심하게 밀치면서 저 멀리 뛰어가는 것이 아닌가. 재호는 도진이 뒤따라올 수 없다는 것을 알고는 멀리서 도진에게 보란 듯 절름발이 흉내를 내었다. 분노가 마음속을 뒤흔들었지만 아무것도 할 수가 없었다. 그렇게 재호를 시작으로 해서 아이들의 놀림이 시작되었다. 한 명이 시작하니 너도나도 놀리는 재미에 빠져 정신없이 도진을 넘어뜨리고 도망치곤 했다. 재빠르게 도망치는 아이들을 도진은 도저히 따라잡을 수가 없었다. 그러나 그들은 모르고 있었다. 도진의 마음속에 더욱더 큰 분노가 쌓여 악마와도 같은 섬뜩한 그 무언가가 점점 자라나고 있었다.

그렇게 아이들의 장난을 꾹 참은 지 한 달, 장난에 걸려 넘어지지 않기 위해 도진은 아이들의 눈빛을 보면서 이제 장난을 칠 아이와 치지 않을 아이를 구분할 수 있을 지경에까지 이르렀다. 그러나 뒤에서 몰래 다가오는 아이들까지 막을 수는 없었다.

하루는 재호의 장난에 넘어졌고 잠시 그 자리에 넘어진 채로 있었다. 벌떡 일어나서 화를 내봤자 소용없었기 때문이었다. 그런데 도진의 머리에 칠판지우개가 퍽 하고 강타했다. 하얀 분필 가루가 도진의 사방으로 퍼져나갔다. 아이들은 콧구멍을 손으로 쥐어 잡고서 정신없이 웃어댔다. 이 모든 것이 계획된 행동임을 재호의 눈빛을 통해 알 수 있었다.

다음 날 도진은 가방 속에 돌을 숨겨 와서는 재호가 친구들과 놀며 방심하고 있는 틈을 타서 그놈의 뒤통수를 향해 힘껏 돌을 내질렀다. 재호는 머리에 정통으로 맞고는 그 자리에 털썩 주저앉았다. 그놈이 쓰러지는 모습을 보자 도진의 마음속에 더욱더 큰 분노가 일어났다. 도진은 마치 악마와 같은 소리를 지르면서 재호에게 달려들어 기절한 놈을 성치도 않은 다리로 마구마구 짓밟았다. 멀리서 선생님의 소리가 들렸고 선생님이 말리는 와중에도 그놈에게 발길질을 멈추지 않았다.

다행히 재호는 많이 다치지 않았다. 선생님과 재호 어머니는 도진을 놀린 재호를 더 혼내는 정도로 마무리를 했다. 그러나 마음속에 그동안 억눌려 있던 악마 같은 폭력성이 슬그머니 뱀처럼 고개를 내밀고 있었다. 절름발이의 삶이 얼마나 고통스러운지 알지도 못하면서 함부로 놀리는 그들이 너무나 증오스러웠다. 도진은 하교 후 아버지의 창고에서 도끼를 꺼냈다. 그러나 도진은 아버지를 생각해서 도끼를 다시 집어넣었다. 하나 남은 아들이 살인자로 살아간다면 아버지는 그것을 감당할 수 없을 것이라 생각했다.

도진은 망치를 집어 들고는 어머니가 손수 매화를 수놓은 수건으로 망치의 머리 부분을 감싼 다음 작은 못으로 고정하였다. 충격을 주되 외상을 피하기 위함이었다. 등교하기 전 거울 앞에 서서 스스로를 보았다. 도진의 눈은 그동안의 불안감과 소심함이 사라지고 살기를 띠고 있는 핏빛으로 빛나고 있었다.

재호를 절름발이로 만들어야겠다는 생각이 들었다. 그도 나와 똑같은 삶을 겪어봐야 깨달을 수 있을 것이라는 생각이 들어서였다. 그러나 이런 섬뜩한 생각에도 도진은 조그마한 양심의 가책이 느껴지지 않았다. 학교에 등교하여 아무런 일이 없었다는 듯 앉아 있었고 재호도 아직 기고만장하게 도진을 보고는 작은 미소를 보냈다.

점심시간이었다. 도진은 점심을 먹고 싶은 생각이 없었고 오직 그 생각뿐이었다. 재호는 아무런 생각 없이 친구들과 점심을 먹고 떠들고 있었다. 도진은 가방 안에 숨겨둔 매화가 수놓아진 수건에 싸인 망치를 손으로 만지작거리면서 재호가 의자에 앉아 방심하기를 기다렸다. 수업시간이 시작할 무렵이 되자 재호가 자리에 앉았다. 수건에 쌓인 망치를 들고 재호에게 조용히 다가갔다. 도진이 앞에 서자 재호는 약간의 비웃음 같은 표정을 지었다.

수건으로 쌓인 망치로 얼굴을 강타했다. 쓰러져 꿈틀거리고 있는 재호의 오른쪽 무릎 바로 아래, 도진이 다친 다리 바로 그 자리를 망치로 있는 힘껏 두 번을 내리쳤다. 교실에 있던 아이들은 모두 경악했고

225

재호는 울부짖었다.

그날 도진은 여수경찰서로 연행되었다. 감방에 처넣어야 된다고 재호 아버지가 큰 소리를 쳤고 도진의 아버지가 용서해 달라고 간절하게 비는 울음 섞인 소리도 들렸다. 도진은 죽이지 않은 것을 고맙게 생각하라고 소리쳤고 감방에는 백 번이라도 더 가겠다고 우겨댔다.

도진을 두고 먼저 간 엄마와 형, 그리고 두리가 너무나 그리웠다. 특히 형이 너무나 그리웠다. 형을 낳은 후 어머니는 건강이 좋지 않아 아이를 갖지 못하다 12년 만에 도진을 낳았다. 형은 어려운 환경 속에서도 부모님의 기대를 저버리지 않을 만큼 공부를 잘했고 서울에 있는 대학에 4년 장학생으로 합격한 집안의 기둥이었다.

그런데 초등학교 1학년이 끝나갈 무렵 형은 싸늘한 시신이 되어 고향으로 돌아왔다. 너무 어려서 몰랐는데 형이 간첩 행위를 하다 죽었다고 동네 사람들이 수군거렸다. 너무 어린 탓에 왜 울어야 하는지도 몰랐지만 어머니의 숨넘어가듯 절규하는 울음소리는 잊을 수가 없었다. 어머니는 「이놈들아, 내 새끼 살려내라.」 울부짖고 있었다. 여수경찰서 철창에 있는 지금도 어머니가 피를 토하며 부르던 '이놈들'이 누군지 알지 못하고 있었다.

형이 죽은 후 어머니는 하루가 다르게 수척해져 갔다. 그만큼 어머니에게 형은 자신의 분신 같은 소중한 아들이었다. 어머니는 그해를 넘기지 못하고 형을 따라 하늘나라로 떠났다. 신장이 안 좋아 근근이 생명을 버티며 삶을 살아갈 수 있었던 것은 형에 대한 희망이 있어서였다.

도진은 아버지가 어떻게 했는지는 몰라도 무기정학을 받았다. 아버지는 몸도 성치 않은 자식이라 더 이상 말을 꺼내지 않았다. 집안은 쥐 죽은 듯 조용했고 아버지는 세상을 감당할 수 없다는 듯 멍한 눈으로 바다만 바라보았다. 도진은 또 혼자가 되었다. '이럴 때 두리라도 있었으면.' 두리가 너무 그리웠다. 두리는 작년에 아버지가 배를 보수할 비용이 필요해 장날에 팔았다고 했다.

도진의 14살. 삶에 찾아드는 고통은 참을 수 있었지만 삶의 존재의 가벼움은 참을 수가 없었다. 항상 혼자였다. 말을 안 한 지 점차 오래되었다. 그때부터 도진의 가방에는 항상 수건에 쌓인 망치가 들어 있었다. 그리고 도진은 혼자만의 세상으로 점점 들어가기 시작했다. 그 사건 이후로 세상은 더 이상 도진에게 간섭하지 않는 듯했다. 환경은 도진을 더욱 외롭게 몰아갔다. 내성적인 성격 때문인지 사고 전 친하게 지낸 녀석들은 하나도 없었을뿐더러 재호의 사건으로 이 섬에서 완전히 외톨이가 되었다.

'세상에 적응하면서 살아갈 수 있을까?' 도진은 자신 없다는 듯 속으로 중얼거렸다. 모든 것이 두렵고 용기는 저 발바닥 아래로 떨어진 지 오래였다. 삶은 오직 아버지를 위한 배려에 불과했다. 6학년이 끝나기 3개월 전에 정학이 풀리고 학교를 다닌 기억 없이 졸업장을 받았다. 중학생이 되었다. 소문은 벌써 묘도에 퍼졌고 누구도 건드는 놈은 없었다. 그만큼 재호 사건은 충격적인 일이었다.

도진은 학교 간다고 하고 거의 대부분 두리와 추억이 있는 봉화대 밑에서 바다만 바라보다 집으로 돌아오곤 했다. 그것을 안 아버지는 울면서 이젠 초등학생이 아닌데 죽은 엄마와 형을 위해서라도 열심히 공부해 주기를 바랐다. 하지만 마음속에 자리 잡고 있는 상처를 치유하기에는 모든 것이 부족했다. 아버지를 생각해서 학교를 갔지만 빨리 혼자 있는 곳으로 가야 하는 강박관념에 시달렸다. 하루는 몹시 길었고 학교가 끝나는 그 시간이 천국과도 같았다.

혼자만의 유일한 낙이 있었는데 백범일지와 조선반역사를 읽는 것과 고교야구를 라디오로 듣는 것이었다. 특히 조선반역사는 너덜너덜 해지도록 읽고 또 읽어도 재미가 있었다. 하지만 학교는 더 이상 도진에게 어떠한 조그마한 의미도 주지 못했다. 중학교 1학년이 시작된 지 얼마 되지 않아서 가출을 했고 순천 송광사와 선암사를 방문하여 동자승이 되고 싶다고 하였다. 부모님을 데리고 오라는 스님에게 고아라고 했더니 '거짓말 하면 못써요.' 하면서 스님은 온화한 웃음을 지었고 절에서 받아주지 않아 동자승이 되는 것을 포기했으나 집에는 죽어도 돌아가기 싫었다.

세상과 한 번 단절된 정신은 삶에 대한 결핍을 치유할 수 없을 것 같았다. 머릿속은 온통 세상에서 조용히 사라질 생각으로 가득한데 죽더라도 아름다운 방법을 찾고 싶었다. 순천 화포해변에서 순천만의 아름다운 노을을 바라보다 저 멀리 갯벌에서 무언가를 잡고 있는 어느 할머니를 보면서 혼자 계시는 아버지를 생각하게 되었다. 그리고 죽임을 당한 형에 대한 의문을 풀어야겠다는 막연한 결심을 했다.

아버지는 가출 이후 삶에 적응하지 못하는 아들에 대한 걱정이 많았다. 그때는 자살을 생각할 정도로 심한 우울증에 시달렸다. 살다보면 행운이 있듯이 도진의 인생에도 하나의 빛이 비추었다. 광양군 진상면 백운산 어치 골짜기에 사는 고모 집 누나와 동갑내기인 기상이 도진의 집으로 오게 되었다. 고모는 아버지보다 2살 어렸고 누나는 중학교만 졸업하고 집안일을 거들고 있었다. 광양군 옥곡면 신금리 큰집에 계시는 할머니 입장에서는 아버지가 너무 안됐고 엄마와 형을 잃고 남은 손주 한 놈마저 잃을까 봐 노심초사하였다. 할머니의 말을 들은 고모도 오빠가 안쓰러워 둘을 도진의 집으로 보낸 것이었다. 기상이까지 보낸 것은 순전히 도진과 동갑이라는 이유 하나였다.

근데 '이기상' 이놈이 전학 오자마자 싸움으로 학교를 평정해 버렸다. 기상은 도진에게 학교가 끝나고 집으로 오는 길에 장난도 치고 놀이를 하자고 조르는 것이 아닌가. 처음으로 제기차기, 자치기 등 다른 애들은 초등학교 때 죽어라 했던 놀이를 중학교 때 처음 접하게 되었다. 또 기상은 하교 후 도진의 역사 이야기에 관심을 갖고 들어 주었다. 세상에 대한 좋은 감정을 처음으로 느꼈다. 다리는 아직도 절고 있었지만 몸이 성장하면서 좋아지고 있었다. 중학교 2학년 때는 기상을 따라서 고모집이 있는 백운산 어치계곡까지 2시간을 걸어서 올라갔다.

수어저수지를 끼고 있는 아름다운 백학동 마을을 지나 계속 이어진 어치계곡을 따라 올라가고 올라가도 고모 집은 나타나지 않았다. 이런 산골짜기에 무슨 먹고 살 것이 있나 하는 생각이 들었다. 고모 집은 밤농사와 고로쇠 물을 수집하여 산다고 아버지에게 들은 적이 있었다. 고로쇠나무의 밑동에 상처를 내면 그곳에서 수액이 나오는데, 이 물을 마시면 몸에 병이 생기지 않으며 여름에 더위를 타지 않고 뼈가 아픈 데 약이 되며 속병에 아주 좋아 무병장수한다고 했다. 광양 백운산의 고로쇠는 효능이 좋아 전국적으로 인기가 있다고 하였다. 거의 정상 아래에 마을이 있었고 계곡물이 졸졸졸 흐르는데 바다와는 완전히 다른 느낌이었다.

부엌에는 고모가 담가 놓은 동동주가 항아리에 가득하였다. 기상이 이놈은 중학생밖에 안 되는 놈이 시간만 되면 동동주를 한 사발씩 먹고 입에서 술 냄새를 풀풀 풍기면서 다녔다. 기상이 주전자에 동동주를 가득 담아 계곡으로 물놀이 가자고 했다. 자기만 아는 곳이라고 하면서 여기는 아무도 오지 않기에 무슨 짓을 해도 된다면서 옷을 다 던져버리고는 계곡으로 풍덩 뛰어들었다. 구시폭포 위쪽에 있는 기상의 은신처는 사람들의 접근을 쉽게 허락하지 않을 만큼 은밀하게 자리 잡고 있었다.

처음으로 기상의 몸을 보았는데 벌써 어른처럼 거기에 수풀이 가득하였다. 기상에 비하면 도진은 아주 깨끗하다 못해 도화지처럼 말끔했다. 기상은 옷 벗기 싫으면 그냥 발만 담그라고 했다. 기상은 옷을 모두 벗고 주전자에 입을 대고 동동주를 벌컥 벌컥 들이켰다. 그리고 이놈이 하는 말이 자기는 다음에 영화 대부에 나오는 '말론 브란도'가 연기한 '돈 비토 코르네오네'같이 가족과 형제를 챙기는 멋있는 조직폭력배가 되는 것이 꿈이라는 것이었다. 서울에는 전라도 깡패가 다 장악하고 있다는 등 깡패들을 형님이라고 떠들어 대는 것이 아닌가.

그러면서 도진에게 「생각이 많은 거니, 아님 생각이 없는 거니?」라며 물었다. 그리고 주전자를 건네며 마시라는 손짓을 하였다. 그 말을 듣고 도진은 호기가 생겨 동동주를 벌컥 벌컥 마셨다. 처음으로 도진의 몸에 알코올을 섭취한 날이었다. 취했던지 그동안 마음속에 가득했던 응어리를 조금이나마 털어내려고 울면서 큰소리로 엄마, 형 소리치고 또 소리치고 있는 힘을 다해 울고 또 울었다. 기상이도 같이 꽥꽥 소리를 질러댔는데 도진을 위로하는 건지, 아님 이놈도 도진이 모르는 제 가슴 속 응어리를 털어 내는 건지 알 수가 없었다. 고모 집에서 보낸 사흘은 도진의 인생에서 스트레스를 처음으로 몸과 정신의 밖으로 발산한 시간이었다.

도진은 좁쌀만 한 삶에 대한 희망을 가슴속에 담고 집으로 돌아왔다. 벌써 중학교 2학년인데 이렇게 스스로를 가두고 살아서는 안 된다는 생각이 들었다. 이대로 아무런 생각 없이 세월을 보낸다는 것이 두려웠고 고등학교 진학을 위해서라도 공부를 해야 할 필요성이 있었다. 어머니가 형의 죽음으로 절규하던 그날, 다음에 커서 형의 죽음에 대한 의문을 풀고 어머니의 한 또한 풀어 드리겠다고 결심했다. 그것을 위해서라도 공부는 해야 할 필요성이 있었다. 다행히 누나와 기상이 옆에 있어 견딜 수 있었다.

중학교 3학년이 끝날 무렵 드디어 그토록 삶을 짓누르던 주홍글씨에서 벗어날 수 있었다. 육체가 성장하면서 절룩거리던 다리에 근육이 붙어 절름발이 인생을 졸업할 수 있었다. 묘도에서 중학교를 졸업하고 여수에 있는 고등학교에 진학했다. 고등학교 때도 워낙 내성적인 탓에 친구 한 명 없는 외로운 외톨이 생활을 지속하고 있었으나 형의 죽음에 대한 의문을 밝히기 위해서는 형이 다녔던 대학에 입학해야 하기 때문에 공부에 관심이 없었지만 게을리하지 않았다.

친척집을 전전하고 자취도 하면서 고등학교 시절을 보냈다. 워낙 내성적이고 소극적인 데다 재능도 하나 없는 왕따 당하기 딱 좋은 스타일의 모습이었다. 어느 시대든 존재하는 수컷들의 서열에서 도진은 가장 아래에 있었다. 수컷의 서열에서 가장 밑은 고달프다. 그러나 아이들은 도진의 눈에서 번쩍이는 어떤 광기를 보았는지 도진을 쉽게 건드리지는 않았다. 그냥 내버려둘 뿐이었다.

도진은 참고 또 참았으며 가장 아래의 서열이라는 것을 인정하고 공부만 열심히 하는 모습을 보였다. 성적도 어느 정도 유지하다 보니 관심을 보이는 놈들은 하나둘씩 사라졌다. 학교에서는 그림자로 취급받고 있었다.

하찮은 놈들이 도진을 건드리곤 했는데 그때도 도진은 가방에 든 수건으로 감싼 망치를 만지작거렸다. 그놈들을 재호처럼 머리를 날려버릴까도 생각했지만 그동안 상처만 받은 아버지를 위해서 그리고 죽은 형과 어머니를 위해서라도 참으며 고등학교를 졸업했다. 그리고 그토록 바라던 형이 다녔던 대학 심리학과에 간신히 합격할 수 있었다.

도진은 어린 시절을 회상했고 눈가에 눈물이 맺히며 기상에게 말했다.

「기상아, 고마워. 네가 없었으면 여기까지 올 수 없었을 거야.」

「도진아, 내가 네게 해준 게 뭐가 있다고 그래. 외삼촌이 나에게 한 것에 비하면 난 네게 아무것도 해준 게 없어.」

　기상과 도진은 서로를 위로하며 밤늦게까지 술잔을 비워 나갔다.

18

설
의
오
빠

설은 다른 인수 때하고 달리 JS시큐리티 인수 성공에 대하여 평소에 보이지 않았던 웃음까지 보였다. '그 조그마한 회사가 설에게 어떤 의미가 있어 저렇게 기뻐할까.' 도진은 의문이 풀리지 않았다. 설은 자기가 오늘 거하게 쏘겠다면서 기껏 가는 곳이 대학 앞 선영집이었다.

둘이서 술잔이 오고 가고 앞에 있는 술은 순식간에 비워졌다. 그동안 해결 기미가 보이지 않던 인수에 성공한 기쁨은 더욱 술을 불렀고 설이 기뻐하는 것을 보자 더욱더 기분이 좋아진 도진은 알코올을 몸 안으로 쏟아 넣었다. 둘은 두 시간도 안 되는 짧은 시간에 많이 취했다. 설은 그동안 보여주었던 차갑고 정돈된 모습과는 달리 오늘은 많이 망가진 모습을 보여 주었다. 마치 조개껍데기 안에 들어있는 속살이 드러난 듯한 모습이었다.

설은 술이 얼큰하게 취하자

「장도진이 멋지게 성공할 줄 알았어. 장도진이 누구야 이 한설의 첫사랑 아니냐.」

설은 큰소리로 떠들썩하게 소리쳤다. 도진은 잘못 들은 것이 아닌가 생각했다. 설은 조금 전에 자신의 첫사랑이 도진이라고 했다. 도진은 설이 취해서 한 말이라고 생각했다.

「제가 뭐 한 게 있나요. 대표님이 마무리하셨잖아요.」

도진은 JS시큐리티 마지막 인수 과정이 너무 궁금했지만 물어볼 수 없었다. 도진에게 설은 편하면서 어려운 존재였다. 코가 삐뚤어지게 술을 마시고 비틀거리면서 둘은 모교 캠퍼스를 산책했다. 가끔씩 와닿는 설의 손길이 무척이나 따뜻했다. 둘은 술을 너무 많이 마셨고 캠퍼스 벤치에서 한 시간 이상을 비몽사몽으로 무슨 말을 하는지도 모를 정도로 횡설수설 하였다.

도진도 많이 취했지만 설이 인사불성인 것이 걱정이 되었다. 이럴 줄 알았다면 기사에게 기다리라고 할걸. 설은 거의 한 시간 동안 도진의 다리를 베개 삼아 잠들어 있었다. 도진은 설의 잠든 모습을 바라보았다. 거대한 임페리얼을 움직이는 여자, 평소 조그마한 빈틈도 보이지 않던 여자, 이 여자가 도진의 옆에서 망가진 모습으로 잠들어 있다. 설도 말 못할 스트레스가 많을 것이라는 추측이 들었다.

'성일 선배에게 기대는 것은 부담스러운가?'

도진은 속으로 중얼거렸다. '설은 모를 거야. 자신과 이 장도진의 눈이 닮았다는 것을. 그리고 내게 동공과 눈의 색깔로 마음을 읽을 수 있는 능력이 있다는 것을.' 세월이 흐르면서 시각으로 느끼고 직관으로 깨달은 능력은 더욱더 깊어지고 정확해지고 있었다. 설은 여전히 대학 때와 같은 총기 있는 새끼 잃은 슬픔을 가진 어미 사슴의 눈을 가지고 있었으나 눈의 색깔은 무거워지고 어떤 때는 살기가 느껴지고 있었다. 그룹을 이끌어 가는 무게감이 설의 눈을 변화시키고 있다고 생각했다. 인기척이 났다. 설이 깨어서 도진을 위로 올려보고 있었다.

「내가 언제부터 이러고 있었지?」

설은 어리둥절한 표정을 지었다.

「어이, 동기. 지금 새벽 세 시니 네 시간은 곤히 잠들어 있었어.」

어색함을 없애기 위하여 설에게 오랜만에 대학 때 쓰던 동기라는 말을 사용했다. 설은 아직 술이 깨지 않았는지 일어나려다 비틀거렸다.

「어이, 동기. 등에 업혀. 옛날에 남이섬에서 이렇게 예쁜 여자 안 업으면 후회한다고 했잖아.」

설은 정말 힘든지 말없이 도진의 등에 업혔다. 설의 논현동 집까지 배웅하기 위하여 택시를 탔다. 집으로 들어가는 설의 모습에서 매우 힘들어한다는 것을 느끼고 있던 중, 설이 앉았던 택시 왼쪽에 작은 물건 하나가 보였다. 설이 지갑을 두고 내린 것이다. 설의 지갑을 가방 안에 넣었다. 집에 돌아왔으나 잠이 오지 않았다. 잠든 설을 보면서 어느 정도 술이 깬 것 같았다.

샤워를 하고 딸이 먹다 남은 딱딱한 샌드위치와 우유 한 잔 마시고 출근을 하였다. 새벽 6시 30분, 의자에 앉아 조용히 한강을 바라보았다. 어제 아니, 오늘 설의 힘없는 모습이 눈에 아른거렸다. 갑자기 설이 흘린 지갑이 생각났다. 도진은 가방을 열고 호기심에 지갑을 열어보았다. 조금의 현금과 카드 두 장, 그리고 주민등록증이 있었다. 그리고 사진 한 장이 끼워져 있는데 세 명이 찍은 사진이었다. 꼬마는 설이라는 것을 금방 알 수 있었다. 나이가 드신 분은 설의 아빠일 것이고 그 옆에는 오빠로 보이는 청년이 환하게 웃고 있었다. 설도 개구쟁이처럼 오빠 옆에 붙어 익살스러운 표정을 짓고 있었다. 설 오빠의 웃음에 눈이 간다. 맑은 눈을 가진 청년이다. 왜 이렇게 설 오빠의 웃음이 가슴속에 와 닿는 것일까? 설 오빠의 웃음에서 도현 형의 웃음이 전해지는 것 같았다.

 설은 항상 그렇듯이 아무런 일도 없었다는 듯이 정돈된 모습으로 정시에 출근했다. 설이 출근하기 전 비서에게 지갑을 전달하면서 메모를 전달했다. 메모의 내용은 호텔 건너편에 선지해장국이 맛있으니 점심 때 속을 풀라는 내용이었다. 점심시간이 다가올 때 설이 전화를 했다.

 「장 상무, 자네도 속 풀어야지. 같이 선지해장국 먹으러 갑시다.」

 사무실에 들렀을 때 설은 지갑을 흔들며 고맙다는 인사를 대신했다. 그때 설의 책상 위에 지갑에서 보았던 사진과 똑같은 사진이 액자에 넣어져 있는 것이 아닌가. 액자 속에서 웃고 있는 설의 오빠, 어디선가 분명 본 듯한 남자. 설의 지갑 속 사진은 너무 작아 알아보지 못했지만 액자 속 남자는 도진의 기억 속 어딘가 자리 잡고 있는 사람임이 분명했다. 도진이 설의 오빠를 어디서 보았단 말인가?

 「장 상무, 무슨 생각을 그리 골똘히 하는 거야? 해장하러 가자니까?」

 「네 알겠습니다. 대표님.」

 설과 해장을 하면서도 도진은 온통 액자 속의 그 남자 생각뿐이었다.

 「대표님, 책상 위에 있는 액자 속 젊은 남자는 누구세요?」

 「오빠야. 아빠와 오빠랑 함께 찍은 마지막 사진이라…….」

 설은 오빠가 얼어 죽었다고 말했다. 오빠가 왜 죽었는지 상처를 줄까 봐 이유는 물어볼 수 없었다.

 '죽은 설의 오빠를 어떻게 내가 안단 말인가?'

 도진은 속으로 생각했다. 점심 후 도진은 온통 설의 오빠에 대한 생각뿐이었다. 그런데 도무지 생각이 나지 않았다. '아니야. 아니야. 모르는 사람일 거야.' 도진은 머리를 흔들었다.

도진은 집에 돌아와 샤워를 하고 오랜만에 형이 생각나 가방에 있던 백범일지를 만지는데 사진 한 장이 떨어졌다. 대학 때 형의 죽음에 대한 의문을 밝히기 위해 김철중 교수에게 받은 사진이었다. 벌써 18년이 지난 사진이다. 어려서부터 한 번도 잊지 않고 간직한 꿈은 30년이 지나도록 아무런 진전도 없었고 아버지까지 돌아가셨다.

조용히 사진을 바라보았다. 사진을 보는 순간, 도진은 벼락같은 충격을 받았다. '한영준' 그토록 찾고 싶었던 한영준의 정체를 알 수 있었다. 한영준은 설의 오빠였다. 도현 형과 어깨 동무를 하고 있는 한영준의 얼굴은 낮에 설의 책상에서 보았던 사진 속, 설의 오빠와 같은 얼굴이었다. 설 옆에 서서 활짝 웃고 있었던 그 남자가 틀림없었다.

그리고 사진 속 한영준의 모습을 보자 어렸을 때, 도현의 장례식 날 찾아와서 도진의 어머니만큼이나 서럽게 울었던 한 청년의 모습이 기억났다. 그가 바로 한영준이었다. 도진은 형의 장례식 날, 이미 한영준을 만났던 것이었다.

김철중 교수의 증언과 한민족신문사 강태완 기자의 말에 의하면 형과 한영준은 날마다 붙어 다닐 정도로 친한 형제 같은 사이라고 하였다. 또 설에 의하면 오빠는 폐인처럼 살다가 집을 나가서 얼어 죽었다고 했다. 분명 설의 오빠의 자살은 형의 죽음과 관련이 있다는 생각이 몰려왔다. '그렇다면 성신대학교 한철민 교수가 설의 아버지라는 것인데…….' 실마리는 의외로 쉽게 풀릴 수도 있을 것 같았다.

도진은 설에게 한영준에 대하여 물어볼 수밖에 없다는 생각이 들었다. 설이 오빠의 죽음에 대하여 말하는 것을 꺼릴 수도 있지만 형이 간첩이 된 이유를 알기 위해서는 그것이 유일한 방법이었다. 실마리가 드디어 잡히는 느낌이었다. 형의 죽음에 관한 미스터리가 의외로 쉽게 풀릴 수도 있을 것 같았다.

'설과의 만남은 운명인가?'

'설에 대한 사랑 또한 운명인 것일까?'

도진은 신음했다. '한영준이 형의 죽음에 직접적 관련이 있다면 어떻게 되는 것인가? 그렇다면 도진은 원수의 동생을 사랑한 것인가?'

그러나 민들레 동아리 방에 있는 기타에서 발견한 도현의 글에서 한영준이 형의 죽음과 관련이 있는 것은 확실했지만 급박한 사정이 있었던 그날 형에게 피하라고 간곡하게 부탁한 것으로 볼 때 한영준은 형을 마지막까지 보호하고자 했던 것은 확실한 것으로 보였다.

'그렇다면 그날 무슨 일이 있었던 것일까? 한영준은 아니다. 내가 본 한영준의 눈은 누구보다 맑고 깨끗한 눈을 가지고 있었다. 그럴 리가 없을 것이다.' 내일은 설이 도진에게 그룹의 미래에 대하여 브리핑을 해달라고 한 날이었다.

도진이 가지고 있는 눈을 통해 마음을 읽는 감각은 더욱더 민감해지고 있었다. 눈만 보아도 도진은 비즈니스 파트너들의 머릿속에 있는 생각들을 도화지에 그려진 그림처럼 읽을 수가 있었다. 자신감과 이런 능력까지 가미된 도진은 더욱더 그룹의 업무처리에서 철두철미한 능력 있는 경영자로 성장하고 있었다.

'이게 다 나를 믿어준 설 때문이다. 설은 가장 밑바닥으로 떨어진 나에게 믿음을 주고 용기를 주었다. 설의 믿음이 없어서 자신감을 갖지 못했다면 능력이 무슨 의미가 있을까?'

설은 사랑의 대상을 넘어 도진에게는 죽음으로 보은할 수 있는 은인과 같은 존재였다. 도진은 한영준이 제발 형의 죽음과 그 어떠한 나쁜 관계가 아니길 간절히 빌었다.

다음날 설과 단둘이서 앞으로 그룹의 방향에 대하여 토론한 시간을 가졌다. 한 달 전에 설은 도진에게 그룹의 미래 방향에 대하여 생각해 보고 발표를 해달라고 부탁하였다.

「장도진, 얼굴을 보니 자신감이 좀 붙은 것 같네.」

설은 항상 도진과 있을 때는 웃음으로 좋은 분위기를 유도했다. 그동안 세심하게 준비한 자료를 설명하였다. 과거 경제 사건부터 미래의 회사가 나아갈 방향까지 설과 토론도 하면서 설명해 나갔다.

한국에 발생한 IMF는 국제 투기 자본과 미국 정부를 포함한 서방세계의 합작품이라는 것에 설도 동의했다. 하지만 서방세계가 불을 지르고 부채질을 한 것은 맞지만 그 근본 원인은 경쟁력 없는 한국경제의 탓도 안 할 수 없을 것이고 IMF때 그 세력들은 금융과 부동산 그리고 국영기업 민영화 등 광범위한 분야에서 막대한 차익을 실현하였다. 그때 한국의 많은 기업들이 도산하고 인수 합병되었지만 이것은 전주곡에 불과할 것이다.

앞으로 다가오는 십 년은 5위권 안의 재벌이 한국 경제의 대부분의 부을 가져갈 것으로 예상된다. 중국의 경제가 성장함에 따라 한국경제의 제조업의 구조 개편이 예상되고 유통을 장악한 기업과 고급 브랜드를 가진 기업만이 경쟁력을 가질 수 있을 것이다. 앞으로 부(富)가 소수에게 지나치게 편중되어 자주 금융위기가 발생하고 많은 부분에서 문제가 발생할 것이라고 설명했다.

「부가 소수에게 편중되는 것이 금융위기와 관계가 있나?」

설은 이해는 하겠는데 정확한 메커니즘을 듣고 싶어 하는 듯했다.

「제가 금융학자도 아닌데 너무 어렵습니다.」

도진은 난처한 표정을 지으면서 머리를 만졌다.

「도진아, 그냥 아는 대로 말해봐.」

「음, 워낙 경제에 복잡한 변수가 많아서 정답이 될 수는 없지만, 소수에게 부가 편중된다는 것은 경제에서 가장 중요한 소비가 위축될 가능성이 높습니다. 소비의 위축은 결국 기업의 부실을 부르고 기업의 부실은 투자의 위축과 경제의 가장 작은 단위인 개인의 부실로 이어져 이 또한 소비의 부실을 부르는 악순환의 경제 구도로 변화됩니다. 이렇게 되면 당연히 금융의 부실로 이어지는 것입니다. 기업의 투자가 위축되고 개인과 기업의 부실은 예대마진에 의한 수익구조가 무너져 금융기관이 도산하고 국가경제 전체가 흔들리게 되는 것입니다.」

설은 만족한다는 듯 박수를 쳤다.

「장도진, 데모만 한 줄 알았는데 공부도 좀 했네. 그럼 우리 임페리얼 그룹은 앞으로 어느 쪽에다 집중 투자를 하지?」

도진은 계속하여 설명하였다.

「첫째는 구조조정회사와 사모펀드를 만들어야 합니다. 앞으로 경쟁력 없는 대기업을 포함하여 수많은 기업들이 도산할 것입니다. 우리는 이것을 헐값에 매입하여 구조조정을 통하여 정상화한 후 매각하기도 하고 임페리얼 그룹에서 직접 운영도 하는 것입니다.」

그러면서 그동안 쓰러진 중견대기업을 순서대로 언급하였다. 1997년부터 한보철강, 삼미, 진로, 대농, 한신공영, 기아차협조융자, 쌍방울, 대우그룹, 새한 등등…….

「2010년도 이후가 되면 지금 공격적으로 투자를 진행하고 있는 SX나 지배구조가 취약한 DY그룹도 위험할 것입니다.」

「설마 DY그룹처럼 보수적인 회사까지…….」

「아닙니다. 한국은 5대 재벌 이외의 모든 기업들은 언제든 도산할 위험이 있습니다.」

「둘째는 한국은 앞으로 유통업을 장악해야 합니다. 이는 한국뿐만 아니라 전 세계적인 추세입니다. 한국의 제조업은 대기업 위주의 장치산업과 최첨단 산업으로 재편될 것입니다. 유통 서비스를 가지고 제조를 지배하는 세상이 올 것입니다. 셋째는 브랜드 산업입니다. 브랜드라고 해서 의류나 이런 것에 한정되지 않고 앞으로는 기업 자체도 브랜드의 중요성이 대두될 것입니다. 특히 한국 소비자들은 명품이나 브랜드에 대한 병적인 애착이 있으므로 체계적인 브랜드 구축 전략이 필요하다고 생각합니다.」

설은 도진에게 내년 대통령 선거에 대하여 물었다. 도진은 선거에 대하여 조심스러운 자신의 의견을 내놓았고 마지막으로 '국민은 현명하다.'와 '국민은 우매하다.' 전제는 선거 전략에서 매우 중요하다고 말했다. 참고로 현 여당의 정책을 담당하고 있는 새정치연구소는 '국민은 우매하다.'고 정의하고 그중 LOW IQ 가진 국민에 대한 선거 전략까지 세우기도 한다고 설에게 설명했다. '과연 국민은 현명할까? 우매할까?' 도진은 속으로 생각했다.

설과 대화를 아침 일찍 시작해서 그런지 오전 11시밖에 되지 않았다. 조심스럽게 설에게 말했다.

「대표님, 부탁 하나 들어 주십시오.」

설은 눈을 반짝거리면서 「말해 봐.」 항상 둘이 있으면 설은 친근한 반말을 사용했고 도진은 분위기를 보면서 말을 조절했다.

「……없는 실력에 떠들었더니 스트레스가 쌓여서 대표님과 같이 드라이브를 하고 싶습니다.」

도진은 주저하면서 설에게 말했다.

「도진아, 그 말이 그렇게 하기 힘들어? 설아, 드라이브 가자. 그러면 될걸 가지고.」

설은 피식 웃으면서 도진을 사랑스럽게 바라보았다.

「운전은 도진이 네가 하고 좋은 장소로 모셔봐라. 후진 데 데려가면

혼난다.」

점심은 간단히 회사 근처에서 먹고 출발했다. 차는 올림픽대로를 지나 경춘고속도로로 올라섰다. 설은 아무것도 모르고 있다. 그러나 도진에겐 중요한 날이었다. 설에게 한영준에 대하여 직접 물어볼 수 있을지 모르겠지만 그래도 물어볼 수밖에 없을 것이다. 양평의 서종 IC로 빠져서 문호리 방면으로 가는데 북한강을 끼고 분위기 좋은 음식점과 카페들이 줄지어 있었다. 하늘엔 새하얀 구름이 다양한 모양으로 잔잔하게 떠있고 멀리서 봄의 아지랑이가 눈을 간질거리는 연녹색의 나뭇잎이 예쁜 계절이었다.

'NAMOO'라는 카페에 들어가 북한강을 옆에서 바로 볼 수 있는 자리에 앉았다. 'NAMOO'는 정원이 특히 아름답게 꾸며져 있었다.

「흠, 경치 좋네. 공기도 신선하고.」

설이 마음에 들어 하는 것 같았다.

「장도진, 여자들이랑 이런 데 많이 다녀본 것 같은데.」

설이 농담조로 말을 던졌다.

「내 등에 2번이나 업힌 여자는 설 너밖에 없다.」

도진은 분위기를 가볍게 하기 위하여 농담을 하며 말을 놓았다. 막상 말을 꺼내려는데 말이 떨어지지 않았다. 도진은 용기를 내어 설에게 말을 꺼냈다.

「설아, 아버님은 어디에 계셔?」

도진이 물었을 때 설은 순간적으로 당황하였다. 설의 눈에서 어울리지 않는 어색함이 느껴졌다. 묻지 말아야 할 말이라는 것을 설의 눈을 통하여 직관으로 알 수 있었다.

「독일에 계셔. 한국으로 돌아오기 싫대.」

조용하게 말했으나 아버지에 관한 말을 꺼내길 싫어한다는 것을 알 수 있었다. 설의 아버지에 대한 의외의 반응에 더 이상 오빠에 대한 말을 꺼내기가 힘들었으나 언젠가는 해야 할 말이었다.

「설아, 너 혹시 장도현이라는 사람 아니?」

이번에는 도진의 입에서 장도현이라는 말이 나오는 것을 믿을 수 없다는 듯 설이 도진을 쳐다보았다.

「도진이 네가 장도현을 어떻게 아는 거야?」

「실은 내 형이야. 하나밖에 없는 친형.」

설은 한참 동안을 말을 하지 못했다. 도현 형을 알고 있는 것이 확실했다.

「형이랑 나이 차이가 많이 나네.」

설은 믿을 수 없다는 표정이었다.

「네 오빠 한영준이 우리 형과 둘도 없는 친구라는 것도 알고 있어.」

도진은 설에게 자신이 우리 대학에 오게 된 이유를 풀어놓았다. 어려서 겪었던 갑작스런 형의 죽음과 그로 인한 어머니의 죽음. 우리 대학과 민들레에 들어오려고 했던 것은 모두 형의 죽음에 대한 의문을 풀기 위해서라고 말했다. 그러면서 김철중 교수에게 들은 이야기와 강태완 기자에게 들은 이야기까지도 도진은 모든 것을 남김없이 설에게 털어놓았다. 설은 아무런 말없이 도진의 말을 듣고 있었다. 그리고 침묵으로 한참의 시간이 지나갔다.

설은 장도현을 잘 안다고 했다. 설이 어렸을 때 오빠가 친한 친구라면서 장도현을 집으로 자주 데리고 왔다고 하였다. 오빠만큼 자기를 귀여워해 주었던 기억이 아직도 생생하다고 했고 다시 긴 침묵이 흘렀다.

「오빠에 대하여 말해줄 수 있니?」

설에게 괴로운 질문이지만 형의 죽음에 대한 의문을 풀기 위해서는 어쩔 수 없었다.

「너무 어려서 잘 모르겠어. 아버지도 이야기를 안 해주셨고. 오빠의 죽음이 네 형의 죽음과 무관하지는 않다는 것을 느낄 수는 있었어.」

잠시 머뭇거리던 설은 다시 말을 이었다.

「오빠는 거의 방에서 나오지 않았고 가끔씩 우는 소리도 들렸어. 거의 매일 술을 먹고 쓰러져 자는 것이 일이었어. 아버지가 큰 소리로 야단을 치고 해도 소용이 없었지. 대학도 중퇴하고 다시 다니지 않았고 아버지가 입원 시키려고 정신병원을 알아 볼 때쯤 집을 나갔고 겨울에 동사한 채로 발견되었어. 아버지는 무슨 이유인지 죽은 오빠를 사망처리하지 않고 이민 간 것으로 처리했어.」

설은 괴로운 듯 과거 오빠가 남긴 일기장을 통해 알았다면서 그 때의 이야기를 회상했다.

75년 겨울, 그해는 유독 눈이 많이 내렸고 유난히 한파가 기승을 부렸다. 영준은 오늘도 고주망태가 되어 집으로 들어왔다. 몸을 주체하지 못하고 들어오는 아들을 바라보는 아버지 한철민의 눈에는 방황하는 아들에 대한 측은한 마음과 분노가 교차하고 있었다.

「이놈의 자식아. 죽은 놈은 죽은 놈이고 살 놈은 살아야 할 것 아니냐. 그리고 도현이는 네가 죽인 것도 아니잖아.」

아버지는 애원하는 눈빛을 하며 우는 듯한 목소리로 소리쳤다.

「아니에요. 제가 죽였어요.」

영준은 몸을 이기지 못하고 쓰러지면서 흐느끼는 목소리로 악을 썼다. 아버지와 오빠 뒤에서 초등학교 1학년인 설은 눈물을 글썽이고 있었다. 설은 오빠가 사랑하는 친구의 죽음으로 괴로워한다는 것을 알고 있었다. 그러나 오빠가 왜 자신이 친구를 죽였다고 하는지 이해할

244

수가 없었다. 아버지는 오빠가 죽이지 않았다고 하는데 오빠는 자신이 죽였다고 날마다 자책을 하였다. 설은 오늘도 오빠는 어디서 누구랑 술을 마셨는지는 모르지만 스스로를 서서히 파괴하고 있다고 생각했다.

영준은 정오가 되어서야 눈을 떴다. 어제 저녁 대학 앞 선영집에서 혼자 술을 마신 것과 집에 도착해서 아버지와 약간의 다툼이 있었던 것이 가물가물 기억이 났다. 알코올이 몸과 정신을 망가뜨리고 있다는 것을 알고 있었다. 친구의 죽음으로 인한 정신적 충격과 알코올로 인한 우울증이 자신을 죽음으로 몰고 가고 있다는 것도 잘 알고 있었다. 하지만 스스로 제어할 수 있는 의지도 없었고 삶에 대한 미련은 털끝만큼도 없었다.

술. 그날의 사건 이후로 하루도 빠지지 않고 술을 마셨으며 그러지 않고는 제정신으로 살아갈 수가 없었다. 한없이 약한 자신을 자책하기도 하였지만 스스로를 망가뜨리지 않고 살아가는 삶이 더욱 괴로웠다. 하루에 조금씩 자신을 파괴하여야만 사랑하는 친구에 대한 죄책감을 조금이나마 떨칠 수 있었다.

'장도현' 사랑하는 나의 친구는 죽었다. 하루도 빠지지 않고 붙어 다녔던 같은 과 동기이자 동아리 친구였던 도현의 죽음에 그는 아무런 저항도 하지 못하고 동조했다. 운명의 그날 경찰이 대규모로 우리 민들레 동아리를 덮쳤고 북한과 관련된 간첩 행위에 대한 증거가 대규모로 나왔다. 영준이 절대로 원하지 않았던 일이 발생한 것이었다.

경찰의 조사 결과, 도현이 북한과 은밀하게 내통하고 있었다는 결과가 나왔고 대부분의 증거는 도현을 향하고 있었다. 나머지 회원들도 도현이 간첩이라는 진술로 풀려났으나 영준은 끝까지 부인했다. 그러나 영준의 부인은 아무런 소용이 없었다. 도현은 이미 간첩으로 확정되어 신문에 대문짝만 하게 실려 있었다. 동아리에서 도현이 간첩이라는 분위기가 형성되었고 친한 친구인 태완까지도 도현을 의심하고 있었다.

얼마 지나지 않아 도현은 싸늘한 시신이 되어 고향으로 이송되었다. 영준은 도현의 죽음이 간첩 행위로 인한 고문 중 사고로 죽었다고 전해 들었다. 그러나 누가 도현을 죽인 것인지 영준은 알고 있었다. 강남역에서 여수행 고속버스를 타고 도현의 고향으로 향했다. 여수로 향하는 영준의 가슴속에는 친구를 잃은 슬픔과 분노가 가득했다. 터미널에서 택시를 타고 묘도로 가는 선착장에 도착하여 배를 타고 도현의 집에 도착하였다. 도현의 집에 도착했을 때 그의 시신은 아직도 마당에 하얀 천으로 쌓여 있었다. 그 앞에서 도현의 어머니는 탈진한 상태로 울고 있었고 아버지는 먼 바다만 바라보고 있었다.

동네 사람들의 수군대는 소리가 여기저기서 들리고 있었다. 그 소리가 정확히 들리지 않았지만 영준은 그 수군거리는 소리가 무엇인지 알 수 있었다. 시신이 놓여있는 마당 귀퉁이에 누런 콧물이 반쯤 내려와 있고 세수를 하지 않았는지 얼굴 여기 저기 때가 가득하게 묻은 사내아이가 영준을 노려보고 있었다. 도현이 이야기한 동생인 것 같았다. 그 아이의 눈에서는 형의 죽음에 대한 슬픔을 아는지 아니면 엄마의 한 맺힌 울음에 의한 것인지는 알 수 없었지만 눈물이 가득하게 고여 있었다. 상을 치르는 동안 도현의 부모는 이 사태를 도무지 이해할 수 없다고 했다. 특히 어머니는 「내 새끼 살려내라 이놈들아!」라고 소리치고 가끔 혼절도 했다. 도현은 21살의 젊은 나이에 소나무가 가득한 집 뒷동산으로 차가운 몸이 된 채 돌아갔다.

영준은 도현을 보내고 서울로 올라오면서 도현의 어머니와 눈물이 가득한 동생의 눈을 잊을 수가 없었다. 특히 초등학교 1학년이라는 도현의 동생은 체격이 유난히 왜소했지만 눈은 다양한 감정을 담고 있다는 생각이 들었다. 동생이 영준에게 '살인자'라고 말하고 있는 것 같았다.

여수를 다녀온 이후 영준은 계속 악몽에 시달렸다. 특히 도현의 동생이 망치를 들고 영준에게 달려들었다. 이상한 일이었다. 한 번밖에 보지 못한 도현의 동생의 눈이 도무지 잊히지 않았다. 자주 출몰하는 도현과 도현 동생의 모습은 영준에게 불면증으로 잠을 이루지 못하게 하였다. 잠을 이루지 못한 영준은 학교를 휴학하고 정신적인 안정을 찾으려 하였지만 도무지 마음을 다잡지 못했다.

불면증이 지속되면서 술을 마시지 않으면 잠을 이룰 수가 없었고 특히 시간이 지날수록 도현에 대한 죄책감은 영준의 정신을 괴롭혔다. 술은 술을 불렀고 술은 우울증을 불렀다. 우울증은 영준에게 정신착란 증세를 일으켰고 밤마다 울면서 더러운 세상이라고 악을 쓰면서 의자를 집어 던지는 폭력적인 모습으로 변하기도 했다.

대학을 그만둔 지 오래되었다. 설은 그런 오빠가 불쌍했지만 아무런 도움이 되지 못하는 자신이 한스러웠다. 아버지는 더 이상 아들을 방치해서는 안 된다고 생각했고 정신병원을 알아보고 있었다. 아버지는 아들에게 정신과 치료를 권유했지만 다 소용없는 일이었다. 친구가 죽은 뒤 4년 지난 어느 날, 영준은 더 이상 집에 들어오지 않았다. 설은 저녁이면 집 앞에 쭈그려 앉아 돌아오지 않는 오빠를 한없이 기다렸다.

「나는 어려서 잘 모르지만 네 형의 죽음에 대하여 오빠가 죄책감을 가지고 있었던 것은 분명한 사실이었던 것 같아. 하지만 오빠가 남에게 상처 줄 사람이 아니라는 것은 내가 보장할 수 있어. 그날 무슨 일이 있었는지 모르겠지만.」

설은 친절하게 설명해 주었다. 하지만 이 이야기만으로는 형의 죽음에 대한 의문을 풀 수 없었다. 설은 오빠의 죽음이 형과 관련이 있다고 말했지만 본인의 오빠는 절대 다른 사람한테 상처 줄 사람이 아니라는 말을 했다. 중심을 계속 벗어나고 있었다.

'정말 설은 진실을 모르고 있을까? 한영준은 왜 그토록 괴로워하고 자신을 파괴시켰을까? 믿고 싶다 설의 말을.'

도진은 자살한 설의 오빠에 대하여 더 이상 묻고 싶지 않았지만 진실을 밝혀야 하므로 계속해서 물었다.

「설아, 너도 우리 형이 간첩 행위를 했다고 생각하니?」

아무 말이 없다. 설은 더 이상 말하고 싶지 않은 표정이었다.

「도진아, 내가 해줄 수 있는 마지막 말은 우리 오빠는 네 형의 정말 친한 친구였어. 친한 친구를 잃은 우리 오빠가 우울증으로 네 형을 따라 죽었다는 것은 확실하게 말할 수 있어.」

설은 확신에 찬 어조로 말했고 도진은 그녀의 눈을 통해 그 모든 것이 진실이라는 것을 알 수 있었다.

'그럼 누구란 말인가?'

도진은 더 이상 넘을 수 없는 단단한 벽에 가로막혀 있다는 느낌을 받았다. 더 이상 설에게 오빠에 대하여 말한 것이 상처를 주는 것이라 생각해 주제를 바꾸려고 노력했으나 한 번 무거워진 분위기는 다시 돌아오지 않았다.

「설아, 미안해. 괜히 아물어 가는 상처를 건드려서.」

「도진아, 엄마는 어떻게 돌아가신 거니?」

「신장이 원래부터 안 좋았는데 아들의 죽음 앞에서 어떻게 견디어 낼 수 있겠니. 형은 엄마의 자랑이자 희망이었어.」

설에게 어렸을 때 이야기를 간단하게 해주었다. 형과 어머니 그리고 교통사고, 그때 도진에게 죽음이라는 것은 방문을 열고 나가는 것만큼 쉬웠지만 혼자 계시는 아버지와 형의 죽음에 대한 어머니의 한을 풀어 드리기 위해 견디어 낼 수 있었다고 말해 주었다. 사실 설의 눈을 볼 때마다 도진보다 훨씬 더 많은 사연을 가진 여자라는 느낌을 받았다.

오늘따라 석양이 무겁고 슬프게 보였다. 차를 타고 오는 내내 무거운 분위기가 흘렀지만 어느 순간 설이 도진의 오른손을 조용히 잡고 작은 웃음을 지었다. 도진에게 그동안 힘들었지 그리고 힘내라는 의미의 웃음 같았다. 똑같은 웃음을 설에게 보내 주면서 도진은 설이 정말 운명의 여자라는 생각이 들었다.

도진의 형과 설의 오빠에 의한 운명. 그 연에 의해 다시 만난 기구한 운명.

도진은 설이 운명적인 사랑이라는 생각이 들었다.

물론 아직도 혼자만의 짝사랑이지만…….

19

왕
회
장

    기상이 몸담고 있는 '나이트클럽 가자'를 운영하는 조직폭력배는 고
구려파였다. 고구려파는 줄임말로 구려파로 통하고 있었다. 구려파
두목의 이름은 김창일로 젊은 시절의 행적은 찾아볼 수 없으나 10년
전 이 바닥에 나타나 강남 일대를 평정하고 지금은 전국적으로 가장
큰 세력을 형성하고 있었다. 기상은 순천에서 이춘호와의 권력 싸움
에서 이기고 고구려파의 눈에 들어 탱크 송석재에게 순천 바닥을 넘
겨주고 서울로 상경한 것이었다.

    두목인 김창일은 조직폭력배 같은 느낌을 주지 않을뿐더러 건달들
에게 볼 수 있는 약간의 폼생폼사도 없었다. 구려파는 폭력적이지 않
으면서 조용하고 빠르게 전국의 폭력조직을 잠식해 가고 있었다. 구
려파의 핵심 행동대장들의 특징은 덩치가 크지 않고 키가 170센티 정
도의 마른 체형이 대부분이었다. 이들은 대부분 날카로운 눈매와 눈
에서는 살기가 레이저처럼 번득였다.

구려파는 다른 조직폭력배와는 달리 상대방 보스를 제거할 때 사시미 칼 같은 것을 사용하지 않았고 영화에서나 나올법한 망원경이 달린 암살용 총으로 소리 소문 없이 제거하고 흔적도 남기지 않았다. 그리고 컴퓨터를 통하여 바이러스를 보내 상대방의 모든 전산기기를 망가트리는 등 최첨단 IT기술도 사용하였다.

한국의 조직폭력계는 자유당 정권과 결탁한 이정재의 정치조폭 시대를 지나 70년대 사시미칼과 야구방망이를 내세운 호남조폭의 전성시대가 막을 내리자 오랫동안 춘추전국시대가 이어졌다. 한때 광주에 근거지를 두고 있었던 호남 3대 패밀리는 서울을 장악한 다음 자기들끼리의 치열한 내부 다툼의 시대도 있었다. 이정재의 정치 조폭은 5.16군사쿠데타로, 호남 조폭은 80년 신군부의 삼청교육대로 치명타를 입었다. 2000년대 들어오면서 자금과 정보로 무장한 구려파에 의하여 통합되고 있었다. 기상은 직급 상으로 높았으나 조직 내 중요한 일에는 철저히 배제되었다. 다만 강남 일대의 이권을 대부분 관리하였고 영향력을 행사하고 있었다. 하루는 기상이 도진을 찾아와서 불평불만을 토로하였다.

「씨발, 더러워서 못 해 먹겠네.」

「왜, 무슨 문제라도 있어?」

도진이 기상에게 물었다.

「이거 뭐, 나이트클럽 웨이터도 아니고 하는 일이 없으니.」

「팔자 늘어졌네. 한 달에 한 번씩 칼 들고 누구 배를 찔러야 잠이 오냐.」

「도진아, 너희 아버지 도움으로 죽을 고비 넘기며 순천을 장악하고 서울로 왔는데 이렇게 시간만 죽치고 있으니.」

그러면서 옛날 순천 바닥에서 날리던 때 이야기를 하면서. 한국 조직폭력배 역사에 대하여 일장 연설을 시작하였다. 공부도 지질히 못하는 놈이 자기 밥그릇이라고 그 방면으로는 엄청 유식하게 잘 알고 있다고 생각하니 속으로 피식 웃음이 나왔다. 조직폭력배는 매춘과 함께 인류 역사상 가장 오래된 직업중의 하나다. 이 세상의 종말이 올 때까지도 조직폭력배는 이 세상에 존재할 것이다. 그런 것을 보면 인간의 본능 중에 폭력과 성에 대한 욕망은 가장 깊은 곳에 숨겨져 있는 원초적인 것이 아닐까 하는 생각이 들었다. 도진은 기상에게 말해주고 싶었으나 기상의 기분을 생각하여 말하지 않았다.

'이놈아, 70년대 호남 깡패는 권력이 더러운 의도를 가지고 만들어 낸 꼬붕이라구.' 속으로 중얼거렸다.

70년대 영남의 박정희와 호남의 김대중으로 대표되는 정계의 라이벌 관계에서 박정희는 대놓고 지역감정을 조장하고 선거에 이용하였다. 정치권력은 호남 깡패를 뒤에서 지원하면서 전라도의 이미지를 나쁜 쪽으로 만들어 나갔다. 빨갱이, 뒷다마 치고 배신하기를 밥 먹듯 하는 놈들, 사회에 암적인 무시무시한 조직폭력배, 전라도의 이런 이미지는 선거에서 이기기 위해 정치 정권에 의하여 의도적으로 만들어졌다. 그 이후로도 이 전략은 대한민국 선거 때면 오랫동안 가장 확실한 필승 전략으로 활용되었다.

고구려파는 대한민국의 지하경제를 빠르고 무섭게 장악해 나가고 있었다.

어느 날 다른 때와는 달리 설은 매우 부산스럽고 한 번도 보지 못한 긴장된 표정으로 누군가를 맞이할 준비를 하고 있었다. 설뿐만 아니라 김성일도 긴장한 표정이 역력했으며 나이트클럽에 좀처럼 모습을 보이지 않던 두목이 앞장서 나이트클럽 청소도 지휘하고 있었다. 오전 10시쯤 3대의 리무진이 도착했고 선글라스 낀 호리호리한 체격을 가진 사내가 내렸다. 설과 김성일, 두목뿐만 아니라 그동안 보이지 않았던 각 계열사의 핵심 인물들과 고구려파의 핵심 행동대장들도 모두 양쪽으로 도열하여 그 사내를 맞이했다. 설의 비서 말에 의하면 임페리얼 그룹 홍콩 대주주인 NK그룹 회장님이라고 하였다. 회장 이름은 왕첸민으로 중국인이라고 하였다.

도진은 아직까지는 그룹의 아주 중요한 핵심에는 참가하지 못하고 있었다. 하나도 섭섭하지 않았다. 옆에서 조용히 설을 매일 보면서 일할 수 있다면 더 이상의 바람이 없었다. 왕회장과 임페리얼 핵심 경영진은 대회의실에서 1시간 동안의 회의를 하고 왕회장은 임페리얼 호텔 특실에서 휴식을 취하기 위해 호텔로 향하였다. 왕회장이 호텔로 향하는 마지막까지 설은 긴장을 풀지 않았다. 도진은 퇴근시간이 한창 지났지만 퇴근하지 않고 있었다. 낮에 설의 긴장된 모습을 생각하니 설에게서 연락이 올 것만 같은 느낌이 들었다.

「퇴근했니?」 설이 전화를 했다.

「아닙니다. 사무실입니다.」

「나랑 둘이 통화할 때는 말 편하게 해. 나이트클럽으로 내려올래?」

도진은 무슨 일인지 알 수 없었다.

'너무 긴장해서 한잔하자는 건가. 설은 영업장에서 술을 마시지 않는데.'

도진은 이상한 생각이 들었지만 나이트클럽으로 내려갔다. 기상에게 설이 있는 룸이 어딘지 물어 보았다. 룸 주위에는 낮에 왕회장을 호위했던 보디가드들이 어두운 조명에도 불구하고 검은 선글라스를 끼고 절도 있는 모습으로 지키고 있었다. 도진이 온다는 것을 알았는지 보디가드 한 명이 인사를 하고 룸 안으로 안내했다. 룸 안에는 왕 회장, 한설, 김성일, 두목 김창일 4명이 있었다. 왕 회장 옆에는 설이 앉아 있었고 김성일과 김창일은 옆에 앉아 술자리를 벌리고 있었는데 제법 많이 마셨는지 빈 양주병이 여럿 보였다.

「안녕하십니까? 장도진입니다.」

「이쪽으로 장 상무.」

두목이 약간 취기가 오른 목소리로 말했다. 설은 도진에게 시선을 주지 않고 왕 회장의 옆에 앉아 빈 잔을 채워주고 있었다. '이게 무슨 장면인가?' 설은 김성일과 결혼한 사람인데 왕 회장 옆에서 술을 따르고 있는 것이 아닌가. 혼란스럽다.

「자네가 장도진인가? 한 대표와 김 전무의 대학 동기라고 보고 받았고 지난번 인수합병에서 능력을 발휘했다고 들었네.」

왕 회장은 중국 사람치고는 너무나 완벽한 한국어를 구사했다.

「장 상무, 내가 술 한 잔 따르겠네.」 왕 회장이 말했다.

술잔을 받으면서 도진은 설의 표정을 읽으려고 집중하였다. 설은 다른 때와 같이 별다른 감정의 변화를 보이지 않았으며 차갑고 차분하게 왕 회장 옆에서 술을 따르고 있었다. 왕 회장은 설보다는 두목과 작은 소리로 많은 대화를 나누었다. 임페리얼 그룹 회사 쪽보다도 지하경제를 장악하고 있는 조직폭력배인 고구려파에 대하여 더 많은 관심이 있는 것처럼 느껴졌다.

'그룹회장이라는 양반이 조직폭력배에 저리도 관심이 많을까?' 도진은 이해가 되지 않았다.

술자리는 왕 회장이 가끔씩 던지는 농담에 약간의 웃음 소리도 들렸지만 설과 나머지 멤버들은 계속해서 긴장하고 있다는 느낌을 강하게 받았다. 시간이 흐르고 왕 회장이 취기가 오른다고 먼저 자리에서 일어났고 다른 사람들도 말없이 서로의 잔을 채워주다가 자리에서 일어났다. 설은 피곤하다며 먼저 집으로 들어갔다. 긴장한 탓인지 취기가 하나도 오르지 않았다. 기상에게 호텔 앞 포장마차에서 소주 한잔 하자고 전화를 했다. 기상은 여전히 농담을 던지며 「상사가 먹자고 하면 먹어야지.」하면서 포장마차로 나타나며 하는 말이

「야, 오늘 6·25 때 난리는 난리도 아니었다. 다른 때는 좀처럼 나서지 않던 두목이 클럽 화장실 청소 상태까지 확인했잖아. 그 왕 회장 대단한 양반인가 봐. 조직 내 실세들은 모두 긴장하더라구.」

기상의 말은 들리지 않았고 왕 회장 옆에게 무표정하게 술을 따르던 설의 모습과 왕첸민의 눈빛은 일반 사업가라고 보기에는 너무나 차갑고 표현할 수 없는 무게가 담겨 있었던 것이 마음에 걸렸다.

'설이 왕 회장의 세컨드인가? 그럼 김성일 선배는 무엇인가?'

'그리고 왕 회장은 도진을 왜 보자고 한 것일까? 직책은 자금부 상무지만 인수합병 같은 외부 일에만 관여하고 있는 도진을 왜?' 도진은 생각이 복잡했다. 기상은 자기 말은 듣지 않고 골똘히 다른 생각을 하는 도진을 보더니

「이놈은 어려서는 생각이 없어서 문제였는데 이젠 생각이 많아서 탈이네.」

기상이와 말은 없었지만 오랫동안 술잔을 기울이다 집으로 돌아왔다. 다음날 회사에 출근했을 때 설이 궁금해 집무실에 들렀는데 왕 회장이 지방 사업장을 둘러보고 출국한다고 하여 배웅하기 위해 나갔다고 비서가 말해 주었다. 임페리얼 그룹 왕 회장의 본사 방문은 하루였지만 많은 사람들은 그 기간을 아주 길게 느낀 것 같았다. 왕 회장은 그렇게 떠났다.

20
김
형
사

김장우 형사는 가족과 대한민국 최고급 호텔에서 저녁 만찬 외식을 하였다. 아내와 아들에게 오늘은 맘껏 먹으라면서 기분 좋게 이야기 했다. 처음 맛보는 호화로운 식사에 아내와 아들은 믿지 못하겠다는 표정이었다.

「당신, 무슨 일 있어? 이거 먹어도 되는 거야?」

「아, 괜찮아. 오늘은 맘껏 먹어도 되니까, 맘껏 시켜!」

「아빠, 최고야!」

가족들이 좋아하는 모습을 보니, 김 형사도 기분이 좋아졌다. 김 형사는 맛있게 식사를 하고 있는 가족들을 바라보다가 가방에서 선물을 꺼냈다. 아내에겐 고급 다이아몬드 목걸이를 중학생 아들에겐 그토록 갖고 싶어 하던 최신형 핸드폰을 선물로 준비했다. 아내의 눈에는 살짝 눈물이 고였다. 그의 아내는 결혼할 때 값싼 루비 반지를 받았는데 다이아몬드 목걸이를 선물로 받을 줄은 꿈에도 생각하지 못했기 때문

256

이었다. 아들은 갖고 싶던 것을 받아서 인지 밥도 먹지 않고 계속 핸드 폰만 들여다보고 있었다.

　새삼스레 김 형사는 헤르메스의 강태완 회장을 안 것이 참 행운이었다는 생각이 들었다. 수사과정에 우연히 만나게 된 강태완은 항상 특종에 목말라 있는 기자였다. 그는 일주일 동안 하루도 빠짐없이 아침 6시에 출근해 새벽 2시까지 일하는 집요한 열정을 가지고 있었다. 또한 국가기밀이나 국가의 민감한 문제에 관심이 많아 김 형사에게 집요하게 물어보는 것이 강태완 기자의 특성이었다. 그가 성공할 것이라고는 예상했지만, 이렇게까지 크게 성공할 줄은 김 형사도 몰랐다.

　「다음엔 우리 이사 가자. 저기 강남 아파트로.」

　「에이, 당신도 참. 이사를 어떻게 가. 우리가 무슨 돈이 있다고.」

　「나만 믿어.」

　김 형사는 흐뭇한 미소를 지으며 아내에게 듬직한 표정을 지어보였다. 집에 돌아와서 오랜만에 김 형사는 가족들과 다정한 시간을 보냈다. 김 형사는 행복한 미소를 지으며 잠들어 있는 아내의 머릿결을 쓰다듬으면서 내일 할 일에 대하여 생각했다. 내일부터 임페리얼을 본격적으로 조사할 생각이었다.

　지금까지 조사한 결과에 의하면 임페리얼은 확실히 수상한 그룹이었다. 임페리얼 그룹에 관한 신문기사나 보도는 찾아 볼 수가 없었고, 특히 강남 일대의 유흥가를 장악하고 있는 조직폭력배와 긴밀한 관계를 유지하는 것으로 조사되었다. 또한 최근 들어 그룹의 자금이 해외투자란 명목하에 집중적으로 빠져 나가고 있었다. 임페리얼을 조종하고 있는 실세가 분명 해외에 있는 것이 확실했다.

　김 형사는 이번 수사를 통하여 임페리얼과 관계가 있는 조직폭력배의 자금이 이동하는 장소를 알게 되었다. 바로 부산항에 있는 창고였다. 내일은 부산항으로 내려가서 자금이 어디로 빠져나가고 있는지 조사할 계획이었다. 그리고 그것만 정확히 파악 후 전해준다면 강대표를 만족시켜 줄 수 있으리라 생각했다. 분명 강태완 대표는 그 전에 받은 액수보다 훨씬 더 많이 줄 것을 약속했다. 그 돈만 있으면, 강남의 아파트로 이사 가는 것도 꿈이 아니라 현실이 될 수 있다.

다음 날 새벽 4시에 일어난 김 형사는 잠들어 있는 아내의 볼에 키스를 하고 자동차를 타고 부산으로 향했다. 오랜만에 맡는 바다의 향내가 시큼하면서도 기분을 좋게 만들었다. 부산항에 도착한 김 형사는 늦은 저녁까지 부산을 구경하며 쉬다가, 새벽 2시에 행동을 개시했다. 정보 상으로 임페리얼은 새벽에 작업을 한다고 했다.

김 형사는 미리 확보한 부산항의 대형 창고 근처에 몰래 숨어들어 잠복을 하고 있었다. 곳곳에 삼엄한 경비가 눈에 띄었다. 새벽 3시경부터 봉고차가 5분 간격으로 5대가 연달아 들어왔고 대형 창고의 문이 열리고 차들은 안으로 들어갔다. '봉고차 안에 든 것이 무엇인지 확인할 방법이 없을까?' 김 형사는 머리가 복잡했다. 그동안 형사 20년의 육감으로는 당장이라도 추가 병력을 요청하여 창고를 덮치고 싶었다. 그러나 현재의 업무는 공적인 것이 아니고 개인적인 이익을 위해 움직이고 있다는 것이 몹시 아쉬울 뿐이었다. 대신 김 형사는 주위의 경비들의 동향을 자세히 살펴보았다. 어두워서 잘 보이지 않았지만 그들은 총으로 무장되어 있음을 알 수 있었다. 섣불리 움직이다간 목숨이 위험하다는 것을 직감적으로 알 수 있었다. 김 형사는 조심스럽게 창고 주변과 봉고차가 창고에서 나올 때 그 모습을 사진으로 찍었다. 서울로 올라오는 내내 강태완의 돈이 아니라 수사에 대한 형사의 본능이 발동하는 것이었다. 강남 폭력조직의 자금 세탁을 자세히 조사하기로 마음이 기울고 있었다.

다음날 사무실에서 김 형사는 어제 본 장면 때문에 다른 일에 몰두할 수가 없었다. 어제 부산항 창고 봉고차를 사진으로 찍은 이유는 차량의 번호를 확보하기 위함이었다. 이 차량들을 추적하면 의외의 단서를 찾을 수 있을 것이라는 생각이 들었다. 김 형사가 넋을 놓고 있을 때 수사과 최 팀장이 김 형사를 불렀다.

「김 형사, 인천 연쇄살인범 조사는 어떻게 돼가는 거야?」

김 형사가 아무 말이 없자 최 팀장은 화를 내면서 다시 큰 소리를 질렀다.

「김 형사, 요즘 정신을 어디다 두고 사는 거야?」

김 형사는 임페리얼 때문에 최 팀장의 목소리가 들리지 않았다. 최 팀장이 김 형사의 어깨를 두드리자 그때서야 김 형사는 깜짝 놀라 말했다.

「팀장님, 무슨 일 있으세요?」

「이놈 이거, 바람난 거 아니야?」

김 형사는 갑자기 무슨 생각이 났는지 「팀장님, 다음에 말씀드릴게요.」하면서 경찰서를 빠져 나갔다.

「김 형사, 김 형사.」최 팀장은 김 형사를 따라 나서면서 불렀으나 김 형사는 벌써 자동차를 몰고 경찰서를 빠져나가고 있었다. 최 팀장은 그것이 김 형사의 마지막 모습일 거라고는 꿈에도 생각하지 못했다.

5일이 지나도록 김 형사가 연락이 두절되었다. 최 팀장은 김 형사가 최근에 연락한 전화번호와 김 형사의 자동차를 교통 CCTV을 통해 조사하도록 지시했다. 김 형사는 최근에 헤르메스 회장인 강태완과 자주 통화를 했고 최 팀장이 김 형사를 본 다음 날 새벽에 경부고속도로에서 봉고차를 따라가는 김 형사의 자동차가 발견되었다. 또한 김 형사의 컴퓨터에서는 그동안 조사한 임페리얼 그룹에 관한 자료가 정리되어 있었다.

21
서서히 드러나는 진실

　도진은 4년 만에 임페리얼 그룹의 모기업인 주식회사 임페리얼의 대표이사 사장으로 취임하였다. 설은 회장 명함을 가지고 뒤로 물러나는 형태였지만 여전히 옆에서 지원하고 실권을 행사했다. 하지만 인수합병 분야 등 외부 일에만 관여한 도진이 왜 대표이사가 되었는지 이해할 수가 없었다. 더욱이 이상한 점은 김성일은 무슨 일인지 모르지만 대략 6개월은 해외에 나가 있었다. 출장 갔다 온 김성일을 만난 설이 기쁜 척이라도 하는 기색을 한 번도 보지 못했다. '뭔 부부가 저럴까?' 도진은 속으로 생각하였다. 부부 관계가 거의 없는 자신의 부부를 생각하면서 도진은 피식 웃었다.

　모기업 주식회사 임페리얼의 대표이사로 취임하고 보니 그룹의 규모는 상상 이상이었다. 두목이 중심이 되어 이끌고 있는 나이트클럽을 중심으로 하는 지하 경제는 강남 일대의 기업 형태 단란주점도 10개 이상을 운영하고 있었는데 이중 가장 큰 주점에 근무하는 아가씨가 500명이 넘고 매춘도 광범위하게 이루어지고 있었다. 강남 쪽에서 최근에 연예인들과 유흥업소 사이에 은밀하게 확산되고 있는 마약 밀매도 신사업의 일환으로 적극적으로 추진되고 있는 것 같았다. 그쪽은 나이트클럽을 빼고는 임페리얼과 독립되어 두목과 기상이 중심이 되어 독자적으로 운영되고 있는 것처럼 보였지만 자금은 그룹 내 설의 직할 비밀 전략실에서 통제하고 있었다. 물론 그 중심에는 항상 설이 있었다. 그룹 일을 추진하는 설의 모습은 얼음처럼 차갑고 깊은 우물처럼 어두운 신비감이 있었다. 도진과 대화할 때를 빼고는 설이 웃는 것을 볼 수 없었고 김성일 앞에서조차 항상 사무적이고 흐트러지는 모습을 보일 때가 없었다.

도진이 모르고 있었던 임페리얼 그룹의 또 하나의 사업은 법무법인 서울을 운영하고 있다는 것이다. 법무법인 서울의 변호사와 각 분야의 전문가는 200명이 넘을 뿐만 아니라 전직 판검사와 재계 고위층까지 고액의 연봉으로 영입하고 있었다. 이 법무법인은 그룹의 내부 송사 문제는 별로 관여하지 않고 두목이 운영하는 지하경제처럼 별도로 운영되고 있었다. 지난번 경제부총리를 역임하신 분도 엄청난 연봉을 지급하고 고문으로 영입했다. 전직 경제부총리를 역임하신 분은 정부의 정책을 총괄했기 때문에 앞으로 진행될 경제정책과 정부사업, 법률개정 등의 내용과 그 시행 시기까지 정확하게 알고 있었다. 법무법인은 정부의 방향을 정확히 이해하고 관련 기업들에게 정보를 매각할 뿐 아니라 공기업의 민영화와 같은 정보를 사전에 입수하여 남들보다 빠르게 펀드를 구성하여 인수에 참여하기도 했다.

이는 일반 기업에서 벌어들이는 수익과는 비교도 되지 않는 엄청난 수익을 창출했다. 또한 각 분야의 고문들은 정권이 바뀔 경우 비밀스럽게 사전 로비를 통해 핵심 내각에 입각시켜 그 영향력을 지속적으로 확대해 가고 있었다. 그룹은 비밀스럽고 소리 소문 없이 광속의 자동차처럼 대한민국 각 분야 핵심에 침투해 들어가고 있었다.

'세상 돌아가는 이치가 생각보다는 간단하구나. 우리 같은 소시민은 정글 같은 이 자본주의 사회에서 돈을 목표로 살아서는 불행할 수밖에 없다는 것을.'

도진은 속으로 중얼거렸다.

이 사회에서 대부분의 돈은 '힘과 폭력이 지배하는 지하경제'와 '권력과 정보를 통한 이권경제' 그리고 '돈이 돈을 벌고 지배하는 금융경제'에 의해 지배되고 좁쌀만 한 부를 가지기 위해 우리 같은 소시민들은 피 터지게 싸우고 허리가 휘도록 일하고 있는 것이다.

그런데 임페리얼의 대표로 취임하고 나서부터 도진은 임페리얼 그룹의 자금에 이상한 점이 있다는 것을 알게 되었다. 각 계열사의 자금들이 투자란 명목하에 해외로 빠져 나가고 있었다. 그동안 모은 그룹의 자금은 수십조에 육박했고 계속해서 대규모 투자를 강행하고 있는데 해외 투자는 김성일이 전담하고 있었다.

도진은 대표이사였지만 해외 투자에는 철저히 배제되었다. 포유에서도 이번에 800억이 인출되었다. 김대규 대표가 전화를 해서 내년 상장에 문제가 있다고 하였다. 도진은 한설 회장에게 말해서 상장 전까지 채워 넣는 방법으로 마무리 하겠다고 하였다. 설은 도진의 주장을 받아 주었고 대신 내년 상장은 차질 없이 준비하여 최대의 상장 자금이 들어오게 하라고 하였다. 각 계열사의 통장은 비밀스럽고 철저하게 설의 직할 전략실에서 관리하고 있었고 그 중심에는 김성일이 있었다. 대규모 해외 투자가 진행되었지만 언론 어디에도 회사의 기사는 나오지 않았고 모든 계열사가 비상장이었기 때문에 특별히 문제가 되지도 않았다.

도진은 어떤 목적으로 해외 투자를 하고 있는지, 무엇 때문에 극비사항인지 설에게 물어보고 싶었지만, 굳이 설이 말하기를 꺼려하는 것에 대하여 물어보지 않기로 했다. 지난번 설에게 형과 한영준의 이야기를 들은 이후 많은 생각을 했다. 설 그리고 죽은 설의 오빠 한영준, 둘 다 믿고 싶었다.

어느 날 도진에게 헤르메스 강태완에게서 전화가 걸려왔다.

「장도진, 임페리얼의 대표가 된 걸 축하하네.」

「고맙습니다. 강 회장님.」

「장 대표, 급한 일이 있으니 지금 당장 만날 수 있겠나?」

「지금 말입니까?」

강태완은 1시간이 채 안 되어 도진의 사무실에 도착했다. 무언가 신중하면서도 일각을 다투는 듯 급해 보이는 얼굴이었다.

「다름이 아니라 중요하게 할 말이 있어서 이렇게 자네를 찾아왔네.」

도진이 무슨 일이냐고 물어보기도 전에 강태완은 조심스럽게 주위를 둘러보더니, 도진에게 속삭이며 이 자리를 떠나서 이야기하는 게 좋겠다고 말했다. 도진은 무슨 영문인지 알 수가 없었지만, 일단은 강태완의 말을 따르기로 했다. 임페리얼에서 조금 떨어진 커피숍에 와서야 강태완은 안심이 되는지 말을 꺼냈다.

「자네, 임페리얼에 대해서 무언가 알고 있는 것이 있는가?」

「무슨 말씀이신지?」

「긴말 하지 않겠네. 김 형사가 실종되었어.」

「김 형사요?」

「내가 임페리얼에 대해 조사를 부탁했던 형사네. 임페리얼의 자금이 빠져나가는 유통로를 조사하던 중에 실종되었고, 현재 10일 이상 연락이 두절되었네. 이미 죽었을지도 모르는 일이지.」

「그 이야기를 왜 저에게 하시는 건가요?」

「실종된 김 형사를 찾기 위해 경찰이 임페리얼을 조사하기 시작했네. 김 형사의 실종에 관하여 임페리얼의 대표인 자네의 도움이 필요해서 찾아 왔네. 자네 임페리얼 그룹에 대하여 자세히 나에게 알려 줄 수 없나? 이건 자네를 위해서라도 중요한 일이네.」

「저는 아무것도 임페리얼에 대하여 아는 것이 없습니다.」

강태완은 갑자기 도진아라고 부르면서 심각한 표정을 짓고 말했다.

「도진아, 이것은 너를 위해서야. 내가 그 동안 김 형사를 통하여 들은 정보로는 내가 경찰보다 더 빨리 임페리얼의 정체에 대하여 알아야 돼.」

「임페리얼을 뒷조사 하시는 이유가 무엇입니까?」

「내가 알고 있는 장도진이라면 임페리얼이 얼마나 이상한 조직이라는 것을 알고 있을 텐데. 자네가 계속해서 이렇게 묵묵부답이니 답답할 뿐이네.」

강태완이 임페리얼의 극비 사항이라 할 수 있는 재무상황과 회사 구조, 권력 관계까지 꿰뚫고 있음에 도진은 놀랄 수밖에 없었다. 예전 기자 출신일 때 이름을 떨쳤다고는 들었지만, 이 정도로 높은 정보력을 지니고 있을 줄이야. 도진은 애써 태연한 척했다. 그러나 강태완은 더욱 충격적인 이야기를 이어갔다.

「실은 아까 자네 사무실에서 내가 이 얘기를 할 수 없었던 것은 자네 사무실에도 도청기가 설치되어 있기 때문이라네.」

「도청기라구요?」

「24시간 자네의 모든 대화를 임페리얼이 감시하고 있다네.」

도진은 도무지 믿을 수 없는 이야기였다. 그러나 강태완의 눈을 살펴봤지만 흔들림이 없었고, 동공 또한 정상적인 크기였다. 진실을 말하고 있는 눈빛이었다. 강태완은 말을 이어나갔다.

「이 이야기를 자네 사무실에서 했다면 나와 자네의 목숨이 위험했을 거야.」

「도대체 지금 무슨 말씀을 하고 계신 건지…….」

「현재까진 이게 내가 알아낸 정보의 전부라네. 하지만 내가 그동안 파악한 정보로는 임페리얼의 뒤에는 엄청난 조직과 음모가 있다는 것만 알아 두게.」

모든 게 혼란스러웠다. 강태완의 말을 믿고 싶지 않았다. 강태완은 그런 도진의 마음을 꿰뚫어보는 듯 직접적으로 도진에게 물어왔다.

「장도진, 자네의 도움이 필요하네. 임페리얼에 대해서 알고 있는 것이 있다면 말해주게.」

「저는 설을 믿습니다.」

「설은 자네의 방에 도청기가 설치된 것을 알고 있었을 거야. 그럼에도 불구하고 자네에게 어떤 말도 하지 않았어. 자네는 설을 믿으면 안 되네.」

「분명히 도청기를 설치한 타당한 이유가 있을 것입니다.」

「미련한 사람이군. 형처럼 되고 싶은 건가!」

강태완 기자는 순간적으로 말을 꺼내놓고 실수라는 듯 입을 다물었다. 도진의 동공이 그 어느 때보다 크게 확대되었다.

「형의 죽음에 대해서 뭔가 알고 계시는 게 있군요? 그렇죠?」

「자네 형은 분명 간첩 행위를 했네. 내가 아는 건 이것뿐이라네. 그리고 지금 임페리얼과 더 관계를 맺었다간 자네도 형과 같은 길을 걷게 될 거야. 이것만은 알아두게. 자네 형처럼 자네도 개죽음을 당하고 싶은 건가?」

「형은 간첩이 아냐!」

도진은 커피숍의 책상을 주먹으로 쾅 내리쳤다. 커피 잔이 충격에 굴러 떨어졌고 박살이 났다. 커피가 온 사방으로 튀었다. 그러나 강태완은 동요하지 않았다. 도진에 대해 체념한 듯, 자리에서 일어날 뿐이었다.

「강태완, 야 강태완!」

도진의 괴성을 뒤로 하고 강태완은 급히 자리에서 벗어났다. 도진이 강태완을 쫓아가려고 일어서는 순간, 도진의 전화기가 울렸다. 설이었다. 설은 급한 일이 있다며 도진에게 지금 당장 사무실로 와달라고 부탁했다. 도진은 지금 당장 강태완을 붙잡아 모든 것을 알아내고 싶었지만, 평소와는 다른 설의 간곡한 말투에 어쩔 수 없이 회사로 향했다. 마음이 초조했지만 애써 가라앉히고는 설의 방으로 들어갔다.

「강태완 대표가 웬일이야?」

도진은 아무렇지도 않은 듯 「응. 간단히 물어볼 것이 있다면서 왔어.」라고 대답했다.

설은 당연히 도진이 강태완을 알고 있을 뿐만 아니라 만났을 거라고 생각하는 것 같았다.

도진은 용기를 내어 설에게 물었다.

「설아, 물어볼 게 있어.」

도진은 신중한 표정을 지었다. 강태완의 방문으로 도진은 많은 심적인 변화를 겪고 있었다. 강태완의 말이 아니더라도 도진은 임페리얼이 분명 무언가를 감추고 있는 조직임을 알고 있었다. 그동안은 사랑하는 설 옆에서 일하는 것이 정말 좋아 임페리얼에 계속 남아 있었지만, 이대로 아무 것도 모른 채 임페리얼에 있을 수는 없다는 생각이 도진의 머릿속을 스쳤다.

「설아, 내가 임페리얼의 대표이사가 된 이유를 알고 싶어. 그리고 설 네가 왜 조직폭력배인 고구려파에 깊숙이 관여되어 있는지도 모르겠어.」

질문을 하자 도진은 더 많은 의문점이 몰려왔다.

「……」

설은 한참동안 말하기 부담스러운 표정으로 앉아 있었다.

「도진아, 네가 대표이사가 된 것은 김성일 전무의 의견이야. 그가 너를 강하게 대표이사로 추천했거든. 그리고 홍콩 대주주 왕 회장님이 그것을 승낙했고…….」

도진은 이해할 수 없다는 표정을 지으면서 고개를 가로저었다.

'김성일이 나를 대표이사로 지목했다면 좋지 않은 일이 일어날 수 있다는 말인데.'

순간적으로 도진의 머릿속을 스쳐 지나가는데 설이 힘겹게 말을 이었다.

「실은 몇 년 안에 한국 사업을 모두 매각할 예정이야. 홍콩 대주주 입장에선 김성일 전무의 의견에 적극 찬성하였고 인수합병에 능력이 있는 도진이 네가 적임자라고 판단한 모양이야. 실은 너에게 부담 주기 싫어서 나는 많이 반대했는데 김성일 전무가 강하게 추천하는 바람에 어쩔 수 없었어.」

「그러면 임페리얼과 고구려파의 관계는?」

「……. 그건 홍콩 회장님이 세계적으로 잔인하기로 유명한 중국 조직폭력배 삼합회 소속이야.」

그때 도진은 설의 동공이 커지고 시선이 산만하게 움직이는 것을 볼 수 있었다. 설은 간단하게 고구려파와 관계를 언급하고 더 이상은 말을 하지 않았다. 설이 더 이상 말을 하고 싶지 않다는 것을 알고 도진은 더 이상 물어보지 않았다.

「도진아, 미안하다. 네가 얼마나 부담스럽고 궁금했으면 나에게 물었겠니. 네가 그렇게 부담스러우면 내일이라도 회장님께 말씀드리고 대표이사에서 사임할 수 있도록 할게.」

설의 말이 끝나고 도진은 깊은 고민에 빠졌다. 그동안 도진은 비밀스럽게 임페리얼에 대하여 세심한 조사를 해왔다. 임페리얼은 분명 이상한 조직이고 정확한 것은 아직 모르지만 뒤에는 상상 이상의 조직이 있을 거라는 생각을 하고 있었다.

'임페리얼의 대표이사를 관둘 것인가? 아니면 대표이사를 이용하여 그동안 생각해 왔던 그 일을 실행할 것인가?'

도진은 머리가 복잡했다.

「설아, 난 너를 믿어. 그리고 설사 네가 나를 속였다 해도 너를 끝까지 믿고 미워하지도 않을 거야.」

「도진아, 그런 말 하지 마. 내가 뭐 그리 중요한 사람이라고.」

도진의 말에 설의 눈이 붉어졌다. 둘은 한참을 말없이 눈동자를 마주치지 못했다. 설은 힘겹게 입을 열어 도진에게 본래의 용건을 말했다.

「실은 최근에 준공된 임페리얼 과테말라에 심각한 문제가 생긴 것 같아. 여러 명을 과테말라에 긴급 투입했고 사태의 원인을 파악하고 해결해보려고 노력했지만, 아무도 해결하지 못하고 들어왔어. 도진아 네가 과테말라에 좀 다녀와 줄 수 있겠니?」

「그래. 알았어.」

설은 생각할 것이 많은 듯 말을 마친 후에 창밖을 바라보고 있었다. 도진은 최대한 조심스럽게 문을 닫고 나왔다.

도진은 집에서도 잠을 이룰 수가 없었다. 강태완과 설의 말에 머리가 복잡했다. 특히 강태완은 형의 죽음에 대해서 무언가를 알고 있는 것이 분명했다. 날이 새고 있었다. 도시의 여명은 아무런 감흥을 주지 못했다. 아니 도시는 여명 없이 날이 밝고 석양 없이 날이 저문다. 여기서 그만둘 것인가? 그럴 순 없었다. 비밀에 감싸여진 임페리얼은 그렇다 치더라도 형의 죽음에 대해 강태완이 알고 있는 것을 확인한 이상 가만히 있을 수는 없었다. 형이 죽은 이유를 밝히는 것은 도진이 살아온 이유였다. 강태완을 다시 만나더라도 더 이상의 진실을 말하려고 하지 않을 것이다. 출근을 하면서도 도진의 머리에는 온통 그 생각뿐이었다.

　'그 생각. 마지막 생각. 가장 동물적인 방법. 인간으로서 하지 말아야 할 생각이지만 가장 인간을 약하고 두렵게 하여 진실을 파악하는 방법. 고문.'

　도진은 오랜만에 가방 속의 망치를 만지작거렸다. 생각은 굳어지고 있었다. 이대로 도진의 한 몸 편하자고 억울하게 누명을 쓰고 죽은 형과 어머니의 한을 방치할 수는 없었다. 강태완을 통해 진실을 밝혀내리라. 도진은 스스로를 믿기로 했다.

22
과
테
말
라

도진은 출근을 해서 간단히 일을 처리한 다음 기상에게 전화를 하였다. 기상은 새벽까지 일하는 관계로 아직까지 자고 있었다. 비밀스럽게 부탁할 일이 있으니 저녁에 지난번에 술을 마셨던 강남역 근처의 룸에서 만나자고 하였다. 시간이 꾸물꾸물거리는 지렁이처럼 지루했다. 어제 설은 임페리얼의 과테말라 공장에서 노사 분규가 발생하여 생산과 품질에 많은 문제가 발생했으며, 북미 지역에서 클레임이 대규모로 발생했고 브랜드의 가치가 떨어져 손해가 막심하다고 하면서 도진에게 과테말라를 방문해 원인을 해결해 달라는 눈치였다. 설에게 시간을 조금만 달라고 하였고 설도 도진이 형의 죽음에 대해서 아직 헤어나지 못하고 있다는 것을 알았는지 더 이상 언급하지 않았다. 임페리얼은 과테말라를 북미 지역을 담당하는 생산 기지로 적합하다고 판단하여 과감한 투자를 했고 최근 한국에서도 뜨고 있는 아웃도어 의류 생산이 첫 번째 사업이었다.

저녁 8시가 되어 기상이 나타났다. 오전에 전화로 오늘은 둘만 이야기하자고 했기 때문에 아가씨는 들어오지 않았고 간단히 술상만 놓아져 있었다.

「도진아, 뭔 고민이 그리 많아? 얼굴에 수심이 가득하네.」

「기상아, 너 우리 형이 죽은 죄목이 뭔지 알지?」

「뭐 동네 사람들 말로는 간첩 행위를 하다 사고로 죽었거나 고문을 당하다 죽었다는 등 말이 많았지.」

「실은 형은 간첩 행위에 대한 고문 도중 죽었어. 끝까지 부인하다가 그렇게 된 거야. 」

도진은 술을 한 잔 입에 털어 넣고는 말을 이어나갔다.

「기상아, 형은 절대 간첩 행위를 하지 않았어. 어려서 형한테 들은 이야기와 그동안 모은 정보에 의하면 누군가 형한테 누명을 씌운 것이 확실해.」

「의심 가는 놈은 찾았니?」

기상의 눈이 반짝거렸다. 이 일로 기상은 도진이 얼마나 힘든 어린 시절을 살았는지 누구보다도 잘 알고 있었다.

「한민족신문사 기자 출신으로 지금은 주식회사 헤르메스의 회장으로 있는 강태완의 가족 관계부터 모든 것을 뒷조사 해줘.」

그리고 도진은 내일부터 과테말라에 4박 5일로 출장을 다녀올 테니 그를 납치해 도진이 한국에 오기 전까지 가장 두려움을 느끼는 방법으로 고문을 해달라고 부탁하였다.

「상처를 입히기보다는 고통스럽게 죽을 수 있다고 두려움을 느끼게 하는 게 핵심이야.」

「기자 출신인 강태완을 건드리는 건 문제가 있지 않을까?」

「그래서 너한테 부탁하는 거야. 기자나 회장 놈들도 너희들한테는 꼼짝 못 하잖아. 정의와 진실을 떠들어 대지만 눈앞의 폭력과 죽음 앞에선 작아지는 것이 이놈들 생리거든. 그리고 기상아. 비밀을 유지하기 위해서는 가능하면 서울 애들보다는 순천 애들로 일을 치렀으면 좋겠는데. 철저히 보안을 유지해주고.」

　기상은 더 이상 도진을 말릴 수 없다는 것을 알았는지 비밀스럽게 일을 진행할 테니 걱정하지 말고 과테말라에 몸 건강히 잘 다녀오라고 하였다. 도진은 그동안 조사해온 민들레 회원 중 김인수를 포함하여 12명의 인적사항도 넘겨주면서 같이 뒷조사를 부탁했다. 처음에는 설의 부탁이라 어쩔 수 없이 허락하였지만 형의 죽음을 밝히기 위하여 과테말라에 갈 생각이 없었다. 그러나 임페리얼을 조심하라는 강태완 말 때문이 아니더라도 도진은 그동안 임페리얼에 대하여 비밀스럽게 조사하여 왔다. 임페리얼 조직에 의문점이 많다는 것을 도진도 어느 정도 느끼고 있었다. 국내에서는 설이 부담스러워 임페리얼 뒷조사를 하는 것이 조심스러웠으나 최근에 대규모 투자가 일어난 과테말라 출장을 통하여 임페리얼에 대한 조그마한 단서라도 찾을 수 있을 거라고 도진은 생각했다. 또 하나 도진의 마음은 설이 조금이라도 힘들어 하는 것을 참을 수 없었다. 저녁에 설에게 전화를 걸어 내일 과테말라로 출발하겠다고 전했다. 스페인어가 약해 걱정이라고 했더니 대학 때 이태형 선배가 공장장 겸 책임자니 걱정하지 말라고 하였다.

　다음날 인천공항에서 LA행 비행기에 올랐다. 과테말라는 LA에서 환승하는 여정이었다. 강태완에 대한 생각이 떠나지 않았으나 도진은 마음을 다시 잡았다. 과테말라를 말했을 때 설의 눈에서 JS시큐리티 인수 때와 같은 큰 관심이 있다는 것을 느꼈기 때문이었다.

　해외 출장은 과거 필리핀에서 일어난 일이 떠올라 혼자 가는 것이 마음에 걸렸으나 마음을 편하게 먹기로 하고 설이 혼자 보낼 때는 이유가 있겠지 하고 생각했다. LA에 내렸을 때 한국 인천공항처럼 한 구역 내에서 환승할 것이라는 생각은 잘못 되었음을 알았다. 중남미행 공항은 셔틀버스를 타고 10분정도 가야만 갈아탈 수 있었다.

문제는 환승 일정이 너무 빠듯해서 영어로 물어보면서 환승 공항까지 갈려니 등에 땀이 줄줄 흘렸다. 우여곡절 끝에 과테말라 행 비행기에 탑승을 하였다. 그런데 '이놈의 비행기는 왜 이리 작은 거야.' 심하게 흔들리고 에버랜드의 놀이기구 타는 기분이었다. 그리고 공항에 내렸지만 이번에는 과테말라 공항이 아니고 코스타리카 공항이었다. 과테말라 공항이 폭풍으로 대기가 불안정 해 착륙하지 못하고 옆 나라인 코스타리카에 내릴 수밖에 없었다는 것이었다.

속으로 '지랄.' 한국가자고 했는데 북한에 내려준 기분이었다. '이럴 줄 알았다면 핸드폰 로밍이라도 하고 올걸.' 하는 후회가 밀려왔다. 과테말라 공항에 내리면 이태형 선배가 기다릴 것이라고 해서 준비 없이 비행기에 올랐기 때문이었다. 수속을 마치고 공항에서 공중전화를 이용하여 과테말라 공장으로 전화를 했다. 저녁 8시가 다 되어서 그런지 전화를 받지 않았다. 아마 이태형도 도진과 연락하기 위해서 안절부절 못하고 있을 것이라는 생각이 들었다. 어쩌면 지금 이 시간에 코스타리카 공항으로 차를 몰고 올지 모른다는 생각이 들었다.

당황스러운 감정을 다스리고자 시원한 콜라를 뽑아 마시고 있는데 경찰복 입은 사람들이 다가오고 있었다. 그리고는 다짜고짜 스페인어로 말을 하는데 무슨 말인지 한마디도 알아들을 수가 없었다. 경찰들은 지하실로 도진을 연행해갔다. 무슨 영문인지 모르겠으나 본능적으로 뭘 요구할 것인지 알 수 있을 것 같았다. 비자와 여권 등을 확인하고 이것저것 물어보았는데 그 말들은 아무 의미 없는 메아리에 불과했다. 혹 예기치 않은 사태가 발생할 경우를 대비하여 영어와 스페인어로 장도진에 대한 신분과 출장의 사유를 기록한 A4 용지를 보여주었다. 그런데 이 양반들은 그 내용을 읽고도 영어를 사용하지 않을 뿐 아니라 통역을 데려올 기미도 보이질 않았다. 계속해서 「Speak English! Speak English!」 소리쳤지만 소용이 없었다. 본능적으로 이 친구들이 요구하는 것이 돈 일거라는 어느 정도의 확신은 있었다.

한참 지나서 도진은 그들에게 「Money amount, Amount money.」라고 말했다. 그때서야 그들은 쪽지에다 2,000$라고 써서 보여주었다. 도진은 완전 날강도 같은 놈들이라는 생각을 하고는 2,000$를 지우고 500$라고 썼다. 그들은 고개를 흔들고는 한참이 지나서야 도진에게 1,000$라고 써서 보여 주었다. 「오케이. 오케이. 땡큐.」 하면서 1,000$을 전달하였다. 도진은 속으로 땡큐라는 영어는 이럴 때 쓰는 것이 아닐 거라 생각했다. 기진맥진했다. 지하실에서 빠져나와 공항을 나서는데 낯익은 얼굴이 보였다. 이태형이었다. 예상대로 비행기가 코스타리카에 착륙했다는 말을 듣고 차를 몰고 직접 온 것이었다. TV에서나 보는 남북 상봉이 이런 감정일 것이라는 생각이 들었고 눈물이 올라오는 것을 간신히 누르고 있었다.

「태형 선배, 잘 지내셨어요?」

「한설 회장님한테 들었습니다. 이번에 공장에 오는 사람이 장 대표님이라는 것을.」

이태형은 설에 대하여, 그리고 도진에게도 깍듯이 존칭을 사용하였다. 그러나 도진은 학교 선배가 자신에게 이렇게 깍듯이 대하는 것이 싫어서 이태형에게 말을 놓으라고 하였다. 이태형은 고민하다가 그러겠다고 했다.

「처음부터 비행기 때문에 고생이 많았네.」

도진을 태운 차는 과테말라의 아스팔트 도로를 벗어나 비포장도로를 2시간 이상을 달렸다. 밤이였지만 도진은 밀림 속 깊은 산악지역으로 향하는 것을 느꼈다. 공장은 물류비용이 중요한데 비포장도로로 연결된 깊은 밀림 속에 자리 잡은 것을 이해할 수 없었다.

도진이 공장에 도착한 시간은 밤 12시였다. 아무 생각이 없었다. 너무 긴 하루였고 너무나 피곤한 밤이었다. 다음날 눈을 뜨니 10시가 넘었다. 첫날부터 늦잠을 잤다고 생각하니 부끄러운 마음이 들었다. 아침은 안 먹고 이태형과 같이 공장 식당에서 점심을 해결했다. 이태형은 도진이 무슨 일로 왔는지 잘 알면서 아무 말도 하지 않았다. 점심 식사 후 이태형이 간단하게 공장으로 직접 안내했다. 공장은 크게 3개동으로 구성되어 있는데 식당에서 가까운 가장 작은 1공장만 소개를 해주고 뒤쪽의 큰 공장 2개동은 아무 말도 없이 안내를 하지 않았다. 도진은 2공장과 3공장을 직접 보고 싶었으나 첫날이라 이태형의 뜻을 따랐다. 2공장과 3공장은 1공장과는 달리 언덕위에 위치하고 있었고 높은 철조망으로 둘러싸여 있었다. 도진에게 2공장과 3공장은 이상하게 의류공장으로 보이지 않았다.

이태형은 오후가 다 지나가는데도 공장의 문제점에 대해선 아무런 언급도 없었다. 대학 선배라 먼저 문제점을 제기하는 것이 예의가 아니라는 생각에 이태형이 먼저 말하기를 기다리고 있었다. 이태형은 퇴근시간이 되어서야 나타나서 하는 말이

「장 대표, 과테말라시티에 회식 장소를 준비해 놨어. 저녁에 한잔하자고.」

과테말라의 수도는 과테말라시티였다. 열대지방이라 과테말라시티는 고산지대에 있었고 공장은 바다와 과테말라시티 중간지역에 자리 잡고 있었다. 퇴근시간이 되자 이태형과 함께 김용출 차장이 인사

를 했다. 김용출 차장은 외대 스페인어학과를 졸업하면서부터 중남미 지역 수출만 전담하였고 과테말라에 정착한 지도 8년이 넘었다고 하였다.

이태형이 임페리얼 과테말라의 대표를 맡고 있지만 공장관리와 직원관리 실무는 김용출 차장이 맡고 있었다. 김용출에게 이태형이 많이 의존한다는 느낌이 들었다. 종업원 200명이 넘는 공장에서 50명 정도의 한국인과 재외동포들이 과장 이상의 직급을 차지하고 있었다. 도진을 위해서 일부러 한인식당을 예약해 놓았는데 10명 정도의 한국인 책임자들이 참석했다. 어렵게 구했다고 하는 삼겹살을 굽고 술은 참이슬이 나왔다. 과테말라는 더운 지방이다 보니 소주에 콜라를 섞어서 마신다고 했다. 이태형은 콜라를 섞지 않고 맥주잔에 가득 소주를 따르고는 도진에게 주었다. 그리고 건배 제의를 했다.

「임페리얼의 발전을 위하여.」

「위하여.」

모두 이태형을 따라 제창했다. 처음부터 도진을 술로 보내려고 작정을 했는지 소주잔이 여기저기서 날아왔다. 처음 만난 분들이라 거절할 수가 없었다. 다음날 또 10시가 넘어서 눈을 떴다. 어젯밤 어떻게 공장 기숙사로 들어왔는지 기억이 나지 않았다. 지워졌던 기억 중 어렴풋이 떠오르는 것이 있었다. 1차 한식당을 파하고 단란주점에 갔을 때 이태형이 15명의 과테말라 아가씨들을 줄을 세우고 도진에게 두 명을 선택하라고 했던 것까지 기억이 났다. 한심했다. 4박 5일 출장 스케줄로 과테말라에 왔는데 벌써 2박째였고 오늘도 벌써 반나절이 지났다.

오늘은 무슨 일이라도 해야겠다고 나서는데 어제 만난 김용출이 기숙사로 와서 자동차로 도진을 태우고 어디론가 출발했다. '속 풀어 준

답시고 해장국 먹으러 가겠지.' 하는 생각이 들었다.

김용출의 차는 과테말라시티로 향하고 있었다. 김용출은 우리가 타고 있는 자동차는 방탄유리로 되어 있다고 말했다. 한국인과 일본인들이 이 나라에서는 돈으로 보이기 때문이라는 것이었다. 과테말라의 치안은 말할 수 없을 정도로 불안하다고 했다. 과테말라시티에 다 왔을 때 차는 해장국집이 아니라 일정 장소에서 누구를 기다리고 있는 느낌이 들었다. 얼마간의 시간이 흘렀고 어제 저녁에 본 듯한 여자 세 명이 자동차에 동승을 했다. 순간적으로 오늘도 성과 없는 하루를 보낼 것이라는 예감이 들었다. 차는 바다를 향하고 있었다. 도착한 곳은 태평양에 인접해 있는 영화에서나 나올 법한 별장이었다. 수영장과 야자수 나무가 이국적인 경치를 내뿜고 있었다.

「장 대표님이 어제저녁에 이 친구들이 마음에 든다고 해서 이태형 대표님이 이 자리를 마련한 것입니다. 어제저녁에는 술을 많이 드셔서 재미를 못 보셨다고 하면서.」

할 말이 없었다. 기억나지 않는데 도진이 저 년들을 마음에 든다고 하였단다. 도진은 자리를 거절할 수도 없었다. 기분이 상했다는 얼굴 표정도 지울 수 없었다. 도진이 마음에 든다고 말해서 이태형이 준비한 자리라고 하니 즐겁게 보내지 않는다면 이것도 실례일 것이다. 오늘도 공치게 생겼으니 걱정이 이만 저만이 아니었다. 담배를 물고 화장실에 앉았다. 설의 말이 떠올랐다. 과테말라에 다녀온 모든 사람들에게 별 문제 없이 해결될 거라고 보고받았다고 했다. 이런 상태라면 도진도 그들과 동일한 답을 가지고 돌아갈 수밖에 없을 것이다. 설이 부탁한 과테말라의 문제점뿐 아니라 도진이 알고자 했던 임페리얼에 대한 의문점에 대한 단서 하나 없이 한국으로 돌아 갈 가능성이 높아지고 있었다. 술을 과하게 먹이고 이런 자리를 마련하는 것이 의도적이라는 생각이 들었다. 이태형은 문제를 알고 있으면서도 스스로 해결하고자 덮고 있는 것이라면 정확한 정보를 줄 리가 만무할 것이다.

'결국 빈손으로 돌아갈 수밖에 없는 것 아닌가? 그렇다면 김용출 저 친구한테 정보를 얻어내야 한다. 오늘이 기회다. 더 이상의 기회는 없다.'

다행히 김용출은 도진과 동갑이었고 같은 년도에 대학에 입학했다고 하였다. 오늘 분위기를 최대한 띄우고 김용출과 친해지면서 공장의 문제점과 임페리얼의 의문점에 대한 단서를 파악해야 한다. 도착하자마자 술자리가 차려져 있었다. 의도적으로 김용출에게 술을 많이 권했다. 그리고 이 자리가 너무 기쁘다는 말과 표정으로 김용출에게 지속적인 관심을 보였다.

취기가 어느 정도 오르자 김용출은 수영장으로 뛰어 들었고 도진한테도 들어오라고 했다. 여자들은 방으로 들어가서 비키니를 걸치고 나왔는데 비키니보다는 중요한 부분만 살짝 걸친 천 조각이라고 하는 것이 맞을 것이다. 김용출의 언질이 미리 있었는지 여자 한 명이 도진의 손을 잡고 방안으로 인도하였다. 한국에 있을 때는 섹스에 대해 별로 생각이 없었고 설을 만나고 나서는 더욱더 생각이 없었다.

그런데 인간은 호기심의 동물인지 다른 때 느끼지 못한 이국적인 풍경과 일을 해결해야 한다는 팽팽한 긴장감이 묘하게 뒤섞여 더욱더 흥분이 되었다. 별장은 중요 손님들 성 접대 용도로 설계되었는지 방의 천장은 거울로 되어 있었고 TV 버튼을 누르자 엄청난 크기의 성기를 가진 흑인남자와 백인여자의 포르노가 나오고 있었다. 섹스를 하기에는 최상의 환경이었고 여자도 중남미 특유의 탄력 있는 몸매를 가진 아주 젊은 여자였다. 하기도 전에 가슴이 터져 버릴 것 같은 흥분이 다가왔다. 여자는 도진에게 침대에 엎드리라고 하였다. 그리고 야자수 오일이라는 것을 온몸에 바르고 피로를 풀어준다고 안마를 하는데 여자의 손과 입이 가는 곳마다 쾌락의 신음 소리가 도진도 모르게 흘러 나왔다.

여자는 최선을 다해서 안마 아니, 애무를 했고 유방과 허벅지를 가끔씩 사용하여 최대의 쾌락을 이끌어 낼 수 있게 되었을 때 도진의 그곳을 자신의 몸에 삽입했다. 온몸이 뒤틀리고 용암이 분출하듯 정액을 쏟아냈다. 쾌락을 향한 욕망이 가득할 때는 생각나지 않았던 설의 모습이 쾌락이 끝나가는 시점에서 서서히 떠오르기 시작했고 임무에 대한 책임감이 몰려왔다. 옆방에서는 김용출도 그 짓을 하는지 여자의 숨넘어가는 신음소리가 들려왔다. 도진은 속으로 '저년들 정말 좋아서 저러는 걸까? 아님 빨리 싸고 꺼지라고 저러는 걸까?' 생각했다. 분명 후자일 것이다. 일을 치루고 야외로 나와 맥주를 마시고 있는데 아직도 흥분이 가라앉지 않았는지 김용출이 빨갛게 상기된 얼굴로

「애들 괜찮았습니까? 장 대표님.」하고 물었다.

「아, 네. 괜찮았습니다.」

도진은 의도적으로 최대한 겸손하게 말하고 즐거운 표정도 지었다. 술을 몇 잔 더 마신 다음 대학 시절 이야기를 꺼내 둘 만에 공통된 감정을 찾고자 노력하였다.

「김 차장님, 외국에서 오래 사셨는데 외롭지 않으세요?」

「외롭지만 어쩌겠어요. 배운 것이 도둑질인데 입에 풀칠하려면 어쩔 수 없죠.」

「혹 한국에 복귀하고 싶다면 제가 힘을 써 드릴 수도 있습니다만.」

「다른 것보다 애들이 한국말을 못하는 것이 고민입니다.」 김용출이 말했다.

김용출은 간접적으로 한국 복귀를 원한다는 이유를 애들 교육을 들

어 전달했다. 분명 김용출도 도진이 임페리얼 한설 회장과 친하다는 것을 알고 있을 것이다.

「김 차장님, 저를 좀 도와주십시오. 본사에서는 임페리얼 과테말라가 노사분규와 북미 클레임으로 인해 대규모 손실이 발생하고 있는데 그 이유를 알고 싶어 합니다. 차장님이 아시는 대로 이야기 좀 해주십시오. 한국에 돌아가면 해외 마케팅 본부장 자리를 만들어 보도록 하겠습니다.」

도진은 마케팅 본부장이라는 말에 김용출의 눈이 크게 움직이는 것을 보았다.

「장 대표님은 믿을 수 있는 분인 것 같아 제가 아는 범위 내에서 말씀 드리겠습니다. 제 생각으로는 문화적인 차이인 것 같습니다.」

「문화적인 차이요?」

「네. 더운 지방에 사는 사람들은 열심히 일하지 않는 경향이 있습니다. 브라질 같은 나라에서는 토요일과 일요일에 클럽에서 놀려고 주중에 일한다는 이야기 들어 보셨으리라 생각합니다. 더운 지방은 열심히 하지 않아도 굶어 죽고 얼어 죽을 일이 없기 때문입니다. 공장의 대부분의 관리들은 한국인들인데 이 부분에 대하여 이해가 부족한 것 같습니다. 관리자들의 대부분은 한국의 의류공장에서 일을 하다가 스카우트 된 사람들입니다. 모든 업무를 한국인 기준으로 생각하다 보니 과테말라 사람들이 열등 인간이라는 인종차별까지 발생하는 것 같습니다.」

「김 차장님, 그동안 해결할 방안이 없었습니까?」

「제가 직원관리를 맡고 있지만 각 조장들 생각까지 함부로 할 수 없습니다.」

「이태형 대표님의 생각은 어떻습니까?」

「이 대표님은 시간이 지나면 문제가 해결될 거라고 생각하는 것 같습니다. 이 대표님 또한 이 문제를 잘 알고 각 팀장들에게 가족의 인화(人和)를 강조하고 있습니다. 그래서 본사에도 시간이 지나면 해결될 문제라고 보고했을 것입니다.」

'문화적 차이로 인한 인종차별의 갈등까지 발생.' 어느 정도 문제점은 파악했다. 내일과 모레, 이틀 동안 회사를 돌아보고 이태형과 대화를 통하여 오늘 들은 이야기를 확인만 하면 된다.

「그런데 김 차장님, 제가 오늘 1공장을 둘러보았을 때 현지인들을 대충 계산하니 150명 이상 이었습니다. 그렇다면 거의 모든 직원이 1공장에 근무한다는 것인데 규모면에서 2배 이상 큰 2공장과 3공장은 무슨 용도로 사용하고 있는 것 입니까?」

「역시 소문대로 장 대표님 날카로우시군요. 짧은 시간에 정확하게 파악하셨군요.」

김용출은 머뭇거리면서 2공장과 3공장에 대해서는 본인도 잘 모른다고 하였다.

「김 차장님, 아는 범위 내에서만 말씀해 주십시요. 저는 한설 회장님이 과테말라 현지 사정을 정확히 파악하라고 보낸 사람입니다. 말씀하시더라도 비밀은 꼭 지켜 드리고 문제가 없도록 하겠습니다. 그리고 해외 담당 마케팅본부장 자리도 약속하겠습니다.」

「장 대표님, 믿고 아는 범위 내에서 말씀 드리겠습니다. 2공장과 3공장은 1공장보다 1년 늦게 완공되었습니다. 그런데 이상한 것은 2공장과 3공장은 완공된 이후에도 이태형 대표님 외에 1공장에서 근무하는 어떤 직원들도 출입이 금지되어 있습니다. 이 대표님과 친한 저 조차도 내부를 본적이 없습니다. 가끔씩 대형 트럭이 출입하는 것을 몇 번 본적이 있습니다.」

「김 차장님, 2공장과 3공장에는 근무하는 직원들이 없습니까?」

「아닙니다. 한국인 20명~30명 정도가 근무하고 있는데 모든 생활을 별도로 하고 있습니다.」

「그들을 본 적은 있습니까?」

「자주 보지는 못했지만 가끔씩 본적이 있는데 저희들을 경계하는 눈빛이 인상적이었습니다.」

「혹 내부를 본 사람은 아무도 없습니까?」

「더운 지방이다 보니 가끔씩 에어콘이 고장이 나서 현지 에어콘 기사가 몇 번 들어간 적이 있는 것으로 알고 있습니다.」

「그 사람 알고 있습니까?」

「과테말라시티에 근무하는 것으로 알고 있습니다.」

도진은 이럴 경우를 대비하여 비자금으로 미리 준비해온 5,000$를 넣은 봉투를 김용출에게 건넸다.

「김 차장님, 작지만 받아주시고 힘드시겠지만 비밀스럽게 에어콘 기사를 만나 2공장과 3공장 내부의 상황에 대하여 알아봐 주십시오.」

김 차장은 봉투를 열어보고 난감한 표정을 지으면서 최선을 다해 보겠다고 했다.

그날 김용출과 저녁까지 술을 마셨고 같이 동행한 나머지 2명의 여자와도 관계를 가졌다. 하루에 다른 3명의 여자와 3번의 섹스를 하였다. 갈색피부의 여자와 뒤엉킨 모습을 천장의 거울을 통하여 눈으로 전달되는 섹스는 더 맛있고 짜릿한 쾌감을 주었다. 다음날 이태형과 공장을 돌아보고 대화를 통하여 김용출 차장의 말이 정확하다는 것을 확신할 수 있었다. 다른 사람들은 과테말라에 와서 쾌락만을 추구하다 한국으로 돌아갔을 것이다. 도진도 어제의 쾌락의 여운이 아직까지 온몸에 남아 있었다. 설과 임페리얼에 대한 의문점이 아니었더라면 인간의 욕정을 통제하지 못하고 그 여자들과 뒹굴다 한국으로 돌아갔을지도 모른다. 설의 부탁에 대한 해답은 아직 찾지 못했다. 그러나 원인만 정확히 안다면 그 해답을 찾는 것은 어렵지 않을 것이다.

김용출은 도진이 출국 전에 에어콘 기사에게 들은 2공장과 3공장에 대하여 자세하게 설명해 주었다. 에어콘 기사가 놀란 것은 공장 내부에 경비원들이 철통같이 경계를 하고 있었고 하얀 천으로 덮여 있었지만 높은 기둥 같은 물건이 곳곳에 설치되어 있었다고 전해 주었다.

'천으로 덮여 있는 높은 기둥 같은 물건이 무엇일까?' 도진은 몹시 혼란스러웠다.

도진은 김용출에게 한국에 돌아가면 어제 말한 약속을 꼭 지켜 주겠다고 하였다. 김용출은 도진이 고마웠는지 마지막으로 기둥같은 물건이 미사일처럼 보이기도 했다고 말해 주었다.

공항을 향하면서 과테말라 임페리얼 공장은 밀림지역에 마야문명의 유적처럼 은밀히 자리 잡고 있다는 것을 다시 한 번 느꼈다. 그리고 과테말라 출장 내내 강태완에 대한 생각도 머릿속을 떠나지 않았다. 4박 5일간의 출장을 마치고 한국행 비행기에 몸을 실었다. 과테말라 출장은 강태완에 대한 생각 때문에 1년과도 같았다. 인천공항에 도착하자 설이 픽업을 나와 있었다.

「몸 건강하게 잘 다녀왔니?」

「말도 마라. 에피소드 이야기하려면 한나절도 더 걸리겠다.」

「원인은 찾았니?」

「찾았는데 해결책은 아직 정리 중이야. 내일 중에 정리해서 모레 정도면 보고할 수 있을 것 같아.」

둘은 대학 앞 선영집에서 저녁을 먹고 헤어졌다.

이틀 뒤 설에게 임페리얼 과테말라의 문제점과 해결책에 대하여 보고서를 제출하였다.

'Globalization(세계화)에서 핵심은 Localization(현지화)인데 과테말라의 문제점은 다음과 같습니다. 대부분의 중간관리자들이 한국인으로 구성되어 있어 과테말라인의 특성을 잘 이해하지 못하고 한국에서 적용되는 룰을 그대로 적용하다 보니 많은 문제가 발생하고 있습니다. 우선 중간관리자들을 우수한 현지인으로 교체하고 교육을 통하여 현장 생산자들과의 커뮤니케이션을 강화하여야 합니다. 현장 생산자들의 무리한 야근보다는 3교대를 이용한 원천적인 근무방식의 변경도 고려해야 합니다. 마지막으로 사내 학교를 건립하여 교육을 받지 못한 생산자들에게 학교 교육을 받을 수 있도록 하고, 한국 문화와 한국어 교육을 받은 직원에게는 진급과 급여에서 인센티브를 부여하는 등 교육을 자발적으로 받을 수 있도록 하는 제도적 장치를 만들어야 하고, 사내학교를 통하여 장기적으로 능력 있는 현지인 중간관리자를 양성하여 경쟁력을 강화해야 합니다.'

설에게 2공장과 3공장 부분에 대해서는 언급하지 않았다. 설은 보고서 내용에 만족한다는 표정을 지으면서 과테말라에서 있었던 재미있는 이야기를 들려 달라고 하였다. 비행기가 코스타리카에 착륙하는 바람에 지하실로 끌려가 1,000$ 내고 풀려난 이야기를 전해주고 회사에 경비로 청구하겠다고 하면서 설을 보고 가볍게 웃었다. 과테말라에서 여자 3명과의 관계를 가진 것에 대하여 설에게 미안한 마음이 들었다. 마음속 깊이 설을 사랑한다고 생각했는데 한낱 욕망에 도취되어 버린 것이었다. 그리고 임페리얼에 대해서는 더 이상 믿을 수 없는 조직이라는 것을 과테말라 출장을 통해서 확신을 가졌고 설 때문에 도진의 머릿속은 더욱 복잡했다.

23
고
문

　도진은 설에게 몸이 아파 회사에 못 나갈 것 같다는 말을 하고 기상에게 전화를 했다. 기상은 인천의 연안 부두 근처의 허름한 물류 창고에 강태완을 납치하고 죽지 않을 정도로 고문을 했다. 도진은 인천을 향해 최대 속도로 차를 몰았다. 허름하고 어두운 창고로 들어가는 도진의 손에는 어머니가 매화를 수놓은 수건으로 감싼 망치가 들려 있었다.

　강태완의 모습은 고문으로 시체나 다름없었다. 기상과 순천에서 올라온 건장한 체격의 사내 2명이 있었다. 이름은 송석재와 김유신이라고 했고 비밀 유지를 위해 기상은 가장 믿을 만한 사람을 불렀다. 송석재는 기상에게 많이 들었다. 큰집이 있는 광양시 옥곡면 신금리 출신으로 별명은 탱크, 현재 전남 동부 지역의 일인자였다. 송석재는 나이가 들어서인지 탱크보다는 하마에 가까운 인상이었다. 기상이 비밀 유지를 위해 최대한 신경 쓴 흔적이 보였다.

기상은 그동안 조사해 온 강태완의 현재 직업, 가족관계, 재산상태, 사생활까지 자세하게 정리하여 주었다. 예상대로 강태완은 기상도 놀랄 정도로 많은 재산을 가지고 있었다. 기자 출신이란 놈이 주식회사 히르메스 뿐 아니라 200억 원대 이상의 빌딩과 토지를 소유하고 있었다. 남의 눈을 속이기 위해 주소로 되어 있는 집은 여의도의 아파트였으나 실제는 평창동 시가 30억 원이 넘는 집에서 살고 있었다. 여자 관계도 복잡하여 애인 2명에게 전세가 5억 원이 넘는 오피스텔을 얻어주고 하루하루 번갈아가며 재미를 보고 있었다.

　기상은 강태완을 공중에 매달아 놓고 하루를 굶기고 그 다음에는 눈과 입을 막고 이틀을 혼자 가둔 다음 4일째 당신의 잘못이 없냐고 물었다고 했다. 강태완은 하늘에 맹세코 잘못한 것이 없다고 말했으며 돈은 얼마든지 줄 테니 풀어달라고 애원하였다고 하였다. 그리고 어제는 시멘트 반죽을 한 드럼통에 강태완을 넣은 다음 5분 뒤에 꺼냈다. 그래도 하늘을 우러러 잘못이 없냐고 물었는데 그 다음부터는 정신 줄을 놓고 저렇게 멍한 눈동자로 입을 열지 않고 있다는 것이었다. 기상과 송석재, 그리고 김유신은 강태완에게 근접할 때에는 까만 복면을 썼다. 기상이 도진에게 정체를 들키지 않도록 검은색 복면을 쓰라고 건네주었다. 도진은 복면을 쓰지 않았다. 자신의 정체를 밝혀야 강태완도 진실을 말할 것이다.

　「강태완 회장, 나를 알아보겠소?」

　도진을 본 강태완은 많이 놀라며 이제야 이해를 하겠다는 눈치였다.

　「자네 나한테 왜 이러나?」

　강태완의 동공이 심하게 흔들리고 있었다. 그리고 도진이 가장 싫어하는 눈으로 변하고 있었다. 남을 기만하는 눈빛, 도진만 알 수 있는 눈빛으로 변하고 있었다. 그동안의 두려움에서 벗어나며 다시 이성을 찾아가는 눈빛이었다. 그러나 도진은 강태완이 이렇게 변할 것을 예상하고 있었다.

「우리 형은 왜 누명을 쓴 겁니까?」

「자네 형은 간첩이었네. 자네 형 때문에 고생한 것은 우리들이야.」

「당신이 우리 형에게 누명을 씌웠지?」

「누명이라고? 그는 간첩 행위를 한 대가를 받은 것뿐이야.」

강태완은 있는 힘을 다해 악을 썼다. '이놈은 죽어도 말을 안 할 것이다. 그래 이 자리에서 네 놈이 죽든 내가 스스로 살인자가 되든 둘 중 하나다.' 도진은 기상에게 강태완의 오른쪽 다리를 잡아 올려달라고 부탁했다. 복면을 쓴 기상이 시체나 다름없는 강태완의 오른쪽 다리를 들어올렸다. 어릴 때 도진이 다쳤던 오른쪽 다리를 있는 힘을 다해 세 번을 내리쳤다.

강태완은 하늘에 닿을 정도로 비명을 질렀다. '다리는 분명 가루가 되었을 것이다. 이런 종류의 인간은 법과 감옥 같은 것은 무서워하지 않는다. 왜? 잠깐 다녀오면 되고 그곳에서도 호위호식하며 지낼 수 있으니까. 그들이 두려워하는 것은 오직 하나. 죽음에 대한 공포 그리고 가장 원시적인 폭력에 약한 속성을 가지고 있다.' 강태완은 그 자리에서 기절을 하였다. 기상은 처음 보는 도진의 폭력적인 모습에 당황했고 자기들이 고문을 하겠다고 하였다. 그러나 도진은 모든 죄를 자신이 다 뒤집어쓰겠다고 했다. 옆에 있는 양동이에 든 물을 퍼서 강태완에게 퍼부었다. 괴로웠다. 형도 이렇게 고문을 당했다고 생각하니 저 깊은 곳으로부터 강태완에 대한 연민이 올라왔다.

30년을 기다렸고 이미 살인을 각오하고 이 자리에 왔다. 삶을 지탱해 준 이유, 형의 죽음에 대한 의문을 풀어 어머니의 한을 달래 주기 위해. 아버지에 대한 연민이 없었다면 도진은 벌써 저승의 문을 열고 들어갔을 것이다. 지금까지 오늘을 위해 살았다. 가족과 설이 생각났지만 더 이상 오늘의 행위를 멈출 수 없었다. 그만큼 마음의 상처는 가슴 깊이 곪아 있었다.

「다시 한 번 묻겠습니다. 우리 형에게 왜 누명을 씌운 겁니까?」

정신을 차린 강태완은 다시 한 번 형의 누명에 대하여 부인을 했다. 장도진은 생각했다. '고문에 의한 자백. 강태완의 말이 진실이라면, 두렵고 고민스럽다. 더 이상 강태완의 몸에 외상을 입히는 것은 무의미하다.'

「드럼통에 시멘트 반죽과 함께 넣은 다음 굳으면 바다에 버리게.」

도진은 기상에게 고민스러운 마지막 말을 전했다. 강태완이 여기서도 진실을 말하지 않는다면 낭패다. 여기서 더 이상 고백하지 않는다고 해서 강태완을 죽일 수는 없다. 도진은 인생의 모든 것을 이 순간에 걸고 있었다. 강태완이 고백하지 않는다면 도진 자신도 세상에 존재해서는 안 되는 인간이다. 죽은 형의 의문을 풀기 위한 고문이지만 어떤 이유로도 인간의 존엄성을 해치는 용서받지 못할 행위였다. 드럼통 안에 있는 강태완에게 송석재와 김유신이 모래와 시멘트를 섞어서 드럼통 안으로 반죽을 퍼부었다.

그때 강태완의 한 맺힌 소리가 터져 나왔다.

「내가 죽였어. 내가 누명을 씌웠어.」

강태완이 모든 것을 포기하고 애원하듯 소리쳤다. 죽음의 공포가 강태완의 마음을 움직인 것이었다. 기상에게 멈추지 말라는 손짓을 하였다. 계속하여 시멘트 반죽이 강태완이 있는 드럼통 안으로 들어갔다.

「내가 죽였다니까? 내가 사주를 받고 서류를 조작하여 당신 형을 간첩으로 만들었어.」

형의 누명을 벗겨주기 위해서는 자세한 진술을 확보해야 했기 때문에 도진은 호주머니 안에 있는 녹음기를 눌렀다. 도진은 기상에게 그만하라는 손짓을 하였다. 송석재와 김유신의 삽이 그제야 멈추었다. 강태완은 모든 것을 내려놓은 표정으로 그때 상황에 대하여 말하기 시작하였다. 기상에게 강태완을 드럼통에서 꺼내 물로 씻겨준 다음 새 옷을 입혀 주라고 하였다. 도진은 강태완의 눈빛에 회한과 진실이 담겨져 있는 것을 보았다.

「장도현과 한영준. 그리고 나는 정말 친한 친구이자 동기였네. 특히 자네 형 도현은 질투가 날만큼 모든 분야에서 뛰어난 지식을 가지고 있었고 동아리 내에서도 인기가 좋았네. 도현이와 토론에서는 피터지도록 싸웠지만 개인적인 감정으로 형을 싫어한 적은 한 번도 없었네.」

강태완은 고문 때문에 힘든 듯, 잠시 말을 멈추다 천천히 다시 말을 이어갔다.

「비극은 자네 형이 한영준과 어느 순간부터 사이가 멀어지면서 시작됐어. 이유는 잘 모르지만 아마도 사상 때문에 둘은 다툼을 했던 것 같아. 그렇게도 친했던 도현과 영준은 다툼 이후로 점차 멀어지기 시작했어.」

「밀본 때문이었나요?」

강태완의 눈이 커졌다. 그것을 도진이 어떻게 알고 있느냐는 눈빛이었다. 그러나 강태완은 그런 것조차도 이제 상관없다는 듯 다시 이야기를 시작했다.

「맞다네. 장도현은 밀본을 세워서 사회에 경종을 울리려는 계획을 가지고 있었지. 그러나 한영준의 생각과 장도현의 생각은 조금 달랐던 것 같네. 둘은 이야기를 했지만 점점 서로의 생각이 뼈저리게 다름을 느낄 뿐이었어. 의견의 차이에 대한 이유를 둘 다 말을 하지 않았네. 어느 날, 검은색 양복을 입은 사람들이 나타나서 나를 알 수 없는 곳으로 데려갔고 어두운 지하실 같은 곳에서 본인들의 지시를 따르지 않으면 북한에 동조한 죄를 적용하겠노라 협박했어. 그들은 자네 형이 간첩이라는 서류를 미리 준비하고 있었고 나는 그것을 다음날 민들레 동아리에 갖다 놓으라는 밀명을 받았을 뿐이네. 그렇게 하지 않으면 그들은 날 죽일 거라고 말했어. 나는 자네 형이 정권의 심기를 건드렸다고 생각했네. 그런데 놀라운 것은 그들이……. 」

강태완은 잠시 숨을 골랐다. 그러고 더욱 충격적인 이야기를 꺼내었다.

「난 처음 그들이 경찰이나 중앙정보부 요원들이라고 생각했네. 그런데 그들은 내가 보는 앞에서 밧줄로 묶여 있고 검은 복면으로 얼굴이 감싸여 있는 2명을 권총으로 쏴 죽였네. 나는 온몸에 신경이 곤두서고 두려움에 몸을 움직일 수 없었어. 그것을 보고 나는 그들의 계획에 동조를 할 수밖에 없었네. 그들은 이 일을 어디에서든 말한다면 죽을 것이라고 내게 협박을 했어. 그들의 말을 난 믿을 수밖에 없었어. 그들은 분명 내가 이 일을 누군가에게 말했다면 쥐도 새도 모르게 없애버릴 수 있었을 거야. 그래서 여태까지 난 아무 말도 하지 못하고 있었던 거라네. 나는 그들이 정부 요원이 아니라는 것을 직감적으로 알 수 있었던 것은 아무리 유신 독재 정권이라도 사람을 그렇게 함부로 쏴 죽이는 일은 하지 않는다고 생각했네. 」

「다음 날 나는 그들이 원하는 서류를 민들레 동아리에 갖다 놓았네. 그리고 얼마 되지 않아 경찰이 민들레 동아리를 덮쳤고 화살은 처음부터 자네 형의 가슴을 겨누고 있었어. 불행히도 자네 형은 간첩 사건을 조사 중에 고문으로 죽었지만 분명 누명을 씌운 조직은 별도로 있었네.」

　도진은 혼란스럽기 시작했다. '그럼 도현 형이 군사 정권에 의해 죽은 것이 아니란 말인가? 유신정권이 의도적으로 빨갱이로 몰아 죽인 것이 아니란 말인데? 그렇다면 형에게 누명을 씌운 조직은?' 모든 것을 믿을 수 없었지만 강태완의 눈은 그 어느 때보다도 맑고 투명해보였다. 도진은 떨리는 목소리로 물었다.

「그들이 형에게 누명을 씌운 이유가 무엇일까요?」

「나도 그것은 정확히 알 수 없네. 내 추측으로는 자네 형은 알면 안 되는 조직의 실체를 알았던 것 아닐까? 한영준은 아마 그 조직의 구성원이었을 가능성이 높고.」

　상상도 못했던 이야기였다. 강태완의 눈은 그 말이 진실이라는 것을 말하고 있었으나 도진은 믿을 수가 없었다. 아니 믿고 싶지 않았다. 강태완은 도진이 혼란스러워 하는 걸 느낀 듯 다시 말을 이어갔다. 이제야 모든 진실을 말할 수 있게 되어 후련한 눈빛이었다.

　극도의 긴장감이 한꺼번에 풀어진 탓인지 강태완은 곧바로 기절해 버리고 말았다. 도진은 모든 것이 혼란스러웠다. 도진의 머릿속 모든 중심은 한영준이었다. '한영준과의 관계가 멀어지고 이 모든 것이 발생했다고 강태완은 말하고 있다. 그렇다면 한영준이 형에게 누명을 씌운 조직의 구성원이란 말인가?'

　도진은 강태완에 대한 연민이 들었고 기상에게 병원으로 보내주라고 하였다. 그를 죽일 수는 없었다. 강태완을 풀어주었으니 내일이면 도진은 경찰에 연행될 것이다. 기상과 그 친구들에게는 도진 스스로 모든 것을 책임질 테니 조용히 순천으로 내려가라고 했다. 도진은 서

울로 차를 몰았다. 내일이면 경찰에 연행될 것이고 형의 죽음에 대한
마지막 의문을 풀지 못하고 감옥으로 갈 수도 있었다.

24

일침(一 鍼)

　강태완을 고문한 후 연안 부두 창고에서 도진은 집으로 향했다. 내일이면 아마 경찰에 연행될 것이다. 임페리얼에 대한 불안감이 도진의 가슴을 더욱 답답하게 만들었다. 다음날 출근하지 않고 하루 종일 불을 끄고 어두운 방안에서 멍하니 천정을 보고 누어 있었다. 기다리던 경찰은 오지 않고 삼 일째 되던 날 강태완에게 전화가 걸려왔다. 강태완은 도진에게서 어떤 분노도 느끼지 않는다고 말했다. 그리고 도현은 참으로 의로운 청년이었다면서, 젊은 날에 도현을 간첩으로 몰아 죽인 것에 대하여 오히려 미안하다고 말했고 나약한 자신을 용서해달라고 했다.

　그리고 도진에게 이유는 말해줄 수 없지만 하루라도 빨리 임페리얼을 떠나길 간절히 바란다고 말했다. 도진은 순간 숨이 멎는 것 같았다. 고문을 했던 강태완이 진정으로 사과하고 임페리얼을 떠나라고 하고 있다.

'강태완은 임페리얼의 정체에 대하여 많은 것을 알고 있다.'

도진은 대표이사가 되어서도 중요한 일에 배제되는 일이 많았다. 과테말라를 포함해 그동안 임페리얼을 조심스럽게 파악한 결과 이 조직에 대해 더욱더 이해할 수 없었다. 설에 대한 사랑과 설을 잃을까 봐 임페리얼의 비밀을 알면서 모른 척 아무런 언급을 하지 안했다. '임페리얼은 무엇을 하려는 걸까? 과테말라에 있는 것이 만약 미사일이라면 왜 배치되었으며 누구를 겨냥하고 있는 것일까?'

그러나 도진은 설을 깊게 믿고 싶었고 태풍이 밀려와 배가 침몰하더라도 끝까지 그녀의 손을 놓고 싶지 않았다. 그러면서 도진은 임페리얼 뒤에는 우리가 상상할 수 없는 거대한 권력이 있을 것이라는 확신을 가지고 있었지만 그들이 북한이 아니길 바라는 마음이 간절하였다. 그러나 그 가능성은 점점 낮아지고 있었다.

임페리얼 그룹의 대주주는 독일회사에서 홍콩 NK로 주주가 변경되었다. 설은 아마 독일에서 북한으로 넘어가 철저하게 교육을 받고 다시 한국으로 왔을 가능성이 높았다. 그렇다면 김성일과 고구려파의 두목 김창일도 간첩일 것이다. 그리고 이 모든 것을 조종하고 있는 것은 한설의 아버지 한철민일 확률이 높았다.

순간, 번개같이 도진의 머릿속에 강태완의 전화가 생각났다. 그동안 임페리얼을 조사해온 강태완은 거의 모든 진실을 꿰뚫고 있는 대한민국의 유일한 사람일수도 있었다. 그리고 강태완은 김 형사의 죽음으로 임페리얼에 대한 경찰 조사가 시작되었다고 하였다. 또 자신을 고문한 강태완이 도진에게 임페리얼을 떠나길 간절히 원하고 있다. '그렇다면 이미 경찰과 국정원이 임페리얼의 존재를 알고 있다는 것일까?' 그럴 확률이 높았다. 경찰과 국정원의 수사가 상당히 많은 부분 진행되었을 거라는 직감이 번쩍 스쳤다.

불안감이 온 신경을 감싸며 덤벼들었고 설과의 이별이 생각보다는 빨리 다가올 수 있다는 생각이 들었다. 그렇다면 형의 소원인 밀본 일침(一鍼)의 계획도 서둘러야 한다. 임페리얼의 정체가 탄로 날 경우 도진도 자유로울 수 없을 것이다.

도진은 형이 남긴 기타 안의 밀지를 읽고 난 이후로 일침의 계획을 자신이 실현시키리라는 결심을 하고 있었다. 도현 형은 밀지에서 누군가 이 글을 읽는 사람이 대신 일침의 뜻을 실현시켜주길 바라고 있었다. 도진은 그런 형의 뜻을 자신이 대신 이루고 싶었다. 도진은 그동안 도현 형의 소원인 밀본을 만들기 위하여 조심스럽고 철저하게 준비하여 왔다.

도진은 현재 대한민국에서 일어나는 가장 큰 죄악은 정신과 육체가 파탄 난 약자들에 대한 무관심이라고 생각했다. 이것에 대하여 경종을 울리고 싶었다. 그 약자들은 누가 만들었는가? 기득권자들은 태초로부터 인간의 사회는 경쟁이 어쩔 수 없기 때문에 강자와 약자가 존재한다고 주장한다. 이제는 조그마한 부를 가진 자들까지 그 주장에 동조하고 옆집에서 강간, 살인이 일어나도 자신만 아니면 된다는 생각을 가지고 있다. 도현 형의 계획은 그런 사회에 울리는 경종과도 같았다.

한때 사회의 부조리와 진보를 위하여 대학생들은 자신의 젊음 따위는 헌신짝처럼 버렸다. 그러나 지금의 대학생들은 가정을 책임지기 위해 변화한 그들의 부모보다 훨씬 큰 더러운 개인주의에 깊이 함몰되어 있다. 그들의 나약함에 도진은 치를 떨었다. 그들이 할 수 있는 것은 대자보에 '안녕하십니까?'라고 신세한탄을 하는 정도일 뿐 어떤 용기도 기대할 수 없는 존재들이다. 대학은 오랫동안 대한민국 사회를 정화하는 아주 중요한 역할을 수행해 왔다. 도진은 그들의 정신을 다시 일깨워주고자 했다. 그들은 미숙한 사고와 지식을 가지고 있을 수 있지만 가슴에는 정직과 따뜻한 피가 흐르고 있다. 대학이 사회 부조리와 부패한 정치에 대한 비판과 개선의 의지는 한 사회를 좌지우지할 만큼 중요한 역할을 하고 있는 것이다. 형의 죽음이 헛되지 않기 위해 도진은 스스로 사회를 바꾸기로 마음먹었다.

어느 시인이 말했다.

'당신들이 가진 자유와 부가 온전히 당신들의 힘으로 만들어진 것이란 말이오?'

'상위 5% 아니 상위 1%가 독식하는 사회, 정말 당신과 당신 아들이 가진 부가 정말 당신들만의 것이란 말인가?'

도진은 오늘 신문을 보았다. 온통 철도 파업에 대한 이야기였다. 온통 신문들은 철도 노조에 대한 정당성 없는 파업에 돌을 던지고 있었다. 세상은 항상 그런 식이다. 정치권력은 의도를 숨기려고 거짓말을 밥 먹듯 하고 반대자들은 그들에 대한 팽배한 불신으로 협상하기를 거부한다. 어떤 권력자는 5년 이상 공항 경쟁력 세계 1위와 매년 흑자를 기록하고 있는 공항을 경영효율화 미명하에 자기 아들이 관련되어 있는 호주의 사모펀드에 경영권 매각을 추진하기도 했다. 그때도 그랬다. 언론을 통해서 경영효율화가 필요하다면서 주식을 매각해야 한다고 여론몰이를 했었다. 그들의 머릿속에 국민은 무식하고 우매한 존재라는 뿌리 깊은 생각이 자리 잡고 있기 때문에 가능한 일들이었다.

그동안 도진은 밀본 일침(一鍼)을 만들기 위하여 내부 정보를 이용하여 비밀리에 30억의 자금을 모았다. 일침을 만들기 위해서는 자금이 반드시 필요했기 때문이었다.

도진은 그동안 자료를 토대로 대한민국의 국민과 약자들을 우롱한 용서받지 못할 50명의 살생부를 작성했다. 살생부를 작성하면서 못내 아쉬운 것은 백범의 암살범 안두희가 1996년 10월 23일 택시기사 박기서 씨에게 몽둥이로 맞아 죽었다는 것이었다. 도진은 속으로 그놈이 죽지 않았다면 첫 번째 살생부의 대상이 되었을 거라 생각했다. 살생부 대상은 수많은 사람들을 희생시키면서 권력을 잡고 반성조차 하지 않은 놈들, 권력의 힘을 이용하여 사회와 국민을 조롱한 놈들, 그리고 사회적 약자를 억압하는 놈들로 구성되어 있었다. 50명은 과거와 현재 대부분 사회지도층에 해당하는 사람들이었다.

도진은 자신의 행동으로 사회를 변화시킬 수 있다고 생각하지 않았고 단지 개인주의와 부패 그리고 도덕적 해이가 지배하고 있는 현 사회에 경종을 울리고 싶을 뿐이었다.

도진은 영등포역에서 노숙하고 있는 군대 동기 이광종 병장을 찾았다. 이 병장은 아직 마음을 잡지 못하고 방황하고 있었다. 도진은 이 병장의 방황을 어느 정도 이해할 수 있을 것 같았다. 군대 시절 강원도 간성까지 일주일이 멀다하고 면회를 왔던 아내는 이 병장의 아버지가 교통사고로 죽고 회사가 파산하자 이혼을 요구했으며 그것이 받아들여지지 않자 얼마 남지 않은 재산을 처분하여 딸 둘을 데리고 집을 나간 것이었다.

노숙자. 그들은 영혼에 큰 상처를 입은 사람들이라는 공통점이 있었다. 이광종 병장에게 노숙자들 중 가능한 머리가 좋고 대학을 나온 사람들 중 사회에 대한 증오가 깊고 가정에 대하여 미안한 감정을 가진 사람 10명을 찾아 달라고 하였다. 그리고 도진은 이 병장에게 아무 것도 알려고 하지 말고 자신을 도와 달라면서 신도림역 주변에 오피스텔을 얻어주고 활동비로 5천만 원을 건네주었다.

도진도 양평동 소재 허름한 공장을 인수하여 목적에 맞게 수리한 다음 일침의 본거지로 사용할 준비를 하였다. 일침은 도진의 형 장도현이 만들었던 밀본의 이름이었다. 도진은 형의 뜻을 따라 새롭게 만든 밀본의 이름을 일침으로 하였다. 형은 일침(一鍼)의 명칭을 정문일침(頂門一鍼)으로부터 착안했다. 頂門一鍼(정문일침)은 정수리에 침 하나를 꽂는다는 뜻으로, 상대방의 급소를 찌르는 따끔한 충고나 교훈을 이르는 말이다. 더러운 세상에 대해 따끔한 일침을 가하고 싶은 형의 뜻을 이어받은 도진의 마음이 담겨 있는 명칭이었다. 형의 밀본에 대한 자료는 도진이 일침을 만드는데 많은 도움을 주었다. 일침을 준비하면서도 임페리얼 업무에 최선을 다했고 그들의 움직임도 예의 주시하고 있었다. 설은 몇 번 찾아와 자신의 생각이 잘못 되었다면서 임페리얼 대표이사직을 그만두라고 진심으로 말했다. 도진이 임페리얼의 대표이사직을 그만두지 않은 이유는 끝까지 설을 옆에서 보고 싶었고 일침의 활동에 도움이 될 수 있다는 생각이 들었기 때문이었다.

20일이 지난 뒤 이광종 병장은 양평동 일침의 본거지로 10명의 노숙자를 데리고 왔다. 도진은 그들에게 본인과 뜻을 같이 하는 동지에게 의식주를 해결해 주고 그들이 원하는 사람에게 우선 1억을 전달하겠다고 하였다. 대신 도진은 동지가 되기 위해서는 30분간의 전기 고문과 물 고문을 이겨낼 수 있어야 한다고 했다. 중간에 포기하더라도 5천만 원은 그들이 원하는 사람들에게 전달될 것이라고 했다. 그들의 눈에서 고민하는 흔적이 역력했다. 도진은 자신부터 30분간의 전기고문과 물고문을 먼저 받겠다고 나섰다. 그때 옆에 있던 이광종 병장이 당황하며 만류했다. 도진이 고문을 받는다는 것은 자신도 대상이 된다는 뜻이기 때문이었다. 도진은 이 병장에게 선택은 자유라고 말했다.

도진은 기상을 통하여 믿을 수 있는 전문 고문기술자를 비밀스럽게 알아보았다. 도진은 전기 의자에 앉았고 전기고문이 시작되었다. 상상을 초월하는 고통이 밀려왔고 그 순간 모든 것을 포기하고 싶을 정도로 인간이 나약해지는 것을 느꼈다. 물고문은 전기고문 충격으로 인한 몸의 완충 역할을 했지만 그 또한 고통은 이루 말할 수 없었다. 2번의 고문 동안 도진은 형의 고통을 직접 체험했고 강태완 기자의 마음도 이해할 수 있었다. 작은 돌부리에도 인간의 마음이 변할 수 있다는 것을 깊이 이해할 수 있었다. 30분간의 고문이 끝나고 그 충격으로 도진은 움직일 수 없는 상태가 되었다. 도진의 고문 장면을 본 이 병장을 비롯한 노숙자 10명의 눈에는 불안감이 가득하였다.

「강요가 아닙니다. 세상에 자그마한 돌이라도 던지고 싶은 사람만 남으세요.」

도진은 기어들어가는 목소리로 말했다. 노숙자 2명이 겁먹은 표정을 지으면서 떠나겠다고 하였다. 도진은 이 병장에게 5천만씩 챙겨주라고 턱짓을 했다. 2명은 가방을 들고 횡재했다는 표정으로 쏜살같이 빠져나갔다. 그때 이광종 병장이 전기의자에 앉았다. 고문이 시작되었고 이 병장은 가슴에 맺힌 한이 컸는지 이를 악물고 참았다. 독한 놈이라는 생각이 들었다. 물론 군대에서도 뛰어난 리더쉽으로 선후배들로부터 칭찬이 자자하던 이 병장이었다. 8명 중에서 3명은 중도에 고문을 이기지 못하고 탈락하고 최종 이 병장을 포함하여 5명이 고문을 통과하였다.

심사는 끝났다. 도진은 휴가를 내고 5명과 함께 동해안으로 여행을 떠났다. 고문으로 인한 심신을 풀고 앞으로 일침의 임무와 행동 강령에 대하여 설명하기 위한 자리였다. 도진은 5명에게 다시 한 번 부탁했다. 죽음이 두려운 사람은 지금 떠나도 상관없고 1억도 아무 조건없이 지급하겠다고 했다. 그리고 동지라는 것을 약속하는 피의 맹세가 이어졌다. 모두다 새끼손가락을 자르고 그 피를 사발에 모아 여섯 명이 돌아가면서 마셨다.

「일침을 위하여.」

도진이 소리치자 다섯 명도 「일침을 위하여.」라고 소리쳤다. 도진은 비장하게 말했다.

「지금부터 우리는 일침의 동지로서 조직과 동지에 대한 배신과 이탈은 죽음만이 있을 것입니다.」

도진은 일침의 미래의 계획과 일정을 동지들에게 자세하게 설명했다. 그날 저녁부터 다음 날 새벽까지 과거의 한 많은 사연들을 이야기하면서 서로에게 잔을 돌리며 모두는 만취가 되도록 술을 마셨다.

25
여행

　도진은 설에게 전화를 걸었다. 지난번 만났던 양평의 'NAMOO'라는 카페에서 만나자고 하였다. 카페에 도착했을 때 설은 비가 내리는 북한강을 바라보고 있었다. 멀리서 보이는 설의 모습에서 진한 외로움을 느낄 수 있었고 설의 얼굴은 몹시 어두웠다. 우리는 한동안 말없이 앉아 있으면서 무표정하게 창밖을 바라보았다.

「많이 아팠니?」

　설이 걱정된다는 듯 물었다.

「미안해. 회사에 나가지 못해서.」

　도진은 아팠냐는 말에 대답하지 않고 회사에 나가지 못한 것에 대해서만 언급했다.

「무슨 일 있었던 건 아니지?」

「설아……. 나 강태완에게서 모든 이야기를 들었어. 우리 형의 이야기.」

도진은 설에게 곧바로 모든 이야기를 털어놓았다. 이 모든 걸 이야기하지 않으면 도진의 심장이 터질 것만 같았다. 조용히 듣고 있던 설은 힘겹게 입을 열었다. 설의 목소리는 약간 잠겨 있었고 잔기침을 몇 번 했다.

「도진아, 우리 오빠와 네 형 그리고 강태완 기자는 친한 친구였어.」

설은 짧은 말을 마치고 다시 한숨을 쉬면서 멀리 북한강을 바라보았다. 설이 더 이상 이야기하고 싶어 하는 것 같지 않아 서로 커피를 마시면서 가벼운 대화로 시간을 보냈다. 설의 눈에서 도진에게 하고 싶은 말이 있다는 것을 알 수 있었으나 도무지 말을 하지 않았다.

「설아, 힘들면 얘기하지 않아도 돼. 네가 그렇게 힘들어 하는 모습을 보니까 더 이상 나도 너에게 이야기하라고 하진 않을게.」

도진은 설의 부담을 덜어주기 위해서 먼저 말을 꺼냈다. 설은 잠시 있다가 다시 말을 꺼냈다. 뜻밖의 말이었다.

「우리 여행이라도 갈까? 내가 가슴이 좀 답답해서. 도진이 네 고향에 가고 싶은데…….」

설의 눈은 복잡한 감정을 담고 있었다.

「성일 선배가 있잖아.」

도진은 설이 본인의 고향으로 여행가자고 하는 것이 내심 기뻤으나 김성일이 부담스러웠다. 설은 김성일은 상관없다며 여행가서 모든 것을 이야기해주겠다고 말했다.

전남 광양 구봉산에서 왜 우리 오빠는 얼어 죽었는지, 도현이 어떻게 누명을 쓴 것인지, 그 모든 것을…….

「우리 오빠는 광양 구봉산에서 정면으로 보이는 너의 집, 아니 네 형을 바라보면서 얼어 죽었던 거야.」

도진은 이미 한영준이 형을 생각하면서 고향 묘도 집에서 정면으로

도진의 고향 묘도에서 바라본 광양항과 구봉산

보이는 광양 구봉산에서 얼어 죽었다는 것을 알고 있었다. 설의 눈에서 눈물이 한없이 흘러 내렸다. 설이 우는 것은 한 번도 보지 못한 장면이었다. 다른 사람들의 눈을 보면 어느 정도 의중을 파악할 수 있는데 설은 훈련된 사람처럼 그 변화가 크지 않았다. 오늘은 훈련된 그 눈에서 한없이 눈물이 흘러내리고 있었다.

대학 때 설을 처음보고 느낀 새끼 잃은 어미 사슴의 눈, 이슬을 가득 품은 눈, 거울을 통해 본 도진의 눈과 같은 종류의 눈이었다. 지금 설의 눈은 대학 때보다 훨씬 더 이슬과 어둠이 짙게 깔려 있었다. '여자의 몸으로 그룹을 이끌어 가는 책임감 때문일까? 아니면 아직 정확하지는 않지만 도진이 생각하는 거대한 음모 때문일까?' 설의 눈에 짙게 깔린 어둠이 두렵고 알 수 없는 불안감이 도진을 괴롭혔다.

다음날 설과 단둘이서 고향 여수 묘도로 여행을 떠났다. 고속도로

를 달리는 동안 설의 얼굴은 예전처럼 밝아 보이지 않았다. 고향 묘도
는 이제는 더 이상은 섬이 아니다. 예전에는 여수에서 배를 타고 묘도
로 들어갔으나 이제는 광양에서 이순신대교를 통하여 고향인 묘도 광
양포 마을로 향했다. 묘도는 이순신대교로 광양과 연결되고 묘도대교
로 여수산업단지와 연결되었다. '이순신대교' 항상 배타고 건너던 그
바다를 자동차를 타고 지나면서 눈앞에 나타난 웅장한 광양제철소와
광양항에 정박하고자 바다 위에 떠 있는 거대한 화물선을 보면서 겨
울이면 온통 김밭과 꼬막 양식장이었던 이 바다가 참으로 많이 변했
다는 생각이 들었다. 임진왜란 때 순천 신성리 왜성(예교성)에 주둔하
고 있는 고니시 유키나가(小西行長)의 본국으로 탈출을 돕기 위해 노량
으로 몰려오는 사천과 경상일대의 왜군과 일전을 위하여 이순신의 수
군은 이 묘도를 출정하였다. 묘도의 선장개와 도독마을은 마지막 전
쟁을 위한 조선과 명나라 수군의 최후의 수군 진지였다. 저 멀리 노량

이순신대교와 광양제철

과 관음포가 어렴풋이 보이고 400여 년 전 영웅의 죽음을 슬퍼하는 울음소리가 멀리서 아득하게 들려오는 것 같았다.

「도진아, 그런데 다리 이름이 왜 이순신대교야?」

이순신대교를 건너가던 중 설이 물었다. 설은 이순신하면 떠오르는 곳이 한산도가 있는 통영이나 명량해전의 장소인 진도의 울돌목이 떠오른다고 하였다.

「설아, 이 바다가 이순신의 마지막 삶의 장소야.」

설에게 칠년 왜란의 마지막 전쟁인 노량해전과 이순신의 바다에 대하여 설명해 주었다.

정유재란으로 조선을 침략한 왜군은 도요토미 히데요시(豊臣秀吉) 병사 소식을 듣고 철군을 결정하였다. 이 소식을 들은 이순신은 명나라 수군 도독 진린과 함께 1598년 9월 고금도를 떠나 광양만의 묘도에 마지막 진지를 구축하였다. 명나라 육군장 유정과 수륙합동작전으로 순천 왜성에 주둔하고 있는 왜군 고니시 유키나가(小西行長)의 부대를 섬멸하기 위함이었다. 묘도에 수군 진영을 구축하고 순천왜성 앞 유도*를 전지기지로 하여 고니시를 압박하였다. 명나라의 유정과 조선의 권율이 이끄는 육군과 합작으로 고니시를 공격하였으나 별다른 성과 없는 작은 전쟁만 지속되었다. 고니시는 진린에게 뇌물과 왜군의 수급까지 바치면서 길을 열어줄 것을 요청하였으나 이순신의 강경한 반대로 한 발짝도 움직일 수 없었다. 한명의 왜군도 용서할 수 없었던 영웅의 가슴에는 아비와 어미와 자식들이 서로의 죽음을 슬퍼하고 그 중에서 살아남은 자가 또 굶어 죽은 조선 백성이 있었을 것이다. 고

---

* 현재 송도

306

니시는 협상이 더 이상 의미가 없다는 것을 알고 철군을 위한 퇴로를 열기 위해 사천성에 있는 시마쓰 요시히로에게 원군을 요청한다. 부산과 사천 등 경상지역의 500여 척 일본 수군이 순천에 주둔한 왜군들의 퇴로를 열기 위하여 노량을 향하여 오고 있을 때 묘도에 주둔하고 있던 조명연합수군도 노량으로 마지막 전쟁을 위해 출정하였다. 1582년 9월 26일 새벽 2시 칠흑 같은 어둠 속에서 매복하고 있던 조선 수군의 공격이 시작되고 당황한 왜군들이 광양만 남해방면 관음포로 도주하자 진린이 지휘하는 명나라 수군도 공격을 시작하였다. 서로를 알아보지 못할 정도의 어둠속에서 마지막 전쟁에서 살아남아 본국으로 귀환하여 가족과의 행복한 꿈을 간직한 왜군과 전국토가 처참하게 유린되고 부모형제를 잃은 조선수군간의 서로 죽고 죽이는 지옥 같은 전쟁은 다음날 정오에야 조명연합군의 대승으로 끝이 났다. 순천 왜성의 고니시는 노량과 관음포의 전쟁을 틈타 일본으로 무사히 귀환할 수 있었다. 노량해전을 마지막으로 조선과 일본 7년간의 전쟁은 끝이 났다. 치열했던 노량해전 대승의 함성은 들리지 않았고 노량과 광양만에 통곡의 곡소리만 바다에 가득하였다. 그 누구 하나 울지 않은 백성이 없었고 조선의 산천초목도 영웅 이순신의 그 장엄한 죽음을 큰 눈물로 애도했다.

'이순신, 나라와 백성을 사랑한 당신의 얼은 이젠 웅장한 이순신대교를 통하여 온 국민들의 마음속에 남아 오랫동안 이 나라를 지킬 수 있는 힘으로 승화될 것이다. 오늘도 이순신대교는 영웅의 마지막 삶의 바다였던 광양만의 관음포를 바라보고 있다.'

설에게 노량해전에 대하여 설명하면서 웅장한 이순신대교에 대해 생각했다.

광양을 통하여 이순신대교를 거쳐 고향 묘도에 도착하였다. 어려서 도진을 아들처럼 키웠던 기상의 누나는 이혼을 하고 아버지가 돌아가신 도진의 집에서 혼자 살고 있었다. 서울서 출발할 때 귀한 손님 데리고 가니까 섬진강 재첩국을 부탁한다고 했다. 누님 혼자 살다 보니 집이 말이 아니었다. 금의환향이었지만 기상을 빼고 누구 하나 도진이 서울에서 성공했는지 아무도 몰랐다. 설은 쓰러져 가는 도진의 집 마루에 아무렇지도 않게 앉아서 재첩국 한 사발을 뚝딱 해치웠다.

　「야, 이거 술 먹고 해장하면 좋겠는데.」

　설이 시원하다는 표정을 지으면서 말하였다.

　「원래 그거 술 먹고 먹으면 더 죽여. 재첩국 맛있게 먹으려고 술 먹는 사람도 있어.」

　「설마.」

　아버지가 돌아가신 후 감나무 밭은 완전히 잡초만 무성했다. 감나무를 보니 세월이 많이 흘러다는 느낌이 들었다. 어렸을 때 도진의 키만 했던 감나무는 이젠 범접할 수 없을 정도의 위용을 가지고 있었다. 단감을 직접 따서 설에게 깎아 준 후 3개의 묘가 있는 집 뒷동산에 올랐다. 아버지와 어머니 그리고 형의 묘지였다. 설과 잔디밭에 앉아 휴식을 취했다. 정면으로 광양항의 빨간색 컨테이너 크레인이 웅장하게 자리 잡고 있고 그 뒤로 구봉산과 멀리 백운산이 눈앞에 들어온다. 설은 광양항 앞 바다 위에 떠있는 거대한 화물선을 바라보고 있었다. 그런 설의 모습은 단발머리에 청바지와 하얀 티가 잘 어울렸고 화장기 없는 얼굴은 더욱더 싱그럽고 청순하게 보였다.

　「도진이 네 꿈은 뭐야?」

　'설 네가 행복하게 사는 모습을 보고 싶어.' 도진은 설에게 말하고 싶었다.

「이 묘도를 통째로 사는 거야.」

「다 사서 뭐하게?」

어린 시절 상처에 대한 보상으로 묘도를 다 사서 이렇게 외치고 싶다고 했다.

'이놈들아. 이 묘도의 모든 땅이 빨갱이 형을 두고 엄마도 없는 절름발이 장도진의 것이다.'

「100억이면 다 살 수 있을까?」 설이 물었다.

「몰라 200억은 될 것 같은데.」

도진은 대충 200억이라고 둘러댔다.

묘도를 다 사고 싶다는 것은 도진이 대충 둘러댄 것이었다. 도진의 어린 시절 꿈은 형의 죽음에 대한 의문을 밝히는 것이었다. 그리고 설에게서 오늘 대답을 들을 수만 있다면 그 꿈을 마침내 이룰 수 있으리라는 생각이 들었다.

묘도를 떠나 여수로 갈 시간이 되자 누님은 아쉬웠는지 하룻밤만 자고 가라고 했다. 어머니가 돌아가시고 누님은 도진에게 어머니와 같은 존재였다. 도진이 누나에게 시간 때문에 떠나야 한다고 말하기도 전에 설이 하룻밤 자고 가자고 했다. 도진을 생각해서 하는 말이었다. 까만 얼굴에 항상 웃는 얼굴로 사촌 동생을 대해 주었던 누님에게 아무것도 해준 것이 없었다. 필요한 것이 있냐고 말하면 도진이 네가 행복하게 사는 것이 자기의 소원이라고 하신다. 그러면서 인자한 어머니의 웃음을 보여주었다. 누님은 본인이 입던 밭일 하는 바지와 꼬깃꼬깃한 윗옷을 설에게 주었는데 영락없는 밭 매는 아낙네 모습이었다. 저녁에 누님이 전어 몇 마리 구해 오셔서 전어 초무침을 만들어서 주셨다.

「오, 이것이 집 나간 며느리도 굽는 냄새에 들어온다는 그 전어네.」

「아이, 시어.」

설은 입술을 후 불면서 말했다. 식초를 너무 많이 넣은 것 같았다. 마당의 평상에 앉아 하늘에 있는 별을 바라보면서 설에게 누우라고 했다. 도진도 같이 누웠다. 설이 살포시 도진의 손을 잡았다. 따뜻했다. 따뜻한 느낌이 들었을 뿐 남녀 간 그런 감정은 없었다. 감정이 없는 것이 아니라 이성으로 강하게 누르고 있었다. 누구보다도 설을 좋아했지만 아니 사랑했지만, 사랑하면 안 된다는 것을 잘 알고 있었다. 그동안 순간적인 감정으로 설을 잃을까 봐 두려웠다. 오늘은 정말로 설에게서 육체적 사랑과 신뢰를 바탕으로 한 애정 모두를 가지고 싶었다. 우리는 오랫동안 손을 잡고 하늘의 별을 세면서 누워 있었다.

아침 일찍 묘도에서 묘도대교를 거쳐 설이 고등학교 때 보았던 오동도로 향했다. 설은 예나 지금이나 오동도의 시누대길이 가장 인상 깊다고 말했다. 여수시내을 구경하고 봉산동 산골식당에서 장어탕을 먹었는데 설은 매우 맛있게 한 그릇을 비우더니 밑반찬으로 나온 간장게장까지 깨끗하게 먹어 치웠다. 속으로 저렇게 잘 먹는데 진작 데려와서 먹일걸 하는 생각이 들었다.

슬픔의 시간이 다가오고 있었다. 다시 묘도대교와 이순신대교를 건너 광양의 구봉산으로 향했다. 설의 오빠가 죽은 위치는 정확하게 알 수 없지만 묘도가 가장 잘 보이는 곳이 아닐까 생각하고 설을 그 위치로 안내하였다. 설의 눈에는 오빠가 얼마나 추웠을까 하는 생각을 하고 있는 것처럼 도진은 느껴졌다. 도진의 눈에서도 하염없이 눈물이 흐르고 있었다.

구봉산을 내려와 서울로 가려는데 설은 대학 때 자기랑 술 마시면서 이야기한 광양 다압 매화마을과 하동의 악양 들판 그리고 쌍계사를 가고 싶다고 했다. 그때 이야기를 아직도 기억하고 있다니 도진은

광양매화마을 꽃피기 전 전경

하동 평사리 악양 들판

속으로 알 수 없는 감정이 밀려왔다. 매화마을과 쌍계사는 봄에 와야 매화꽃과 벚꽃 구경을 할 수 있는데 지금 볼 수 없어도 가겠냐고 설에게 물었다. 설은 꽃이 피었다고 상상하면서 보면 되지 뭐 하면서 빨리 보고 싶다는 표정을 지었다. 옥곡과 진상을 거쳐 다압 매화마을로 향했다. 진상역이 보였다. 중학교 때 기상이와 고모 집을 갈 때 진상역에 내려 어치계곡으로 올라간 기억이 새록새록 떠올랐다. 설은 매화마을을 마음에 들어 했고 특히 청매실 농원에 가득한 장독대에 매료되었다. 매화꽃이 필 때 꼭 다시 오고 싶다고 말하면서 지척에 보이는 섬진강에서 무언가를 잡고 있는 사람들을 궁금해 하는 것 같았다.

「저 사람들 재첩 잡고 있는 사람들이야. 이 동네에서는 재첩을 갱조개라고 해. 갱조개는 민물과 바다가 만나는 곳에서 서식하고 1급수에서만 살 수 있는데 간 기능 회복에 탁월한 효능이 있어.」

재첩은 우리나라에서도 이 곳 섬진강과 광양만 하구에서 가장 많이 서식한다고 설명해 주었다. 섬진강 변 매화마을을 구경하고 악양 마을로 가는 길목에 있는 다압면 금천리에 위치한 무성가든에서 광양불고기로 점심을 먹었다. 광양에 불고기가 유명한 것은 예전에 이곳 백운산에 참나무로 숯 만드는 곳이 많았기 때문이라고 설에게 설명해 주었다.

「야, 이 동네는 음식이 다 맛있네.」설은 광양불고기를 아주 맛있게 먹었다. 서희와 길상이 뛰어놀던 최참판댁에서 바라보는 지리산이 감싸고 있는 악양 들판의 모습은 항상 포근함이 느껴졌다. 쌍계사까지 구경하고 서울로 향하는데 갑자기 설이 부산으로 가서 물류창고를 한번 보고 가자고 했다.

'나도 모르는 물류창고가 있나?'

도진은 불안한 마음이 들었다.

남해고속도로 달리는 동안 설은 계속하여 뭔가 골똘하게 생각하는 중이었고 부산에 도착하자 자기가 운전하겠다고 하였다. 부산항 뒷골목에 허름한 커다란 창고가 있었고 창고에는 건장한 남자 10명 정도가 지키고 있었다. '이 사람들 눈매가 장난이 아니다.' 문이 열리고 안에는 컨테이너가 열 개 정도가 있었는데 일반 컨테이너가 아닌 뭔가 특수용도로 만들어진 컨테이너 같았다. 설이 들어오라고 하면서 문을 닫으라고 지시한 후 컨테이너를 열었고 그 순간 믿을 수 없는 광경이 펼쳐졌다. 컨테이너 안에는 미국 달러가 가득했다.

　「무슨 돈이야?」 설에게 물었다.

　「응. 불법 정치자금으로 쓰는 돈이야. 그동안 나이트클럽과 단란주점 등에서 나온 돈을 달러로 환전하여 이곳에 보관하고 있었어.」

　그동안의 불안감이 현실이 되는 순간이었다. 설에게 더 이상 물어보지 못했다. 설은 이것을 보여주려고 고향으로 여행을 제안했는지도 모른다. 설은 더 이상 말을 하지 않았다. 문이 닫히고 서울로 향했다. 도진은 서울로 돌아오는 길이 몹시 괴로웠다.

　'계속되는 대규모 해외투자 그리고 부산항 물류창고의 가득한 달러 현금, 상황은 이해할 수 있으나 정말 북한과 연관되어 있는 것일까?'

　도진은 설이 제발 북한과 무관하기를 원했지만 부질없는 일이라 생각이 들었다. 설은 지난번 모든 이사진에서 물러나 회장직만 역임하고 있었다. 김성일은 처음부터 임페리얼 계열사 어디에도 이사 명단에 없었다. 둘은 법적으로 부부인데 전혀 그런 기색을 느낄 수 없었다. 서울에 다 도착할 무렵 설이 입을 열었다.

　「양평에 들렀다 가자.」

　「양평에 뭐가 있는데?」

　「응. 거기 용문산 입구에 조그마한 펜션이 있어.」

설은 마음이 복잡한 모양이었다. 1시간을 달리니 용문산 초입 한적한 곳에 펜션이 있었다. 간판은 풍파에 변색되었지만 민들레펜션이라는 것을 알 수 있었다. 누군가 관리하는 사람이 있는지 정원은 깔끔하게 정리되어 있었다. 설은 정원의 전등을 켜고 흔들의자에 오랫동안 어두운 얼굴로 앉아 있었다. 정원 오른쪽엔 화단이 있었는데 어두워서 보이지는 않았지만 한 가지 종류의 작은 식물로 가득했다. 꽃은 이미 시들은 모양새다. 그것이 민들레라는 것을 금방 알 수 있었다.

「여긴 아버지가 옛날부터 쓰던 곳이야. 아버지는 주말이면 여기 와서 책도 읽고 강의 준비도 하셨어. 어려서부터 나도 따라와서 많이 놀았고 4월과 5월이면 저기 화단에 민들레꽃이 가득했어. 아버지께서 민들레차를 유독 좋아하셔서 화단에 가득 민들레를 심었어.」

아버지를 회상하는 설의 눈에 이슬이 맺혀 있는 느낌이 들었다. 속으로 생각했다.

'설에게 아버지는, 설의 아버지에게 민들레는 어떤 의미였을까?'

시간이 많이 흘렀다. 설은 내일이 오지 않았으면 하는 표정이었다.

「와인 한잔할래?」 설이 물었다.

「…….」

너무 조용하고 엄숙한 분위기 때문에 도진은 말을 하지 못했다. 그날 설에게서 느낀 점은 도진의 첫사랑이 매우 외로워하고 있다는 것이었다. 조용히 설의 어깨를 팔로 감싸 안았다.

'그녀의 머릿결에서 풍겨오는 향기가 풋풋한 민들레 향기가 아닐까. 자기를 사랑한 남자가 준 선물을 고이 간직한 여자, 이 여자를 사랑하지 않을 수 있겠는가?'

설은 조용히 도진의 손을 잡고 펜션 안으로 들어갔다. 부끄러운지 불도 켜지 않고 조용히 자신의 옷을 벗었다. 유리창을 통해 달빛이 유유히 들어왔다. 신성하게 느껴지는 설의 알몸을 오늘밤 볼 수 있었다. 소중한 유리잔 다루듯이 설을 조심스럽고 사랑스럽게 애무했다.

그 순간 생각했다. '성이란 추악하고 더러울 수도 있지만 이토록 경건하고 아름다울 수도 있다는 것을.'

설이 도진과 한 몸이 되었을 때 그녀는 아무런 소리도 행동도 없었지만 도진의 따뜻한 체온을 조금이라도 더 느끼고자 갈망하고 오랜만에 지독한 외로움에서 벗어났다는 편안한 표정을 짓고 있는 것처럼 느껴졌다. 경건한 사랑의 의식이 끝나고 설이 샤워를 하러 들어갔을 때 이불에 묻어있는 작은 빨간색의 얼룩이 도진의 눈에 들어왔다.

'내 첫사랑에게 내가 첫 남자였구나.'

설은 샤워를 마치고 아무 일이 없었다는 표정으로 도진에게 할 말이 있다면서 밖으로 나갔다. 벤치에 앉은 설은 오랫동안 아무 말도 하지 못했다.

어두워서 잘 보이지 않았지만 설의 눈가에 눈물이 가득하였다.

「도진아, 너에게 미리 이야기 해주지 못해 미안하다.」

설은 충격적인 이야기를 꺼냈다. 모든 진실이 밝혀지는 순간이었다.

26
진실

　한철민과 한영준은 모두 간첩이었다. 설은 어려서 아무것도 몰랐지만 둘은 모두 북한에서 철저한 훈련을 받은 후, 남한에 잠입했고 목적은 남한 체제의 전복이었다.

　그 방법으로는 바로 지식인을 이용하는 것이었다. 둘은 남한으로 건너오기 전에 이미 북한에서 정보원들을 통하여 남한의 대학생들이 남한의 정권을 향해 엄청난 분노와 적개심을 가지고 있다는 것을 알고 있었고 그것을 이용하는 것이 남한 체제 전복에 가장 효과적이라고 믿었다. 정부를 향한 적대감을 가진 채 정부를 향해 돌을 던지고 데모하는 대학생들. 그 대학생들을 잘 이용하면 체제의 전복을 이루리라 믿었던 것이다.

　그런 이유로 한철민은 교수로 한영준은 대학생으로 위장전입을 했다. 설이 초등학교 들어가기 전의 일이었다. 한영준은 본인이 다닌 대학에서 가장 과격한 반정부 투쟁 동아리인 민들레 들어갔고 자신도 열심히 유신 체제를 반대하는 척하면서 투쟁에 앞장섰다. 그러나 실상 한영준은 자신과 함께 남한 체제를 전복할 동료들을 찾고 있는 중이었다.

그때 민들레에서 영준과 도현은 운명적으로 만났다. 도현은 민들레 내에서 가장 적극적이고 열정적인 청년이었으며 영준에게 도현의 그런 모습은 가장 이상적인 동료라고 여겨졌다. 영준은 그런 도현을 이용하기 위하여 친해졌다. 영준과 도현은 의외로 맘이 잘 맞았고 피로 의형제를 맺게 되었다. 북한에서 영준은 감정을 숨기고 냉철하게 행동하는 것을 훈련받았지만 도현에게만은 감정 조절이 되지 않았다. 영준은 아버지 한철민보다 조금 더 감성적이고 북한에 대한 충성심이 강하지 않았던 것이다.

어느 날 도현은 민들레 내에서 소수의 정예 멤버만을 모아 사회에 경종을 울리고자 비밀결사단체인 밀본을 만들 계획을 세운다. 그 밀본의 이름은 일침(一鍼)이었다. 도현은 영준이 일침의 구성원이 되기를 원했다. 영준은 자신의 정체가 드러날 것을 우려해 이 계획이 부담스러웠지만 자신의 목적에 일침을 이용할 계획이었다.

어느 날 저녁, 영준은 도현에게 자신의 정체를 밝힌다. 북한에서 체제 전복을 위한 계획을 빨리 세우라는 압박을 받고 있었기 때문이었다. 영준은 도현이 만들고자 하는 밀본이 민족과 민주주의 배신자를 처단하는 목적으로 자신이 추구하는 남한 체제 전복과 다를 것이 없다고 판단하여 자신의 계획에 따라줄 것이라 생각했다. 영준은 남한 체제 전복은 곧 군부독재 타도와 미국 제국주의 타파로 이어질 수 있다고 도현을 설득했다. 그러나 도현은 영준의 생각에 동의하지 않았고, 이를 계기로 둘 사이는 점차 멀어지기 시작했다.

비극은 영준이 일침을 이용하여 남한체제를 전복하는 데 이용하겠다고 한철민에게 보고를 한 것이었다. 그러나 도현은 영준의 뜻에 동의하지 않았고 영준의 정체마저 알게 된 것이었다. 한철민은 영준의 계획이 실패한 이상 도현이 언젠가 우리의 정체를 남한에 알릴 것을 염려했다. 한철민은 차가운 심장을 지닌 사람이었고, 어떤 사소한 실수도 허락하지 않는 사람이었다. 영준이 도현은 절대 우리를 배신할 사람이 아니라며 아버지를 설득했지만, 오직 북한에 대한 절대적 충성심으로 가득했던 한철민은 영준의 말을 무시하고 도현을 제거하려는 계획을 짜기 시작한다.

그리고 마침내 기회가 찾아왔다. 서부민중민주대학연합(서민련)의 잡지 '새벽'에 도현이 현 정권을 비판하는 글을 실은 것이다. 영준은 도현에게 더 이상 글을 올리지 말라는 경고와 부탁을 했지만 도현의 의지는 꺾기지 않았다. 도현은 특히 군사정권이 가장 국민들에게 내세우고 있는 경제 개발에 대하여 신랄하게 비판했다.

한철민은 '새벽'에 실린 글과 도현의 계획인 일침을 역이용하여 남한의 체제를 전복하려 했다는 혐의를 도현에게 모두 뒤집어씌웠다. 한철민은 남한에 침투에 있는 북한 정예 요원들을 불러 민들레 회장인 강태완을 납치하여 공포를 심어준 다음 도현에게 누명을 씌울 간첩 자료를 민들레 동아리에 비밀리 갖다 놓도록 했다. 다음날 경찰이 민들레 동아리를 급습하였고 대부분의 회원들이 연행되었다. 처음부터 도현을 겨냥하고 있었기 때문에 다른 회원들은 가벼운 형으로 풀려났지만 도현은 한철민의 올가미에서 벗어날 수 없었고 조사 중 끝까지 부인하다 극심한 고문을 이기지 못하고 죽고 말았다.

설은 여기에서 잠깐 이야기를 멈췄다. 이야기를 하면서도 눈물을 멈추지 못했고 이제부터 할 이야기는 가장 고통스러운 기억임이 분명

했다.

영준은 도현이 죽은 것에 크게 좌절했고 한철민에게 강하게 항의했다. 그러나 한철민은 그런 영준을 곱게 보지 않았고, 결국 둘의 사이도 점점 멀어지게 되었다. 영준은 도현의 죽음 이후, 그를 그리워하며 임무를 수행하는 것을 포기했고 날마다 술을 마셨다. 그 이후, 결국 한철민은 북한의 지령을 받고 아들에게 약물을 투입하여 정신을 이상하게 만들었다. 한철민은 집을 나가 얼어 죽은 아들에 대해 눈물 한 방울도 흘리지 않았다.

모든 것이 믿을 수 없는 이야기였다. 설은 끝없이 눈물을 흘리고 있었다. 도진은 설의 눈물을 손으로 닦아주었다. 설은 마음이 조금 진정되었는지 다시 이야기를 했다.

「영준 오빠는 약물 때문에 정신이 이상해졌음에도 불구하고 끝내 도현 오빠만은 잊지 않았어. 하루하루를 도현 오빠의 이름만 외치다가 끝내는 추운 겨울날 광양 구봉산에서 돌아오지 않는 도현 오빠를 기다리다 죽고 말았어. 이 모든 것을 너무 어렸던 나는 무기력하게 그저 지켜볼 수밖에 없었어.」

한설이 왜 자신과 같은 눈, 새끼를 잃은 어미 사슴의 눈을 하고 있는지 도진은 그때서야 깨달을 수 있었다. 그때부터 한설은 웃음을 잃어버리고 가슴 깊이 차가운 눈(寒雪)을 지닌 여자가 된 것이다. 대학교 때 여성스러운 매력을 풍기면서도 한편으로는 차가우면서 중성적인 매력을 풍긴 것은 그 때문이었을 것이다. 그 다음부터 한철민은 딸이 절대 오빠와 같이 되어서는 안 된다며 철저하게 교육을 시켰다고 했다.

모든 이야기를 들은 도진은 복잡한 감정에 휩싸였다. 이상하게도 한철민에 대한 분노보다도 한영준과 설에 대한 연민이 몰려왔다. 설이 오빠 영준에게 들은 얘기로는 도현은 고문 중에도 끝까지 갑첩 행위를 인정하지 않았고 의연하게 고문을 받아들이고 본인을 빨리 죽이라고 소리쳤다고 했다. 고문을 담당했던 김두환 씨는 그런 독종을 처음 보았다면서 죽기 직전에 도현이 노래를 불렀다고 했다. 김두환이 그 노래를 흥얼거리는데 '푸른 물결 춤추고…….' 이렇게 시작하는 노래라고.

푸른 물결 춤추고 갈매기 떼 넘나들던 곳

내 고향집 오막살이가 황혼 빛에 물들어간다

어머니는 된장국 끓여 밥상 위에 올려놓고

고기 잡는 아버지를 밤 세워 기다리신다

그리워라 그리워라 푸른 물결 춤추는 그곳

아, 저 멀리서 어머님이 나를 부른다

설의 말을 듣던 도진은 자신도 모르게 눈물을 흘렸다. 어릴 때 형이 중얼거리던 노래로 제목은 '어부의 노래'였다. 분명 형은 죽음이 다가왔을 때 고향의 아버지와 어머니를 생각하고 불렀을 것이다.

도진은 모든 진실을 알았다. 감당할 수 없는 많은 감정들이 몰려 왔다. 가장 감당할 수 없는 것은 그토록 아니길 바라던 그 일이 현실이 된 것이다. 옆에 있는 설이 간첩이고 임페리얼은 남한 체제를 전복하고자 만들어진 조직임이 명확했다. 오랫동안 정적이 흘렀고 둘은 서로를 바라보지 못했다.

도진은 신음처럼 설에게 속삭였다.

「설아, 나는 네가 행복하길 바라.」

「바보…….」

설의 목소리는 살아있는 사람의 목소리라고 할 수 없을 만큼 무겁고 힘들어 보였다.

27
난
파
선

　도진은 집으로 돌아와 샤워를 했다. 집도 강남에 가장 비싼 아파트로 이사를 한 지 일 년이 넘었다. 서재로 들어와 불 꺼진 방에서 오랫동안 앉아 있었다. 설은 간첩 이야기를 뺀 모든 진실을 경찰에게 말해서 도진의 형, 도현의 억울한 죽음에 대하여 해명하겠다고 말했다. 증거자료로 강태완의 말을 녹음한 녹음 파일도 있었다. 마침내 도진의 삶, 일생의 꿈이 이뤄지는 순간이었다. 이제 도현 형도, 어머니도 하늘나라에서 편히 잠을 이룰 수 있으리라.

　형의 누명을 벗긴 꿈을 이룬 지금, 진정한 꿈이 현실적으로 이루어질 수 없는 설의 행복이고 일침을 통하여 더러운 세상에 대하여 경종을 울리는 것 이외에는 아무것도 없었다. 도진은 어려서 느꼈던 삶의 존재에 대한 결핍을 요즘 다시 겪으면서 심한 우울증에 시달리고 있었다. 30년을 넘게 추구해왔던 자신의 삶의 목적이 갑자기 사라진 것에 대해 허무함을 느끼고 있었다. 도진은 당연한 것이라 생각했다.

어느 철학자는 삶은 선택이 아니고 본능이라고 하였다. 인간의 삶은 살고 싶어 살아가는 것이 아니라 본능에 의해 살아진다는 수동적인 성격을 가지고 있다고 하였다. 삶에서 능동적인 삶의 선택은 자살밖에 없고 욕망의 결핍으로부터 해방은 죽음밖에 없다고 하였다.

또한 위대한 정신 분석학자 프로이드는 모든 유기체의 죽음에 대한 충동은 무기물적인 근원에 대한 동경이라고 하였다. 모든 생명체들은 자신의 근본인 무생물의 세계로 되돌아가려는 성향이 있다고 하였다. 삶의 존재에 대한 결핍으로 인한 우울증을 앓고 있는 도진은 극히 정상적인 사람이라고 프로이드는 말하고 있는 것이다.

서재에서 도진은 깊은 한숨을 내쉬었다. 잠을 청할 수가 없었다. 샤워를 하고 도곡동 집에서 신사동까지 새벽공기를 맞으며 걸었다. 차소리는 하나도 들리지 않았다. 사무실에 도착해 커피 한 잔을 마셨다. 여전히 생각은 안개 속에서 벗어나지 못하고 있었다. 하루 종일 책상과 창가만 왔다 갔다 했다.

설은 본인이 간첩이라고 하지 않았지만 아버지와 오빠가 간첩이라는 말을 도진에게 실토했다. 그렇다면 설도 간첩이고 임페리얼은 엄청난 음모를 가지고 설립된 간첩 조직인 것이다. 설이 부산 창고를 보여주고 진실을 말해 준 것은 아마 임페리얼의 정체가 어느 정도 국가정보원에 의해 포착되었다는 신호를 도진에게 주고 싶었던 것이다. 설은 도진에게 빨리 임페리얼을 떠나라는 신호를 준 것이다. 그런데 설을 두고 어디로 간단 말인가?

머릿속은 쓰레기통보다 복잡했다. 회사를 나와 경춘 고속도로를 타고 남이섬으로 향했다. 대학 때 설과 둘이서 여행을 갔던 장소였다. 선착장에서 남이섬으로 가는 배를 탔다. 바람이 차갑게 느껴졌다. 그

때는 푸르름이 짙어가는 초여름이었지만 지금은 단풍이 지고 낙엽이 흩날리는 늦가을이었다. 여기저기 낙엽 천국이었다.

발길에 바삭거리는 낙엽소리가 유난히 슬프고 무겁게 들렸다. 대학 때 짝사랑하는 사람들을 위해 해바라기길이라고 스스로 이름을 지은 조그마한 오솔길로 발길을 옮겼다. 그리고 나무에 해바라기길 줄임말인 '해길.'이라고 적어 놓은 나무를 찾았는데 아직도 희미하나마 그 흔적이 남아 있었다. 도진은 설과 첫 번째 남이섬 여행에서 앉았던 그 벤치에 석양이 지도록 오랫동안 앉아 있었다.

그때의 이별과 지금의 이별 모두 설의 행복을 빌어주는 것은 같지만 가슴속 감정은 하늘과 땅의 차이였다. 그때의 이별은 잠시의 이별이지만 지금의 이별은 영원한 이별이라는 생각이 들었다. 괴롭다. 어둠이 내리고 목적지도 없이 서울로 차를 몰았다. 목표 없이 달린 차는 추억이 담긴 선영집 앞에 와 있었다. 순댓국에 소주를 한 병 시켰고 쓸쓸히 소주를 넘겼다. 지난 5년 너무나 행복했고 열심히 일했다. 노숙자 신세의 열등감 덩어리인 도진에게 그런 능력과 에너지가 어디서 나왔는지 스스로도 놀랄 때가 있었다.

다 설 때문이었다. 설의 믿음에 실망을 주지 않기 위하여 하나의 실수도 용납하지 않았다.

'처음으로 도진을 믿어주고 용기를 준 설을 위해서.'

도진은 모든 것이 허물어지는 것을 느꼈다. 끊임없이 술잔을 비워도 취하지 않았다.

혼자서 술을 마시자 아줌마가 물었다.

「지난번 그 색시랑 헤어진 건가?」

도진은 속으로 웃었다. 아줌마는 도진이 설과 헤어지고 혼자서 쓸쓸히 추억이 담긴 장소에서 술을 마신다고 생각한 모양이다. 선영집을 나왔다. 어디로 갈까 한참동안 생각이 나지 않았다. 가게에서 소주 2병과 새우깡 한 봉지를 산 다음 모교인 대학으로 갔다. 형의 죽음에 대한 의문을 풀기 위해 지원한 도진과 형의 모교이다. 그리고 설과의 추억이 담긴 캠퍼스였다. 오늘따라 도진 인생의 모든 것이 담긴 이 학교가 더욱 사랑스럽게 느껴졌다. 구석진 벤치에 앉아 소주 두 병을 병나발로 불었다.

몸은 술에 취해 비틀거렸지만 생각은 또렷해지고 있었다. 도진은 오래전부터 설이 간첩일 가능성이 높다는 것을 어느 정도는 알고 있었다. 단지 알고 싶지 않았을 뿐이고 믿고 싶지 않았을 뿐이었다.

설이 보여준 물류창고, 아버지와 오빠가 간첩이라는 걸 말한 의미도 명확했다. 설은 도진이 지금이라도 임페리얼을 떠나길 원하는 순수한 마음일 것이다. 그래서 여수로 여행을 가자고 했을 것이다. '그렇다면 임페리얼의 정체에 대해 국정원은 어느 정도 알고 있을까? 얼마의 시간이 있을까? 그동안 준비한 일침의 계획을 실행에 옮길 수 있는 시간은 있을까?'

너무나 그리워하며 고통스러운 오랜 세월을 견디며 만난 설과의 이별이 다가오고 있었다. 단순한 만남이 아닌 운명적인 만남이 아닌가? 한영준과 장도현, 그들의 우정과 비극, 한설에 대한 장도진의 사랑 그리고 다가오는 이별.

땅바닥에 떨어진 도진을 믿어주고 용기를 주었던 설이 아닌가? 천하의 장도진이란 표현을 써준 것도 설이 처음이자 마지막이었다. 그리고 도진의 첫사랑이면서 고이 간직한 처녀성을 준 여자, 이 여자를 위해 무엇 하나 해줄 수 없다는 것에 도진은 화가 났다.

설을 위해서라도 떠나야 한다. 그러나 그녀를 혼자 두고 떠날 수 없을 것 같았다. 아니 벌써 늦었는지도 모른다. 지금 떠난다고 모든 것이 덮어질 것도 아닐 것이다. 도진에게 물류창고를 보여주고 진실을 말한 설의 마음은 얼마나 아팠을까? 시간은 자정을 넘어 술이 깨고 있었다. 도무지 이 상태로 집에 들어갈 수 없었다. 다시 대학 앞 선술집을 찾아서 마시고 또 마셨다.

도진은 시간이 얼마 남지 않았다는 것을 본능적으로 알 수 있었다. 시간도 운명이다. 도진은 임페리얼에 출근하지 않았다. 설도 도진을 보는 것이 괴로울 것이다. 이광종 병장에게 그동안 준비한 것에 대하여 보고를 받았다. 우선 일침 동지들의 가족들에게 5명이 사망한 것으로 통보하고 보험금으로 5억씩 지급하였다. 이광종 병장은 아내가 아닌 어머니에게 5억 원을 지급하고 어머니가 사망할 경우 딸들에게 5억 원을 전달하라는 공중 받은 유서를 전달하였다. 그리고 작은 증거도 남기지 않기 위해 5명 모두 중국에서 성형 수술을 하였고 누구도 알아볼 수 없는 얼굴로 변했다. 5명 모두 새로운 신분으로 다시 태어났다. 사망이 아닌 실종자들이 많기 때문에 신분 세탁은 어려운 일이 아니었다.

왼쪽 손목 아래 일침(一鍼)를 한자로 문신을 새겨 넣었다. 이 문신은 동지들을 알아보기 위한 것으로 평상시에는 보이지 않다가 도진만 아는 특수 약물로 문질렀을 때만 화학 반응으로 나타나도록 했다.

5명의 일침 동지들은 그동안 해병대 캠프에서 체력과 담력 훈련을 수행하고 원주의 치악산 깊은 산골에서 특공무술과 사격 연습을 수행하였다. 사격 연습은 주로 스나이퍼들이 사용하는 망원경이 달린 암살용 총을 사용하였다.

특히 이광종 병장은 군대에서도 전군 사격시합에서 우승을 할 정도로 뛰어난 실력을 보유하고 있기에 그들 중에서도 군계일학의 실력을 가지고 있었다. 그들의 세상에 대한 분노는 짧은 시간 안에 인간병기로 다시 태어날 수 있었다. 그리고 도진은 그동안 고구려파의 살인 방법에 대하여 주도면밀하게 파악해 왔었다. 그들은 조용히 살인하고 아무런 증거를 남기지 않았다.

도진은 임페리얼과 함께 파멸할 것이다. 살생부의 더러움 놈들을 처단하고 동지들을 편안하게 살 수 있도록 모든 면에서 꼼꼼하게 준비해 놓았고 믿을 만한 변호사를 통하여 무기명채권으로 도진이 잘못되었을 경우 전달되도록 조치를 했다. 도진은 동지들에게도 자신이 잘못될 경우 일침은 세상에서 사라지고 자신의 몫까지 행복하게 살아 달라고 부탁했다.

첫 번째 살생부 대상은 '한승'이었다. 수많은 무고한 시민을 죽이고 반성 없이 살아 있는 놈, 그림자 프로젝트란 허황된 정보로 초등학생의 주머니까지 털었던 놈, 이놈이 아직 살아 있다. 이놈이 천수를 누리고 행복하게 죽게 할 수는 없었다. 도진은 매화가 수놓아진 수건으로 감싼 망치를 사용하여 때려죽이고 싶었으나 동지들의 안전을 위하여 장거리에서 암살용 총으로 죽일 수밖에 없을 것이다.

그동안 임페리얼의 인맥을 통해 비밀리에 그놈의 일정을 세밀하게 관찰하여 왔다. 드디어 내일 서대문구 북아현동 자택에서 나서는 순간 역사의 심판을 받을 것이다. 확실하게 사살하기 위하여 5명 중 이광종 병장과 그중에서 뛰어난 사격술을 가진 한 명을 더 선발했다. 나머지 3명은 총격이 끝나고 2명의 도주를 돕는 역할을 맡겼다. 의외로 경비가 삼엄했고 CCTV는 빽빽이 자리 잡고 있었다. 주위에 저격할 엄폐물을 쉽게 찾을 수 없었다. 난감했다. 항상 살인의 위협을 안고 살아가는 그들의 생존 방식이었다. 내일 오후 2시 대통령을 만나러 나서는 그 순간 저격해야 한다. 도진은 그들의 시선을 돌려야 한다는 생각이 들었다. 비밀리 사람들에게 자금을 살포하여 그 주변에 살고 있는 대기업 회장에 대한 규탄 대회를 열도록 유도했다. 이 사회에서는 돈이면 된다. 이 더러운 세상에서는 돈이면 안 되는 것이 없다. 운명의 시간이 다가왔다. 도진이 꿈꾸던 시간이 다가왔다. 생각보다는 많은 100여 명이 플래카드를 들고 대기업 회장의 탄압에 대한 규탄대회가 2시에 맞추어 시작되었다. 그 순간 살생부 1번인 살인마가 대문을 열고 나왔다. 시위는 경호원들의 시선을 산만하게 만들었고 조그마한 빈틈이 보였다. 그 순간 도진은 청명하고 깨끗한 소리를 내며 날아가는 2발 총알이 뚜렷하게 보였고 그놈의 머리와 심장을 정확하게 명중하는 것을 보았다. 총에 맞은 그놈의 눈이 시선에 들어왔다. 억울하다는 눈이었다. 아무런 죄책감도 없다고 생각하는 눈이었다. 당신의 눈 따위에는 관심도 없다. 오직 세상이 당신의 죽음에 대해 관심을 가지고 정의가 살아있다고 생각하는 단 한 사람이라도 있기를 바랄 뿐이다. 5명의 일침 동지들은 무사히 양평동으로 돌아왔다. 다음 날 온통 한승의 죽음에 대한 기사가 도배되고 있었다. 언론들은 그의 업적에 대해 찬양 일색의 기사로 도배하고 있었다.

　'그래, 네 놈들도 한승이 돈 많이 받아먹었겠지.'

　도진은 속으로 분노하며 피식 웃었다. 그 웃음은 분노를 넘어선 분노였다.

　도진은 200여 명의 죽은 영혼과 그 가족을 위로하는 것만으로도 충분히 행복했다.

　도진은 시간이 없다는 것을 알고 있었다. 두 번째 살생부 대상에 대하여 방법을 찾고 있던 중 밤 10시가 넘어서 설에게 문자가 도착하였다. 지난번 그 민들레펜션으로 와 달라는 것이다. 도진은 부담스러워 설을 만나고 싶지 않았지만 자신도 모르게 양평으로 가고 있었다. 민

328

들레펜션에 도착했을 때 펜션 안에 희미한 불빛이 보였다. 도진은 조용히 문을 열고 들어갔다. 펜션 안에 설은 보이지 않았고 정적만이 흐르고 있었다.

도진은 조용히 「회장님, 아니 설아.」 하고 불렀다.

설은 아무런 대답이 없었고 알 수 없는 불안감이 몰려왔다. 그리고 한 남자의 그림자가 나타났고 불빛에 모습을 드러낸 사람은 김성일이었다.

「전무님이 여기 웬일이세요?」

도진은 김성일의 표정에 살기가 있다는 것을 느꼈고 주변에 다른 사람들이 숨어 있다는 것을 직감적으로 알 수 있었다. 그때서야 도진은 함정에 빠졌다는 것을 알았다.

「장도진, 당신이 죽어야 하는 이유를 아는가?」

김성일의 말투는 얼음보다 차가웠다.

그 순간 도진은 생각했다.

'김성일이 하찮은 질투로 나를 죽일 리가 없다. 그렇다면 나도 형처럼 알지 말아야 할 사실을 알았기 때문에 죽어야 할 운명이란 말인가?'

「김 선배, 저는 이 사실을 국가에 알리지 않을 것입니다. 알릴 계획이었다면 지금까지 이러고 있지 않았을 것입니다.」

「흥. 강태완과 똑같은 말을 하는군.」

도진은 김성일의 입에서 강태완이란 말이 나오는 것을 듣고는 모든 것이 절망적이라는 것을 느꼈다.

「강태완 선배는 어떻게 된 거야?」

「그건 장도진 네가 더 잘 알 텐데.」

도진은 강태완 선배가 임페리얼에 의해 죽음을 당했을 가능성이 높다고 생각했다. 강태완이 도진에게 임페리얼 떠나라고 간절히 부탁했다는 것은 임페리얼의 정체에 대하여 모든 것을 알고 있었을 것이고 그것을 임페리얼이 모를 리가 없었을 것이다. 도진은 죽음이 두렵지 않았다. 형의 마지막 소원인 일침의 계획을 수행하지 못하는 것을 제외하고는 더 이상의 삶의 의미를 찾을 수가 없었다. 특히 설의 아버지 한철민으로 인해 살해된 형, 그의 딸을 사랑한 동생, 그리고 형과 똑같은 운명을 만난 자신의 마음속에 아직도 원수의 딸을 사랑하는 마음이 간절하다는 것이 참을 수 없는 고통으로 다가왔다.

「김 선배, 나를 죽인다고 문제가 해결되지 않습니다. 지금쯤 대한민국 경찰과 국정원에서 임페리얼에 대한 모든 사실을 알았을 것입니다. 선배가 지금 해야 할 일은 한설 회장님과 빨리 이 나라를 떠나는 일입니다. 그리고 죽기 전에 선배에게 부탁이 있습니다.」

김성일은 아무 말도 하지 않았다.

「한설 회장님을 행복하게 해 주십시오.」

형을 죽인 자의 딸을 사랑한 도진이지만 그 말은 가슴 깊은 진심이었다.

「네가 뭔데 끝까지 설을 걱정하는 거야. 네가 뭔데!」

김성일은 갑자기 도진을 향하여 큰소리로 소리쳤고 권총은 도진의 머리를 겨냥하였다. 도진은 눈을 감았다. 모든 것이 끝나는 순간이었다.

「김 전무 아니 김 선배, 이게 무슨 짓입니까?」

설이였다. 어떻게 알고 이 곳에 왔는지 모르지만 분명 설이였다.

「회장님, 장도진은 우리의 모든 비밀을 알고 있습니다. 죽어야 할 이유가 충분합니다.」

「명령은 내가 내립니다. 책임도 내가 집니다.」

설의 단호한 말에 김성일이 움츠려 드는 것 같았다.

「강태완도 김 전무가 한 행동입니까?」

김성일은 아무 말도 없었다. 도진은 강태완이 너무나 가여웠다. 아무런 죄 없는 형의 친구 강태완을 자신조차도 고문을 하지 않았는가.

「장도진을 풀어 주세요.」

「회장님, 장도진은 우리의 정체를 알고 있는 자입니다.」

「모든 것은 내가 장도진에게 알려 준 것입니다. 장도진은 그동안 모든 것을 알고 있으면서 알리지 않았습니다. 그리고 우리의 계획은 실패했습니다. 모든 책임은 제가 지겠습니다.」

설이 장도진에게 임페리얼의 정체에 대하여 알려주었다는 말에 김성일도 더 이상 어쩔 수 없었다. 도진은 설을 쳐다보지도 못하고 조용히 펜션 밖으로 나왔다. 앞이 하나도 보이지 않았다. 세상은 온통 까만 어둠이었다. 양평에서 서울로 오는 도진의 마음은 태풍 속에서 방향을 잃은 난파선이었다.

28
파
멸

　양평 민들레펜션에서 돌아온 지 얼마 되지 않아 설이 전화를 했다. 불안감이 밀려왔다. 이제 일침(一鍼)의 활동이 시작인데 이대로 끝나야 한다는 것인가? 예상대로 설은 7일 뒤 해외로 떠난다고 했다. 7일. 아무것도 할 수 없는 시간이다. 어쩌면 도진은 그날 몸은 죽지 않았지만 정신은 죽었는지 모른다. 도진은 일침의 동지 5명에게 더 이상 일을 진행할 수 없게 될지도 모른다고 했다. 그러나 그들은 더 이상 도진에 의해 움직이는 존재들이 아니었다. 도진이 있든 없든 일침의 정신을 이어가겠다고 주장했고 특히 이광종 병장은 도진에게 의미 있는 삶을 살다 죽을 수 있게 해주어 고맙다고 하였다.

　다음날 조간신문 기사가 도진의 눈에 들어왔다. 현 일본 여당의 막후 실력자인 이시카와 아유무가 5일 뒤 한국을 방문한다는 것이었다. 이 놈은 과거 일본 군국주의를 반성하기는커녕 찬양하는 놈이다. 또한 우리나라의 많은 위안부들이 자진하여 참가했다고 하여 위안부할머니들에게 씻을 수 없는 상처를 주고 독도를 자기들 땅이라고 국제 재판소에 제소하고 역사 교과서를 개정을 주도했다. 이놈은 일본 최대 폭력조직인 야쿠자와도 긴밀한 관계를 유지하고 있었다. 도진은 생각했다. 살생부에는 없지만 이놈을 마지막으로 제거하기로 마음을 먹었다. 그런데 방법이 없다. 국내에 들어올 경우 삼엄한 경비를 받을 것이 자명하기 때문이었다. 도진은 이시카와 아유무를 제거할 방법을 하루 종일 고민했지만 방법을 찾을 수 없었다. 그 때 도진의 머리를 스치고 지나가는 묘수가 떠올랐다. 대학 다닐 때 알고 지내던 동문 중에 무인헬기로 사진과 동영상을 찍는 이진수가 생각이 났다. 이진수는 도진과 같은 대학 기계과 출신으로 건설회사를 다니다 퇴직하고 무인 항공촬영업계에 뛰어 들었다. 주로 건설사들의 공사 현장을 무인헬기로 촬영하는 사업을 주업으로 하고 있었다. 도진이 생각하기에 하늘에서 저격을 한다면 조그마한 가능성이라도 있을 것 같았다. 다음날 방화동에 있는 에어캠(Air Cam)을 방문했다. 도진의 가방에는 3억 원이 들어 있었다. 이진수는 도진을 알아보고 반갑게 맞이해 주었다. 도진은 이진수가 대학 때 누구보다는 열심히 학생운동에 참가했던 사람이라 도진의 생각에 동조할 것이라는 작은 희망을 가지고 있었다. 도진은 이진수에게 이번에 방한하는 이시카와 아유무를 암살할 것이라는 계획을 설명했고 3억 원이 든 가방을 전달하였다. 이진수는 얼굴에 당황하는 기색이 역력했으나 흔쾌히 같은 동지로 참가하기로 했다. 암살용 총은 기상에게 미국산 '레밍턴 스피드 마스터 552' 저격용 22구경 자동소총을 구해 달라고 부탁했다. 다음날 이진수에게 헬기에 카메라와 '레밍턴 스피드 마스터 552' 탑재하여 RF통신으로 무인으로 발사할 수 있도록 방법을 찾아 달라고 하였다. 헬기는 노트북 크기로 도진이 생각한 것도 훨씬 작았다. 이진수는 밤늦게 도진에게 전화를 해서 기술이 발달하여 충분히 가능성이 있다는 연락을 해 왔다. 다음날 이진수는 헬기에 도진이 구해준 '레밍턴 스피드 마스터 552'을 탑재하여 무인으로 저격을 할 수 있도록 무인 저격 헬기를 제작하였다. 다음날 이진수, 도진, 이광종 병장은 배를 빌려 인천항에서 무인도로 향했다. 무인도에서 이광종 병장은 이진수의 설명을 듣고 무인으로 저격을 하는 연습을 하였다. 이진수가 헬기를 조정하고 헬기에서 보낸 동영상을 보고 이광종 병장이 무인으로 저격을 하는 연습을 하였다. 이병장은 특등사수인 만큼 3~4시간 연습을 하고 백방백중으로 목표물을 정확히 관통하였다. 목표물 3,000미터가 밖에서 조정하는 무인 저격 헬기가 1,000미터 상공에서 목표물을 조준하여 발사였는데 중앙을 정확히 관통을 하였다. 1,000미터 상공이면 헬기가 눈으로 포착되지 않을뿐더러 저격 후 5분만에 철수할 수가 있었다. 역사적인 날이 밝았다. 저격을 하러 나서는 아침에 도진은 안중근 의사의 영정 앞에서 성공하게 해달라고 간절하게 빌었다. 여의도에서 있는 현 여당 당사에서 이시카와 아유무는 한국 여당대표와 만남이 있는데 차에서 내리는 그 찰나 저격하는 것으로 계획을 세웠다. 생각한대로 경비는 삼엄했다. 상공 1,000미터에는 무인 저격 헬기가 날고 있었다. 3,000미터 밖에서 도진, 이진수, 이광종 병장이 검은색 리무진이 들어오는 것을 헬기에서 보내준 동영상을 통하여 보고 있었다. 순간 2번째 검은색 리무진에서 그동안 사진과 방송에서 보았던 이시카와 아유무가 나타났다. 그 순간 이광종 병장은 정확히 그의 가슴을 겨냥했고 1,000미터 상공의 헬기에서 3방의 총알이 그의 가슴을 향해 날라들었다. 명중이었다. 그가 살고 죽는 것은 하늘의 뜻이고 도진 일행은 긴급히 5분만에 헬기를 수습하여 그 자리를 떠났다. 다음 날 온통 이시카와 아유무의 암살에 대한 내용이 신문에 도배가 되어 있었다. 그런데 총알이 어디서 날아 왔는지 알 수 없다는 내용들도 포함되어 있었다. 성공이었다. 도진은 이젠 형에 대한 빚을 조금이라도 갚았다는 마음이 들었다. 그리고 모레 떠나는 설도 편안하게 보내줄 수 있을 것 같았다.

내일 설이 해외로 떠난다. 그렇다면 국가정보원이 모든 것을 알았다는 것이다. 짧은 시간 내에 국정원이 임페리얼의 모든 실체를 알았다고 생각하니, 국민의 한 사람으로서 새삼스레 국정원의 능력에 신뢰가 들었다. 남북관계 화해설 때문에 국정원의 능력이 약화되고 축소되었다는 이야기는 거짓말임이 분명했다. 여전히 국정원은 그 나름의 능력을 출중하게 해내고 있었던 것이었다.

설은 해외 출장이 아니라 도진과 영원히 만나지 못할 곳으로 떠나는 것이다. 어제 저녁부터 겨울을 재촉하는 가을비가 처량하게 내렸다. 비에 젖은 새벽, 새까만 도시의 분위기는 도진의 마음만큼 무거워 보였다. 한잠도 자지 못한 채 새벽에 임페리얼로 출근했다. 보잘것없는 노숙자 신세인 도진에게 처음으로 믿음과 사랑을 심어준 설이였다. 생각은 이성으로 지배되어 도진에게 도피하라고 하지만 또 다른 생각인 감정은 모든 것을 운명으로 받아들이라며 소리치고 있었다. 이성과 감정의 격렬한 분열이 일어나고 있었다. 설은 둘이서 여수 여행을 다녀온 이후 아무 말도 하지 않았고 색깔 없는 얼굴 표정과 깊은 우물 같은 알 수 없는 서글픔이 그녀의 눈을 통하여 도진에게 보여지고 있었다. 농구 게임 '슬램덩크'로 대박을 터트린 주식회사 포유의 김 대표도 신경이 쓰였다. 평소 도진을 형님처럼 믿고 따랐던 그도 이 엄청난 사건으로부터 자유로울 수가 없을 것이다.

소중한 작은 시간이 덧없이 흘러갔다.

오늘 설은 김성일과 함께 프랑스 출장을 떠난다. 공항으로 가는 길에 설은 앞에 있는 거울을 통해 도진을 보며 자주 웃음을 보였다. 설의 웃음은 분명 그동안에 보여주었던 것과는 다른 종류의 웃음이었다. 프랑스 행 비행기 탑승 수속을 하면서도 설은 웃음을 보였지만 그 웃음에는 울음이 뒤섞여 있다는 느낌이 들었다. 도진은 저 멀리 사라지는 설의 뒷모습에서 어둠이 내리기 전 고요하고 적막한 석양의 모습을 보았다. 도진은 설의 마지막 모습에서 진한 외로움을 느꼈다.

운명의 날은 생각보다 일찍 다가올 것 같다는 예감이 들었다. 퇴근 시간이 한참 지났으나 텅 빈 설의 집무실에서 오랫동안 앉아 있었다. 시간이 지날수록 비바람이 거세게 몰아치고 있었다. 걷고 싶었다. 비와 바람에 온몸을 맡기고 싶었다. 상처 입은 짐승처럼 날뛰고 울부짖는 비바람이 가슴 깊은 곳을 갈기갈기 찢고 날카로운 작은 칼이 얼굴을 스치듯 아렸지만 그 고통이 마음의 상처를 치유하는 것 같았다. 고통이 슬픔보다 작은 아픔이라는 것을 알 수 있었다. 흠뻑 젖어 도곡동 집에 도착하니 밤 11시였다. 아내와 딸은 벌써 잠든 것 같았다.
집에 도착한 후 고통과 슬픔을 샤워로 흘려보내고 비에 젖은 새까만 도시를 바라보면서 먼 곳을 응시하고 있었다. 시계를 바라보았다. 새벽 2시. 최근에 산 새 옷으로 갈아입고 집을 나서면서 한참 동안을 현관 앞에 머물다 다시 딸이 잠든 방에 들러 볼에다 뽀뽀를 했다. 그리고 아내가 잠들은 방문을 조용히 열고 그녀를 바라보았다. 「미안해요.」 조용히 중얼거리면서 손을 잡았다. 비바람이 거세고 눈물이 앞을 가려 시야는 흐렸지만 자동차는 광폭한 야생마가 초원을 누비듯 달렸다. 비가 오는 날에 도진이 자주 듣던 노래인 'Tish Hinojosa'(티씨 이노호사)의 'Donde Voy'가 CD에서 흘러나오고 있었다. 노래는 도진의 마음을 진하게 울려왔다.

Madrugada me ve corriendo	희미한 새벽 달려가는 그림자
Bajo el cielo que empieza color	붉은 노을 저 하늘 아래
No me salgas sol a nombrar me	태양이여, 부디 나를 비추지 말아줘
A la fuerza de la migaracion	국경의 냉혹한 밤
Un dolor que siento en el pecho	가슴속에 느껴지는 이 고통은
Es mi alma que llere de amor	쓰라린 사랑의 상처
Pienso en ti y tus brazos que esperan	당신의 품이 그리워
Tus besos y tu pasion	당신의 키스와 열정이
Donde voy, Donde voy	어디로 어디로, 난 어디로 가야 하나
Esperanza es mi destinacion	희망을 찾아 헤매고 있어
Solo estoy, solo estoy	나홀로, 외로이

묘도가 가장 잘 보이는 광양 구봉산 정상에 도착했을 때 비바람이 어느 정도 그치고 희미한 여명이 느껴졌다. 가까이 고향 묘도가 눈에 들어왔다. 한참 동안을 앞을 멍하게 바라봤다. '무엇을 보고 싶은 것일까? 마음은 무엇을 원하는 것일까? 아무것도 남은 게 없는데. 아니 조금 있으면 모든 것을 잃을 것인데……'

도진은 차를 몰고 이순신대교를 건너 누나에게 들키지 않게 조용히 집 뒷동산을 올랐다. 편의점에서 산 소주 두 병과 과자 몇 봉지가 손에 들려 있었다. 잡초가 가득한 세 개의 묘가 나란히 자리 잡고 있었다. 사랑하는 사람들의 묘지다. 뒤뜰에 가득한 소나무는 차가운 가을바람에 흔들리며 음울한 소리를 내는데 도진에게 왜 이제 왔냐며 소리치는 것처럼 들렸다.

한 병의 소주를 아버지와 형 주변에 뿌렸고 엄마에게는 과자를 놓았다. 엄마를 위해 꽃이라도 사올걸 하는 후회가 들었다. 형의 누명을 벗기길 위해 기상이 소송을 진행 중이었다. 웃음이 나왔다. 도진은 형의 간첩 누명을 벗기기 위하여 살았고, 대학도 형이 다녔던 대학에 진학했고 그 누명을 벗기기 위해서는 사람의 심리를 알아야 할 것 같아 심리학과를 지원했다. 그러나 이제는 형이 아닌 도진이 간첩이 되었다.

형의 죽음에 오열하던 어머니의 모습이 선명하다. 결국 어머니는 간첩 아들을 둔 어머니로 살다가 죽었고, 죽어서도 도진에 의해 영원히 간첩 아들의 어머니가 되었다. 어머니는 처음부터 간첩의 아들을 둔 운명으로 태어났다고 생각했다. 까맣게 파도치는 광양만을 바라보며 소주 한 병을 병나발로 들이켰다. 어제부터 아무것도 먹지 않아서인지 창자가 꼬이는 고통이 다가왔다. 다시 한 번 생각했다. 고통은 분명 슬픔보다 작은 아픔이라는 것을, 아니 고통은 슬픔보다 기쁨에 가까운 감정이라는 것을. 소주 한 병을 다 마시고 비가 갠 차가운 가을 하늘을 보고 누웠다. 마지막 잎을 빨갛게 불사르고 있는 단풍나무 한 그루가 눈에 들어왔다. 갑자기 도종환 시인의 '단풍 드는 날'이 가슴에 다가온다.

버려야 할 것이

무엇인지를 아는 순간부터

나무는 가장 아름답게 불탄다

제 삶의 이유였던 것

제 삶의 전부였던 것

아낌없이 버리기로 결심하면서

나무는 생의 절정에 선다

잠이 몰려왔다. 모든 것을 내려놓은 편안한 이 기분, 먼 길을 돌아서 제자리로 돌아온 기분이었다. 달콤한 잠을 청했다.

'얼마가 지났을까?' 누군가 잠들어 있는 그의 손에 수갑을 채웠다.

'올 것이 왔구나.'

속으로 행복하게 운명을 받아들였다. 그들이 깨울 때까지 그대로 누워 있었다. 조금이라도 사랑하는 아버지, 엄마, 형과 같이 있고 싶었다.

'잡히지 않고 잘 도피했겠지.'

그 순간에도 설이 걱정되었고 공항에서 손을 흔들던 서글픈 웃음이 떠올랐다. 어디가 어딘지 분간을 할 수 없었지만 분명 국가정보원일 것이다. 철창 안에는 많은 사람들이 잡혀와 있었다. 조직폭력배 고구려파 두목인 김창일과 이기상도 잡혀와 있었다. 설과 김성일은 보이지 않았다. 다행이라는 생각이 들었다.

「이게 어떻게 된 거야? 깡패들 다시 삼청교육대 보내는 건가? 근데 도진이 너는 왜 잡혀 온 거야.」

기상이 달려와 빨갛게 상기된 얼굴로 부산을 떨었다. 아무 말도 할 수 없었다. 두목도 아무 말도 하지 않았다. 속으로 생각했다. 첫사랑 설과의 두 번째 만남은 번개처럼 번쩍거리며 다가왔지만 이별은 천둥처럼 굴곡 있는 소리만 남기고 사라졌다. 철창 안에서 눈을 감고 형의 누명을 벗기 위해 살았던 삶과 첫사랑 설을 만나 행복했던 시간들을 소중하게 간직하고 모든 것을 운명으로 받아들였다.

사건의 전말이 드러났다. 그리고 거대한 음모도…….

임페리얼그룹 계열사 수십조 원의 자금이 증발된 이후였다. 한설과 김성일이 북한의 조직원이라는 것도 드러났다. 직급으로는 한설과 한철민이 총책이고 김성일이 보조하고 있었고 둘은 위장결혼을 하고 있었다. 그들은 3일 전 저녁 비행기를 타고 프랑스로 떠난 뒤였다. 두목 김창일은 북한 특수부대 요원 중 최고의 인간 병기였다. 부산의 물류 창고에 있었던 그 경비원들도 북한의 특수부대 요원이었다고 한다. 그 달러는 화물선에 실어 북한으로 간 것이 명확했다. 그 규모가 1조5 천억이 넘는다고 하였다. 이 일은 북한이 계속되는 경제 위기를 해결 하기 위해 철저한 계획 하에 진행되었다고 했다. 그동안 임페리얼이 해외에 투자한 자금은 계속해서 북한으로 흘러 들어가고 있었던 것이 었다.

한꺼번에 자금이 이동한 것은 국정원이 냄새를 맡았기 때문이었다. 설은 국정원이 어느 정도 압박해 들어오는 것을 느끼고 도진에게 여 행을 제안한 것이다. 만약 들키지 않았다면 계속해서 자금을 북으로 송금했을 것이다. 주식회사 포유가 상장해서 들어온 자금도 북으로 송금되었을 것이다. 김창일은 신분을 세탁하고 한국에 들어왔고 고구 려파 두목으로 매춘부터 마약까지 광범위하게 지하경제를 장악하고 있었다. 부산의 물류창고의 달러현금은 대부분 김창일이 관리하는 조 직에서 조달된 것이었다.

'도망갈 길이 없다. 도망가고 싶지도 않다. 내 첫사랑 그녀만이라도 무사하길.'

눈으로는 울지 않았지만 더 이상 설을 볼 수 없다는 것에 슬픔으로 가슴이 미어졌다. 속울음은 깊고 크게, 울고 또 울었다. 모든 임페리 얼의 대표는 도진의 명의로 되어있었고 불법 해외 자금 유출도 다 도 진의 죄로 인정될 것이다. 한설과 김성일을 대학 때부터 알고 지낸 것 도 그들과 한패라는 결정적인 증거로 제시되고 있었다. 도진은 모든 것을 인정했다. 모든 것을 알고도 신고하지 않았다는 것은 간첩 행위 를 한 것이다. 아니 그냥, 도진도 간첩이었다. 설이 이 사태를 예상하고 진실을 말해 준 것이었다.

'이 찌질한 장도진이 뭐라고.' 설의 마음이 고마웠다.

다음날 기상은 아무 죄 없이 풀려났고 도진은 아마 무기징역을 받을 가능성이 높았다. 설의 마음은 정확히 알 수 없었으나 도진에게 아마 200억을 주고 싶었을 것이다.

가서 묘도 땅을 다 사라고.

그리고 소리치라고 「이놈들아! 이 묘도 땅 전부가 빨갱이 형을 두고 엄마도 없는 절름발이였던 장도진의 것이다!」

설이 묘도에서 도진의 소원이 무엇이냐고 물어보았던 이유를 알 수 있었다.

'한설, 나의 첫사랑.'

이 순간에도 설이 보고 싶었고 무사하길 바라는 마음은 진심이었다. 장도진은 예상대로 무기징역을 선고 받았다. 방송에서는 대대적으로 국정원의 활약상이 나오며 국정원의 중요성을 시민들에게 다시금 인식시켰다. 장도진은 하루아침에 한국 내 가장 큰 북한 간첩 조직의 수괴가 되었다. 아마 다음날 아침 조간신문과 모든 방송에 얼굴이 크게 실릴 것이다. 아직도 한국 내에서 북한의 간첩 행위는 용서되지 못할 가장 큰 범죄이고 돌 맞을 일이다. '이 씨부랄.' 도진은 속으로 욕이 나왔다.

'구석기시대 유물 같은 사상이념으로 갈라져 아직까지 서로에게 총칼을 겨누고 상대방을 주적으로 간주하여 갈아 마시고 싶어 하는 민족은 단군의 자손들밖에 없을 거라고.'

도진은 앞이 보이지 않는 남북 관계를 무기력하게 신음했다.

영원히 설을 보지 못할 것이다. 항상 무뚝뚝한 모습만 보여준 아내에게도 미안한 마음이 들었다. 이제 초등학교 다니는 딸의 모습도 보지 못할 것이다. 고향 묘도도 보지 못하고 죽을 수도 있을 것이다. 울고 싶었다. 그러나 울 수 없었다. 울음이 터진다면 감당할 수 없을 것 같았다. 속으로 울면서 고통과 슬픔을 삭이자 더 큰 고통과 슬픔이 다가왔다. 서글프게 웃는 표정을 지으면서 운명으로 모든 것을 받아들였다.

국가정보원이 요구하는 모든 것을 순수하게 자백했다. 어차피 설의 죄를 대신 받는다고 생각하니 별로 억울하지 않고 기쁜 마음으로 모든 것을 받아들일 수 있었다. 취조가 끝나갈 무렵 국정원 요원이 편지 한 통을 주면서 한설의 책상 서랍에 있었다고 했다. 설은 이런 상황을 미리 알고 프랑스로 떠나기 전에 자기 서랍에 이 편지를 넣고 떠난 것이었다. 편지지 여기저기에 눈물 자국이 가득했다.

도진아.

미안하다.

너를 처음부터 끌어들이는 것이 아니었는데……

일식집 대경에서 너를 처음 보았을 때 얼마나 기뻤는지 몰라.

독일과 북한을 오가면서 외롭고 힘들 때면 네가 준 태백산맥을 보곤 했어.

대학 때 너와의 만남이 너무 짧아서 그것이 사랑의 감정이었는지 몰라도 너를 볼 때마다 마음속 깊은 곳에 부끄러운 설렘이 있었어.

그것도 첫사랑이라고 해야 하나.

난 지금까지 한 번도 사랑을 해보지 못했으니까 그 작은 설렘이 첫사랑이겠지.

도진아. 그러고 보니 넌 내 첫사랑이었네.

너를 두고 떠나야 한다니 마음이 너무나 아파……

도진아. 나는 너를 지켜주고 싶었어. 그러나 무엇 하나도 막을 수가 없었다는 것이 너무 슬펐어.

내게는 너를 사랑하는 마음도 있었지만 그와 함께 임페리얼을 지켜야하는 의무가 있었어. 임페리얼의 핵심 책임자로서 내가 제대로 임무를 수행하지 못했다면 나와 너, 그리고 우리 아버지 한철민까지 모두 북한에 의해서 죽임을 당하고 말았을 거야. 그건 내가 원하지 않는 결말이었어.

도진아. 내게는 대한민국을 사랑하는 마음도 있었어. 그 갈등 속에서 나는 힘겨운 삶을 살아야만 했어.

나는 비록 너를 지켜주지 못했지만, 그래도 너를 사랑했다는 것만은 알아줘.

너희 고향 묘도에 다시 같이 갈 날이 올 수 있을까.

여수 장어탕과 누님의 갱조개국도…….

매화꽃이 활짝 핀 광양매화마을과 벚꽃이 활짝 핀 하동 10리길은 꿈에서나 같이 갈 수 있으려나…….

너랑 같이 있는 시간들이 너무 행복했어.

시간을 되돌릴 수는 없겠지.

네가 준 태백산맥은 죽을 때까지 소중하게 간직할게.

도진아, 나 용서해 줄 거지.

미안해. 그리고 사랑해…….

한국을 떠나는 전날 저녁
너의 첫사랑 설이

29
거대한 음모

임페리얼의 음모가 국정원에 의하여 서서히 드러나게 되었다. 그리고 대한민국을 둘러싼 거대한 음모에 국민 모두가 식은땀을 흘렸다.

충격적인 것은 임페리얼을 방문한 왕 회장은 남한의 국방부장관에 해당되는 북한 군정치국장 이용철이었다. 그만큼 북한에서는 이 사업에 대하여 관심을 가지고 추진하고 있었다. 군정치국장 이용철이 직접 방문했고 프로젝트를 총괄하였다는 것은 북한 권력의 핵심층이 경제난 타개와 남한 사회 혼란을 노린 두 마리 토끼를 잡으려는 강한 의지가 반영되었다는 반증이었다.

일반인들은 모르지만 이용철은 북한 최고 권력자의 총애가 남다르고 대부분의 중요한 일을 총괄하고 있다고 하였다. 더욱더 국정원이 엄청나게 놀란 것은 북한이 노리고 있는 고구려파의 활용 전략이었다. 북한은 그동안 대학교수 같은 사람들을 포섭하여 간첩활동을 해왔으나 경제난으로 인하여 심심치 않게 발생하는 내부의 반란과 고립

되는 대외 정세를 보았을 때 국가 존폐에 대한 심한 위기를 느낀 것 같았다.

북한은 이제 둘 중의 하나다. 무너지든지 아니면 그 내부의 불만을 외부로 돌리는 것이다. 북한은 1950년 6월 25일 남침 이후에 다시 남한을 무력으로 장악하는 수를 선택했다. 순식간에 남한을 장악하여 주변 강대국들과 협상을 통하여 이 위기를 타개하고자 한 것이었다. 북한의 경제 상황을 볼 때 전면전을 통해 전쟁이 장기화되면 승산이 없다는 것을 그들은 잘 알고 있었다.

그들은 전쟁이 개시될 경우 미국이 움직일 여유를 주지 않고 10일 내에 남한 전역을 장악하는 전략을 짜고 있었다. 대한민국 최대의 조직폭력배인 고구려파는 이 전략의 핵심 전력이었다. 국정원이 이 사실을 알고는 식은땀을 흘렸다. 이용철의 비밀스러운 방문과 임페리얼 그룹 그리고 고구려파는 국정원에게도 큰 충격이었다.

이용철이 방문했을 때 '나이트클럽 가자'에서 임페리얼 그룹 총괄인 설보다도 두목 김창일이 운영하는 조직폭력배 고구려파에 더 많은 관심을 가졌던 의문을 이제야 도진은 이해할 수 있었다. 그리고 그룹의 법무법인 서울은 국가 고위직을 통하여 입수된 남한 내의 정보를 체계적으로 분석하여 북한에 주기적으로 보고하는 역할을 맡고 있었다. 법무법인도 발칵 뒤집혔고 상당수의 고위직들이 포섭되어 있었다. 결국은 돈의 위력이었다. 모든 것이 돈만 있으면 움직일 수 있다는 사실을 새삼스럽게 느낄 수 있었다.

조직은 국정원의 활약으로 일망타진되었다. 그러나 드러나는 새로운 사실들은 충격을 넘어 태풍으로 다가왔다. 6개월이나 1년만 늦게 임페리얼 그룹을 국가정보원이 파악하지 못했다면 이 한반도에서 엄청난 재앙인 제2의 6·25가 발생했을 것은 분명했고 한국은 열흘 안에 북한에 의해 전복되었을 가능성도 높았다. 설이 보여준 부산항에 있는 규모보다 더 큰 창고들이 서울 근교, 대전, 부산, 광주에 각 거점별로 존재하고 있었고 울산, 창원, 포항 같은 공업지역에도 배치되어 있었다. 그 창고에는 최첨단 무기들의 부품이 가득 들어 있었는데 이는 모두 임페리얼 그룹의 정상적인 상거래로 유입되었다. 심지어 탱크와 미사일까지 조립하면 바로 사용할 수 있도록 준비되어 있었다. 전쟁이 날 경우 이 창고에 있는 탱크와 미사일의 부품들은 6시간 만에 조립되어 대한민국 전국토를 초토화시킬 계획이었다.

특히 공업지역에서는 대규모 미사일, 서울 근교에는 탱크와 소규모 미사일이 집중 배치되어 있었다. 서울 근교에 있는 창고에는 전쟁이 시작될 경우 청와대와 국방부를 하루 만에 장악하여 남한 전역의 군 체제를 붕괴시킬 치밀한 계획까지 수립되어 있었다. 생각만 해도 무시무시한 계획이었다. 휴전선 넘어 북한군은 아무런 움직임이 없는데 캄캄한 새벽에 청와대 코앞에 갑자기 탱크가 나타나고 어디서 날아오는지도 모르는 미사일이 터지는 것을 상상하니 생각만 해도 끔찍했다.

고구려파의 조직폭력배 핵심 구성원들은 대부분 북한 최정예 특수부대 출신들이었다. 이들은 신분을 세탁하고 조직폭력배로 변신하여 교묘하게 국가정보원의 눈을 피하여 활동하여 왔다. 조직폭력배로 변신하여 지하 경제를 장악하고 전쟁의 그날은 탱크와 미사일로 무장하여 대한민국을 초토화할 북한의 최정예 군인들이었다. 탱크와 미사일 그리고 수많은 최첨단 무기들은 임페리얼 그룹의 정상적인 상거래 수입품으로 위장되어 한국에 반입된 후 전쟁의 그날을 기다리고 있었던 것이었다.

임페리얼 과테말라의 제2공장과 3공장에서는 미국을 향해 발사할 지대공 핵미사일의 부품들이 발견되었다. 남한을 전복한 다음 미국과의 협상을 위해 과테말라를 미국 타격의 전진기지 역할을 담당시킬 계획이었다. 과테말라 공장은 치밀한 계획 하에 건설되었는데 그 위치가 인공위성에도 발견되지 않는 지역이었다. 이태형은 과테말라에서 미국 정보국에 체포되었는데 대학을 졸업하고 북한으로 건너가 철저하게 교육을 받고 한국의 임페리얼에서 활동하다 과테말라 프로젝트의 책임자가 되었다고했다.

더욱더 충격적인 것은 JS시큐리티의 역할이었다. 그 음모를 알고는 왜 설이 그토록 조그마한 회사 인수에 매달렸는지 이해할 수 있었다. JS시큐리티의 24시간 상시 도청감지시스템은 타인의 불법 도청은 철저하게 탐지하였지만 임페리얼의 도청은 탐지하지 않도록 하였다. 청와대를 비롯해서 모든 정부기관에 납품된 도청감지시스템을 통하여 임페리얼은 대한민국의 입과 머릿속에 들어와 있었던 것이었다. 설이 그토록 외롭고 힘들었던 것을 이해할 수 있었다. 설은 폭력 조직에 대해서는 간섭하지 않았지만 한철민과 함께 이 무시무시한 계획의 핵심 인물이었던 것은 확실했다.

대학 때부터 느낀 설은 누구보다도 순수하고 여성스러운 여자였다. 설은 북한에서 태어났겠지만 북한에서보다 아마 대한민국에서 더 많은 시간을 보냈을 것이다. 엄청난 일을 계획하고 총괄대표가 되어 추진했던 설이 사랑했던 대한민국 아니, 사랑하는 이웃들을 전쟁으로 희생시킬 거라고 생각하면서 얼마나 외롭고 고통스러운 시간을 보냈을까 생각하니 설이 한없이 안돼 보였다.

사실 설이 전쟁으로 국민들이 희생되는 것을 막기 위하여 국가정보원에 정보를 흘렸을 가능성도 있었다. 이 장도진에게 부산에 있는 달러창고를 보여주었듯이 아무것도 모른 채 희생될 국민들을 외면하지 못하였는지 모른다. 아니면 그동안 비밀리에 조사한 강태완이 국가정보원에 임페리얼의 정체를 제공했을 가능성도 높았다. 또 김장우 형사의 죽음에 의해 경찰 조사에 의해 밝혀졌을 수도 있었을 것이다.

정자의 팔자에 화(花)가 있다면 설에게는 월(月)이 있을 것이다. 월(月)을 보면 고독하고 외롭다.

선택할 수 없는 삶의 운명을 가진 여자 한설(寒雪).

가슴에 차가운 눈(寒雪)이 쌓여 있는 여자.

도진은 국정원의 철창 속에서 신음처럼 되뇌었다.

'그녀가 너무나 보고 싶다. 꼭 행복하길……'

30
해
방

'木木水土'

어릴 적 땡중이 말한 도진의 사주다. 사람에 의해 흥하고 사람에 의해 망하는 팔자다. 설에 의해 흥했고 설에 의해 망했다. 그렇게 도진의 수감생활은 시작되었다. 수감생활 동안 도진이 만든 일침 살생부 인물들의 죽음 소식이 가끔씩 들려왔다. 그리고 한 달에 한 번씩 꼬박꼬박 누군지는 알 수 없지만 민들레꽃이 그려진 편지를 보내왔다. 도진은 아무런 글도 없는 민들레꽃 편지만으로 충분히 위안 받고 행복했다. 수감생활이 18년이 넘었을 때부터 더 이상 편지가 오지 않았다. 더 이상 볼 수 없는 사랑, 더 이상 받을 수 없는 편지, 삶의 의욕은 점차 어둠속으로 사라지고 있었다.

편지를 받지 못할 때부터 몸에 이상 기후가 발생하고 있었다. 기억력은 심하게 저하되었고 몸도 마음대로 움직이지 않았다. 도진은 마흔의 나이로 무기징역을 선고 받고 대전교도소에 복역 중 이십일 년 지난 시점에서 뇌종양 말기 판정을 받았다. 이미 심한 치매 증상으로 정상적인 생활이 불가능하여 혼자서는 아무것도 할 수 없었다. 간신히 다른 사람의 부축을 통하여 걸을 수 있는 상태로 무기징역에서 감형되어 감옥에서 석방되었다. 뇌종양으로 몸과 마음이 병들어 감옥 밖의 세상에 대한 설렘이나 두려움 등 어떠한 감정마저도 생각할 수 없는 상태였다. 석방되었을 때 마누라와 딸이 두부를 가지고 마중을 나왔다는 것조차도 기억이 가물가물 하였다. 도진은 우리가 가정이라고 부르는 집으로 가지도 못하고 요양병원으로 옮겨 하루하루 죽음을 기다리고 있는 신세가 되었다. 새까만 어둠 속에 잠들지 못한 밤이 허다하였다. 몸은 손가락 하나도 움직이지 못한 지 오래되었고 뇌 속에 있는 일생의 기억들이 하루하루 지워지고 있었다. 죽음이 두려운 건지 삶의 흔적이 지워지는 것이 두려운 건지 알 수가 없었다. 올림픽대로를 달리는 차 소리와 성산과 양화의 건너편 불빛만이 희미하게 눈을 통하여 투시된다. 눈을 통하여 전달되는 불빛도 그 의미를 파악하기 힘들다. 이미 뇌는 종양으로 찌들어 심하게 소모되었기 때문이었다.

삶이 얼마 남지 않았다는 것을 몸과 뇌의 변화로 느낄 수 있었다. 삶에 대한 미련이 있는 듯 없는 듯 도진 스스로도 혼란스러웠다. 의식이 뚜렷하다면 삶에 대한 미련이 있겠지만 도진에게 그런 미련조차도 허용하지 않았다. 의식이 희미해질수록 도진은 동물이 아닌 식물과 같은 존재로 변화고 있었다. 어제 가족이 다녀갔다. 움직일 수 없는 존재지만 휠체어를 타고 9층 휴게실에서 가족과 만났다. 넓은 한강과 대도시의 스카이라인 그리고 멀리 북한산 비봉 자락이 눈에 들어왔다. 하늘과 산의 색깔로는 초가을의 냄새가 풍겨온다. 그래도 병실에 누워있는 그 더러운 느낌보다는 청명한 저 바깥세상이 더욱더 기분 좋게 느껴지는 것은 본능인가 보다. 도진의 뇌는 작동이 한정되고 말로 전달되는 인간의 기본적인 기능이 상실된 지 오래였다. 단지 먼 곳을 응시하고 느낌으로 애착이 가는 물체에 반응할 뿐이었다.

도진이 뇌종양 판정을 받고 감옥에서 출소했을 당시 가족들도 슬퍼했을지 모르지만 이제는 그렇지 않다. 각자의 삶의 현실이 그 슬픔을 오랫동안 간직할 만큼 세상은 한가하지만 않다. 서럽지 않다. 누가 이 세상에 보냈는지는 모르겠지만 왔으면 가야 하고 꽃이 피면 지는 것은 자연의 이치가 아니던가? 자기들끼리 웃고 떠들고 가끔씩 관심을 가져 주는 척 하면서 현실적인 삶의 이야기를 정신없이 지껄이고 있을 것이다. 해가 넘어갈 무렵 가족들은 떠나고 혼자 남아 다시 죽음을 기다리면서 이 지루한 어둠속에서 딱딱한 시체처럼 아무런 의미 없는 삶을 연명해야 한다.

슬픔의 감정이나마 다가온다면 얼마나 기쁠까? 고통과 슬픔이 살아생전 참기 힘든 감정이지만 죽어가는 몸과 정신에는 살아 있다는 또 다른 환희일 것이다. 누군가는 삶을 선택할 수 있다고 생각할 것이다. 스스로 선택에 의해 세상에서 사라지고 싶지만 삶의 본능은 질기고 질긴 연줄을 잡고 놓아주지 않고 있다. 이젠 독한 약물로 인해 그 고통의 감정마저도 제거되어 이젠 인간의 기본적인 감각이 사라진 지 오래되었다. 오늘따라 의식이 어느 정도 돌아온다. 모닥불도 꺼지기 전에 조그마한 불꽃을 태운다는데 밤하늘의 별처럼 산만하고 새하얀 도화지 같던 의식이 오늘따라 흐릿하게 가물거린다. 몸에는 식은땀이 가득하고 숨은 목까지 차올라 머릿속에 그려지는 의식이 현실인지 꿈인지 분간할 수가 없었다.

현실처럼 또렷하게 남해바다가 눈앞에 넘실거린다. 추운 겨울날 온통 그 바다에는 김밭이 가득하다. 그 바다에서 김을 수확하는 아버지와 어머니가 웃는 얼굴로 손을 흔들고 있다. 아 이젠 정말로 죽는 걸가. 고향 묘도 광양포구가 이렇게 선명하게 눈앞에 영화처럼 그려지고 있다니. 멀리 왼쪽으로 여수반도 오른쪽으로 남해반도, 정면으로 광양의 백운산이 보이고 바다 한가운데 묘도(苗島)는 고양이 모양을 하고 있다. 멀리 보이는 백운산은 어머니같이 포근하게 묘도를 바라보고 있고 백두산에서 시작한 한반도 백두대간의 끝자락격인 지리산과 연결되어 있다. 북쪽의 찬바람을 막아주는 해발 1,200미터가 넘는 산을 지척에서 바라보고 있는 묘도는 정말 행운의 섬이 아닐까. 섬진강의 550리 긴 여정을 마무리하고 해수와 민물이 온갖 종류의 풍성한 어류와 조개로 일 년 내내 그 바다는 어부들의 흘린 땀으로 가득했다. 빛고을, 광양(光陽)은 따스한 햇살을 간직하여 사람이 살기 좋은 풍요로운 마을이다. 묘도는 행정구역은 여수지만 우리 마을은 이름도 광양포마을로 광양만 가운데 자리 잡고 있다. 광양을 정면으로 바라보고 있었기에 몸은 묘도에 있지만 눈은 항상 광양을 바라보고 있어 마음의 고향은 광양이라고 생각한 적이 많았다. 소백산맥의 남단에 해당하는 백운산(1,217m)이 북부에 솟아 있으며, 남쪽에는 가야산(497m)과 구봉산(473m)이 솟아 있다. 풍부한 수량을 자랑하는 섬진강은 전라북도 진안에서 발원하여 지리산과 백운산을 지나 광양만으로 흘러들어 간다. 섬진강 은빛 모래에 반사되는 햇살과 백운산의 맑은 정기를 받고 자란 섬진강변의 순백의 매화꽃은 가장 먼저 봄소식을 전한다.

도진은 식은땀이 가득한 상태로 잠에서 깨어났다. 조금 전에 본 선명한 고향의 모습은 꿈이 확실했다. 아직 죽지 않은 것 같다. 죽었다면 세상이 이렇게 어둠만 가득하지 않을 것이다. 다시 의미 없는 아침이 찾아 왔다. 환한 빛이 눈까풀 사이로 스며든다. 눈에 비치는 햇살

의 세기로 발길에 바삭거리는 낙엽소리가 정겨운 늦가을이라는 것을
느낄 수 있다. 음식물을 섭취하지 못하고 뚝뚝 떨어지는 포도당에 의
미 없는 삶을 하루하루 연명해 가고 있다. 오늘은 누구를 볼 수 있을
까? 마누라와 딸이 보고 싶다. 가족이라고 부르는 그들에게 해준 게
없어 미안한 마음이 들었다. 결혼식을 올린 여자를 우리는 마누라
부른다. 지금껏 살았지만 마누라의 어원조차도 모르고 죽는다고 생
각하니 지적 호기심이 발동하는 것을 느껴져 속으로 작은 웃음을 지
어 보았다. 마누라만 보고 싶은가. 정자, 소영, 그리고 첫사랑 한설
도······.

　다 보고 싶다. 그러나 인생의 흔적을 남긴 모두를 보고 싶지만 본다
고 해서 무슨 의미가 있겠는가? 연민의 눈동자만 느낄 것이고 그들은
도덕적 방문에 만족하고 병원을 나서는 순간, 이 장도진을 영원히 지
워 버릴 것이 확실한데 만남이 무슨 소용이 있겠는가? 이제는 마누라
와 딸의 방문도 뜸해졌다. 이제 살아 움직이는 모든 것에게 도진은 잊
혀지고 있었다. 눈을 떴다. 석양이 가득한 느낌이 드는 것을 보니 해
가 지고 있는 모양이다. 그런데 눈앞에 젊은 여자가 애잔한 눈빛으로
도진을 바라보고 있다.

　'한설, 첫사랑 설이 아닌가. 그녀가 어떻게 여기 나타날 수 있단 말
인가? 어떻게 대학 때 모습으로 나타날 수 있단 말인가?'

　도진은 현실이 아니라 꿈이라고 생각했다. 그녀의 손에는 소설 태
백산맥 1권이 들려 있었다. 그녀는 소설 태백산맥의 표지를 넘기더니
'그날을 위해'라고 쓴 글씨를 보여 주었다. 태백산맥은 대학시절 설이
독일로 떠나기 전 표지 다음 장에 '그날을 위해'라고 써서 도진이 선물
한 책이었다.

　그녀는 잘 듣지 못하는 도진을 위해 큰 도화지에 유성매직으로 「저

는 장수지예요.」라고 썼다.

'분명 한설인데 장수지라고 한다.'

이건 꿈이 아니라고 도진은 생각했다.

한참의 시간이 흐르고 나서 「당신이 저의 아빠입니다.」

또 시간이 흐르고 「아빠 보고 싶었어요.」라고 썼다.

수지는 하염없이 눈물을 흘리면서 오랫동안 도진의 손을 꼭 잡고 있었다.

「한설이 보고 싶지 않으세요?」

수지는 엄마를 한설이라고 했다. 도진은 있는 힘을 다해 눈까풀을 껌벅였으나 역부족이었다.

「엄마는 3년 전에 돌아가셨어요. 돌아가시기 전에 아빠에 대하여 말씀해 주셨어요. 좋은 분이시라고.」

수지는 서글픈 표정을 지으면서 도화지를 들고 있었다.

도진은 수지가 엄마 한설에 대한 그리움과 병들어 누워있는 아빠에 대한 연민으로 더 이상 참을 수 없었는지 울음소리는 들리지 않았지만 큰 소리로 울고 있다는 것을 알 수 있었다. 수지는 눈물 가득한 눈으로 아빠의 얼굴을 사랑스럽게 바라보았다. 태백산맥은 머리맡에 두고 가겠다고 했고 죄송하지만 다시 올 수 없을 거라고 했다. 그렇게 설아니 수지는 떠났다.

도진은 떠나는 수지의 뒷모습이 매우 쓸쓸해 보였지만 어딘가 모르게 강인한 전사의 느낌을 받았다. 오늘도 태백산맥을 꼭 안고 하루를 보냈다. 하루가 또 지나갔다. 힘없이 내려앉는 눈까풀로 인해 이젠 더 이상 빛을 볼 수 없을 것 같았다. 아주 가느다란 숨은 어둠 속에서 이승과 저승의 중간에 있었다. 빛이 있는 곳에는 설을 볼 수 없지만 어둠 속에서는 항상 설을 만날 수 있어 행복했다. 수지를 만난 뒤 가슴속에 행복감이 가득했고 살고 싶다는 삶의 본능은 바람에 휘날리는 먼지처럼 사라졌다. 주마등처럼 형과 어머니의 죽음, 그리고 우연한 사고로 절름발이로 살았던 어린 시절과 학창시절, 감정의 억압과 삶의 존재에 대한 결핍으로 이어져 죽음을 수없이 고민했던 삶. 아니, 차라리 죽음을 동경했다는 단어가 더 어울릴 것 같다. 형과 어머니의 한을 풀기 위해 살았던 삶 그리고 운명 같은 사랑과 이별의 기억이 민들레 꽃씨처럼 바람에 날리면서 아득하게 기억의 저편으로 사라지고 있다. 도진은 차가운 눈(寒雪)이 가득한 벌판을 건너 환하게 웃으면서 저승의 문턱으로 걸어가고 있고 아름다운 장면들이 떠오른다.

설이 웃음을 지으며 섬섬옥수로 손짓하고 있다. 양평 펜션에 민들레 꽃이 활짝 피었고 설이 앉아 책을 보고 있다. 기상이가 동동주 먹고 호기 있게 소리치는 소리도 들린다. 어머니와 아버지가 광양만의 김 밭에서 웃으면서 손짓하고 있다. 평생 고생한 아내와 딸도 아른거린다. 마지막으로 도진을 보고 웃으면서 형이 부르는 노래 소리가 들린다.

푸른 물결 춤추고 갈매기 떼 넘나들던 곳
내 고향집 오막살이가 황혼 빛에 물들어간다
어머니는 된장국 끓여 밥상 위에 올려놓고
고기 잡는 아버지를 밤 세워 기다리신다
그리워라 그리워라 푸른 물결 춤추는 그곳
아~ 저 멀리서 어머님이 나를 부른다

31
운명

장도진이 죽은 칠 년 뒤, 어느 날 새벽, 한반도에 전쟁이 발발했다. 그 중심에는 임페리얼과 고구려파를 재건한, 장도진과 한설의 딸, 장수지가 있었다. 장수지는 철저하게 교육받은 북한 최정예요원이었으며 엄마 한설과 같은 순수한 소녀는 아니었다.

-끝-

도진과 설이 소주잔을 기울이던 선영집

북한강변 카페 NAMOO

북한강변 카페 NAMOO

양평 용문산 입구 민들레펜션

동자승이 되기 위해 도진이 찾아간 송광사 전경

송광사 옆 주암호 전경

도진이 가출한 화포해변에서 본 순천만 전경

기상의 고향 어치계곡으로 가기 전 수어저수지

도진의 고향 묘도 광양포마을

도진의 고향 묘도에서 바라본 광양항과 구봉산

구봉산에 바라본 묘도

여천공단에 바라본 묘도 전경

묘도대교와 여천공단

이순신대교와 광양제철

여수 오동도와 건너편 남해

여수 EXPO와 여수시 전경

광양매화마을 꽃피기 전 전경

매화꽃이 핀 광양매화마을

하동 평사리 악양들판

하동 악양마을 최참판댁

한영준이 죽은 광양 구봉산

도진의 큰집 기상의 외갓집 광양 옥곡면 신금마을

도진의 큰집이 있는 신금마을 옥진평 들판

소설의 항공사진들은 서울특별시 강서구 방화동 607-164 정한빌딩 2층 소재 주식회사 에어로캠(TEL : 02-2661-5841)이 촬영한 것으로 저작권을 가지고 있습니다. 다시 한 번 대학 동창이자 친구인 이수진 사장님과 김수겸 실장님께 감사의 인사를 드립니다.

소설의 제목을 써주신 김영미 선생님께 감사의 인사를 드립니다.

권선복
도서출판 행복에너지 대표이사

출판사를 운영하다 보면 참 다양한 직업을 가진 분들의, 다양한 내용의 원고를 접하게 됩니다. 현재 공인회계사로 활동 중이신 장한성 회계사님의 소설 『한설』의 초고를 받았을 때에는 무척 놀랐던 기억이 있습니다. 한 번도 글을 전문적으로 배운 적이 없는 사람이, 백 일 만에 완성한 원고라고 믿기지 않을 만큼 흥미롭고 내용 역시 탄탄했기 때문입니다. '회계사'란 직업에 종사하면서도 상상력이 풍부하고 이렇게 멋진 소설을 쓸 수 있는 열정을 가진 저자와 귀한 인연을 맺을 수 있게 됨을 감사드립니다.

누구나 마음만 먹으면 할 수 있는 것이 '글쓰기'입니다. 혹 출판사의 높은 문턱 앞에서 망설이는 분이 있다면 주저 없이 도서출판 행복에너지의 문을 두드려 주시면 행복이 샘솟는 책, 에너지가 넘치는 좋은 책으로 잘 만들어 드리겠습니다.

'열정'과 긍정보다 큰 재산은 없습니다. 저만이 아니라 세상을 깜짝 놀라게 할 소설 원고를 주신 장한성 회계사님에게 다시 한 번 큰 감사의 말씀을 올리며, 이 소설로 인해 많은 이들이 삶의 기쁨을 되찾고 행복이 가득한 긍정에너지가 샘솟으시길 기원드립니다.

『긍정이 멘토다』 2탄 공저자를 모집합니다!

개요

1. 공동 저자: 총 36명

2. 책 전체 분량: 380쪽 내외(1인당 10쪽 내외)

3. 원고 분량: A4용지 5장(글자크기 10포인트, 줄 간격 160%)

4. 경력(프로필): 10줄 이내

5. 사진: 자료사진 3매, 사진 설명 20자 미만

6. 신청 마감일: 연간 수시 모집

7. 원고 접수 마감일: 매년 2월, 6월, 10월 말일

8. 출간 예정일: 매년 4월, 8월, 12월

긍정, 행복, 성공에 관한 이야기를 독자들에게 전하고 나눌 수 있는 내용의 원고를 자유로운 형식으로 작성하여 제출해 주시면 행복에너지 소속 전문작가가 독자들이 읽기 편하도록 전반적인 윤문과 교정교열을 할 예정입니다.(원고는 ksbdata@daum.net 으로 송부해 주시기 바랍니다.)

책 발행비용은 100만 원이며 저자에게 발행 즉시 100부를 증정합니다.
발행비용은 신청 시 50만 원, 편집완료 시 50만원을 '국민은행 884-21-0024-204 도서출판 행복에너지 권선복'으로 입금해 주시면 되겠습니다.

자세한 문의는 언제든지 하단의 전화, 이메일을 통해 연락을 주시면 성실히 답변을 드리오며 원고 내용이나 책에 관해 궁금하신 분들은 도서『긍정이 멘토다』를 직접 참조해 주시기 바랍니다.

도서출판 행복에너지: www.happybook.or.kr
대표이사 권선복
HP: 010-8287-6277   Tel: 0505-613-6133   E-mail: ksbdata@daum.net

꿈을 심는 희망의 새 길

나용찬 지음 | 256쪽 | 값 10,000원

"애국자가 따로 있는 것은 아니다. 자신의 자리에서 맡은 책임을 다하고, 고향을 사랑하며, 타인을 위해 자신을 희생하는 것만으로도 누구나 애국자가 될 수 있다."라는 저자의 목소리가 경제위기와 계층갈등으로 신음하는 대한민국 사회가 무엇을 지향하고 어떠한 방향으로 나아가야 할지를 명쾌하게 짚고 있다.

나도 힘들고 아프고 고통스러웠다

최영미 외 24인 지음 | 244쪽 | 값 15,000원

서울 신림동 아름다운교회는 각종 고시에 합격하는 청년들이 많은 교회로 알려졌다. 이미 고시에 합격한 청년들의 간증을 엮어 책을 출간하여 많은 주목을 받은 바 있다. 아름다운교회가 두 번째로 출간하는 이 책은 일반 장년 성도들의 간증을 엮은 책으로, 삶 속에서 경험한 은혜의 경험을 웅숭깊게 그려 낸다.

더불어 사는 사회

최태정 지음 | 256쪽 | 값 10,000원

『더불어 사는 사회』는 한 명의 낙오자도 없이, 구성원 모두가 행복한 삶을 성취하기 위해 무엇을 해야 할지를 저자의 경험을 바탕으로 풀어낸다. '열정, 섬김, 신의, 성찰, 지역, 희망'이라는 여섯 가지 주제를 통해 한 명의 인간으로서 진정으로 추구해야 할 가치와 삶의 태도에 대해 에세이 형식으로 전한다.

마음이 아름다우니 세상이 아름다워라

이채 지음 | 224쪽 | 값 12,500원

이 세상을 온기와 행복이 넘치는 곳으로 이끄는 힘은 무엇일까. 타인을 향해 보내는 작지만 따뜻한 마음이 아닐까. 이채 시인의 제7시집 『마음이 아름다우니 세상이 아름다워라』는 읽기 편한 글귀에 뜻깊은 사유를 담아 이 세상이 얼마나 아름다운 곳인지, 어떻게 하면 모두가 행복해질 수 있는지에 대해 전하고 있다.